U0927311

空间叙事与国家认同

格温朵琳·布鲁克斯诗歌研究

史丽玲 / 著

中国社会科学出版社

图书在版编目(CIP)数据

空间叙事与国家认同：格温朵琳·布鲁克斯诗歌研究／史丽玲著.—北京：中国社会科学出版社，2023.3

ISBN 978-7-5227-1217-8

Ⅰ.①空…　Ⅱ.①史…　Ⅲ.①格温朵琳·布鲁克斯—诗歌研究　Ⅳ.①I712.072

中国国家版本馆 CIP 数据核字(2023)第 022352 号

出 版 人　赵剑英
责任编辑　王丽媛
责任校对　党旺旺
责任印制　王　超

出　　版　中国社会科学出版社
社　　址　北京鼓楼西大街甲 158 号
邮　　编　100720
网　　址　http://www.csspw.cn
发 行 部　010-84083685
门 市 部　010-84029450
经　　销　新华书店及其他书店

印　　刷　北京君升印刷有限公司
装　　订　廊坊市广阳区广增装订厂
版　　次　2023 年 3 月第 1 版
印　　次　2023 年 3 月第 1 次印刷

开　　本　650×960　1/16
印　　张　18.5
插　　页　2
字　　数　232 千字
定　　价　96.00 元

凡购买中国社会科学出版社图书，如有质量问题请与本社营销中心联系调换
电话：010-84083683

序

史丽玲是我指导的首届博士生之一。无论是读博期间还是在毕业之后的高校教学科研生涯中，她对学术的热情以及在学术道路上的成长，从来都让我欣慰和自豪。

丽玲读博期间，国内美国非裔文学研究和诗歌研究领域比较冷清，但她却依然选择了以美国非裔诗歌为研究方向，并聚焦于美国首位获得普利策诗歌奖的非裔诗人格温朵琳·布鲁克斯撰写博士学位论文。她凭借对这一领域的热情与信心以及对学术研究的专注与超脱，潜心治学，不问东西，佳作迭出，不断取得进步。她在读博第二年就在《当代外国文学》发表学术论文，随后在博士毕业前后在国内权威期刊《外国文学评论》连续发表2篇关于布鲁克斯诗歌研究的高质量论文，分别探讨布鲁克斯诗歌与西方史诗的互文性、黑人女性言语与救赎、黑人都市的种族空间生产等颇具创新性的学术问题。她还先后主持完成教育部人文社科青年项目1项、云南省哲学社会科学规划项目2项、云南省教育厅青年项目1项，目前正在主持国家社科基金资助项目“美国黑人艺术运动的左翼话语体系与大众文艺生产研究”。她通过这些项目和博士学位论文写作，围绕布鲁克斯、美国非裔诗歌、美国黑人艺术运动以及现代主义诗歌等重要话题展开系统研究。她的研究既有专注于一点的纵深，也有稳步拓展的智慧，更有大胆创新的勇气，这背后映射出她从青年学者成长为成熟学者的艰辛却从容的学术道路。

十余年来，丽玲发表了不少高水平学术成果，先后获得过湖北省优秀博士学位论文奖和云南省哲学社会科学优秀成果三等奖，主持了多项省部级和国家社科基金项目，每一步都令人欣喜和期待。如今，她的博士学位论文经过多年的沉淀与打磨、且通过她本人严苛的自我学术审查之后终于交付出版，我感到由衷的高兴。我相信，这部专著的出版，既是她多年来富有创造性的学术开创阶段的一个见证，也将是中国乃至世界学界在美国非裔诗歌研究、尤其是布鲁克斯研究的一个新的里程碑。

丽玲的这部专著是国内为数不多的布鲁克斯研究佳作，也是国内第一部布鲁克斯诗歌研究专著，可以说，填补了国内学术界关于这位美国重要诗人的研究空白。格温朵琳·布鲁克斯是20世纪美国最重要、最有影响力的非裔诗人之一。1950年，布鲁克斯成为美国非裔文学史上第一位获得普利策诗歌奖的诗人，1968年起担任伊利诺伊州桂冠诗人30余载，于1985年成为继罗伯特·海登（Robert Hayden）之后担任国家图书馆诗歌顾问（后更名为美国桂冠诗人）的第二位非裔诗人。在20世纪90年代，她还先后获得国家艺术奖章和美国政府人文科学领域的最高荣誉——国家人文基金会杰弗逊讲席。1994年，美国非裔诗人举行了以她的诗句命名的“狂怒之花”全国大会，向布鲁克斯致敬，成为美国黑人艺术运动以来近30年时间中最为盛大的诗歌盛会，也是见证了布鲁克斯在世纪交汇之时作为美国非裔诗歌传统延绵、继往开来的历史地位。布鲁克斯的传记作者乔治·肯特（George E. Kent）在评价布鲁克斯早期诗歌生涯时说，她“有效地弥补了20世纪40年代她那一代的学院派诗人与60年代年轻一代激进的黑人诗人之间的断层”①；而“狂

① George E. Kent, “Afro-American Writers, 1940 – 1955”, in Trudier Harris-Lopez ed., *Dictionary of Literature Biography*, Vol. 76, Detroit: Gale Research, 1988, p. 11.

怒之花”全国非裔诗人大会则反映了她的诗歌传统已经成为美国非裔诗歌传统的灵魂存在。对于这样一位“在美国诗坛占据着独一无二的位置”的诗人，中国的研究不应该缺席。在这一意义上，丽玲的专著无疑具有重要的学术价值。

布鲁克斯在其长达50年的诗歌创作生涯中，始终将自我身份的定义和追求与对诗歌艺术的探索巧妙地结合。她在《沃普兰德第二训诫》（“The Second Sermon on the Warpland”）一诗中所说的“狂怒之花”（the furious flower）成为她诗学观念的一个隐喻：政治上的激愤书写与艺术之花的精细雕琢高度统一于她的诗歌创作中。她在文学生涯的不同阶段又从不同的角度、基于不同的立场进行艺术实践。她的早期诗歌一方面发扬了兰斯顿·休斯的民族书写传统，另一方面又接受了西方现代主义诗学观念的影响，形成了其范式，将民族书写与国家书写、民族文化与欧美文化传统置于其大众现代主义诗歌艺术平台上进行对话和互动，奠定了她毕生的诗学基调，尽管在黑人艺术运动时期有所偏离。布鲁克斯融政治诉求于艺术创新的诗学实践为20世纪后半叶以来的美国非裔诗歌提供了灵感和动力，也是美国学界研究视角和学术成果的聚焦所在。

美国学界对布鲁克斯诗歌的现代主义艺术实践及其社会文化诉求的诸多问题和层面进行了深度的探讨，产生了丰富的研究成果。不过，丽玲的专著却另辟蹊径，聚焦于布鲁克斯诗歌的空间维度，以此透视诗人的社会思想，尤其是诗人对国族认同乃至世界情怀的思考与表达。丽玲所采用的这一学术视角不仅仅是因为其明显的创新性，更是因为在布鲁克斯的诗歌创作生涯中，空间始终是一个核心词。丽玲在引言中说，布鲁克斯诗歌的空间涉及三个维度，即：诗人的人生经历与不同的空间形态和空间类型交织，特别是作为她生活和创作基地的芝加哥黑人区；美国非裔的历史有其独特的空间记忆和轨迹，包括从南方到北方、从乡村到城市；美国等级社会的空间化明显，美国社会依赖于从宏观的蓄奴制到微观的种族隔离制度的空间生产模式建立起白人至上的社会关系结构。不过，除此之外，我认为还有一点，即诗人自觉的空间意识与空间书写。布鲁克斯在长期基于黑人社区的文学创作中已然将个人的生活空间、民族的历史空间、美国社会空间乃至人类的精神空间贯穿，以空间化的思维和想象进行自我书写、民族书写、国家书写和世界书写。可以说，空间是布鲁克斯诗歌创作的思想自觉，也是其诗歌艺术的自觉建构。这一点正是丽玲专著的立论基础，也是该专著富有创新性的一大学术贡献。

该专著在中外学术史上首次对布鲁克斯的诗歌创作进行了系统的空间梳理。通过借鉴列斐伏尔、福柯、德勒兹等人的空间理论，作者基于对布鲁克斯诗歌作品和文学生涯的深刻洞察，勾勒出诗人六十年文学生涯的空间表征与空间轨迹。专著论述了布鲁克斯早期诗歌对都市黑人日常生活空间的揭示、民权运动时期对都市空间格局与街头公共空间的透视、后黑人艺术运动时期黑人民族的交往空间的反思、晚期诗歌对跨族和跨国文化空间的想象，不仅从空间视角重新建构了布鲁克斯的文学地图，也丰富了布鲁克斯诗歌角度的可能，创造性地提供了一个理解和把握诗人的自我定义、民族认同、国家书写和人类关切的艺术视角和学术视角。

这部专著对布鲁克斯空间想象与空间建构的系统梳理与深度观察并非目的，而是作者考察布鲁克斯社会思想的基础和视角。这部专著系统探究了布鲁克斯的空间书写与社会文化诉求之间的动态关系，尤其是空间书写与民族认同之间的动态关系，这是该专著更大的一个学术贡献。在专著中，作者从日常生活空间中洞察美国非裔公民社会的权力结构及其在美国权力结构中的地位，将黑人贫民窟作为政治异质空间探讨话语权力关系，将非裔社区作为社交空间剖析美国非裔民族的文化、伦理认同和共同体建构，在全球场域审视美国非裔民族与非洲故国和世界的关系。总体而言，该专著将布鲁克斯诗歌中不同历史时期的“黑人空间”放置于公民社会之中，将美国国家身份与国家意识放置于政治国家系统中，全面探讨了黑人的公民身份诉求与美国国家体系中公民身份的排斥和吸纳之间的互动与协商，并在全球语境下审视了布鲁克斯建构跨越国界的世界非裔命运共同体的理想。在很大程度上，这些论述不仅丰富了布鲁克斯文化思想的研究成果，也为这一领域的研究提供了新的路径和理据。

总体而言，丽玲的专著以全新的视角观照和探究作为20世纪美国非裔诗歌丰碑人物之一的布鲁克斯及其诗学实践，不仅产生了富有创建性的学术成果，而且具有研究范式拓展和研究方法论的意义。一方面，该专著创造性地挖掘和梳理了她的空间诗学与空间艺术实践，并以此为基础探讨了布鲁克斯的社会思想以及她诗歌空间书写与民族认同的动态关系，形成了关于布鲁克斯研究的独特性视角、原创性观点，凸显了布鲁克斯通过自觉的空间诗学实践对线性历史目的论进行有效瓦解和对种族主义社会本质进行深刻揭示与批判的思想智慧和艺术成就。另一方面，该专著将布鲁克斯研究从现代主义艺术和社会文化思想的传统学术关注引入空间理论等当代知识体系和社会话语体系，不仅拓展了布鲁克斯研究疆域，而且展示了布鲁克斯研究的新范式、新方法，并对美国非裔文学研究具有启发性和示范性。就中国学术研究而言，这部专著鲜明地体现了中国学者的学术创新。在布鲁克斯研究中，作者基于中国学者的学术立场和中国学术的社会需要、基于对研究对象的独到理解，在准确运用当代西方理论话语的同时又解构、校正了当代西方理论话语，提出了中国学者的独立见解和学术表达，不仅彰显了丽玲作为学者的研究实力，而且反映出她作为成长之中的中国学者在扎根中国大地开展科研、勇于在国际学术对话和交流中创建中国学术话语的精神。在这一点上，我不仅看到了丽玲作为学者的发展潜力，也看到了中国在美国非裔文学研究领域的未来前景。

2023 年 2 月于武昌

罗良功

（华中师范大学外国语学院二级教授、英语文学博士生导师）

目　录

绪　　论

第一节　诗人格温朵琳·布鲁克斯

格温朵琳·布鲁克斯（Gwendolyn Brooks，1917—2000）是20世纪重要的美国诗人之一。1950年，布鲁克斯获普利策诗歌奖，成为第一位获此殊荣的非裔作家。1968年，她继任卡尔·桑德堡（Carl Sandburg），自此担任伊利诺伊州桂冠诗人三十余载。1985年，她出任美国国家图书馆诗歌顾问，是继罗伯特·海登（Robert Hayden）之后第二位担此殊职的非裔诗人。1990年，时任美国总统克林顿为她颁发了国家艺术奖章。1994年，在创作生涯接近尾声时，她获得了美国政府人文科学领域的最高荣誉——国家人文基金会的杰弗逊讲席。布鲁克斯的传记作家、文学评论家乔治·肯特（George E. Kent）指出："布鲁克斯在美国诗坛占据着独一无二的位置。这不仅是因为她将对种族身份和种族平等的坚定追求与对诗歌技巧的精湛掌控巧妙地结合起来，而且还因为她有效地弥补了20世纪40年代她那一代的学院派诗人与60年代年轻一代激进的黑人诗人之间的断层。"①因此，布鲁克斯代表着20世纪美国非裔诗歌创作的高峰之一，在美国诗歌的传承

---

① George E. Kent, "Afro-American Writers, 1940 - 1955", in Trudier Harris-Lopez ed., *Dictionary of Literature Biography*, Vol. 76, Detroit: Gale Research, 1988, p. 11.

与发展中占有重要的一席之地。

1917年6月17日，格温朵琳·布鲁克斯出生于堪萨斯州首府托皮卡，出生一个月后就随父母返回芝加哥，之后除了旅行、教学和公众活动等短期离开外，她一生都居住在芝加哥南岸的黑人聚居区。布鲁克斯的父母是20世纪初追寻美国梦，从南部迁移到中西部城市的黑人移民大军中的一员。父亲大卫·布鲁克斯（David Brooks）曾在田纳西州的黑人学校费斯克大学（Fisk University）医学院就读一年，但因交不起学费中途退学，辗转到芝加哥寻找新的机会和希望。母亲凯西亚·维姆斯（Keziah Wims）曾梦想成为一名钢琴师，同样因为缺少学费而在托皮卡当了一名小学老师，与大卫结婚后搬到芝加哥。20世纪初芝加哥作为美国中西部重要的工业城市吸引了大批的黑人移民，但种族歧视与种族隔离使他们大多只能从事家佣和服务业工作，1910年占芝加哥人口2%的黑人中有极少数成为中产。布鲁克斯的父亲只能找到门房的工作，母亲在黑人教会给孩子们上音乐课。虽然种族压迫和经济剥削给布鲁克斯一家带来了巨大的生活压力，父母还是尽可能地给布鲁克斯和弟弟雷蒙德（Raymond Brooks）提供良好的居住环境和家庭教育。他们多次举家搬迁之后，最终拥有了尚普兰南路4332号的居所。这里满足了母亲对邻里“井然有序、日常生活安静”的期望。① 父亲会给孩子们朗诵黑人诗人邓巴的诗歌，母亲则会给他们弹奏钢琴，良好的艺术熏陶培养了布鲁克斯对诗歌的兴趣，当年仅七岁的布鲁克斯写出两行生涩的小诗时，母亲热情地鼓励她将来成为“女邓巴”，父亲则给她准备了一张小书桌。②

---

① George E. Kent, *A Life of Gwendolyn Brooks*, Kentucky: Kentucky University Press, 1990, p. 3.

② See Gwendolyn Brooks, *Report from Part One*, Detroit: Broadside Press, 1972, p. 53.

虽然童年时期的家庭生活充满了关爱与呵护，但进入学龄后与外界的接触却使布鲁克斯遭受到种族歧视带来的心灵伤害。她小学就读于芝加哥南岸的弗雷斯特维尔小学，中学先后就读于三所不同的学校。她刚开始就读于当地知名的白人学校海德堡公园中学，后来转学到一所全黑人学校菲利浦中学，最后毕业于一所黑白混合学校恩格尔伍德中学。[①] 布鲁克斯不仅受到白人孩子的歧视，还因为肤色深黑、头发卷曲被黑人孩子排挤，种族内部的肤色偏见使她觉得更加的低人一等。这种内化的种族主义对黑人孩子造成的心灵伤害成为日后布鲁克斯重要的诗歌主题之一。少女时期的布鲁克斯阅读了华兹华斯、济慈、雪莱、拜伦、朗费罗等欧洲作家的经典作品，[②] 十六岁就显示出对欧洲传统诗歌形式良好的驾驭能力，短短两年里她在知名黑人媒体《芝加哥卫报》（*Chicago Defender*）上发表了 75 首诗歌作品。[③]

除此之外，布鲁克斯在青少年时期就与重要的黑人文学前辈建立了联系。十六岁那年，布鲁克斯把自己的诗歌寄给了知名黑人社会活动家、作家、评论家詹姆斯·威尔顿·琼森（James Weldon Johnson）。令她惊喜的是，琼森回复了她，并在信件中肯定和赞扬了她的诗歌才能，同时建议她读一读现代主义诗人的作品。在琼森的建议下，布鲁克斯开始阅读艾略特、庞德、E. E. 卡明斯等现代主义诗人的作品。布鲁克斯在青少年时期的创作基本没有突破 19 世纪欧洲传统诗歌的主题内容和语言形式，琼森

---

① See Amy Sickels, "Biography of Gwendolyn Brooks", in Harold Bloom ed. *Gwendolyn Brooks: Comprehensive Biography and Critical Analysis*, Philadelphia: Chelsea House Publisher, 2005, pp. 14 – 15.

② See Amy Sickels, "Biography of Gwendolyn Brooks", in Harold Bloom ed. *Gwendolyn Brooks: Comprehensive Biography and Critical Analysis*, Philadelphia: Chelsea House Publisher, 2005, p. 13.

③ See Amy Sickels, "Biography of Gwendolyn Brooks", in Harold Bloom ed. *Gwendolyn Brooks: Comprehensive Biography and Critical Analysis*, Philadelphia: Chelsea House Publisher, 2005, p. 16.

的建议极大地开阔了她对诗歌的认识。同年，“哈莱姆文艺复兴”灵魂人物之一的兰斯顿·休斯（Langston Hughes）在芝加哥大都市社区教堂的活动现场朗诵了布鲁克斯的作品，并热情地鼓励她坚持创作。[①] 之后，两人开始了长久的往来。休斯对黑人城市生活的现实主义描绘和将布鲁斯、爵士、黑人方言等黑人文化元素融入诗歌形式的创作手法对布鲁克斯产生了深远的影响，在美国非裔诗歌传统的两座高山之间形成了传承和发展。

20 世纪 30 年代，左翼社会主义思想逐渐在芝加哥兴起，1936 年，理查德·赖特创办“南岸作家社团”（South Side Writers Group），扩大了左翼思想在黑人作家中的影响。布鲁克斯虽然不是该组织的成员，但她结识了该组织的玛格丽特·沃克（Margaret Walker）、泰德·沃德（Ted Ward）、爱德华·布兰德（Award Bland）等黑人激进主义者，并且受到他们的社会主义思想影响。1936 年，布鲁克斯从威尔逊大专毕业后步入社会，几次失败的就业经历后，她于 1937 年获得“全国有色人种协进会”（NAACP）青年协会提供的一份负责宣传的职位。1938 年布鲁克斯与亨利·布莱克里（Henry Blakely）结识，第二年两人结为夫妻，1940 年儿子亨利出生，1951 年女儿诺拉出生。

1941 年，布鲁克斯获得了一次正式学习现代主义诗歌诗学的机会。一名来自芝加哥上流社会的白人女性伊内兹·康宁汉·斯塔克（Inez Cunningham Stark），在“芝加哥南岸社区艺术中心”为有志成为诗人的黑人创办了一个诗歌培训班。斯塔克是现代主义诗歌重要刊物《诗刊》的忠实读者。她在培训班讲授了现代主义诗歌的基本原则和创作手法，还介绍了大量的现代主义诗人，极大地提高了布鲁克斯对诗歌形式的理解和对语言艺术的探索能力，她的创作日趋成熟。1943 年，布鲁克斯获得

① See Gwendolyn Brooks, *Report from Part One*, Detroit: Broadside Press, 1972, p. 174.

中西部作家会议的诗歌奖，随后她将自己以前的一些诗歌和新作结集成册，寄给了哈珀兄弟出版公司（Harper & Brother），由此正式进入了职业作家行列，开始了与主流知名出版公司长达 25 年的合作。[①]

1967 年是布鲁克斯创作生涯中一个至关重要的分水岭。布鲁克斯的创作开始于第二次世界大战后美国民主多元主义的乐观时期，白人自由主义者与黑人中产知识分子普遍支持黑人通过“种族进步”融入美国主流社会。布鲁克斯凭借着对传统诗歌韵律的精湛掌控和现代主义诗歌形式的大胆创新，在白人占主导地位的文学界发出了自己的艺术声音，成为 20 世纪 40 年代至 60 年代美国最具影响力的非裔诗人之一。但是，60 年代黑人民权运动时期黑人思潮逐渐从黑白融合转向了黑人权力自决，黑人大众高涨的种族意识和激进的革命热情给布鲁克斯带来了巨大冲击，最终在 1967 年费斯克大学第二届黑人作家大会之后，诗人实现了种族意识的蜕变。在阿米力·巴拉卡（Amiri Baraka）、哈基·马都布提（Haki R. Madhubuti）等年青一代诗人的黑人民族主义激发下，年逾五十的布鲁克斯坦诚自己进入“新意识的启蒙阶段”，[②] 今后的诗歌创作目的就是“唤起”黑人大众。[③] 随即布鲁克斯与主流出版公司哈珀分道扬镳，转向底特律一家黑人经营的布罗塞德出版社（Broadside Press），并且在创作上摒弃了欧洲传统韵律形式，更多地采用自由体形式。随着对非洲认同的增强，布鲁克斯于 1971 年和 1974 年两度造

---

① 布鲁克斯与哈珀的合作开始于 1945 年第一部诗集《布朗兹维尔的一条街》，至 1968 年的诗集《在麦加》结束，之后布鲁克斯一直是通过黑人出版社发行新诗集。1971 年，哈珀最后一次出版了与布鲁克斯合作期间的作品合集《格温朵琳·布鲁克斯的世界》。

② See Gwendolyn Brooks, *Report from Part One*, Detroit: Broadside Press, 1972, p. 86.

③ See Gwendolyn Brooks, *Report from Part One*, Detroit: Broadside Press, 1972, p. 183.

访非洲，而非洲大陆也成为她后期诗歌中黑人性与种族凝聚力的文化动力之源。

2000年11月，布鲁克斯在芝加哥逝世，享年83岁。安吉拉·杰克逊（Angela Jackson）在知名黑人文化期刊《卡拉鲁》（*Callaloo*）上撰文悼念布鲁克斯。她在文中写道：追随哈莱姆文艺复兴诗人兰斯顿·休斯的脚步，布鲁克斯的诗歌以饱含英雄情怀、悲剧色彩和滑稽幽默的细腻笔触描绘了贫困的黑人大众阶层，展现了诗人深切的人文主义关怀，她是崇高的艺术家和人民的诗人。[①] 布鲁克斯生前共出版了20部诗集、1部小说和2部自传，20部诗集中包括3部诗选和7部儿童诗歌作品。在长达五十多年的创作生涯中，布鲁克斯经历了美国种族社会结构和非裔族裔生存状况的急剧变化，诗人自身的种族意识和诗学理念也发生了迥然的变化，其诗歌主题内容和艺术形式的多样性反映了这些深刻的历史变化。整体观之，布鲁克斯的艺术创作呈现出阶段性特点，大致可划分为四个阶段。

第一阶段是20世纪40—50年代，即第二次世界大战后至黑人民权运动时期，布鲁克斯创作了《布朗兹维尔的一条街》（*A Street in Bronzeville*，1945）、《安妮·艾伦》（*Annie Allen*，1949）和《食豆者》（*The Bean Eaters*，1960）。[②] 三部诗集以芝加哥南岸黑人聚居区"布朗兹维尔"为社会历史原型和创作素材来源，刻画了种族歧视与种族隔离压迫下典型的黑人城市生活困境。《布朗兹维尔的一条街》的主题内容可划分为三个部分：第一部分从多个侧面刻画了芝加哥黑人集聚区不同年龄、

① See Angela Jackson, "In Memoriam: Gwendelyn Brooks (1917 - 2000)", *Callaloo*, Vol. 23, No. 4, 2000, p. 1166.

② 《食豆者》的出版时间为1960年，但布鲁克斯最初将诗集命名为《布朗兹维尔的男女们》，诗集的内容主要包括两个部分：布朗兹维尔黑人城市生活片段，以及50年代民权运动中重大历史事件，与前两部诗集在内容和形式上延续性明显，因此本书把这部诗集划归第一阶段。

身份、职业的黑人日常生活片段。第二部分细腻刻画了五位黑人人物形象，包括身穿佐特装的黑人都市游荡者史密斯，珍珠港事件中立下战功的黑人士兵多里·米勒，不被重视的黑人家庭主妇海蒂，被爱人遗弃的黑人女佣“布鲁斯皇后”，目睹男友被白人以私行处死的佩尔·梅里。第三部分描绘了参与第二次世界大战的黑人士兵在军队和社会生活中遭受的种族歧视。诗集以现实主义的笔触描绘了种族压迫和经济剥削给黑人生存造成的困境，但是不同于黑人文学的自然主义传统，诗歌中的人物并不是被动地受控于城市生存环境，而是一直为获得生命尊严而抗争。在诗歌形式方面，布鲁克斯将黑人民间布鲁斯融入欧洲传统韵律诗形式，传达了当下黑人生存困境的内容。该部诗集在形式和主题上奠定了布鲁克斯前期创作的基调。《安妮·艾伦》由“童年时期与少女时期随笔”、“安妮亚特”和“成熟女性时期”三部分组成，勾勒了布朗兹维尔黑人女孩安妮追寻黑人女性自我身份的成长历程。安妮经历了从童年时期的浪漫主义幻想到年轻女性时期家庭婚姻的失败，最后在成熟女性时期以母亲的视角形成对现实的客观了解和坚定态度。整部诗集的语言晦涩、典故密集、意象丛生，内容抽象、凝缩，尤其是第二部分“安妮亚特”，挪用了西方传统史诗的艺术形式，突出体现了现代主义的实验性风格。但是，布鲁克斯的“黑人内容”与“白人形式”并非生硬的并置，而是艾略特的反讽与休斯泪中带笑的黑色幽默融合，含混晦涩的现代主义表达模式与黑人躲闪伪装的民间表达模式融合，以及现代主义讽喻性的口吻与黑人对社会现实的批判融合。诗集《食豆者》表明了诗人对政治关注的增加，诗歌涉及了大量民权运动的历史事件，例如 1955 年 14 岁黑人男孩艾米特·迪尔（Emmett Dill）因为对杂货店白人妇女吹口哨，而被两个白人在密西西比三角洲施以私刑残酷杀害；1957 年小岩城的 9 名黑人孩子因进入种族融合学校读书而遭致白人种族主义者的阻挠，最后在美国军方的干涉下才得以进入学校。该部诗集曾因“过于社会性”而遭致评论的冷遇，但是将政治关注转化为美学观念恰恰是美国非裔形式主义诗歌独特的美学机制。

第二阶段是60年代民权运动至黑人权力运动高潮时期。在黑人民族主义的影响下，黑人意识形态逐步从融合走向黑人民族自决，力图在现实和想象层面建立黑人独立自主的政治、经济与文化空间。在这一时期的三部诗集《诗选》（*Selected Poems*，1963）、《在麦加》（*In the Mecca*，1968）和《骚乱》（*Riot*，1969）中，诗人逐渐摒弃了以民主理念和基督教义作为政治修辞的策略，对黑人民族主义表现出更直接的认同。《诗选》中的新作及代表性长诗《走向热血愤怒的乘行者》记录了1961年爆发的“自由乘车”运动，揭示了美国联邦的宪法精神与南方诸州的种族政策之间激烈的对抗。诗集《在麦加》包括同名长诗“在麦加”与“麦加之后”两个部分。长诗《在麦加》以黑人贫民窟住宅大厦麦加为原型，讲述了黑人母亲萨莉发现年仅九岁的女儿帕蒂塔失踪之后，找遍大厦的每一层楼、每一个房间，最终在黑人住户爱德华的床下发现女儿的尸体。诗歌以寻找帕蒂塔为线索，揭示了麦加大厦黑人群体的迷失困顿。第二部分“麦加之后”的十几首组诗刻画了黑人权力运动领袖马尔科姆·X（Malcolm X）、NAACP领导人迈德加·埃夫斯（Medgar Evers）、“黑石骑兵”组织成员等黑人民族英雄，并以《沃普兰德的训诫》号召黑人的民族意识和使命感。“麦加”蕴含着政治与宗教层面的意义，成为黑人民族沦落与救赎之地。诗集《骚乱》是以马丁·路德·金遇刺身亡后芝加哥掀起的种族骚乱为创作激发，并以金博士的名言“骚乱是未被听闻者的语言”作为对种族暴力的起源和性质的反思。诗歌虚构了居住在芝加哥富人区的白人约翰·卡波特，他驱车驶入种族骚乱中的黑人社区，被一群愤怒的黑人打死。卡波特是盎格鲁－撒克逊白人新教徒（White Anglo-Saxon Protestant）的典型代表，他提供了一个镜像，反思美国社会种族暴力的历史和根源。诗人并未止步于批判种族主义，或者为黑人暴力辩解，而是以《沃普兰德第三训诫》《爱的一面在冰与火中延续》等诗歌强调暴力后获得的重生，建构新的黑人文化身份和新型种族关系。

第三阶段是70年代黑人权力运动退潮时期，布鲁克斯的关注点再次回归黑人的内部空间，创作了《家庭照片》（*Family Pictures*，1970）、《召唤》（*Beckonings*，1975）以及在知名黑人杂志《乌黑》（*Ebony*）上发表的长诗《在蒙哥马利》（*In Montgomery*，1971）。[①] 诗集《家庭照片》突出的特点就是将黑人家庭延伸为世界黑人国度，刻画了美国黑人和非洲黑人的不同形象，传达“以黑为美”的思想，以期建立黑人群体的自我接受与自我尊重，实现黑人内部的团结一致，体现了布鲁克斯后期创作中的黑人民族主义和泛非主义思想。诗集《召唤》以黑人母亲的声音向黑人族群的年青一代诉说建立黑人社群的理想。诗歌使用了黑人方言和黑人日常语言，以田园牧歌式的民间纯朴风格增强黑人群体的情感共鸣。长诗《在蒙哥马利》重返了民权运动时期的重大历史事件爆发地蒙哥马利，诗人认为蒙哥马利因为在黑人运动中的特殊地位而成为黑人运动历史荣光的象征。伟大时代的光荣梦想还未实现，诗人希望唤回黑人的革命热情。这三部诗集对黑人内部空间的建构在两个层面上进行：第一，白人在想象空间（现实空间）对黑人性进行刻板化建构，诗集则发掘刻板形象背后黑人的心理空间（超现实空间），实现黑人性的自我认识和自我界定；第二，诗集将美国黑人家庭延展为世界黑人国度，拓展了内部空间的文化承载和人文价值，内部空间成为恢复黑人情感主

---

① 《乌黑》1945年创办于芝加哥，在黑人中颇具知名度和影响力。该杂志1971年8月推出“今日南方”专刊，特邀“普利策诗歌奖得主”布鲁克斯撰写了《在蒙哥马利》一诗。这首诗于2003年结集成诗选《在蒙哥马利与其它诗歌》出版。

体、建构文化身份和巩固凝聚力的动力之源。

第四阶段是80—90年代多元文化时期。随着非裔美国人政治地位和文化地位的明显提高，布鲁克斯以更开阔的空间视角审视黑人问题，先后创作了《致上岸》（*To Disembark*，1981）、《戈特沙尔克与塔兰泰拉舞曲》（*Gottschalk and the Grande Tarantelle*，1988）、《约翰尼斯堡附近的男孩与其它诗歌》（*The Near-Johannesburg Boy and Other Poems*，1991）、《黑人初级读本》（*Primer for Blacks*，1991）、《温妮》（*Winnie*，1991）、《回家的孩子》（*Children Coming Home*，1991）等诗集。强化与非洲大陆的纽带关系是这一时期诗歌的突出特点。通过与非洲建立空间性的联系，布鲁克斯将南非反种族隔离斗争与美国黑人民权运动相联系，在反殖民主义与反帝国主义更广阔的框架内探寻彻底根除黑人性受压迫的方法。诗歌中非洲根源（root）与美洲路径（route）之间的互动、协商表明了诗人以非裔流散的方式建构"家园"的空间策略。

综上所述，布鲁克斯是20世纪美国非裔诗歌发展中承上启下的重要诗人。在跨越40年代至90年代的创作生涯中，布鲁克斯是"哈莱姆文艺复兴"诗歌传统与黑人艺术运动之间关键的连接点，见证了60年代黑人女性诗歌的繁荣与70年代黑人女性主义美学的兴起。[①] 诗人的种族意识与诗歌的艺术形式之间的张力无疑是贯穿其一生文学创作的动力来源。布鲁克斯始终如一地探寻着艺术形式的可能性，用以表达20世纪中叶城市化进程中黑人的生存困境和矛盾心理。一方面，她大胆地在诗体、韵律、句法、叙事技巧上进行实验性写作，秉承"哈莱姆"诗人激进的种族抗议传统，以黑人民间元素改造欧洲传统诗歌形式，吸收现代主义诗歌技巧传达对种族社会的批判，逐步建构起自己独具特色的艺术形式。另一方面，她深刻地描绘20世纪中叶城市

① Gary Smith, "Gwendolyn Brooks's *A Street in Bronzeville*, the Harlem Renaissance and the Mythologies of Black Women", *MELUS*, Vol. 10, No. 3, 1983, p. 45.

化进程中种族隔离区黑人进退两难的处境，他们处于与南方历史传统断裂却被北方民主自由拒斥的困境中，渴望提高经济地位却又受到经济剥削的贫困中，梦想获得生命尊严却又遭遇种族歧视的挣扎中。布鲁克斯主要的艺术成就之一就是在诗歌文本中重构了黑人这段具有重大历史意义和社会意义的生存体验。

另外，将政治关注转化为美学观念是美国非裔形式主义诗歌独特的美学机制。布鲁克斯是美国非裔形式主义诗人的杰出代表，她持之以恒地探求主流文化与黑人传统的双重遗产写作不仅造就自身精湛的形式风格，而且激发了后辈诗人对形式政治性的探索。另一方面，虽然政治环境和艺术形式发生了巨变，但是正如布鲁克斯所言，诗歌是浓缩的人生，它来自人的心灵，对于城市黑人大众的生存困境的关注构成了她文学创作的主要素材，她在文学中热切地探寻这些边缘、底层、被遗忘的人群丰富的精神世界和浓厚时代气息的生活记忆。因此，布鲁克斯对社会正义的热切关注和对诗歌艺术的不懈追求，留下了宝贵的文学精神遗产，并在新近崛起的黑人女性后辈诗人中得到延续。索尼亚·桑切斯（Sonia Sanchez）是黑人艺术运动中重要的女性声音，至今仍活跃于美国诗坛。她汲取了布鲁克斯改造欧洲传统诗歌形式和文化规约以传达政治性的艺术策略，在诗集《你屋里有狮子吗?》（*Does Your House Have Lions?*，1997）中借用了布鲁克斯在《安妮亚特》中改写“帝王韵”的诗节形式、措辞和结构。妮基·乔瓦尼（Nikki Giovanni）在后黑人艺术运动时期仍保持激昂的种族热情，她以布鲁克斯名字拼写中的“溪流”（brook）致敬布鲁克斯对她产生的情感激发。她在诗中写道，布鲁克斯是一条“爱与知识的清澈泉水/滋养着发现并勇于啜饮它的人”。伊丽莎白·亚历山大（Elizabeth Alexander）在奥巴马总统就职仪式上朗诵而成为美国家喻户晓的诗人。在《黑人内部》（*Black Interior*，2004）一书中，亚历山大赞扬了布鲁克斯的女性视角对布朗兹维尔黑人生活的种族书写。她说，正是通过阅读布鲁克斯笔下黑人城市形形色色的生活，使她了解到黑人多样性的社会历史。亚历山大本人也致力于从日常生活与大众文化中拓展黑人经历多样性的创作实践。2017年布鲁克斯百年诞辰之际，芝加哥大学和伊利诺伊大学为她举办了纪念活动，多位非裔普利策奖诗人出席了开幕仪式。到场的普利策奖诗人有丽塔·达夫（Rita Dove）、约瑟夫·阔芒亚夫（Yusef Komunyakaa）、娜塔莎·特雷瑟维（Natasha Trethewey）、格雷戈里·帕德罗（Gregory Pardlo）、特雷西·史密斯（Tracy K. Smith）等，他们代表着美国非裔诗歌创作的延绵与繁荣。在纪念仪式上，后辈诗人们朗诵着布鲁克斯的诗歌，谈论着她产生的文学影响和精神遗产。

第二节 国内外研究现状

自1945年第一部诗集《布朗兹维尔的一条街》出版之时，布鲁克斯的作品就引起了评论界的关注。《芝加哥先驱书评》和《纽约客》对诗集给予肯定的评价，之后的多部作品也纷纷得到《诗刊》《纽约时报书评》《纽约先驱论坛书评》《星期六文学评论》等全国有影响力的文化期刊的好评。布鲁克斯的诗歌作品自20世纪60年代进入正式学术研究以来，目前已有4部专著、1部传记、6部论文集和1部访谈出版，近50篇重要期刊论文和10多部专著中完整章节的研究，以及ProQuest数据库检索到标题包含诗人名字的博士论文29篇。[①] 虽然布鲁克斯

① 本书参考2005年哈罗德·布鲁克斯编辑的《现代批评观点：格温朵琳·布鲁克斯》和2009年米尔德里德·迈克（Mildred R. Mickle）编辑的《批判性洞见：格温朵琳·布鲁克斯》所列的文献书目，以及宾夕法尼亚大学图书馆数据库和图书资源检索、借阅到的文章和书籍进行统计。所列数据仅涉及诗歌作品研究。

作为美国重要诗人的文学地位毋庸置疑，但是国外学界对这位非裔女诗人的学术话语却几经沉浮，而且存在巨大分野。研究者纷纷给她贴上诸如美国诗人、黑人女诗人、现代主义诗人、黑人方言诗人、种族融合主义诗人、黑人民族主义诗人等标签，试图界定布鲁克斯的诗人身份，厘清她的诗学渊源与诗歌风格，阐释她的政治姿态与文化立场，却反而将诗人的面孔湮没在割裂作品整体与悬置创作主体的研究阐述中。她的文学生涯和诗歌作品充分地体现了黑人女诗人永不停息的自我否定和自我变革，就实质而言，这种推动力来自诗人在创作中与相互冲突力量的积极协商，例如种族、阶级、性属不同的权利诉求，艺术与政治孰先孰后，与白人自由主义者建立同盟还是依靠黑人大众，融入主流文学还是建立独立的黑人美学，非洲中心取代欧洲中心还是促成多元文化，固守民族主义还是走向世界主义等。这些冲突不仅造成诗人思想和作品风格的纷繁复杂与变动不居，而且也构成评论家不同的学术立场和批评标准，研究者纷纷各执一词对诗人做出不一致甚至是截然相反的评价。

纵观20世纪60年代至21世纪的研究成果，清晰呈现了布鲁克斯研究领域的几个核心问题，关注的焦点和主要研究方法呈现历时的变化趋势，形成了一些具有学术权威的主要观点，同时也存在明显的不足之处。[①] 首先，60年代评论主要围绕“普适性”与“特殊性”、“艺术形式”与“种族关注”以及“黑人性”与“文学性”之间的关系展开。詹姆斯·琼森（James N. Johnson）指出，布鲁克斯对黑人经历的描述忠实于人性，无疑是普适价值的一部分。[②] 亚瑟·戴维斯（Arthur P. Davis）注意到布鲁克斯

① 文学思潮、诗人创作、即时书评与文学批评之间虽然紧密相联、互为影响，但也并非时刻同步或观点一致，因此本书主要依据学术文章在不同时期的主要观点分析归纳，按20世纪60、70、80、90年代以及2000年以来划分五个阶段进行阐述。

② James N. Johnson, “Blacklisting Poets”, *Ramparts* 7, No. 9, 1968, pp. 53 – 56.

诗歌的形式艺术优于主题抗议成分，与抗议文学传统有微妙的差异。[①] 丹·杰斐（Dan Jaffe）认为“黑人诗歌”的标签贬低了布鲁克斯诗歌的文学成就，她的诗歌展现了对社会、情感、语言等领域的掌控。[②] 60 年代美国评论界受新批评主导，加之第二次世界大战后白人自由主义者和黑人中产知识分子大多对美国民主多元主义和种族融合持乐观态度，因此主题内容的普适性和形式的艺术性成为文学的重要标准。主流评论常常以形式的艺术性和主题的普适性掩盖边缘作家自身的文化传统和种族意识，将其作品纳入主流普适性的体系中，而黑人评论者也强调黑人作家在普适性和特殊性之间形成平衡，从而融入主流文学。因此，评论突出了诗歌中的传统韵律形式和现代主义技巧，回避了黑人民间元素，以白人的人文主义价值掩盖诗歌对社会不公造成种族苦难的控诉。

70 年代布鲁克斯研究的一个鲜明特点是把诗人的创作划分为三个阶段：20 世纪 40—50 年代的早前创作、60 年代的转型期创作，以及 60 年代末转型之后的创作，并依据不同阶段的标签式特点阐述作品。亚瑟·戴维斯（Arthur Davis）指出，布鲁克斯放弃了先前的种族融合主义立场，转向黑人民族主义立场，随着意识形态的改变，诗歌技巧也出现相应转变。[③] 威廉姆·汉赛尔（William H. Hansell）指出，60 年代激进的布鲁克斯宣告脱下具有保护性的“面具”，终止与白人的合作并唤入黑人的全面参与。70 年代作品在主题和风格上继续发掘和歌颂黑人

---

① Arthur P. Davis, “The Black-and-Tan Motif in Poetry of Gwendolyn Brooks”, *College Language Association*, Vol. 6, No. 2, 1962, pp. 90 – 97.

② Dan Jaffe, “Gwendolyn Brooks: An Appreciation from the White Suburbs”, in C. W. E. Bigsbyed, *The Black American Writers*: *Volume 2 Poetry/ Drama*, Deland, Fla.: Everett/ Edward, 1969, pp. 89 – 98.

③ Arthur P. Davis, “Gwendolyn Brooks”, *From the Dark Tower*: *Afro-American Writers 1900 – 1960*, Howard University Press, 1974, p. 104.

性的本质特征。[①] 哈基·马都布提（Haki R. Madhubuti）是黑人艺术运动的主要倡导者，被布鲁克斯喻为自己的“精神之子”，他在布鲁克斯的自传《第一部分报告》序言中以非洲中心的黑人性为衡量标准，指出布鲁克斯在1967年之前的黑人性是由白人定义，而之后开始寻找自我定义，她是在美国生活和写作的非洲诗人。[②] 乔治·肯特是布鲁克斯研究专家和传记作家，他总结道，布鲁克斯的成就在于她能对黑人群体自我观念的急剧变化做出敏锐的回应。[③] 知名黑人学者小休斯顿·贝克（Houston A. Baker Jr.）对布鲁克斯的研究在这一阶段也颇具代表性。他借助杜波伊斯的“双重意识”阐释了布鲁克斯诗歌创作中的“白人风格与黑人内容”处于交战状态，并且认为“高雅风格”像一道“面纱”分离了黑人自我与白人世界。[④] 诺里斯·克拉克（Norris B. Clark）在博士论文中精辟地总结了布鲁克斯三个时期的风格特点，他写道：“这种划分可以用政治语言总结为前革命、革命和后革命，用社会学语言总结为同化主义、融合主义和黑人民族主义，或者用种族语言总结为白人、有色人种、黑人。”[⑤] 虽然布鲁克斯诗歌阶段性明显的变化不容置疑，而且划分阶段有助于厘清诗人创作的历时变化和风格特征，但标签

---

① William H. Hansell, “Essence, Unifyings, and Black Militancy: Major Themes in Gwendolyn Brooks's *Family Pictures* and *Beckonings*”, *Black American Literature Forum*, Vol. 11, No. 2, 1977, pp. 63 – 66.

② Haki R. Madhubuti, “Gwendolyn Brooks: Beyond the Wordmaker —The Making of an African Poet”, in Gwendolyn Brooks, *Report from Part One*, Detroit: Broadside Press, 1973, pp. 13 – 30.

③ George E. Kent, “The Poetry of Gwendolyn Brooks”, *Black World*, Oct. 1971, pp. 30 – 43.

④ Houston A. Baker Jr., “The Achievement of Gwendolyn Brooks”, *College Language Association*, Vol. 16, No. 1, 1972, pp. 23 – 31.

⑤ Norris Berkeley Clark, “The Black Aesthetic Reviewed: A Critical Examination of the Writings of Imanu Amini Baraka, Gwendolyn Brooks, and Toni Morrison”, Ph. D. Dissertation, University of Cornell, 1980, pp. 52 – 53.

式的研究缺乏深入发掘诗人创作演变的内在动力机制，以一种简化复杂性和割裂深层延续性的方式，很容易造成研究者将文本搁置，任意肢解或抽取文本。70 年代黑人民族主义主导下的批评模式过于强调文学的意识形态和社会功能，学者在研究中夸大了历史语境对布鲁克斯创作的决定作用和诗歌中的种族政治，忽视了诗人自身细微的变化和深层艺术关照的延续性。

80 年代在结构主义与后结构主义影响下，美国非裔文学研究修正了以意识形态为中心的批评范式，转向对语言形式和艺术技巧的关注，深入发掘黑人民间传统和口头文化在文学创作中的价值意义，突出黑人表述中形式和文化的差异。这一时期的研究可划分为三个方面。第一，评论从宏观层面论述了黑人民间形式对布鲁克斯诗歌美学建构的意义。诺里斯·克拉克（Norris B. Clark）指出，布鲁克斯不仅在意识形态上超越了狭隘的黑人美学，而且在主题上摆脱了以非洲为中心的依赖，她将欧洲传统诗歌的形式元素与黑人民间的口头文化元素融合，在美国现代主义诗人和美国黑人诗人中卓尔不群。[1] 乔治·肯特（George E. Kent）认为60 年代诗人从前期的“融合”走向后期的“流放”，采用黑人风格鲜明的“流放的”韵律取代“现行存在的”表述模式，转化、吸收黑人民间形式及其价值观，形成诗人后期诗歌的美学特征。[2] 第二，评论从具体的诗歌形式和艺术技巧阐释布鲁克斯并非简单地模仿欧洲传统形式，而是进行去传统化、黑人化、女性化的改造。玛丽亚·莫特雷（Maria K. Mootry）与格拉迪斯·威廉姆斯（Gladys M. Williams）

---

① Norris Berkeley Clark, “Gwendolyn Brooks and a Black Aesthetic”, in Mafia K. Mootry and Gary Smith eds., *A Life Distilled: Gwendolyn Brooks, Her Poetry and Fiction*, Urbana and Chicago: Illinois University Press, 1987, pp. 81 – 99.

② George E. Kent, “Aesthetic Values in the Poetry of Gwendolyn Brooks”, in Mafia K. Mootry and Gary Smith eds., *A Life Distilled: Gwendolyn Brooks, Her Poetry and Fiction*, Urbana and Chicago: Illinois University Press, 1987, pp. 30 – 46.

分别论述布鲁克斯融入黑人灵歌和布鲁斯等民间元素，改造欧洲传统的歌谣和十四行诗形式，产生了既妥协又颠覆的双重性，表明了诗人与种族内外不同读者进行文化协商的策略。[①] 盖尔·琼斯（Gayl Johns）分析了布鲁克斯诗歌中的多重声音，指出虽然与欧裔美国文学形式有相似性，但黑人文学传统的独特性和边缘族裔女性的文化立场，使其具有鲜明的差异。[②] 第三，评论将布鲁克斯置于广阔的文学传统中考察诗人的诗学渊源。加里·史密斯（Gary Smith）论述了布鲁克斯对黑人诗歌传统、欧洲诗歌传统、美国现代主义诗歌传统的吸收和改造，形成自己独特的诗歌风格。[③] 肯尼·威廉姆斯（Kenny J. Williams）从芝加哥城市文学传统的角度，指出布鲁克斯吸收了德莱塞、安德森等小说家的现实主义和自然主义，同时将“哈莱姆”诗人的城市关注转移到芝加哥南岸黑人聚居区，突破了桑德堡等芝加哥诗人囿于浪漫主义的诗歌风格。[④]

这一阶段除了高质量的期刊文章外，哈瑞·肖（Harry B. Shaw）和 D. H. 麦勒姆（D. H. Melhem）分别出版了两部研究专著，玛丽亚·莫特雷（Maria Mootry）出版了一部研究论文集，将布鲁克斯研究推到了新的高度。1980 年哈瑞·肖出版了

---

① Maria K. Mootry, “ ‘Chocolate Mabbie’ and ‘Pearl May Lee’: Gwendolyn Brooks and the Ballad Tradition”, *College Language Association*, Vol. 30, No. 3, 1987, pp. 278 – 293; Gladys Margaret Williams, “Gwendolyn Brooks's Way with the Sonnet”, *College Language Association Journal*, Vol. 26, No. 2, 1982, pp. 215 – 240.

② Gayl Johns, “Community and Voice: Gwendolyn Brooks's ‘In the Mecca’”, in Maria K. Mootry and Gary Smith eds., *A Life Distilled: Gwendolyn Brooks, Her Poetry and Fiction*, Urbana and Chicago: Illinois University Press, 1987, pp. 193 – 204.

③ Gary Smith, “Gwendolyn Brooks's Children of Poor: Metaphysical Poetry and Inconditions of Love”, *Obsidian II*, Vol. 1, No. 1, 1986, pp. 39 – 51.

④ Kenny J. Williams, “The World of Satin-Legs, Mrs. Sallie, and the Blackstone Rangers: The Restricted Chicago ofGwendolyn Brooks”, in Maria K. Mootry and Gary Smith eds., *A Life Distilled: Gwendolyn Brooks, Her Poetry and Fiction*, Urbana and Chicao: Illinois University Press, 1987, pp. 47 – 70.

布鲁克斯研究领域的第一部专著《格温朵琳·布鲁克斯》。肖主要采用社会历史研究法，依据布鲁克斯的创作生平梳理了诗歌主题，按历时发展顺序归纳为：死亡主题、失去荣耀主题、迷失主题、幸存主题，并将各大主题扩展为关联的几个母题，细致地结合诗歌文本分析论述。通过结合历史语境和诗歌主题的梳理，肖提出政治与文化激进主义改变了布鲁克斯对诗歌社会功能的认识。① 1987 年 D. H. 麦勒姆出版了布鲁克斯研究的第二本专著《格温朵琳·布鲁克斯：诗歌与英雄主义声音》。麦勒姆提出，人文主义和英雄主义贯穿布鲁克斯的诗歌创作，他采用了历史语境与文本细读结合的研究方法，在创作经历、社会历史背景、美学价值观形成的语境中，聚焦诗歌的视觉、声音、意义，进行韵律学、修辞学、语言学等形式主义分析。麦勒姆深入细致的历史语境梳理，以及清晰透彻的诗歌形式分析使这本专著具有重要学术价值。② 1987 年玛丽亚·莫特雷和加里·史密斯编辑了第一部布鲁克斯研究论文集《浓缩的人生：格温朵琳·布鲁克斯及其诗歌与小说》。文集按整体美学研究、诗歌形式研究和小说主题研究分为三个部分，在整体上廓清了布鲁克斯的诗学渊源和美学特征，发掘了布鲁克斯对不同文学传统和艺术形式的改造，突出了族裔文学差异性的表述文化。③

90 年代随着形式主义研究和文化研究的结合，通过语言形式发掘背后蕴藏的意识形态和文化价值成为评论关注的焦点。布鲁克斯前期诗歌的复杂形式重新受到评论的青睐，而后期转向公开、激进抗议的诗歌纷纷被指责为过于简化和艺术性下降。布鲁克·霍瓦特（Brooks K. Horvath）阐述了社会问题、个人关

---

① Harry B. Shaw, *Gwendolyn Brooks*, Boston: Twayne Publishers, 1980.

② D. H. Melhem, *Gwendolyn Brooks: Poetry and the Heroic Voice*, Kentucky: Kentucky University Press, 1987.

③ Maria K. Mootry and Gary Smith, eds., *A Life Distilled: Gwendolyn Brooks, Her Poetry and Fiction*, Urbana and Chicago: Illinois University Press, 1987.

注、美学追求在布鲁克斯早期诗歌创作中的整体性，而形式反抗居于号召社会反抗和政治反抗信息传达的中心，“美学正确”使诗人有效地传达黑人的社会和政治内容。① 与此同时，布鲁克斯如何通过艺术形式和策略对主流叙述中对黑人性的贬低进行颠覆、解构和反抗也是学界关注的焦点之一。约翰·格里（John Gery）考察了戏仿手法在早期诗歌中产生的颠覆性效果。他指出，布鲁克斯通过白人形式与黑人内容之间的距离获得戏仿式叙述声音，悬置了主流文化中的种族特征和性属身份定义，打开了新的语言和意识形态空间。②

另一方面，女性主义创作与女性文学传统的研究为这一时期的研究注入了巨大的学术活力。③ 贝琪·厄基拉（Betsy Erkkila）在专著《了不起的姐妹：女诗人、文学史与分歧》中专列章节，深入贴切地阐释了黑人女性的视角和声音在布鲁克斯不同创作时期的变化。厄基拉指出，哈莱姆文艺复兴是受白人资助、以黑人男性为中心的文学运动，布鲁克斯没有明显的黑人女性文学前辈，她的创作挑战了传统女性主义方式对女性作家的建构，以及男性作家与女性作家之间的传统区别。早期作品中既有女性中心的声音，吸收民间布鲁斯、歌谣、灵歌、布道的诗歌，也有男性中心的声音，引用典故、讽刺、意象主义等现代主义艺术策略的诗歌，传达出女性视角所定义的种族和政治意识。60 年代男性认同的黑人权力运动动摇了布鲁克斯作为黑人女诗人的身份和角色，她逐渐压制、边缘化女性的视角和声音，诗

① Brooks K. Horvath, “The Satisfaction of What's Difficult in Gwendolyn Brooks's Poetry”, *American Literature*, Vol. 62, No. 4, 1990, pp. 606 – 616.

② John Gery, “Subversive Parody in the Early Poems of Gwendolyn Brooks”, *South Central Review*: *The Journal of the South-Central Modern Language Association*, Vol. 16, No. 1, 1999, pp. 44 – 56.

③ 虽然美国黑人女性主义批评崛起于 70 年代，但在黑人权力运动的影响下布鲁克斯作品已由女性中心转向男性中心，因此一直未得到女性主义研究者的关注。

歌中体现了黑人男性与女性之间的分裂。[①] 格特鲁德·休斯（Gertrude R. Hughes）和阿·耶密斯·詹莫（A. Yemisi Jimoh）从不同的角度论述了布鲁克斯的性别政治诉求对现代主义男性中心的颠覆。[②] 另外值得一提的是，詹姆斯·斯麦瑟斯特（James E. Smethurst）在《新红色黑人：1930 至 1946 年左翼文学与美国非裔诗歌》一书中，对布鲁克斯“精英”新现代主义风格的论述也颇具原创性和启发性。他指出，布鲁克斯在精英现代主义与黑人方言诗之间进行“邓巴式”分裂，采用了局内人、局外人、局内与局外人叠加三个不同的叙述立场，既吸收了黑人民间大众文化元素和大众主义文学主题，又在分离式局外人叙述中体现精英现代主义风格，记录了芝加哥南岸的黑人生活。[③]

乔治·肯特（George Kent）撰写的《格温朵琳·布鲁克斯的人生》于 1990 年出版，填补了布鲁克斯传记的空白。肯特于 1969 年与布鲁克斯相识之时就取得了布鲁克斯同意为其撰写传记。七八十年代肯特一直有高质量的布鲁克斯研究文章发表。在撰写传记过程中，肯特跟随诗人走访了她居住过的地方，查阅了她早年的诗歌练习册、未发表的诗歌手稿，以及诗人与哈珀兄弟出版公司白人编辑的书信往来，并对诗人及其家人进行

---

① Betsy Erkkila, "Race, Black Women Writing, and Gwendolyn Brooks", *The Wicked Sisters: Women Poets, Literary History, and Discord*, New York, Oxford: Oxford University Press, 1992, pp. 185 – 234.

② Gertrude R. Hughes, "Making It Really New: Hilda Doolittle, Gwendolyn Brooks, and the Feminist Potential of Modern Poetry", *American Quarterly*, Vol. 42, No. 3, 1990, pp. 375 – 401; A. Yemisi Jimoh, "Double Consciousness, Modernism and Womanism Themes in Gwendolyn Brooks's 'The Anniad'", *MELUS*, Vol. 23, No. 3, 1998, pp. 167 – 187.

③ James Edward Smethurst, "Hysterical Ties: Gwendolyn Brooksand the Rise of a 'High' Neomodernism", *The New Red Negro: The Literary Left and African American Poetry, 1930 – 1946*, New York and Oxford: Oxford University Press, 1999, pp. 164 – 179.

了大量的访谈。肯特严谨的治学态度与深厚的学术功底使这本传记具有很高的学术参考价值。[①] 1999 年，B. J. 博尔顿（B. J. Bolden）出版了布鲁克斯研究领域的第三部专著《布朗兹维尔的城市愤怒：格温朵琳·布鲁克斯 1945 年至 1960 年诗歌中的社会批判》。该部专著结合芝加哥南岸黑人地带的社会历史语境变迁，以布鲁克斯的前三部诗集为主要研究对象，论述了诗集的主题内容和艺术形式。[②] 另外，6 篇以布鲁克斯为主要研究对象的博士论文从研究视角和内容上对期刊文章和专著形成了有益的补充。其中有 3 篇博士论文以民权运动时期或黑人艺术运动作为诗歌史的断代分期，突出布鲁克斯与其他诗人在共同的历史语境中的共性与差异，同时也突出了布鲁克斯在美国非裔诗歌发展中的重要位置。[③]

2000 年以来，布鲁克斯研究呈现出鲜明的“文本的语境化”与“语境的文本化”相互渗透的研究方法特点。学界更多从诗歌文本与语境中的文化思潮、政治经济状况、城市历史变迁的互文性关系中阐释诗人的艺术风格与诗学思想。另一方面，历史语境是扩展的文本，学界同时也关注诗歌如何参与到城市生存空间的话语建构中。首先，布鲁克斯的十四行诗和歌谣的艺术风格与形式策略一直是学界关注的焦点之一，诗人在 1967 年转变之后就不再使用欧洲传统诗歌形式，因此学者的研究都

---

① George E. Kent, *A Life of Gwendolyn Brooks*, Kentucky: Kentucky University Press, 1990.

② B. J. Bolden, *Urban Rage in Bronzeville: Social Commentary in the Poetry of Gwendolyn Brooks, 1945 – 1960*, Chicago: Third World Press, 1999.

③ Maureen Catherine Heacock, “Sounding a Change: African-American Women's Poetry and the Black Arts Movement”, Ph. D. Dissertation. Minnesota University, 1995; Jeffrey Lamar Coleman, “Transforming Words / Revolutionizing Verses: Four poets of the American Civil Rights Movement”, Ph. D. Dissertation. New Mexico University, 1997; Keith David Leonard, “Representing the Race: Identity and Race-Consciousness in African American Poetry, 1919 – 1967”, Ph. D. Dissertation, Stanford University, 1999.

集中在早期诗歌，对“白人形式”与“黑人内容”之间的张力褒贬不一。凯伦·福特（Karen J. Ford）于2007年和2010年在权威学术期刊上发表的两篇文章突破了仅研究文本具体应用的方式。福特意识到十四行诗和歌谣不仅是诗人创作的具体艺术形式，也是诗人建构诗学观的承载器。她指出，对形式的焦虑、怀疑与高度自觉，锲而不舍地探寻社会与政治反抗中适当的艺术形式是布鲁克斯诗歌创作的内在动力机制。十四行诗的艺术是打开文明空间的有效武器，其形式本身就具有政治性；另外，布鲁克斯的歌谣被黑人大众广泛接受，在讲述了种族暴力的同时也讲述了种族抵抗。因此在1967年之后，诗人未改初衷地依赖十四行诗传达美学理念，以非歌谣的形式启发歌谣式的阅读。[①] 其次，2000年以来有4篇博士论文和4篇期刊文章从空间视角探讨布鲁克斯的文本空间与黑人城市空间的关系，空间视角成为研究的趋势和亮点。雷切尔·罗斯曼（Rachel A. Roseman）在博士学位论文中指出空间是历史、文化、社会、种族建构的产物，是现代社会中个体栖居的场所，个体通过与空间的关系建构种族、性属和阶级身份。芝加哥南岸黑人的居住空间禁锢了黑人的主体建构，但不同于环境决定论，布鲁克斯的诗歌打开了心理、想象、文学的空间，使黑人重新获得流动的空间建构自我以群体的身份。[②] 柯尔斯顿·奥尔特加（Kirsten B. Ortega）考察了布鲁克斯通过黑人女性漫游者的方式打破了城市的种族、性别、阶级的空间限制，在漫游者自我身份与城市文化内涵建构的交叠中，诗人以诗歌中的城市重新定

---

① Karen Jackson Ford, “The Sonnets of Satin-Legs Brooks”, *Contemporary Literature*, Vol. 48, No. 3, 2007, pp. 345 – 373; “The Last Quatrain: Gwendolyn Brooks and the End of Ballad”, *Twenty-Century Literature*, Vol. 56, No. 3, 2010, pp. 371 – 395.

② Rachel A. Roseman, “Between Country House and Kitchenette: Literary Excavations of Space and Self in the Work of Henry James and Gwendolyn Brooks”, Ph. D. Dissertation, Yale University, 2006.

义了现实中的城市。[1] 丹妮拉·库尔奇托娃（Daniela Kukrechtová）指出种族隔离制度下的城市乌托邦主义导致了不公平的资源分配和城市空间分割，布鲁克斯的诗歌通过恢复黑人个体多重声音的策略抵制官方声音，寻求公平的城市空间划分和组织。[2] 空间视点极好地结合了诗人的艺术形式选择和语境中的权力关系，但这些研究集中在诗人的单部作品，在诗人创作发展和语境演变中属于静态分析。

另外，布鲁克斯1969年以后的作品遭遇了学界的极大冷遇，鲜有严肃的学术文章涉及。2000年以来出现了3篇文章以诗集《骚乱》为研究对象：安妮特·迪博（Annette Debo）论述了种族冲突的暴力主题；詹姆斯·沙利文（James D. Sullivan）指出布鲁克斯批判了白人暴力并转向黑人出版社，表明了诗人对黑人艺术运动的支持；雷蒙德·梅尔维兹（Raymond Malewitz）肯定了布鲁克斯从女性的角度丰富了黑人艺术运动。[3] 另一篇针对布鲁克斯七八十年代诗歌的阶段研究，论述了非洲成为激发黑人凝聚力和革命热情的源泉。[4] 但是总体而言，这些文章的研究视角和结论都没有明显突破。

哈罗德·布鲁姆（Harold Bloom）分别于2000年、2003年和2005年出版了布鲁克斯研究的三本论文集，一方面表明了布

---

① Kirsten Bartholomew Ortega, "The black flaneuse: Gwendolyn Brooks's In the Mecca", *Journal of Modern Literature*, Vol. 30, No. 4, 2007, p. 139.

② Daniela Kukrechtová, "The Death and Life of a Chicago Edifice: Gwendolyn Brooks's 'in the Mecca'", *African American Review*, Vol. 43, Nos. 2/3, 2009, pp. 457 – 472.

③ Annette Debo, "Reflecting Violence in the Warpland: Gwendolyn Brooks's *Riot*", *African American Review*, Vol. 39, Nos. 1/2, 2005, pp. 143 – 152; James D. Sullivan, "Killing John Cabot and Publishing Black", *African American Review*, Vol. 36, No. 4, 2002, pp. 557 – 569; Raymond Malewitz, "'My Newish Voice': Rethinking Black Power in Gwendolyn Brooks's Whirlwind", *Callaloo*, Vol. 29, No. 2, 2006, pp. 531 – 544.

④ Charles H. Rowell, "Signifying Afrika: Gwendolyn Brooks's Later Poetry", *Callaloo*, Vol. 29, No. 1, 2006, p. 176.

鲁克斯在美国诗人中的重要性，另一方面布鲁姆在“前言”中对布鲁克斯转向的批评也再次印证了主流学界对她后期作品普遍的否定态度。布鲁姆指出，诗人后期转变为社会抗议诗人，虽然诗人对自己的转变欢呼，但她是否为了迎合标准而部分地牺牲自己天赋是个有待商榷的问题。[①] 2009年米尔德里德·迈克（Mildred R. Mickle）出版了论文集《批判性洞见：格温朵琳·布鲁克斯》，迈克在“前言”中指出，布鲁克斯对艺术的忠实常常被湮没在与双重文学传统潜文本的文字游戏中，导致了对诗人的研究匮乏。[②] 2012年玛戈特·邦克斯（Margot H. Banks）出版了布鲁克斯研究的第四本专著《格温朵琳·布鲁克斯诗歌中的宗教典故》。该著同样结合了形式主义与社会历史研究的方法，选取了5首重要的长诗与30多首短诗作为研究对象，分析了诗歌对圣经人物和故事情节的引用，阐明了布鲁克斯布道式的文类风格吸取了基督教义和民主政治元素。[③] 2003年格洛里亚·盖尔斯（Gloria W. Gayles）出版了《格温朵琳·布鲁克斯访谈录》，收集了1961年至1994年间的16篇访谈。[④] 虽然布鲁克斯在创作早年就取得令人瞩目的成就，但她留下的访谈不多。布鲁克斯说：“我选择写作，大概就是因为我不擅长言谈。”她是一位内趋的深邃洞察多于外向的激情喷发的诗人。访谈大部分时间都是1967年之后，诗人的转变就不可避

---

① Harold Bloom, ed., *Gwendolyn Brooks: Modern Critical Views*, Philadelphia: Chelsea House Publisher, 2000; *Gwendolyn Brooks: Comprehensive Research and Study Guide*, Philadelphia: Chelsea House Publisher, 2003; *Gwendolyn Brooks: Comprehensive Biography and Critical Analysis*, Philadelphia: Chelsea House Publisher, 2005.

② Mildred R. Mickle, ed., *Critical Insights: Gwendolyn Brooks*. California, New Jersey: Salem Press, 2009.

③ Margot Harper Banks, *Religious Allusion in the Poetry of Gwendolyn Brooks*, Jefferson, North Carolina and London: Mcfarland & Componay, Inc., Publishers, 2012.

④ Gloria W. Gayles, *Conversations with Gwendolyn Brooks*, Jackson: Mississippi University Press, 2003.

免地成为主要的话题，其余围绕诗人创作的文学影响、内容题材、出版环境、美学思想等重要话题展开。

中国学者对布鲁克斯的介绍应该是从20世纪90年代开始的。1994年，彭予和马丽娅在《外国文学动态》上发表了《二十世纪美国黑人诗坛》一文。文章梳理了20世纪初期至80年代美国黑人诗歌在不同历史阶段的主要特点和代表人物及其风格特点，文中指出：格温朵琳·布鲁克斯于1950年获普利策诗歌奖，是50年代美国最引人注目的黑人诗人。她一方面继承了保尔·邓巴和兰斯顿·休斯为代表的黑人民间传统，另一方面有意识地吸收白人先锋派的诗歌技巧，布鲁克斯忠实于诗歌，一生都注重技巧，希望在种族与艺术之间建立和谐关系。这段评论清晰、准确地勾勒了布鲁克斯主要的文学地位和艺术风格。除此之外，国内出版的一些诗歌选集零星收录了一些布鲁克斯的诗歌作品，例如杨传纬编辑的《英语诗歌赏析》，吴笛、李力主编的《外国现代女诗人诗选》，张讴编辑的《20世纪世界女诗人作品选》，等等。因此，这一时期主要是以布鲁克斯的零星作品译介，以及文学史中文学地位的简要介绍为主，布鲁克斯还未引起国内学界的学术关注。

21世纪之后，国内布鲁克斯的研究状况取得了很大进展。首先是出现了两篇以布鲁克斯为研究对象的硕士论文。一篇是2005年四川大学邱美英的硕士论文《格温多林·布鲁克斯：为边缘化的他者代言》。[①] 她在文中指出，布鲁克斯20世纪40年代至70年代的作品生动地刻画了被边缘化的美国黑人和美国妇女的形象，使长期处于无声状态的边缘人群摆脱了从属性的、被内部殖民的地位。另一篇是2009年华中师范大学尚青青的硕士论文《解读格温朵琳·布鲁克斯的诗歌》。文章从自由与平

① 国内对布鲁克斯有格温多林·布鲁克斯、格温朵琳·布鲁克斯等不同译法，本书采用格温朵琳·布鲁克斯的译名。

等的主题、“反英雄式的”诗歌人物、多样化的诗歌形式、诗歌艺术特色四个方面，结合大量的文本细读，分析勾勒了诗人的诗歌创作和艺术风格特点。另外，这一时期还有为数不多的几篇期刊文章深入探讨了作为边缘族裔女性作家，布鲁克斯的作品中具有隐蔽性和颠覆性的主题内容与艺术手法。例如2008年尚青青在《世界文学评论》上发表《论布鲁克斯诗歌的主题》，论述了布鲁克斯将欧洲传统与民间传统形式结合传达了人权、女权和种族平等的主题含义。2009年邱美英在《名作欣赏》上发表《后殖民视野下格温多琳·布鲁克斯的诗歌》，提出布鲁克斯运用布鲁斯音乐等写作策略消解了美国白人文化对黑人的他者化、同化和压制，黑人力图摆脱从属地位，争取从边缘走向中心。2010年谢艳明和董亮在《济南大学学报》上发表《骚乱是无声者的抗争：布鲁克斯后期诗歌的黑人主题》，提出1967年激进的转向使布鲁克斯的诗歌体现出浓厚的黑人写作意识，从形式到内容都确实履行了为黑人代言的使命，表达了黑人反抗种族歧视、追求自由平等的强烈愿望。2011年史丽玲在《当代外国文学》上发表《论〈安妮亚特〉与西方史诗经典的互文性》，论述了诗人一方面借用西方史诗经典为书写美国黑人历史赢得合法性，另一方面以布鲁斯策略改写西方史诗承载真正的黑人文化和历史。2012年王卓在《国外文学》发表《一双“观察的眼睛”在诉说：论布鲁克斯的长诗〈在麦加〉中的多元凝视》，论述了诗人以全景化、漫游式和女性化的多元凝视记录了美国黑人的城市生存状况。2014年史丽玲在《外国文学评论》上发表《〈在麦加〉中黑人女性“言语混杂”的救赎叙事》，论述了布鲁克斯借助黑人女性“言语混杂”的叙事策略让官方城市衰落话语和黑人权力运动话语产生断裂并进行修正，重述了黑人贫民窟的衰落与悲剧，探寻了一条回归人性与艺术的“麦加”救赎之路。由此可见，布鲁克斯作为美国非裔形式主义诗人的重要代表，她如何将政治关注转换为美学观念的创作机制，如何以艺术形式隐蔽地传达意识形态的艺术手法，如何在不同的历史语境中寻求黑人自我表征、自我表达的最佳艺术形式等，都是值得国内学界继续探讨的重要议题。

第三节　研究的思路及方法

本书从文本发生学的研究角度，探讨非裔美国女诗人格温朵琳·布鲁克斯在不同的历史时期和社会思潮语境中的诗歌创作中所呈现出来的空间叙事与国家认同的动态关系。首先，本书以“空间”作为一个核心的概念和切入点，主要是基于以下三个原因。第一，从布鲁克斯个人的生活轨迹和诗歌创作来看。布鲁克斯的父母是20世纪初最早一批从美国南部到北部大城市追寻美国梦的黑人移民，布鲁克斯在南部堪萨斯州出生一个月后就随父母来到芝加哥，其后终生居住于芝加哥南岸黑人区“布朗兹维尔”，因而布鲁克斯对20世纪上半叶的黑人城市化进程有着切身的体会。不仅如此，芝加哥的“布朗兹维尔”是美国大城市种族隔离制度下社会产物的典型代表之一，被誉为中西部的“哈莱姆”，是全国范围内黑人的商业和文化中心之一。布鲁克斯经历了20世纪初芝加哥“黑人地带”的兴起，见证了第二次世界大战时期芝加哥黑人大都市的繁荣，目睹了60年代芝加哥黑人区的贫民窟化和严重的种族暴力冲突，对70年代黑人社区的贫困化加重和社区内部矛盾丛生而忧心忡忡。八九十年代在美国的文化多元格局中，芝加哥作为黑人的文化中心对黑人研究起到了重要的推动作用，布鲁克斯积极地投身于黑人群体的公共性事业，在黑人文化界享有崇高威望。布鲁克斯说：“诗歌是浓缩的人生，它来自人的心灵。”她的人生与不同空间形态中的生存经历紧密交织，她的诗歌充满了对不同空间形态的感知、思考和认知，她的作品体现出以空间化的思维和视角对黑人问题、种族问题、美国问题的思索。因而，可以说，布鲁克斯的诗歌中蕴含着丰富的空间叙事和深刻的空间思想。第二，从美国黑人的种族历史来看。从三百多年前最早到达美洲大陆开始，美国黑人的生存经历就与空间有着不可分割的密切关联。奴隶制将黑人囚禁于狭小的、压迫性的空间里；南部的“吉姆·克劳”体系确立了黑人在公共空间低人一等的社会地位；北部城市的种族隔离制度将黑人禁锢于内城区的贫民窟。黑人族群长期被主流公共领域排斥和压制，他们的私人领域也受到种族主义内化的控制。空间思维的引入能够打破线性的历史目的论，发掘边缘化、被压制的美国黑人种族史。因此，空间视角有助于在黑人种族史与布鲁克斯的个人生活经历和空间叙事之间形成总体性的关照。第三，从美国社会的种族等级建构来看。美国正是依赖于从宏观的蓄奴制到微观的种族隔离制度的空间生产模式建立起白人至上的社会关系结构。因此，空间视角有助于对布鲁克斯诗歌中有关种族主义者的权力操控和种族主义社会本质等文本内容的剖析。由此可见，空间叙事是一个既能突出布鲁克斯诗歌文本的内在肌理，又能兼顾其文本生成的相关重要因素的研究范畴和研究视角。

其次，本书以“国家认同”作为空间叙事的诉求点，主要是基于以下两个原因。第一，布鲁克斯一生的诗歌创作都是致力于从主题内容和艺术形式上探寻黑人的自我定义、自我表征和自我表达。对于黑人自我身份认同的困境，杜波伊斯做出了最精辟、最透彻的阐释，即美国性与黑人性的双重意识在黑人灵魂深处的对抗和冲突。在现代社会语境中，双重意识的冲突演变为族裔身份认同与国家身份认同的冲突，因此，布鲁克斯最终寻求的解决是在两者的互动与协商中获得完整的国族身份认同。第二，美国黑人因其特殊的种族历史经历，“黑人解放”

（Balck Liberation）成为贯穿黑人文学的重要主题之一。美国社会长期以往的种族歧视和种族压迫的政治合理性正是建立在黑人被剥夺了与生俱来的、完整的公民身份基础之上。因此，完整、平等的公民身份是黑人解放的重要途径与目标，这也是在获得美国国家共同体的成员资格和认同感，即国家身份认同的框架内才能实现。因此，国族身份认同是一个可以统摄布鲁克斯一生创作的重要主题。虽然布鲁克斯对黑人身份的探寻在不同历史时期涵盖了国家身份和族裔身份的不同内容与侧重点，但是纵观其一生的创作，布鲁克斯不懈地探寻一条在政治国家共同体中求同存异的、多元化的美利坚民族身份建构。

另外，本书在整体上采取了政治国家与公民社会二分法的结构理论。现代资本主义民主社会是建立在政治国家与公民社会两分法的结构之上。公民社会在国家公共权力与私人自治领域之间形成了一个中介性地带，一方面维护公民个人的权利和自由不受国家职能过度扩张的侵犯，另一方面为公民个体与政治国家进行协商和妥协提供了制度化的商谈机制。因此，公民社会承担着培育私人自治领域公共性的社会功能，以及生成政治国家合法性的政治功能。换言之，公民社会既是公民个体在参与的基础上形成对国家共同体认同与忠诚的社会文化空间，也是国家公共权力在公众舆论的基础上巩固合理性与合法性的政治权力空间。政治国家与公民社会两分法为布鲁克斯的空间叙事与国族认同的动态研究提供了有力的社会理论框架。因此，本书将布鲁克斯诗歌中不同历史时期的“黑人空间”置于公民社会之中，将美国国家身份与国家意识置于政治国家系统中，借助于公民社会两分法结构之间的协商机制，探讨黑人的公民身份诉求与美国国家体系中公民身份的排斥和吸纳之间的互动与协商。公民社会二分法结构理论有利于规避以往黑人文学研究中的片面性和狭隘性。总而言之，政治国家与公民社会的二分法结构理论为本书提供了一种双向互动的分析思路。政治国家通过对公民身份的界定以及公民身份的实践将外来者黑人排斥出局的时候，政治国家实际上对黑人群体实行了一种规训的作用，但是在承认这些作用的同时，宪政体制作为政治国家的一种理想，它也为共同体内的弱势群体和受压迫群体提供了一种潜在的武器，本书正是以两股力量之间的抗衡为动力机制，探寻布鲁克斯作品中的空间叙事与国族认同的动态关系。

基于此，本书采用以文本为核心、多点出发的研究方式，具体从以下五个方面展开研究：一是美国整体的种族主义社会历史语境，主要是制度性和结构性的不平等造成的种族矛盾；二是黑人族群的生存状况与黑人解放的社会思潮；三是布鲁克斯个人的生活经历、思想观念和诗学观念；四是布鲁克斯的诗歌创作与文本作品；五是所用理论的形成背景及其试图解决的主要问题。本书以布鲁克斯的诗歌作品为核心，结合特定的社会、历史、文化语境以及布鲁克斯个人的生活经历和思想观念的演变，将布鲁克斯的诗歌创作历时性地划分为 20 世纪 40 年代至 60 年代初期，60 年代后半期至 70 年代，以及八九十年代四个阶段。一方面，布鲁克斯不同阶段诗歌作品中的“黑人空间”呈现出鲜明的时代性特征。另一方面，布鲁克斯每个阶段的空间叙事与特定历史语境中的社会思潮发生碰撞，相应地指向了国族认同的不同层面的心理诉求和理性建构。与此同时，每个阶段所用的空间理论都从其形成思想背景和试图解决的主要问题方面，与布鲁克斯的创作语境和社会诉求之间架构起相通之处，从而在理论与文本语境相通的基础上成为连接诗人的作品素材与社会理念建构之间有力的分析工具。另外，布鲁克斯并非不同语境中的某种主义者，但是她不可避免地受到社会思潮的影响。实际上，从布鲁克斯的自传、传记、访谈和作品来看，她吸收了融合主义、黑人民族主义、黑人权力、泛非主义等不同意识形态中的部分思想元素，对自己的社会思想和美学思想产生了重要作用。需要说明的是，社会思潮之间并没有清晰明确的界线，布鲁克斯的思想观念也是前后相续的演变。因而，循序渐进的思想演变，对被边缘化的黑人大众阶层的人文关怀，以及对表征种族的诗歌艺术的探索，共同构成了布鲁克斯一生创作的内在的延续性。综上所述，本书将布鲁克斯的诗歌研究置于文学与文化、现实与想象、直觉与自觉相互交织的审美网络中，以多元化的方法论和系统化的阐释路径发掘布鲁克斯的文学逻辑，还原布鲁克斯作为20世纪美国“崇高的艺术家和人民诗人”的历史面相。

第一章　芝加哥黑人大都市：日常生活的空间政治与黑人公民社会

20 世纪上半叶，在美国南部严苛的吉姆·克劳（Jim Crow）种族等级制度的“推力”，以及东北部和中西部城市制造业的“拉力”的双重刺激下，南部黑人掀起了两次大规模的迁徙活动。到了 60 年代黑人的人口分布和结构发生了根本性的变化，南部黑人占全美黑人人口的比例从 98% 下降至 53%，同时黑人城市人口比例增至 80%，成为美国城市化人口比重最高的少数族裔。[①] 芝加哥是美国中西部工业的重镇，在两次大迁徙中成为七十多万黑人移民心目中谋求社会平等与经济机遇的“应许之地”（The Promised Land），60 年代芝加哥黑人占全市人口的比例增至 1/4。[②] 这里是布鲁克斯一生的栖居之地，亦是她诗歌创作的源泉和开端。诗人在访谈中表达了自己创作的初衷：“我的想法就是要记录自己的街道，书写街区每一间屋子里的人物或者事件。”[③]

---

① Elsa B. Brown and Gregg D. Kimball, “Making the Terrain of Black Richmond”, in Kenneth W. Goings and Raymond A. eds., *The New African American Urban History*, Mohl, California: Sage Publications, 1996, p. 118.

② Paul Kleppner, *Chicago Divided: The Making of Black Mayor*, Chicago: Northern Illinois University Press, 1985, p. 34.

③ Roy Newquist, “Gwendolyn Brooks”, in Gloria Wade Gayles ed., *Conversations with Gwendolyn Brooks*, Jackson: Mississippi University Press, 2003, p. 32.

对于南岸黑人区的空间特性，20 世纪蜚声国际的都市社会学芝加哥学派将其称作“孕育于白人城市腹中的黑人大都市”,[①] 揭示了黑人公民社会对美国国家共同体的精神与价值观认同的文化血脉关系。与此同时，黑人主流媒体《芝加哥卫报》（*Chicago Defender*）将其称作“布朗兹维尔”（Bronzeville）,[②] 即“褐色小镇”，一座因种族肤色被囚禁于白人城市中心的“城中城”（city-within-city），表明了美国政治国家与黑人公民社会之间父权制的种族关系模式。对于布鲁克斯的早期思想，传记作家乔治·肯特（George E. Kent）认为，资本主义的民主精神与基督教文化是诗人重要支柱。[③] 因此，正是基于对南岸黑人区的公民社会生成以及美国公民身份认同的内在观察和切身感受，40 年代中期至 60 年代初期，布鲁克斯先后创作了《布朗兹维尔的一条街》（*A Street in Bronzeville*，1945）、《安妮·艾伦》（*Annie Allen*，1949）和《食豆者》（*The Bean Eaters*，1960）三部诗集。[④] 这一阶段作品最鲜明的特点就是以黑人大都市布朗兹维尔为社会背景，再现了第二次世界大战至民权运动时期，在政治国家的种族隔离制度性干预与黑人公民社会自主性建构的矛盾冲突中，南岸黑人区陷入的日常生活窘境。

20 世纪中叶，黑人人口的城市化和分布结构的改变对于美

---

① 南岸黑人聚居区引起了都市社会学研究的关注，芝加哥大学资助了两位黑人学者对黑人区都市化物质空间与黑人居民的心理状态和文化样态之间的关系进行了深入考察，其撰写的《黑人大都市》成为黑人都市研究领域的经典著作。与同时期布鲁克斯的诗歌文本形成重要的互文参考。参见 St. Clair Drake and Horace Cayton, *Black Metropolis: A Study of Negro Life in a Northern City*, Chicago: Chicago University Press, 1945, p. 80。

② Gwendolyn Brooks, *Report from Part One*, Detroit: Broadside Press, 1972, p. 160.

③ See George E. Kent, *A Life of Gwendolyn Brooks*, Kentucky: Kentucky University Press, 1990, p. 208.

④ 其中《安妮·艾伦》是以南岸黑人区的普通黑人女性作为人物塑造的原型，《食豆者》原诗集名为《布朗兹维尔的男女们》，可见布鲁克斯对南岸黑人区日常生活的持续关注。

国社会整体的政治文化格局，以及黑人族群自身的社会结构都产生了深远的影响。美国社会长期以来的种族歧视与种族压迫的政治合理性正是建立在黑人的非公民身份或者二等公民身份的基础之上。但是，大迁徙之后越来越多的黑人获得了公民选举权。面临黑人对更广泛的经济领域与社会领域公民权的渴求，一向自诩自由民主的东北部和中西部城市①却采取了一系列带有种族主义的公共政策，造成了事实上的种族隔离局面。种族问题逐步由南部“地方性问题”上升为“全国性问题”,② 加深了美国平等自由的社会理念与种族等级的社会实践之间深刻的悖论。另一方面，城市化和工业化在一定程度上增强了黑人群体的政治经济实力、社会组织团体与公民身份意识。在芝加哥南岸聚居区，黑人移民逐步建成了地域自主性的公共基础设施和商业文化消费实体。黑人经济实力的增强促成了包括中产阶级和工人阶级的社会结构形成，黑人劳工组织与民间团体在美国宪政体制内不断扩大了黑人的公民权益，黑人民间文化与艺术的城市化繁荣促成了芝加哥文艺复兴的出现。南岸黑人区逐步从以种族（血缘）和共同居住地（地缘）为纽带的族群，转变为具有公共文化身份和政治权利诉求的公民社会。因此，从整体而言，20 世纪中叶美国处于政治国家以种族主义公共政策维护旧的种族关系模式，以及黑人公民社会不断生成打破美国国家身份排斥性的矛盾冲突中，而芝加哥南岸黑人区正是其冲突的典型代表，也正是布鲁克斯早期诗歌创作关注的焦点和所揭示的核心问题。

法国思想家亨利·列斐伏尔（Henri Lefebvre）被誉为西方

---

① 传统上，美国的东部、东北部和中西部称作北部区域，与南部区域的传统习俗、经济模式和政治主张都有明显差异。参见任军锋《地域本位与国族认同：美国政治发展中的区域结构分析》，天津人民出版社 2004 年版。

② Vann C. Woodward, *The Strange Career of Jim Crow*, New York: Oxford University Press, 1957, p. 115.

马克思主义文化批判理论的领军人物，“日常生活批判”（critique of everyday life）不仅是他根据资本主义都市化发展阶段对马克思主义理论做出的重大创新，而且也是贯穿他一生哲学研究和社会批判的核心旨趣。① 20 世纪中叶，资本主义的统治重心从经济生产领域转向消费文化领域，意识形态转换为符号消费体系全面渗入日常生活世界。列斐伏尔将“日常生活”视作整个社会制度结构与社会实践活动最深层次的联结处，一方面受到政治国家大量隐形的次体系无孔不入的渗透与控制，另一方面蕴含着公民社会的批判力量和解放潜能。在确立以日常生活为核心批判领域的基础上，列斐伏尔提出在都市社会中，资本主义依赖空间生产的方式维持生产关系的再生产，政治国家的统治秩序与空间逻辑具有内在一致性。② 由此可见，列斐伏尔把日常生活置于政治国家与公民社会两分法的现代性社会结构中，将马克思主义国家上层的权力统治改造成日常生活次体系的理性控制，将政治经济领域的历史辩证法改造成消费文化领域的空间辩证法。因此，日常生活作为现代性社会制度赖以组织和运行的核心领域成为总体性革命的爆发点。与列斐伏尔的思想路径相似，面对战后福利社会国家以种族主义的都市空间集体消费方式侵蚀和破坏黑人公民社会，布鲁克斯以日常生活作为微观政治多元性分析的核心领域，深入探讨了“外部”

---

① Stuart Elden, *Understanding Henri Lefebvre: Theory and the Possible*, London and New York: Continuum, 2004, p. 110.

② 列斐伏尔的“日常生活批判”理论经历了长期的发展演变，从其三卷本的《日常生活批判》以及《空间的生产》和《论国家》等著作中可大致勾勒其思想变化的历程。国内学者刘怀玉将列斐伏尔的“日常生活批判”思想划分为三个主要阶段：第一阶段是从异化劳动批判到日常生活社会全面异化的哲学批判；第二阶段是从现代性的社会学批判到日常生活的消费主义与语言学转向的批判；第三阶段是从现代社会政治异化批判到后现代社会的空间生产与空间化的解放问题。参见刘怀玉《现代性的平庸与神奇：列斐伏尔日常生活批判哲学的文本学解读》，中央编译局 2006 年版，第 25 页。

（Exterior）白人城市与“内部”（Interior）黑人公民社会在种族隔离与消除种族隔离（De/Segregation）空间政治上的相互作用，以及由此产生的美国国家宪政体制内黑人公民社会自律基础的建构。

第一节　种族隔离的空间规划与黑人的内部殖民

在列斐伏尔看来，“空间已经成为国家最重要的政治工具。国家利用空间以确保对地方的控制、严格的层级、总体的一致性，以及各个部分的区隔”。[①] 因此，国家政治与空间政治之间具有不可分割的内在关联。具体而言，每一种社会形态都有其相应的空间生产模式，通过对空间的规划、管理、区隔、禁闭、占领等方式维护其生产关系的再生产。因此，空间不仅是社会关系的产物，而且是维持社会关系的工具。对于芝加哥的空间生产模式而言，早在1871年全城大火之后的现代化重生中，规划者就受到欧洲城市中产阶级排他性的生活方式，以及美国南部种族隔离的社会等级思想影响，从开始的设计原则与物质结构上就将排斥性和等级性的空间逻辑注入了城市的肌理。[②] 第二次世界大战后随着美国福利社会的国家形态发展，种族隔离制度以官僚系统和集体消费的双重体制全面渗入并控制了日常生活世界。芝加哥政府的公共权力介入私人交往中的居住区种族冲突问题，通过保障种族限制性契约实施，大规模推行公共住房政策、清除贫民窟以及大力发展白人郊区等一系列“空间

① Henri Lefebvre, “Space: Social Product and Use Value”, in Neil Brenner and Stuart Elden eds., *State, Space, World: Selected Essays*, Minneapolis: Minnesota University Press, 2009, p. 188.

② See Thomas L. Philpott, *The Slum and the Ghetto: Immigrants, Blacks, and Reformers in Chicago, 1880–1930*, New York: Oxford University Press, 1978, p. 21.

实践”（Spatial Practice）的方式，不断加深了南岸黑人区的种族隔离程度，吞噬了黑人区内部公民社会的自律性基础，布鲁克斯的诗歌“揭开”（open up）了黑人由此遭遇的内部殖民。

一　空间划分与黑人家庭

布鲁克斯的居所位于尚普兰路与63街的交汇处，这里不仅承载着诗人南岸区家庭生活的切身经历，而且提供了了解街区邻里直接的观察点。诗人在自传中写道：“如果你想写诗，你要做的就是往窗户外面看。那里总有素材。”① 因此，黑人家庭无疑集中了诗人对南岸黑人区最深切的体会和观察，三部诗集中有大量的诗歌描绘了20世纪中叶“布朗兹维尔”最具时代性和地方性的黑人家庭日常生活。家庭是私人领域的核心机制，为个人提供了免于受到公共权力侵犯和塑造内心力量的内部空间，但是芝加哥的“种族限制性契约”（racially restrictive covenants）却以种族空间划分的方式确立与之相应的种族等级社会结构，黑人家庭在公共权力的干预下遭致严重的破坏。

第一部诗集《布朗兹维尔的一条街》（*A Street in Bronzeville*）的名称让读者步入了一个黑人大都市内部的公共空间，但是开篇的诗歌《老夫妇》（“the old-marrieds”）却将读者从公共空间骤然拉入了单户家宅的私人空间，更令人费解的是，进入“老夫妇”的家庭空间后充斥的却是公共空间的景象和声音：

> 但是在黑暗的簇拥中他们一句话都没说。
> 尽管羽裳鲜亮的鸟儿欢快地鸣啼了一整天。
> 而且他看见了巷道里的恋人。
> 而她也听见了满是甜蜜的清晨物语。

---

① Gwendolyn Brooks, *Report from Part One*, Detroit: Broadside Press, 1972, p. 69.

此时正是恋爱的时节。午夜。五月。
但是在黑暗的簇拥中他们一句话都没说。(*World* 3)[①]

诗歌的第一行营造了“黑暗的簇拥中”亲密的家庭氛围，但是夫妻俩却“一句话都没说”，随着“鸟儿的鸣啼”两人的心理空间转到了屋外“巷道里的恋人”和“清晨物语”，或者说是屋外的景象和声音侵入了屋里的私密空间，这种公共性与私密性在家庭空间的相互渗透和交错碰撞恰恰是布朗兹维尔司空见惯的生活状态。自1919年种族骚乱事件之后，芝加哥就逐步采取了严格的“种族限制性契约”，规定“房产持有者不得将房屋租让或售予有色人种”。[②] 限制性契约覆盖了芝加哥80%以上的居住区，从而在白人与黑人居住地之间形成了严格的“分区”(zoning)。种族因素的牵涉使私人领域的住房问题向公共权力的政治问题转移，公共权力覆盖在私人领域之上，消解了公法与私法之间的界线，破坏了私人领域缔结契约双方平等自由的关系基础。黑人被迫居住在肮脏、破败、拥挤不堪的厨房公寓大楼，恶劣的居住条件根本无法给家庭提供保护私密性的基本空间，孩子们在街道上玩耍，女人们在屋外洗衣服，男人们在门道外闲逛，“黑人所居住的空间没有内、外的界限，没有隐藏或是掩盖的意图，而是最大限度的暴露和极其有限的约束”。[③] 限制性

---

① Gwendolyn Brooks, *The World of Gwendolyn Brooks*, New York: Harper & Row Publishers, 1971, p. 3. 该部作品包括布鲁克斯从1945年至1971年创作的四部诗集和一部中篇小说，四部诗集分别是《布朗兹维尔的一条街》《安妮·艾伦》《食豆者》《在麦加》。引文由笔者自译。后文出自同一著作的引文，将随文在括号内标出该著名称首词“*World*”和引文出处页码，不再另行作注。

② Stephen Grant Meyer, *As Long As They Don't Move Next Door: Segregation and Racial Conflict in American Neighborhoods*, Landham, MD: Rowman & Littlefield, 2000, pp. 8 -9.

③ Drake, St. Clair and Horace Cayton, *Black Metropolis: A Study of Negro Life in a Northern City*, Chicago: Chicago University Press, 1945, p. 559.

契约不仅导致家庭的私密性暴露于公众，而且在家庭外部形成了严密的“监禁”（confinement），阻隔了内部成员之间言语和情感的交流。在诗歌的第一行和最后一行的重复形成的“黑暗的簇拥中”，家庭的二分体夫妻之间产生了自我监禁，尽管这是初夏午夜的恋爱时节，但是“他们一句话都没说”。可见，限制性契约的公共权力破坏了黑人家庭私密性与公共性的界线，腐蚀了家庭内部的精神慰藉和情感纽带的基础。

第二部诗集《安妮·艾伦》（*Annie Allen*）中的一首《父母马克西与安德鲁：人们喜爱的婚姻》（“the parents：people like our marriage-Maxie and Andrew”）延续了布鲁克斯对于限制性契约控制黑人家庭结构的思索。如果说，限制性契约消解了黑人家庭的内外边界，迫使“老夫妇”在公共性与私密性之间游离不定，那么，此时契约的公共权力则完全侵占了黑人家庭，成为界定“父母”家庭空间和日常生活的独断权力。标题中的“人们”指代美国白人公民，而“人们喜爱的婚姻”无疑是给马克西和安德鲁夫妻关系存在加上的前提条件，这不禁让人想到奴隶制度下的黑人家庭形态。奴隶时期种植园中不存在法律意义上的黑人家庭，奴隶主私人财产的再生产是黑人组成类似家庭组织的前提条件，而且随时面临家庭成员被杀害或者被买卖导致的破裂。在第一次大迁徙后，真正意义上的黑人家庭结构才得以巩固和发展，但是此时白人公民推行的限制性契约隐含着划分种族等级的力量，作为界定黑人家庭日常生活行为的规范标准，再次造成了黑人身体和心灵的奴役：

浑浊、松弛、慵懒的眼睛
已经失去了曾经执着和犀利的光芒。

不会再有天鹅和飞燕。

夫妇俩只能关上房门，与家禽为伍。(*World* 70)

安妮的父母是20世纪初第一次移民高潮时迁徙到北部城市追求“美国梦”的黑人移民，他们强烈地渴望彻底摆脱南部时期的社会经济制约，到相对自由的北部城市追寻“天鹅和飞燕”，家庭承载着黑人追求生命尊严的理想抱负。虽然北部没有法律上的“吉姆·克劳”体系，但是限制性契约却基于白人性与黑人性的对立将黑人排除在美国公民之外，私人契约中的种族主义与公共权力中的白人意志相糅合，白人至上的契约工具取代了民主平等的法律规范，在具有公民身份的白人与非公民身份的黑人之间画上了一道种族等级的“标记”(marking)。20世纪中叶黑人家庭陷入种族主义压迫的旋涡之中，反而成为外在巨大的贫困和传统观念的罗网有效监禁家庭成员的牢狱。[①]因此，限制性契约下的黑人家宅无异于种族化的规训空间，“父母”被迫接受与被驯化的“家禽”为伍的日常生活。另外，平等的法律主体资格与完整的公民身份是一脉相承的，限制性契约的公民身份实践将黑人排斥出局的同时，也动摇了黑人的法律主体地位，黑人的生命财产难以得到法律的有效保护，黑人家庭处于白人种族主义者的恐吓、威胁和暴力之中。因此，“父母”在家庭空间失去自主性的同时，还得小心地提防白人种族主义者的迫害：

但是，一个接一个地

① 卡罗琳·德纳尔梳理了奴隶制时期至20世纪90年代“家庭”主题在非裔美国文学传统中的阶段性演变。他认为在四五十年代的《土生子》《大街》《看不见的人》等黑人作品中，家庭成为个人追求自我表达的跳板，一个为了避免贫困和传统观念罗网而逃离的地方。参见 Carolyn Denard，“Family”，in William L. Andrews，Frances Smith Foster，and Trudier Harris eds.，*The Oxford Companion to African American Literature*，New York，Oxford：Oxford University Press，1997，pp. 266 – 269。

他们俩把事情做好：
在你路过时小心地看着门廊
并且谨慎地将低矮的栅栏插入草地。（*World* 70）

由此可见，限制性契约实施的背后是以白人为主流的美国国家共同体对黑人族群的排斥。黑人被剥夺了自主决定生活方式的公民权利和共同体的法律主体资格，在制度性种族歧视与压迫下，黑人难以在家庭中找到归属感与安全感。

随着黑人区生存境况不断地恶化和衰败，第三部诗集《食豆者》（*The Bean Eaters*）中的同名诗《食豆者》（“The Bean Eater”）转向了限制性契约侵蚀下黑人家庭的贫困问题。诗歌以黑人家庭的生活场景晚餐和日常食物豆子的一幕开启，以孤苦清贫中追忆往昔的一幕结束，其间一生以诚实和辛劳自食其力的年华逝去，让人无限感叹黑人夫妇晚年的悲惨境遇：

他俩基本以豆为食，这对年迈的、皮肤泛黄的夫妇。
晚餐是件随意的事务。
简陋的、嘎吱作响的木头桌子上不起眼的破烂餐具，
锡铁质地的叉匙。
……
同时回忆着……
回忆着，带着闪烁的眼光与阵阵痛楚，
在他俩食豆度日的出租屋里
还存放着弹珠、收据、玩偶和布块，
烟草碎屑，花瓶和边缘缀饰。（*World* 314）

廉价的罐装豆子是黑人家庭常见的主要食物，夫妇俩因年老体弱和贫寒的生活已经“皮肤泛黄”。他俩围坐在破旧的餐

桌前，虽然已尽心准备，但是在无依无靠、贫困无助的晚年生活中晚餐只能是件“随意的事务”，矛盾修饰法恰到好处地传达了夫妇俩窘迫的处境。破烂的餐具，豆子做成的简单食物，日常生活不能提供任何舒适和满足，反而充斥着年迈的夫妇为了生存下去的挣扎，老无所依的贫寒生活揭示的正是黑人家庭的经济权利与社会保障的双重缺失。进入工业社会后，黑人与资本家建立了雇佣劳动关系，但是种族身份的从属性特征使他们遭遇了更大的经济剥削和压迫。1941 年罗斯福总统的 8802 号行政命令规定，涉及国防的工业生产中禁止种族歧视，1942 年起黑人开始分享到战时经济繁荣带来的充分就业。[①] 芝加哥南岸黑人区一度出现了中产阶级和工人阶级，夫妇俩保存的零碎物件正是这段往昔生活遗留的碎片。公民身份提供了一种公正的分配和管理社会资源的方式，但是第二次世界大战后大规模的限制性契约等种族隔离制度却在空间上“区分”（differentiating）公民的种族身份等级，空间上的集中加剧了社会资源分配的失衡，第二次世界大战时期工业化的黑人大都市转变为去工业化的黑人贫民窟。据统计，1959 年美国有 20% 的家庭生活在贫困线以下，其中白人家庭的贫困率是 16%，黑人家庭贫困率则高达 55%。[②] 因此，夫妇俩日常性的晚餐和食物意象，恰恰是更大的社会中种族主义公共政策导致的结构性贫困对黑人家庭腐蚀性力量的生动写照。另一方面，对于社会资源分配不公引发的黑人家庭贫困问题，芝加哥政府采取的公共住房工程等救济政策延续了限制性契约的种族等级划分。没有公民身份的提高和公平的经济机会，而是以救济的方式掩盖社会结构的

① 参见谢国荣《民权运动的前奏：杜鲁门当政时期美国黑人民权问题研究》，人民出版社 2010 年版，第 59 页。

② 数据显示出美国贫困人口在种族间分布的不均与美国宣称的机会均等之间的悖论。参见http://povertyinamerica. mit. edu/download/atlas_ of_ poverty_ in_ america_ p1. pdf。

不公平，夫妇俩只能在社会福利的罗网中维持最低的生活标准，无意义的家庭生活空间充斥着无价值的零碎物件。

二　空间界定与黑人个体

第二次世界大战后，“芝加哥住房管理局”（Chicago Housing Authority）开始大规模地推行“公共住房工程”（Public Housing Program），对城市空间的使用进行界定和分类，空间逻辑由此转变为具有现实力量的建筑语言，对公共住房的黑人居住者进行了社会和文化意义上的界定。著名黑人女学者芭芭拉·克里斯蒂安（Barbara Christian）认为，布鲁克斯以家庭日常生活意象揭示了黑人个体对种族压迫和经济剥削等社会力量的直观反应。[①] 家庭在个体与社会之间发挥着重要的中介作用，个体不仅从家庭中获得身份意识和道德认知，而且在家庭的代际之间承袭了外部世界的符号体系。[②] 在制度性种族歧视和种族压迫的社会体系中，黑人家庭逐步丧失了其心理保护和塑造个性的机制力量，成员陷入了家庭以外公共权力的直接作用中。因此，如果说布鲁克斯上述的诗歌阐释了社会公共权力对家庭组织结构的心理功能和社会功能的削弱，那么以下的诗歌则探讨了公共权力的空间定义对家庭成员个体的心理状态和行为模式产生的影响。

理查德·赖特（Richard Wright）在《黑人大都市》一书的序言中写道：“如同工程师绘制机器产品的蓝图一样，强加于黑人的生活条件界定了他们的生活构造。”[③] 赖特对黑人在芝加哥

---

① See Barbara Christian, *Black Feminist Criticism*: *Perspectives on Black Women Writers*, New York: Pergamon Press, 1985, p. 123.

② See Robert Nisbet, " 'The Quest for Community': A Study in the Ethics and Freedom", in Don E. Eberly ed., *The Essential of Civil Society Reader*: *Classic Essays in American Civil Society Debate*, New York: Rowman & Littlefield Publishers, Inc., 2000, pp. 36 – 42.

③ 赖特是该书的序言作者。See Richard Wright, "Introduction", in St. Clair Drake and Horace Cayton, *Black Metropolis*: *A Study of Negro Life in a Northern City*, Chicago: Chicago University Press, 1945, p. XX.

城市中遭遇的残酷压迫深有感触，他在小说《土生子》中发人深省地阐释了主人公别格的病态心理和暴力犯罪正是种族主义畸形社会的产物。正如别格在“狭窄房间”里残暴杀死老鼠的生活经历潜移默化地塑造了他的个性一样，布鲁克斯的诗歌《一个狭窄房间里的诞生》（“the birth in the narrow room”）也以“狭窄房间”作为女主人公安妮一生命运多舛的空间起点：

啼哭着呱呱坠地于西方国度，一个新生命。
模糊不清却令人震惊。被渴望着的、却未经准备。
眨一眨眼。环顾四周，微弱地眨一眨眼
看着牛奶色的果盘和铁锅，
果盘顶端永恒地缀刻着羞涩的东方少年
黄色的盘口溢出鲜美的樱桃。（*World* 67）

诗歌的第一行以打乱语序的方式让人感受到婴儿出生时头向前的倒置感觉。紧接着，诗歌以映入安妮眼帘的意象渲染了生命降临于世的温情时刻，看着精美的果盘、俊美的少年、鲜美的樱桃，安妮对美好人生的梦想慢慢萌发。而镌刻着“东方少年”的“果盘”让人联想到济慈的“希腊古瓮”。[①] 古瓮上俊男美女的恋爱情景被定格在艺术世界里成为永恒之美，安妮也如同“鲜美的樱桃”焕发着生命的活力，无限向往美好的人生。但是此时，诗歌骤然转入了安妮出生于黑人贫民窟的现实世界：

现在，年复一年的岁月流逝之后她才会想到

① 布鲁克斯专著研究作者 D. H. 麦勒姆认为，牛奶色果盘上的东方少年如同济慈希腊古瓮上的俊美少年，象征着虚幻的唯美。See D. H. Melhem, *Gwendolyn Brooks: Poetry and the Heroic Voice*, Lexington: Kentucky University Press, 1987, p. 57.

“我的房间实在太挤迫了！我根本无法呼吸呀！
我算不上什么，我也
得不到什么，或者有什么可为！”（*World* 67）

相邻两个诗节中，安妮对优雅生活的欣喜幻想与窘迫现实的哀叹抱怨之间形成了张力。黑人女评论家克劳迪娅·泰特（Claudia Tate）认为，在这个“狭窄房间”里，安妮从寻常物件的装饰图案中发挥了奇异幻想，为自己卑微的人生找到了些许慰藉。因此，诗歌预示了安妮性格的双重性，即外在被动顺从的行为举止和内心肆意妄为的异想天开。[①] 这个“太挤迫”使安妮“无法呼吸”的“房间”正是“芝加哥住房管理局”所实施的“公共住房工程”强加于黑人的现实生活条件。罗斯福“新政”时期，联邦政府承担起保障所有美国公民社会福利的责任，新修公共住宅以改善城市化过程中住房紧缺的问题，这让黑人看到了改善公民身份和地位的一丝希望。但是，种族融合的公共住宅方案遭致白人的强烈抵制，与此同时白人社区联合反对在白人居住区建造黑人住宅，公共住房工程不断地加剧芝加哥种族隔离程度和黑人区的贫困。因此，美国社会根深蒂固的种族偏见与歧视渗透到公共政策中，公共住房工程的空间界定再次巩固了黑人低人一等的种族身份。身陷贫民窟的安妮会渐渐明白，在现实的种族身份与美好的生活梦想之间不可逾越的鸿沟面前，她算不上什么，得不到什么，也做不了什么。

布朗兹维尔黑人女性的双重性格在布鲁克斯的另一首代表性诗歌《厨房公寓楼》（“kitchenette building”）里得到了延续，

---

① 克劳迪娅·泰特（1947—2002）是普林斯顿大学的知名黑人女教授、文学批评家。See Claudia Tate，“Anger So Flat：Gwendolyn's Brooks's *Annie Allen*”，in Maria K. Mootry and Gary Smith eds.，*A Life Distilled*：*Gwendolyn Brooks*，*Her Poetry and Fiction*，Chicago：Illinois University Press，1987，p. 144.

并在黑人女性的叙述中汇集成集体声音“我们”，在更加残酷、更加现实的生存环境中突显了成年女性对追求梦想的挣扎：

我们是干枯岁月之物和不由自主的安排，
变得灰黑黯淡，一片灰蒙蒙。“梦想”发出愚蠢可笑的声音，
远不如
“交房租”“养老婆”“满足男人”响亮。(*World* 67)

不同于安妮梦想着自己如同被镌刻的“东方少年”，在艺术世界里超然于岁月侵蚀和凡尘琐碎，此时的“我们”已经明白自己不过是“干枯岁月之物”，不由自主地坠入“交房租、养老婆、满足男人”的凡尘琐事，眼前“灰黑黯淡”的不仅是破败的公寓楼，还有“我们”的皮肤、身体和梦想、欲望。布鲁克斯在诗歌中对黑人被压制梦想的思索与兰斯顿·休斯的名诗《被延迟的梦想》形成了有意义的互文和对话。[①] 休斯在诗歌中发问：被延迟的梦想会是怎样的下场？是否如同烈日下干瘪枯萎的葡萄干？失去梦想的黑人会怎样？是溃烂发臭，还是蚌病成珠？是不断沉沦，还是爆发反抗？这些也是困扰诗歌中黑人女性“我们”的疑问，所不同的是布鲁克斯将这些疑问置于具体生活化的“厨房公寓”中考察：

但是，梦想能够穿过洋葱浓烈的气味
发出洁白和紫罗兰色的光芒吗？能与炸土豆

---

① 休斯是对布鲁克斯产生重要影响的诗人之一，布鲁克斯在自传和访谈中多次谈及与休斯的交往和对休斯的诗集的喜爱，并特别提及休斯使她意识到，描写黑人生活日常普通的一面的重要性。See Ida Lewis，“My People are Black People”，in Gloria Wade Gayles ed.，*Conversations with Gwendolyn Brooks*，Jackson：Mississippi University Press，2003，p. 56.

还有在过道里腐烂的昨天的垃圾奋战，
振翅盘旋，或者高歌一曲咏叹调响彻楼道吗？

纵然我们乐意让梦想进驻，
有时间让它保持暖和，给它清洁的环境，
期盼着迹象的来临，它会开始萌发吗？（*World* 67）

“我们”对梦想是否能在“厨房公寓楼”里存活忧心忡忡。第二次世界大战时期芝加哥黑人移民不断增加，却被严格地圈禁于规定区域。政府和中介商在有限的住房资源中将破旧、废弃的房屋改造成一室一户的厨房公寓，在原本套房里的每个单间里添置一副炉灶，一家或者临时凑成一家的五六个人就挤在一个房间里，有时水槽下都得铺床，几十个人共用一个卫生间。为了获得最大利益，中介商极少维修房屋，孩子们玩耍的楼梯和护栏摇摇欲坠。肮脏的环境里疾病滋生蔓延，黑人孩子的夭折率是白人孩子的两倍。① 在这样残酷的环境中，梦想能穿过浓烈的洋葱气味和腐烂发臭的垃圾，振翅盘旋或者引颈高歌，重振衰败萎靡的住宅楼吗？如果“我们”给它温暖、保持清洁，“梦想”这株幽闭静谧的紫罗兰就不会夭折吗？尽管黑人女性在日常生活中承受着种族、性别、经济等多方面的压力，但是日常生活依然存放着“我们”对梦想自发的无意识，被压抑的主体得到短暂的释放。此时走出洗澡室的五号却将“我们”拽回到客体化地位和生存的物质需求中：

① 1941年理查德·赖特在社会学调查专著《1200万黑人的声音》中以“城市人行道上的死亡”章节痛斥了芝加哥贫民窟是黑人未经审判就宣告死刑的监狱，并详述了黑人在厨房公寓的恶劣生存状况。See Richard Wright, *12 Million Black Voices*, New York: Thundrs Mouth Press, 2003, pp. 91 – 140.

我们寻思着。不好！一分钟都不能耽搁了！
五号正走出洗澡室，
我们还惦记着温热的洗澡水，要赶快进去。（*World* 67）

个体在家庭中获得亲情、爱情、友谊等人类情感的首要认同，由此产生为自由和秩序而献身的崇高理想。但是，“厨房公寓”的生存状况瓦解了家庭组织的激励机制，现实世界的物质需求似乎比精神世界的梦想更加紧迫，“一分钟都不能耽搁了”，而梦想只能被再次延迟了。

孩提时代的“狭窄房间”塑造了安妮性格的双重性，成年以后的“我们”在“厨房公寓”里经历了梦想与现实的挣扎，最终晚年时期的马修在“房门锁住的一片肮脏”中彻底陷入了内心世界的混乱与绝望，芝加哥公共住房的官僚体系始终控制着黑人个体不同人生阶段的日常生活状态。诗歌《马修·科尔》（“Matthew Cole”）由两个诗节组成，第一诗节讲述了六十六岁的马修在贫民窟寓所里大致的生存现状：马修在这间屋里已经住了十年了，他喜好干净、整洁，一点都不能忍受屋子里的灰尘和屋顶不断渗漏的凄惨。但是星期天帮他打扫房间的黑人妇女忘了生炉火，以至于赤褐肥大的蟑螂在墙壁上肆意横行，而且她那巨大劣质的收音机聒噪地响个不停，在她接过工钱时咧嘴露出黑不溜秋的一笑。叙述中寓所的物质状况不知不觉地与居住者的身体和内心发生了联系：马修垂垂老矣，他想扫除布满屋子的灰尘和哀伤，想依靠炉火驱赶蟑螂的侵扰，而屋里的残破衰落映照的恰恰是他内心的孤寂荒芜。但是，马修却将自己的真实感受紧紧地掩藏到自我保护性的、伪装的笑容背后：

她会告诉你，他是最和蔼可亲的人——
脸上总是挂着微笑，总是微笑……但是

在屋里房门锁住的一片肮脏中
他从来不笑。除非想到
就是想到，充满甘草气息的小男孩
交不出主日学校的五分钱。
或者想到小男孩一边踢球
一边在妈妈的催促中应声许诺。
他曾经，我想，开怀大笑，
一想到他开的绝妙玩笑
对身边的这些人，这些已经老去的人……（*World* 24）

在“房门锁住的一片肮脏”中，马修努力地找寻记忆中的那缕甘草气息，抓住悄悄溜走的小男孩，终于在自己童年往事的回忆中找到了由衷的“开怀大笑”。马修的童年记忆里有关爱他的母亲，给他提供教育的主日学校，还有陪伴他踢球的小伙伴，在这些由家庭、邻里、教会构成的亲密团体里，马修获得了身份与安全。但是，工业化的城市生活破坏了这些曾经对黑人个体的身份认同和道德价值起重要作用的传统亲密团体，公共住房的种族隔离又阻碍了新型社会团体吸纳二等公民身份的黑人，再加上芝加哥以“城市复兴”（Urban Renewal）为由大规模地清除贫民窟。1949 年至 1968 年之间，全美有 42 万多户低收入少数族裔家庭的住宅被夷为平地，拆除后地方政府和开发商从中谋求利益，修建了大量的商业写字楼、购物中心和高档住宅楼，而真正适合贫困人口居住的住房却寥寥无几。[①]“城市复兴”实则成为“黑人搬迁”（Negro Removal），致使黑人流离失所，削弱了族群内部新的结社渠道的产生。赖特这样描述芝加哥黑人在城市环境中对于建立社群纽带的渴求：我们

① See Gwendolyn Wright, *Building the Dream*: *A Social History in America*, New York: Pantheon Books, 1981, p. 234.

几乎不能以家庭组织的方式生活，我们需要仪式礼制和团体组织的指引，但是除了教会和丧葬团体，没有任何其他社群愿意接纳我们。[①] 因此，黑人贫民窟的生活使马修这样的黑人个体丧失了昔日紧密的、具体真切的人际关系，对共同体的文化价值和成员资格的需求得不到满足，无法抗拒的异化感与疏离感如影随形，在怀乡情绪的萦绕中充满了马修从孤寂和焦灼中解脱的渴望。

三　空间区隔与黑人公共交往

个体在植根于日常生活的公共交往中共享资源、建立信任、达成理解，并导向交往共同体的成员资格与价值认同。理想的交往共同体对其所有的社会成员开放，交往参与者对私人领域普遍关切的问题进行商谈，并引入公共领域加以建制化。因此，交往理性对培育公众意志和促进民主制度具有不可或缺的重要性。哈贝马斯认为，现代性的症结就在于政治和经济领域的工具理性对生活世界的交往理性的越位，以及由此导致的生活世界的殖民化。[②] 芝加哥白人郊区与黑人贫民窟之间的空间禁闭正是政治国家的种族主义强权，阻隔黑人生活世界公共交往的直接体现。空间禁闭剥夺了黑人进入公共领域和参与公共交往的公民权利，加剧了种族之间的疏离与两极分化，黑人贫民窟生存环境的不断恶化成为美国大城市的社会痼疾，布鲁克斯的诗歌深入地阐释了芝加哥种族空间割裂下黑人贫民窟与白人郊区之间日益严重的种族隔阂和暴力冲突。

---

① See Richard Wright, *12 Million Black Voices*, New York: Thunder's Mouth Press, 2003, pp. 91 – 140.

② 哈贝马斯架构是由“政治与经济的系统”和“生活世界”组成的公民社会。可见，哈贝马斯的“生活世界”与列斐伏尔的“日常生活”并无本质区别。参见李佃来《公共领域与生活世界：哈贝马斯市民社会理论研究》，人民出版社 2006 年版，第 196 页。

初建于19世纪中叶的比弗利山庄位于芝加哥南岸的西南端，是芝加哥久负盛名的最稳固的中产阶级郊区住宅区之一。比弗利山庄就像一个社会阶层的过滤器，不断地吸纳社会地位上升的多族裔移民，其居住者从早期的盎格鲁-撒克逊新教居民扩展到后期的爱尔兰天主教居民，并发展成为芝加哥爱尔兰族裔文化习俗和生活方式的汇集之地。爱尔兰裔凭借着经济地位和文化适应的提高融入美国主流社会，从而跻身白人郊区的交往共同体。但是，南部黑人移民却因难以逾越的肤色界线被重重障碍阻隔在郊区公共交往和公共资源之外。[①] 诗集《安妮·艾伦》中的黑人女主人公安妮经历了童年时期的天真幻想和年轻女性时期婚姻生活的挫折之后，在成熟女性时期获得了对布朗茨兹维尔的敏锐分析和深入了解。[②] 母亲身份迫使安妮直面现实，她自问：对于注定贫困的孩子我能给予他们什么呢？（*World* 100）黑人母亲带着对孩子生存处境的忧虑，在《芝加哥比弗利山庄》（"Beverly Hills, Chicago"）一诗中以"局外者"的身份目睹了郊区白人与生俱来的优越生活，并讲述了当意识到社会结构性的不公正时内心油然而生的嫉妒和仇恨。

诗歌首先以题词"人们生活着直至暮年"，给比弗利山庄无忧无虑的幸福生活镶嵌了童话般的色彩，继而以黑人的集体声音讲述所见所闻：只有做零工"我们"才有机会进入比弗利山庄，但也只能在"从旁驶过的车里"匆匆一瞥"他们"宛如

---

① 60年代的黑人民权运动和开放郊区运动逐步动摇了白人郊区住宅对黑人中产阶级的空间禁闭，部分黑人通过经济实力和文化教育的上升搬入了比弗利山庄。目前，比弗利山庄已经成为芝加哥种族和族裔多样化的郊区住宅区之一。参见http://www.encyclopedia.chicagohistory.org/pages/134.html。

② 诗集《安妮·艾伦》由《童年诗歌和少女时期随笔》、《安妮亚特》和《成熟女性时期》三部分组成，勾勒了安妮不同人生阶段的生活经历和思想状况。麦勒姆认为，安妮经历从自我本位的浪漫主义到客观现实的理想主义的成长变化。参见D. H. Melhem, *Gwendolyn Brooks: Poetry and the Heroic Voice*, Lexington: Kentucky University Press, 1987, p. 79。

仙境的“金色花园”和舒适惬意、富足美满的郊区生活：

> 我们可以看见他们，在花园里
> 夏季盈满的成熟已经开始腐烂。但并非凌乱散落。
> 纵然树叶凋零，在这也是极美地落下。
> 就连废弃物，连废弃物也有雅致的光彩。
>
> 当他们如同溪水潺潺，欢快地流进屋里时
> 那份轻柔和舒缓带着不朽的金色光芒，
> 我们清楚他们要做什么。下午茶。但这并不意味着
> 他们将会往水里丢进少许的乌黑茶叶，
> 再加一点糖和最廉价的柠檬汁，
>
> 此时楼下那位女士的留声机正温情暧昧地轻唱着：
> “给我一个深情的吻。”（*World* 112）

第二次世界大战后大量退伍军人返乡，再加上婴儿潮和拉丁裔、亚裔移民潮，美国城市人口激增，住房紧缺。芝加哥政府将少数族裔圈禁于内城公共住房的同时，通过鼓励银行发放低息购房贷款和提供抵押贷款保险等经济干预手段大力发展郊区高档住宅。郊区环境优雅、绿树掩映，与内城区拥挤庞杂、肮脏恶臭的贫民窟形成鲜明对照。因此，花园里的一切都是井然有序，就连废弃物散发的都是“雅致的光彩”，而不是厨房公寓楼里垃圾的刺鼻恶臭。社会学者罗伯特·菲什曼（Robert Fishman）对郊区生活象征意义的分析道出了政府双重住房政策的文化原因所在：“郊区的自我隔离很快蕴含了中产阶级文化的所有层面。因此，郊区不仅代表了中产阶级的乌托邦，即中产阶级价值观胜利的宣言，而且反映了中产阶级对他们亲手创造

的工业城市的背叛。”① 虽然资产阶级通过政治和经济革命创造了自由、多元的大城市，但是在文化生活领域却固守贵族文化的等级特权传统。除了阶级等级的偏见外，芝加哥郊区的空间禁闭无疑还掺杂着更为深刻的种族等级因素。第二次世界大战后芝加哥黑人的数量增长很快，黑人的阶级结构已经发生了本质的变化，但由于制度性的因素包括不动产行业的歧视性做法，白人邻居的敌意和偏见，以及联邦政府、州市政府的住房政策等，黑人无法将社会经济成就转化为有益的生活空间结果。因此，中产阶级以白人性为中心，对城市住宅进行等级化和排他性的空间划分，造成了郊区与贫民窟彼此的封闭和对峙。诗歌描绘了一幅典型的中产阶级优雅生活的画面：一切都笼罩在金色的光芒中，悦耳的旋律轻盈飞扬，“他们”徜徉于自然的美景中悠然自得地准备着午后清新的茶点，而“我们”非常清楚郊区空间禁闭下自己的身份和处境，只能从外面悄悄地欣赏和艳羡。

但是，在眼前看似合乎情理的迥异的居住环境和生活条件景象中，“我们”的内心也“自然而然地”发生着微妙的变化：

没有人愤怒。没有人怨恨这些人。
至少，在这辆从旁驶过的车里没有。
这个念头，不管怎样，还是自然而然地在我们脑海浮现
他们与我们相比真是更加幸运得太多。

自然而然地我们不停地看呀看
看他们房屋的木板、砖墙和石块

---

① See Robert Fishman, *Bourgeois Utopian*: *The Rise and Fall of Suburbia*, New York: Basic Books Inc. Publishers, 1987, p. 4.

心里想着，此时一阵松木的气息吹过，
他们的房屋与我们的相比真是天壤之别。

我们并非想要他们得到更少。
只是自然而然地我们应该想到，我们得到的不够。
我们继续前行，我们继续前行。
在彼此交谈中我们的声音开始变得有点粗暴。(*World* 113)

诗歌中“他们”与“我们”之间的对峙渐渐从隐藏的愠怒转变为公开的质疑：与我们相比，他们何以得到更多、更好、更幸运？毋庸置疑，美国公民身份中白人性与黑人性的种族等级正是“他们”与生俱来的优越性和“我们”与生俱来的低人一等的结构性制约因素。完整的公民身份使白人性得到重视和保护，“木板、砖墙和石块”建成宏伟森严的郊区住宅。相形之下，二等公民身份却使黑人性被贬低和排斥，贫民窟的住宅里弥漫着低廉的“松木气息”。空间禁闭阻隔了黑人底层与社会主体之间的公共交往，种族与阶级之间的经济鸿沟日益加深。“我们继续前行”蕴含着安妮作为母亲的忧虑和无奈：被圈禁于贫民窟阻断了孩子们改变未来的途径，聚集性的贫困在黑人代际之间不断延续。此时，我们的声音变得有点“粗暴”，对社会经济结构的不平等愤愤不平。

如果说，黑人母亲安妮对白人郊区望而却步，只能悲叹自己的孩子因种族身份而面临的社会不公，那么，黑人父亲鲁道夫却突破重重阻碍搬入了白人郊区，试图改变自己子女的生存环境和前途命运。诗集《食豆者》中的一首《鲁道夫·里德的歌谣》（“The Ballad of Rudolph Reed”）讲述了白人郊区与黑人贫民窟的空间错位引发的家庭和社会悲剧。该部诗集曾因“过于社会性”遭致评论的冷遇，评论者基斯·里奥纳多（Keith

D. Leonard）却认为，将政治关注转化为美学观念是美国非裔形式主义诗人独特的美学机制。[①] 布鲁克斯以传统民间叙事的歌谣形式，讲述了种族主义的残暴和黑人的激进反抗。“鲁道夫·里德长着棕色皮肤。（oaken）/他的妻子也是棕色皮肤。他的两个可爱的女儿和他的小小男子汉/同样长着棕色皮肤。”（*World* 360）“oaken”一词在诗中有双重含义：一是“棕色的”皮肤，这似乎缩小了里德一家与白人的种族界线，也暗示着他们对白人中产阶级价值观的亲近和认同；另一含义是“橡树的”坚韧，是父亲、母亲、孩子面对种族主义的压迫和残暴时表现出的坚强与韧性。父亲鲁道夫为贫民窟恶劣的居住环境忧心忡忡、夜不能寐，他心想：我们不缺果酱，不缺面包，却极度地需要一间屋子。这样就不用看到墙上剥落的灰泥，或者像雨点一样纷纷落下的蟑螂，妻儿们也不用眯着眼睛走进阴暗的房间。如果找到这样的房子，我必然捍卫我的家园。

第二次世界大战后白人中上阶层不断向环境优美、资源丰富、设施完备的郊区迁移，中心城市丧失了传统的主导地位，逐渐沦为人口拥挤、房屋破败、经济萧条的少数族裔聚居区，而且贫困的规模化聚集效应使黑人区陷入恶性循环，贫困率攀升、就业困难、暴力犯罪扩散、教育质量下降等社会问题丛生，积重难返。随着经济地位上升，里德一家必然希望通过空间的自由向上流动选择更好的居住环境。但是，芝加哥政府一方面利用税收补贴住房购买和兴修公路系统为郊区发展推波助澜，另一方面却出台名目繁多的排斥性措施阻止黑人搬入白人住宅区，对黑人族群向上流动的社会道路设置层层阻隔，将他们排斥于主流公共交往之外。因此，黑人父亲鲁道夫几经周折才终

① See Keith D. Leonard, “Representing the Race: Identity and Race-Consciousness in African American Poetry, 1919 - 1967”, Ph. D. Dissertation, Stanford University, 1999, pp. 4 - 5.

于在白人区找到一间住宅，也许“因为鲁道夫肤色还要更浅/比起其他棕色皮肤的黑人”。（*World* 361）但是，当一家人搬入白人社区后，他们的浅棕肤色马上变为醒目的“黑皮肤的妻子/和三个黑皮肤的孩子”，他们的“入侵”立刻引起了白人邻居警觉和敌意。此时，叙述者不无担忧地问道：“他们是否并不坚固，在他们自己的家里/到处都是窗户/带着漂亮扶手的楼梯/还有前院的花园与后院的草坪？”他们的整间屋子完全暴露于白人邻居的窥视中而不堪一击，在白人邻居的暴力袭击下，鲁道夫也最终丧失了理性和自制，卷入了住宅区的种族暴力冲突：

> 第一天晚上，石头袭来，有两个拳头大小。
> 第二天晚上，石头有三个拳头大小。
> 但是鲁道夫·里德对此没有诅咒。
> 尽管他已经是黑人里的浅棕色皮肤。
>
> 第三天晚上，银白色的玻璃瓶子。
> 容忍让人痛苦不堪。
> 但是他看见，瞧呀！小梅布尔鲜血直流
> 染红了她如此纯洁的眼眸。
>
> 鲁道夫·里德站起身来
> 按住妻子的双手，
> 他走出房门，带着一把长长的
> 极其可怖的屠刀。
>
> 他冲进夜色如同疯狂的野兽。
> 口中恶狠狠地振振有词。
> 在他打伤第一个白人之前

他已经完全丧失了思考。

在他打伤第四个白人之前
鲁道夫·里德已经身亡。
他的邻居聚拢来踢踩他的尸体。
“黑鬼——”邻居们嚷嚷道。（*World* 362）

“Oaken”在诗中多次出现，无疑是贯穿诗歌的重要意象，如前所述，一则表明以“棕色皮肤”分割空间的政治错位造成了令人扼腕的悲剧；二则表明黑人“橡树般坚韧”地追寻生命尊严蕴含着令人敬仰的崇高。白人种族主义者对迁入社区的黑人家庭常常采取极端的暴力手段，谩骂恫吓、炸弹破坏、纵火烧房等。如果无法阻止黑人搬入，白人就搬至新的郊区。因此，50年代出现了“黑人入侵，白人逃离”的现象，白人邻居讽刺性的描述种族融合在芝加哥意味着第一个黑人的出现直到整个社区最终完全地并入黑人贫民窟。白人对黑人区扩散的联合抵制使芝加哥成为“世界上种族隔离最严重的城市之一”①。60年代马丁·路德·金到芝加哥领导开放郊区运动时感慨道：“如果我们能撬动芝加哥种族歧视这块顽石，我们就能松动全国所有城市的种族歧视。”② 在评论者戈尔什·阿维拉兹（Gershun Avilez）看来，这块顽石是白人将黑人家庭排斥于国家民族身份与公民身份之外的社会痼疾，是共同体成员资格在白人观念中种族化的思想偏见。他指出，在美国法律话语中，白人性等同

① See Stephen Grant Meyer, *As Long As They Don't Move Next Door: Segregation and Racial Conflict in American Neighborhoods*, Landham, MD: Rowman & Littlefield, 2000, p. 121.

② See Martin Luther King, quoted in James Ralph, *Northern Protest: Martin Luther King, Jr., Chicago, and the Civil rights Movement*, Cambridge: Harvard University Press, 1993, p. 43.

于财产权利，黑人家宅不仅是对白人空间和房产价值的威胁，而且被视作毫无价值。[①] 因此，鲁道夫不仅是为了自己的家园而战，也是为黑人的自我价值和平等的公民身份而战。鲁道夫更加直接地体现了民权运动时期平凡黑人的英雄豪情，奋起反抗改变黑人低下的社会地位，而不是继续苟活于白人至上的淫威之下。

综上所述，布鲁克斯的诗歌描绘了芝加哥南岸种族隔离区厨房公寓、公共住房、贫民窟里的黑人日常生活，由此揭示了与黑人生存息息相关的芝加哥政府一系列空间政策的种族主义本质，以及对黑人私人领域的侵蚀和内部殖民。空间隔离渗透到居住、教育、就业等社会生活的方方面面，从公然的种族压迫和种族歧视的形式，转变为覆盖广泛而隐蔽的空间不公正和种族不平等的社会格局。诗歌引发了对于社会资源的空间分布不均与公正自由的社会价值观之间悖论的思考，以种族作为从属性身份制约黑人在公共领域中的公民权利，势必造成城市有机体的巨大分裂和持续不断的冲突，而隔离状态下的贫民窟的恶性循环同样阻碍了工业化城市的协调进步。美国社会的有识之士指出，黑人的持续性贫困不能简单归咎于职业技能、教育水平、工作态度等个人因素，而应该看到制度化歧视体系的结构性因素。例如，历史学者阿诺德·赫希（Arnold R. Hirsch）在考察第二次世界大战后芝加哥公共政策和第二波贫民窟形成的关联后指出，借助城市再发展、城市复兴、公共住房等政策，政府的积极干预不仅强化了现有的隔离模式，甚至在“吉姆·克劳”法规缺席的情况下制定了更具渗透性和持久性的新的法

① 阿维拉兹在文中论述了在黑人作品中芝加哥对黑人家宅空间的限制与黑人公民身份的约束之间的关联。See GerShun Avilez, “Housing the Black Body: Value, Domestic Space, and Segregation Narratives”, *African American Review*, Vol. 42, No. 1, 2008, p. 135.

律隔离形式。芝加哥的第二波贫民窟不是历史的遗产，而是战后新形势动态机制重塑的结果。① 社会学者安东尼·唐斯（Antony Downs）积极号召开放郊区，他指出中心城市与郊区之间的阶级和种族隔离造成的严重危害，一则使城市贫困和暴力冲突的问题永久化，二则背离了美国自由平等的传统理想。② 布鲁克斯则以文学创作的方式思索了如何使美国多族裔的公共领域真正成为公共性载体的问题。她的诗歌表明，白人中产阶级的排他性和等级化思想是美国城市分裂危机的根源，吸纳黑人性从而重构族裔之间平等的美国公民身份无疑为社会正义提供了一个可能的方向。

第二节　流行服饰的空间再现与黑人的主体反抗

在经典著作《空间的生产》一书中，列斐伏尔考察了空间在资本主义生产模式的固化和扩张中所起到的重要作用，提出必须将空间结构和社会关系视作一个动态的过程，在这个过程中，空间不仅是社会生活展开的平台，而且是社会关系的生产和再生产的介质。因此，社会关系的空间化组织体现了权力运作下社会秩序的物质形态。③ 布鲁克斯的诗歌所聚焦的“黑人大都市”正是公共住房、清除贫民窟、城市复兴等一系列公共政策对芝加哥城市空间化组织的社会历史产物。诗人以现实主义的笔触细致地描绘了南岸黑人区在种族隔离制度下萧条、困

---

① See Arnold R. Hirsch, *Making the Second Ghetto: Race and Housing in Chicago 1940 – 1960*, Chicago: Chicago University Press, 1983, pp. 254 – 255.

② See Anthony Downs, *Opening Up the Suburbs: An Urban Strategy for America*, New Haven: Yale University Press, 1973, pp. 42 – 43.

③ See Andrzej Zieleniec, *Space and Social Theory*, Los Angeles: Sage Pulications, 2007, pp. 77 – 78.

顿的日常生活场景，揭示了美国种族主义的空间实践维护和巩固了社会的种族等级秩序，但是多位评论者指出，布鲁克斯继承了“哈莱姆”时期城市现实主义传统，却有别于战后黑人抗议文学的自然主义传统。[①] 布鲁克斯笔下的人物在严酷的种族压迫和阶级剥削的生存环境中依然追寻着完整公民身份及其赋予的社会权利和生命尊严，而布鲁克斯运用的正是列斐伏尔所阐述的“空间再现”（Representation of Space），从而参与到20世纪中叶美国都市的空间知识生产中。

如果说空间实践是社会空间性的物质形态的制造过程，那么空间再现则是社会空间性的意识形态的话语建构过程。在列斐伏尔看来，空间再现是概念化的空间，它是科学家、规划者、城市学家、专家治国论者以各种空间话语和空间理论创造出来的构想性空间，是一种战略性的谋划和意识形态的产物，支配着社会关系空间化的组织形式。[②] 空间再现与语言符号系统紧密相连，从而与话语、文本、逻各斯等元素，总之与一切书写和言说的世界相连。因此，它不仅是城市规划者基于现实经验维护生产关系的投射性空间，同时也是诗人基于文学想象颠覆社会秩序的替换性空间。芝加哥南岸种族隔离的空间实践贬低了黑人性在美国公民身份中的地位，布鲁克斯诗歌文本的空间再现则以艺术形式包容了黑人主体性中族裔底层阶级文化身份与公民身份之间的张力，从而挑战了美国共同体成员资格种族化和阶级化的建构方式。种族隔离的空间实践作为一种规训技术，首先直接地作用于黑人的身体，它割裂了黑人身体与公民身份、主体权利之间的自然通道。因此，在布鲁克斯的诗歌中，

---

① See Gary Smith, “Gwendolyn Brooks's ‘Children of Poor’ Metaphysical Poetry and the Inconditions of Love”, *Obsidian II*, Vol. 1, No. 1, 1986, pp. 39 – 51; George E. Kent, “The Poetry of Gwendolyn Brooks”, *Black World*, 1971, pp. 30 – 43.

② See Andrzej Zieleniec, *Space and Social Theory*, Los Angeles: Sage Pulications, 2007, p. 74.

政治化的身体既是国家管制和规训的对象，同时也是黑人反叛社会等级压迫的爆发点，诗集《布朗兹维尔的一条街》中的长诗《萨丁-莱格斯·史密斯的星期天》（“The Sundays of Satin-Legs Smith”）即是布鲁克斯以黑人的身体政治质疑第二次世界大战及战后时期美国公民身份排斥性建构的力作之一。

《萨丁-莱格斯·史密斯的星期天》全诗159行，不仅是诗集中最长的一首，而且处于诗集的中心位置。诗歌围绕黑人青年男子史密斯在黑人大都市里浮华享乐的一天中的日常生活经历展开。肯特（George Kent）认为，诗歌长度的分量和富有变化的形式技巧使这首诗成为整部诗集名副其实的代表性作品。但是，在传达社会抗议信息方面，这也是最错杂难解的一首诗。[①] 确实，诗歌的艺术形式与主题内容之间极具矛盾性，但其重要性也正是在此：以独具特色的艺术形式塑造了一位充满争议的人物形象，在黑人身体含混的空间再现中动摇了二战及战后时期美国国家身份建构中微妙而复杂的种族关系和阶级关系，而史密斯穿着的20世纪中叶流行于美国少数族裔群体的佐特装（Zoot Suit）无疑是统摄其身体政治的核心隐喻。

一　佐特装与国家公民身体想象

衣着和饰物是将身体社会化，并将文化意义赋予身体的一种手段。衣着的习俗将身体转换成社会情境中文化符码的载体，这就意味着，公共场合中着装的身体必须符合社会空间不言而喻的法规，着装不当的身体就很容易触犯文化习俗与社会秩序，从而招致公众的非议和责难。[②] 这也正是身穿佐特装的史密斯

① See George Kent, *A Life of Gwendolyn Brooks*, Kentucky: Kentucky University Press, 1990, pp. 68-70.

② See Joanne Entwistle, *The Fashioned Body: Fashion, Dress and Modern Social Theory*, Malden: Blackwell Publishers, Inc., 2000, pp. 6-8.

格外惹人注目的原因。评论者玛莎·布莱恩特（Marsha Bryant）注意到布鲁克斯塑造的佐特装穿着者史密斯与黑人文学人物形象的背离，她指出，第二次世界大战后黑人作家们纷纷试图消除“哈莱姆”时期遗留的异国情调他者的黑人形象，以及反驳当时白人媒体刻板化的黑人负面形象，在这样的创作语境中，布鲁克斯将史密斯塑造为身穿佐特装的黑人青年男子，可谓是冒了相当的风险。① 确实如此。第二次世界大战后，在种族问题上，白人自由主义者与黑人中产阶级形成的政治精英联盟都普遍对消除种族隔离的前景持乐观态度，罗斯福总统高举的新自由主义无疑成为美国国家身份认同的核心力量。② 但是，身着佐特装的史密斯却恰恰在白人自由主义者与黑人中产阶级之间生成了一个摇摆不定的空间，布鲁克斯本人也在摇摆中对战后美国跨越种族的自由主义联盟是否能够真正平等地赋权于黑人民众满怀担忧和疑虑。

佐特装是一种对传统绅士西服变调式的模仿。典型的佐特装外套宽松过膝、垫肩宽大，裤子的裤腿肥大、裤脚收紧，腰间挂一条长至膝盖的表链，头戴一顶软呢平顶帽，脚穿一双尖头靴。不同于传统西服以沉稳、简练的风格显示男性的身体特征和男性气概，佐特装以花哨、铺张的风格打破男性着装常规来吸引公众的注视。佐特装兴起于 20 世纪 30 年代美国的爵士乐城市文化，宽松的衣服使表演者能够伴随节奏不受约束地摇摆舞动，炫目的造型和装扮有效地凸显了表演者在舞台中央的自我表现。40 年代佐特装从舞台走向了街头巷尾，成为墨西哥

① See Marsha Bryant, “Gwendolyn Brooks, *Ebony*, and Postwar Race Relations”, *American Literature*, Vol. 79, No. 1, 2007, pp. 113 – 123.

② 1941 年，罗斯福总统在国情咨文中提出“四大自由”的主张，即言论自由、信仰自由、免于匮乏的自由和免于恐惧的自由。他宣称这些自由是所有不同信仰和种族的人都应该拥有的权利。参见谢国荣《民权运动的前奏：杜鲁门当政时期美国黑人民权问题研究》，人民出版社 2010 年版，第 44 页。

裔、非裔、亚裔等少数族裔的年轻人群体中流行的日常着装，并逐步遍及纽约、芝加哥、洛杉矶、底特律等城市。开始时佐特装只是看起来很怪异，并没有遭致美国主流社会的谴责。但是，1943 年在美国西海岸城市洛杉矶爆发了严重的“佐特装骚乱”（Zoot Suit Riots）事件，驻军部队的海军士兵和地方白人主义者将身穿佐特装的墨西哥裔和非裔称作“社会败类”，暴力殴打并当众羞辱他们。在战时特殊的国际和国内形势下，佐特装事件在美国联邦政府、加利福尼亚州政府以及《华盛顿邮报》《洛杉矶时报》《危机》等各方政治和舆论力量的牵涉中不断发酵，成为 20 世纪影响深远的美国少数族裔青年文化运动。[①] 虽然中西部工业重镇芝加哥的黑人青年着装者与西海岸军事重镇洛杉矶的少数族裔青年着装者，在以佐特装公开表明自我的族裔身份时有着明显的地域文化差异，但是在少数族裔青年群体反叛主流文化的语境中，佐特装超乎了个体的身体意识和衣着实践，成为社会结构性的衣着模式与身体策略。作为一种时尚符号体系，佐特装由复杂的规则统辖着，这些规则有的秘而不宣、讳莫如深，有的则公之于众、毫不隐讳，布鲁克斯深谙这些文化符码的精妙之处，将其娴熟地运用于艺术作品中，不断地撞击着美国传统的社会等级分层模式，动摇着国家公民身份对黑人性排斥的建构方式，以期使黑人能够在美国宪政体制内获得合法性的身份地位。

佐特装最具反叛性的文化内涵莫过于对美国主流的国家公民身体想象的偏离，甚至是背道而驰。20 世纪中叶，面对美国主流社会的经济剥削和种族压迫，少数族裔弱势群体极少在政治或经济领域采取激烈的方式反抗，时尚衣着就成为他们在文化和生活领域挑战白人权威、争夺社会身份的工具之一。诗歌

① See Stuart Cosgrove, “The Zoot Suit and Style Warfare”, *History Workshop Journal*, No. 18, 1984, pp. 76 – 88.

从标题开始就凸显着黑人身体与日常衣着之间千丝万缕的联系，标题中主人公的名字包含着“绸缎”（Satin）和“肢体”（Legs），奢华的面料带给肢体的感受蕴含着衣着、身体与身份之间微妙的关联。题词部分是一组辞藻华丽的英雄双行体，却以切分音打乱了韵律的庄重，以一种反讽高雅的方式传达了史密斯离经叛道的、反英雄的身体取向：“情妇们，获准，/为他授予头衔。神佑他的嗜好。”（*World* 26）史密斯对卓越不凡的衣着品味的追求隐含着他对放荡不羁的生活方式的偏好，有鉴于此，衣着就成为他传达个人情绪和情感的载体，也就是说，衣着获得了反映私密的自我意识的能力。但是，史密斯公开的社会身份还是暧昧不明，此时，叙述者慢慢“前行”、继续“审视”（*World* 27），终于在打开史密斯私人空间里最隐秘的“壁橱的内柜”时，他的身份属性才彻底地暴露出来。壁橱是带着拱顶的庄严风格，但是里面没有炫目的“钻石”、昂贵的“珍珠”，或者精致的“银器”，取而代之的是：

令人惊叹不已的西服，黄色和酒红色，
夺目的绿色和斑马条纹的深蓝色。
全部饰以褶裥。带着的垫肩，如同他的傲气一般
完全张开，神气活现，而且棱角分明；
膨胀的裤腿向脚边逐渐缩紧
在边口处丝毫不差地锁死。
还有一些帽子
好似颜色鲜艳的雨伞；和一些狂躁不安的领带
好比某种不断聚集的战争所用的条旗。（*World* 27－28）

布鲁克斯对佐特装的描绘可谓是精妙绝伦，它们不再是摆放在橱柜里了无生气的纺织品，而是黑人自我在摇曳生姿的衣

装里的延伸。“夺目的”颜色、繁缛的“褶裥”、宽大的“垫肩”、“膨胀的裤腿”和“狂躁不安的领带”，对社会衣着规则的破坏无不蕴含着黑人青年男子对社会等级和权力结构的挑战，而佐特装赋予史密斯的身体最具颠覆性的力量正是对主流国家公民身份形象的背离。

应该说，第二次世界大战时期与法西斯主义阵营的激烈交战，在某种程度上强化了民族主义在美国国家身份建构中的重要性。为了在国内后方巩固统一的反法西斯阵营，并且遏制少数族裔对其故国的依恋而叛乱的潜在威胁，美国政府以单一的美利坚民族性作为国家认同的核心。这就意味着，少数族裔为了获得合法身份不得不以丧失自己的族裔性为代价。在搁置种族的血统差异后，美国政府以爱国主义和忠诚度作为衡量少数族裔是否配得上共同体成员资格的标准尺度，并且推行征兵制度和定额配给制度。因此，要么为美国价值投身战场，要么厉行节约支持战事，无疑是主流所塑造的符合国家利益的“爱国者”的身体形象。1942 年美国“战时生产委员会”（War Production Board）明令禁止民用服装生产中的铺张浪费，提倡穿着时尚杂志《绅士》所称的“山姆大叔的修身型西服”。山姆大叔是美国家喻户晓的征兵招贴中的人物形象，以盎格鲁－撒克逊白人的面孔和身体测量作为标准，无疑带有明显的种族偏见和压迫性。因此，这项有关衣服的法令隐含的文本就是以统一的衣着习俗推进少数族裔的白人化和美国化。但是，诗歌中的史密斯却身着铺张的佐特装，流连于黑人都市的街头巷尾，寻欢作乐、无所事事。一旦偏离了战时国家公共政策的正轨，史密斯就变成国家利益的背叛者，他的身体也随之被主流社会视为携带着“叛国者”的意象。但是，史密斯对战事置身度外的原因恰恰就是黑人被排斥在战争之外。首先，美国宣称为民主自由而战，却将黑人排除在享有平等公民权的群体之外；其次，在种族隔离和种族歧视的制度下，黑人士兵和工人都被排斥在作战部队与国防生产的核心力量之外；再者，即使第二次世界大战期间有一百多万黑人参军入伍，但是只有白人男性才有资格代表美国的战争英雄形象。军队与地方当局以此认定黑人对国家的贡献微不足道，其爱国精神和成员资格也随之遭到质疑。因此，符合征兵年龄的史密斯并未参与前线的战斗，而是在后方沉迷于闲散的消费文化生活，对国内军需生产的工作伦理也表现出刻意的漫不经心，与战时“国家英雄”的身体形象相去甚远，以一种公然敌对的姿态反抗以白人男性气质为核心的国家身份建构方式。

诚然，与国家公民身体形象的激烈冲突并非佐特装穿着者的最终目的。历史学者斯图亚特·克斯格罗夫（Stuart Cosgrove）认为，佐特装在最直接和最明显的意义上就是族裔性的象征和身份协商的方式。[①] 史密斯精心建立起来的衣着风格，不仅是他个人内在情感的表达，更重要的是他种族身份的区分标记，标明了他在社会结构中隶属于黑人族群的成员资格。群体的归属感使史密斯在充斥着歧视与压迫的社会中重拾自信和尊严，诗歌描绘了史密斯在穿上佐特装之时身体和内心的感受：

> 丝绸轻抚而过时，四肢接受到它的亲吻。
> 随即得到充满勇气和愉悦的拥抱
> 来自于那些难以名状的毛料的局部。
> 他照着镜子，自我迷恋——
> 这儿轮廓明朗；棱角
> 它恰到好处；
> 这门工艺造就了颜色混杂的优雅。（*World* 28）

---

① See Stuart Cosgrove, “The Zoot Suit and Style Warfare”, *History Workshop Journal*, No. 18, 1984, pp. 77 – 78.

史密斯感受到了“丝绸的亲吻”和“毛料的拥抱”，衣装形成了一个承载黑人身份的替换性空间，将“勇气”和“愉悦”传入他的内心，他树立起对自我形象的正面认知，迷恋自己“明朗的轮廓”和“恰到好处的棱角”。因此，如果说种族歧视的社会语境贬损了史密斯种族身份的尊严，那么他则以佐特装标榜自己种族差异，以及宣称掌控自己身体的方式重获尊严。与此同时，衣着时尚不仅标示出史密斯在公共领域中的族裔性，而且赋予他族群特有的价值理念和生活方式，这是他与公共领域协商建构社会身份的工具之一。在此意义上，其实身穿佐特装的“社会败类”与波德莱尔所述的“浪荡者”在观察和记录都市空间的方式上颇具相通之处，他们都身处城市中心却又显示出一种超然物外的姿态，获得了一个观察城市的理想位置。佐特装使史密斯既在黑人群体之中，又在黑人群体之外，拥有一种既贴近又疏离的观察视角。他漫不经心地“浪荡”于黑人日常生活的“一幅幅景象”之中，目光有意无意地掠过一道道“破烂的窗户”，却犀利地捕捉到窗户“报纸背后隐藏的羞耻”（*World* 29）。史密斯敏锐地观察到城市人群中个体的细微处境：小女孩戴着“破旧的丝带”、小男孩穿着“带有最体面补丁的裤子”到教堂做礼拜，即向上帝表达敬意和感恩之情；卖淫的女人们在招揽客人时，脸上“熟练地”表现出“有节制的圣洁”；男人们与美妙音乐带来的欢乐“天各一方”，却与食物匮乏操控的恐惧“朝夕相伴”（*World* 29）。史密斯，或者说是布鲁克斯，以“矛盾修饰法”（oxymoron）的方式描绘出黑人悖论式的城市生活本质，而这也恰恰是佐特装穿着者希望以自我的身体政治引起美国主流社会关注的种族生存状况。第二次世界大战时期，美国国家身份与盎格鲁民族性勾连，必然在一定程度上造成公民身份的种族主义性质。佐特装的身体政治折射出非裔美国人在国家认同与族群认同之间的两难困境。

二 佐特装与黑人种族身体想象

在第二次世界大战及战后时期美国阶级关系的语境中，佐特装穿着者不仅背离了白人主流社会对公民效忠国家的身体想象，而且也违背了黑人中产阶级对黑人白人化和美国化的身体想象。罗斯福总统当政期间，为了复兴美国经济、赢得国内抗战力量的支持，政府推行“新政”并提出“新自由主义”主张，黑人的经济与政治处境在一定程度上得到了改善。除此之外，包括第一夫人埃莉诺·罗斯福在内的政府的一些自由主义人士，对黑人问题采取了更加同情的立场。杜鲁门总统当政期间，民权委员会报告《保障这些人权利》更是明确了联邦政府改善黑人状况的政治议程。[①] 因此，黑人民权领导人寄希望于美国的价值理念与种族政策之间的矛盾能够在自由主义联盟的基础上得到解决。在20世纪中叶中西部黑人都市中心的芝加哥，自由主义在黑人中产阶级群体中的渗透表现得尤为明显，政治上与自由主义的联姻则转化为黑人中产阶级对白人资产阶级的价值观与生活方式的推崇和效仿。黑人社会学者克莱尔·德雷克（Clair Drake）和贺拉斯·凯顿（Horace Cayton）指出，芝加哥黑人中上阶层谈论的“推动种族进步”的真实含义就是，创造条件逐渐消除底层阶级的特性，同时促成中产阶级的生活方式在黑人区的推广。[②] 可见，

---

① 《保障这些人权利》简明扼要地指出，美国的遗产就是对自由和平等的承诺，明确当个人权利受到侵犯时，联邦政府承担着保护公民权利的责任。参见谢国荣《民权运动的前奏：杜鲁门当政时期美国黑人民权问题研究》，人民出版社2010年版，第147页。

② 都市社会学的创立与芝加哥大学密不可分，20世纪中叶，学校资助了两位黑人学者对芝加哥南岸黑人区居民的心理状态和文化样态进行了深入考察，其撰写的《黑人大都市》成为黑人都市研究领域的经典著作。See St. Clair Drake and Horace Cayton, *Black Metropolis: A Study of Negro Life in a Northern City*, Chicago: Chicago University Press, 1945, p. 710.

黑人中产阶级希望通过展现符合白人社会规范的黑人形象争取平等的公民权利，而身着佐特装的史密斯却以富有争议的人物形象动摇了跨越种族的自由主义联盟，质疑了黑人中产阶级白人化的身体政治策略。

不同的阶级有着不同的身体倾向，个人通过衣着品味、言谈举止、仪态风度等措置自己身体的方式，传达出阶级立场和身份属性的微妙信息。因此，在城市，外表越来越成为分门别类的工具，即显示阶级差异的手段。[①] 在芝加哥黑人都市里，人们往往通过管理身体的水平和保持外表合乎礼仪的水平显示出个人的社会角色与社会地位。对于黑人中产阶级而言，他们所效仿的白人资产阶级的文化价值和生活方式实际上是从宫廷王室和贵族那儿沿袭而来的。因此，衣着考究、谈吐高雅、做派良好的"绅士"就成为中产阶级的身体典范。[②] 佐特装是对传统"绅士"西服变调式的模仿，史密斯在诗歌的开始部分表现出对资产阶级"绅士"的身体意识的遵从，但同时也暗含着挑衅意味的颠覆。首先，题词中史密斯的"头衔"让人不禁联想到标明贵族显赫的身份地位的社会性符码。在宫廷文化中，贵族通过展示高尚的趣味、优雅的风度和得体的举止邀功取宠于人君，并且获赏封号。但是，在黑人都市里，史密斯却以放荡不羁的生活方式，从"情妇们"那里获得标示自己与外界不

---

① See Joanne Entwistle, *The Fashioned Body*: *Fashion*, *Dress and Modern Social Theory*, Malden: Blackwell Publishers, Inc., 2000, pp. 58 - 59.

② 资产阶级因袭了贵族文化，"绅士风度"代表的身体政治在贵族阶级争夺文化领导权的过程中占据着重要的位置。参见程巍《中产阶级的孩子们：60 年代与文化领导权》，生活·读书·新知三联书店 2006 年版。另外，诗歌中黑人青年男子史密斯的"纨绔子弟作风"得到了多位布鲁克斯的研究者的关注，这就表明史密斯在建构自己的阶级身份时对资产阶级"绅士"的身体政治的有意挪用。See George E. Kent, *A Life of Gwendolyn Brooks*, Kentucky: Kentucky University Press, 1990, p. 69; Marsha Bryant, "Gwendolyn Brooks, *Ebony*, and Postwar Race Relations", *American Literature*, Vol. 79, No. 1, 2007, p. 117.

同的佐特装群体的身份特征。其次，“嗜好”和阶级的身体倾向密切相关，绅士们对某种感官品质的偏好和追求并非简单地为了符合审美标准，更重要的是显示自身的社会优越感和等级意识。题词中史密斯的“嗜好”暗含着下层阶级鄙俗的一面，注定难以得到“神佑”，即白人自由主义者和黑人中产阶级对其合法性的认可。

如果说白人自由主义者对史密斯离经叛道的“嗜好”抱有种族偏见，那么黑人中产阶级对此抱有的则是阶级偏见。第二次世界大战期间南部黑人的大规模迁徙在一定程度上加剧了芝加哥南岸黑人区的住房短缺和就业不足的问题，因此，在黑人内部的新旧移民之间存在着阶级和地域的文化差距。芝加哥黑人杂志《乌黑》（*Ebony*）在社评中提到，北部的上层非裔美国人常常因为南部黑人移民的行为、言谈和穿着而感到窘迫。[①]因此，黑人中产阶级认为自己承担着“教化”南部移民的责任，他们在南岸黑人区的“文明进程”中扮演着重要的作用。黑人报纸《芝加哥卫报》（*Chicago Defender*）就曾经精心地制定了一系列公共领域的行为准则，并且不断地向新来的移民灌输管束自己身体的重要性，避免他们受到白人的嘲笑。[②]中产阶级认为，“花哨的衣服和大量的酒精”是底层阶级的“生活方式”。[③]题词中史密斯对“绅士”的贵族化“头衔”的占用挑战了资产阶级文化中权威和等级的意识，接着，在三个连续的三行押韵诗节中，史密斯效仿了“绅士”一丝不苟地追求外表

---

① See “Nobody Loves Them” (editorial), *Ebony*, September 1956, p. 68.

② See Bill V. Mullen, *Popular Fronts: Chicago and African-American Cultural Politics, 1935 – 1946*, Urbana: Illinois University Press, 1999, p. 201; Quoted from Marsha Bryant, “Gwendolyn Brooks, *Ebony*, and Postwar Race Relations”, *American Literature*, Vol. 79, No. 1, 2007, p. 118.

③ See St. Clair Drake and Horace Cayton, *Black Metropolis: A Study of Negro Life in a Northern City*, Chicago: Chicago University Press, 1945, p. 517.

卓越独特的“嗜好”，但是在精致讲究的衣装下面，黑人实实在在的身体却不断冲击着资产阶级社会优越感的身体化象征：

> 他醒来，小心翼翼地舒展身子，如同一只猫
> 黄褐色，超然物外，雍容华贵。今晨，他养尊处优
> 而且体态优雅。毋庸置疑。他得到了偿还。
>
> 他期待着这一刻，他开始设计自己的威仪，
> 没有任何表演会是平庸或者徒劳。
> 于是他从清醒的神志错乱中起身。
>
> 裹在睡袍里，他脱去寒酸的日子。
> 还有空荡荡的孤寂，内心郁结的恐惧，那些
> 克制的愤怒和严谨的防范。（*World* 26）

资产阶级的“绅士”从贵族文化中承袭了对待外表的态度，即看重自我的风度和人为做作的表演，他们主要是依靠良好的风度和无可挑剔的趣味而不是世袭的血统和领地，攀上社会结构的高端，在这种情况下，身体就成为他们向上爬的主要工具。[①] 诗歌以华丽的文体风格渲染着史密斯犹如贵族般的身体存在和身体形态，他“养尊处优”“雍容华贵”“体态优雅”，毫无疑问，他对身体煞费苦心的经营得到了“偿还”。但是，对于想要成功跻身社交名流的“绅士”来说，关键的还不是展现精致华美的身体本身，而是发掘身体、设计整体的优雅形象的能力。史密斯看重通过人为做作的表演进行自我创造的可能性，他期待着“这一刻”，他可以精心地“设计自己的威仪”，所有的“表

---

① See Joanne Entwistle, *The Fashioned Body: Fashion, Dress and Modern Social Theory*, Malden: Blackwell Publishers, Inc., 2000, pp. 159 – 160.

演”都会各得其所。然而，当公共的表演性自我成功地投射出虚幻的社会地位时，封闭于身体内部的本真性自我却越来越明晰地显现。炫目的衣装也许能够让史密斯短暂地脱去“寒酸的日子”，但是实实在在的皮肤和身体还是不能摆脱“空荡荡的孤寂”和“内心郁结的恐惧”。“猫”的意象艺术性地凝练了史密斯身体潜在的矛盾性和颠覆性：在中产阶级眼里，他如同猫一样仪态优雅地招摇过市，却难逃庸常之辈的悄无声息；在黑人文化里，“猫”是“爵士音乐迷”（hepcat）之意，他洞悉音乐中不为外人所知的召唤，沉迷于舞步摇摆中的怡然自得之情。

白人自由主义者和黑人中产阶级将共享的资产阶级趣味投射到他们对黑人身体白人化的想象中，充满贵族气息的香水是“绅士”必不可少的行头之一，史密斯通过对香水“嗜好”层层剥离式的质问，不仅动摇了脆弱的联盟基础，而且最终摒弃了资产阶级生活趣味。在中产阶级严厉的目光凝视下，史密斯精心地涂抹着香水，他的意识与诗歌叙述者的声音融为一体，小心翼翼地质询中产阶级到底愿意在多大程度上赋权予底层黑人民众。气味其实是感知身体存在的一种方式，史密斯渴望有尊严的人生，因此，他相信“生命应该是芳香的”（*World* 26）。首先，由于经济窘迫，史密斯无法购买鲜花萃取的优质而昂贵的香水，他只能拥有低劣的人工合成替代品，“怎样一种臭烘烘的替代品，像烈酒一样使人头晕，/你们会提供给呢?”（*World* 26）资产阶级的消费文化以物质购买能力划分了个人的社会等级。其次，史密斯的质问由经济消费的不平等延伸到社会权利的不平等。既然不能凭借人工物质消费品拥有生命的芳香，那么依靠自然中本真的鲜花怎样呢? 毕竟“生命一定以某种方式充满香气”（*World* 26）。但是，在等级社会中并非人人都能够平等地享有自然馈赠的鲜花。叙述者质疑“你们会让他的生命拥有鲜花吗?”比如说，“娇美的天竺葵”“洁白的康乃馨”“冷艳的百合花”或者“鲜红耀眼的玫瑰”（*World* 26）？在列举形态各异的花卉时，叙述者意识到了它们在中产阶级等级偏见中的差异：“你们在沉思着”，他最喜欢的鲜花是否能稍微地符合“良好的品味”和“垂直的传统”（*World* 27）。这无疑是将白人资产阶级的文化传统粗暴地强加于史密斯，作为评判他的品位高雅或低俗的标准。评论者布莱恩特（Marsha Bryant）指出，诗歌以此对跨种族的自由主义联盟提出了一个关键性的质问：“除了共享的资产阶级品味之外，还有什么能够作为联盟的基础？”[1] 诗歌叙述者回到史密斯的视角，对白人的“垂直传统”做出了针锋相对的反驳：“你们忘记了，或者你们不曾知道，/他的卷心菜和烟草条的遗产，/他与陋巷和垃圾桶的旧日亲密，/根深蒂固地在南方腹地。”（*World* 27）跨种族的自由主义联盟在对黑人传统到底是“忘记了”还是“不曾知道”的质疑中彻底分裂，雍容华贵的“香水”与朴实无华的“卷心菜”形成鲜明对比，背后隐含的是白人传统与黑人传统在黑人身体政治中的尖锐冲突，最终，只有在“南方传统”的乡土气息中，史密斯才能找到拥有尊严的“生命的芳香”。

其实，在社会权威严厉的凝视下，表演性的身体呈现不失为史密斯的一种谋生技巧。他热衷于佐特装精致讲究的形式风格，对社会环境中的种族和阶级政治斗争显得漠不关心，但事实上，衣着真正的力量来自它对固定意义长久不变的暗示和唤醒，表明个体对所属群体文化的忠诚。佐特装与黑人音乐可谓是一脉相承，它不仅脱胎于黑人爵士音乐家的舞台表演服装，而且秉承了黑人音乐对自由的身体姿态和本真的情感流露的执着追求。在摒弃白人的“垂直传统”回归到黑人的“南方传统”之后，史密斯以佐特装群体共享的音乐趣味强化了他与南

---

① Marsha Bryant, “Gwendolyn Brooks, *Ebony*, and Postwar Race Relations”, *American Literature*, Vol. 79, No. 1, 2007, p. 118.

方黑人的紧密联系。布鲁斯源自南部黑人劳动时哼唱的民歌，他们在音乐中投注了悲伤的情绪，因此，布鲁斯带有浓郁的伤感，是黑人产生群体认同的典型形式和情境。走在芝加哥黑人区“悲伤的林荫道上”，史密斯听到餐馆小贩播放的歌曲里唱着“孤独的布鲁斯，遗失已久的布鲁斯，我想要一个/形体敦厚的黑女人”（*World* 29）。他沉浸于黑人音乐中，与演唱者之间产生情感共鸣。显然，诗歌中列举的西方经典音乐，如“格里格的辛辣晦涩”、“柴可夫斯基刚愎自用的雄辩”以及“勃拉姆斯的结构工整和笔法细腻”（*World* 29 – 30）都与黑人区的生活境况格格不入。对西方经典音乐情感隔阂的背后是史密斯对资产阶级价值观陈词滥调的摒弃。他认为只有儿时母亲轻拍他的屁股时哼唱的曲调，才是最能触动心弦的音乐，南方家族生存的历史意识渗入布鲁斯音乐中，他由此想起了父亲屈就于卑微的人生抱负，姐姐迫于生计不得不出卖身体，年幼的自己也时常忍饥挨饿。家族生存的苦难唤起了史密斯的种族政治意识，他个人私密的身体开始承载族群公共的历史身份，此时“先辈们一段段的过去倚靠着/他。簇拥着他。笼罩着他的身份”（*World* 30）。史密斯的身体汇集了黑人“成百上千的渴望”和“成百上千的声音”（*World* 30），在族群共享的历史和文化领域中，他找到了身体的行为举止和“嗜好”的合理性，“他细想着自己的举动，自己的/判断，他独自迈开最有力的步伐，/所有一切就该——是这个样子”（*World* 30）。资产阶级的自由主义价值为公民身份注入了平等主义的精神，但是，政治精英对经济利益的偏重却往往侵蚀了现实中的平等。布鲁克斯以佐特装的身体政治表达了对自由主义普世价值在种族社会中有效性的质疑。

三　佐特装与黑人青年身体想象

佐特装不仅是史密斯的种族身份和阶级身份的表达，而且也是他的青年文化身份的表达。非裔美国人有着以独特的文化形式和文化产品反抗主流霸权的悠久传统，但是，佐特装现象还反映出族群内部鲜明的青年群体性特征。20 世纪中叶，芝加哥正处于迅猛的工业化发展时期，城市移民大量增加，物质生产急剧膨胀，国家向福利型社会转变。但是，在传统的社会阶层意识影响下，南岸种族隔离区的黑人群体却因自身的种族背景和阶级地位等社会属性因素，被排斥在美国的经济繁荣与社会的平等权利之外。处于从属性地位和孤立状态的黑人青年群体，基于相同的城市化生活经历和社会愿望，逐步形成了与主流文化相对立的一套意义系统、表达方式和生活方式，佐特装就是他们将城市文化与黑人传统相结合，用以反抗自身的边缘化和隔离化生存状态的文化产物。历史学者斯图亚特·克斯格罗夫（Stuart Cosgrove）肯定了佐特装的反叛性文化特征，他指出“佐特装就是一种拒绝的政治，以亚文化的姿态拒绝屈从和让步”。① 因此，在芝加哥种族隔离的城市公共领域，佐特装成为黑人青年群体社会边界的强大标志物，标明他们共享的生活模式、行为举止和文化趣味，他们以此获得了一种政治语言，得以在公共场所公开地宣称自己的社会理想。②

---

① Stuart Cosgrove, “The Zoot Suit and Style Warfare”, *History Workshop Journal*, No. 18, 1984, p. 78.

② 与第二次世界大战后的白人青年亚文化不同，黑人青年亚文化主要不是反叛黑人父辈文化，而是主要针对美国社会结构中的种族文化和阶级文化矛盾。但是，不可否认白人青年亚文化与黑人民权运动之间存在着一定形式的同盟关系。对这一问题的研究可参阅程巍《中产阶级的孩子们：60 年代与文化领导权》，生活·读书·新知三联书店 2006 年版。另外，佐特装并不仅限于黑人男性，它实际上覆盖了非裔、拉丁裔、亚裔等少数族裔男性青年和女性青年，以及白人男性青年。因此，佐特装流行时尚是战后美国跨种族、跨文化、跨地域的多元文化身份建构的典型代表之一。对佐特装的多元文化含义的研究可参阅 Luis Alvarez, *The Power of the Zoot: Youth Culture and Resistance During World War Ⅱ*, Berkeley, Los Angeles, London: California University Press, 2008。

从本质上而言，青年亚文化主要体现在休闲领域和消费领域，这是支配结构和支配文化最薄弱的地方。青年人通过对服装、发型、配饰等物品以及行为、姿态、暗语等符号的占用，形成独特的群体性“风格”（style），对主流文化构成一种仪式化的反抗。诗歌标题中的“星期天”表明，布鲁克斯在塑造黑人青年男子史密斯的人物形象时，就有意突出他的青年亚文化身份的一面，而题词中“情妇们”授予他的“头衔”正是根据他与主流文化“偏离”的程度划分的“合法性”等级。诗歌开篇时，史密斯在盥洗室里一丝不苟地梳洗，一心想把自己装扮成上层阶级绅士的模样，但是，壁橱里摆放的却是花哨夺目、夸张怪异的佐特装，还有充满挑衅意味的配饰。史密斯属于边缘族裔非技术性的底层劳动者阶级，他迁移到芝加哥南岸破败的贫民区，没有稳定的工作和住所，被剥夺了教育、就业、社会保障等公民身份应有的权利。作为青年亚文化群体的成员，史密斯致力解决的是——尽管只是在象征性层面——父辈文化中仍然隐藏着的、悬而未决的结构性矛盾。在意识形态层面，史密斯面临的是黑人对美国自由主义的认同与黑人被排斥在平等公民权利之外的社会现实；在日常生活层面，他面临的是资产阶级价值标准占主导地位与黑人底层青年无法符合社会体面阶层标准的失落心情。佐特装是一种对上层阶级绅士服装的篡改，在占用包括西装、领带、礼帽、怀表等资产阶级形象元素的基础上，将种族和阶级的差异刻写在物品原本的意义之上。史密斯的外套宽松、垫肩宽大，裤腿肥大、裤脚收紧，表链长至膝盖，帽子色彩鲜艳，浑身上下都是对舞台上黑人爵士音乐家的一种夸张模仿，以及对工人阶级形象元素的放大，“领带”在整套行头拼贴而成的风格中起到画龙点睛的作用，如同“不断聚集的战争”所用的“条旗”一样充满着“狂躁不安”的挑衅意味。“社会公认符码的神圣性往往与社会制度的神圣性联系在一起，因而对权威符码的挪用对社会制度来说是一种相当大的挑战。”① 佐特装的风格符码逾越了服装的常规形式，造成了主流意识形态再现系统的一种暂时的失调状态，诗歌中叙述者和史密斯对此的描述是：“让世界处于沸腾的状态”（*World* 27），佐特装由此能够在主导表意系统内生成一种新的、对抗性的意义。史密斯以被禁止的形式冒犯习俗、挑战权威，他的目的正是为了传达被禁止的呼声：“竭力推行平等”（*World* 27），即实现结构性的种族平等与阶级平等。由此可见，佐特装体现了黑人青年史密斯的一种打破美国传统的社会阶层模式和实现向上流动的社会愿望。

另外，佐特装不仅是黑人青年文化群体对主流文化进行仪式化抵抗的方式，而且也是他们建立群体认同和协商社会关系的工具。作为一种亚文化风格，佐特装与黑人青年群体的核心关切和主体经验之间存在着一种象征性的吻合，一方面它使黑人青年的核心价值得以体现，另一方面它赋予黑人青年行动范围和行为方式的一致性，青年们依靠整体风格的连贯性传达了作为集体性的存在，并且限定了群体内部成员特有的认同方式。对于黑人青年而言，佐特装最主要的文化意义源自爵士乐，爵士乐从内在的精神实质到外在的表现形式上都赋予了佐特装穿着者一种醒目的群体风格。爵士乐标榜着一种追求享乐主义，寻求感官刺激，以及恣意纵情的另类生活方式，相应地，史密斯“星期天”一整天的活动都围绕着旅馆、饭店、酒吧、影剧院和穷街陋巷展开。在特定时间和特定场所，依照群体的惯例进行特定的身体活动和行为，史密斯以此对爵士乐承载的象征意义进行了一种仪式化的演示和实践。在早晨梳洗完毕后，“他迈着舞步从旅馆的楼梯走下”（*World* 27），这不禁让人想到黑

---

① Dick Hebdige, *Subculture*: *The Meaning of Style*, London: Methuen, 1979, p. 92.

人权力运动领袖马尔科姆·X对自己在青年时期穿着佐特装的经历的描述。服装的音乐性赋予马尔科姆·X一种特有的身体移动方式，他在社会权威面前“蹦蹦跳跳”“歪歪斜斜”“猛推强挤”，用身体表达内心的愤怒和敌意。[①] 对史密斯而言，佐特装的音乐性则意味着在消费主义中的享乐与迷失，因为楼梯上“还残留着昨夜的奢靡与悲伤。/当他把妓女的亲吻和大量的啤酒呕吐一地”（*World* 27）。简单的早餐过后，史密斯开始在黑人区的穷街陋巷里闲游浪荡。

第二次世界大战及战后时期，在主流媒体的大肆渲染下，白色的海军制服成为前线战场爱国主义的象征，而佐特装则成为后方城市引发道德恐慌的象征。[②] 少数族裔佐特装青年群体被社会的规训机制贴上了“街头恶棍”的标签，包括黑人媒体《阿姆斯特丹新闻》（*Amsterdam News*）也刊登了黑人读者对青年人穿着佐特装的严厉谴责：“这种宽大的着装仅仅只是证实了黑人自甘堕落。”[③] 因此，街道上“污蔑他的声音，/汇成一个整体”（*World* 29）。但是，舞台的爵士音乐家赋予街头的黑人青年游民对声音的灵敏和感悟，史密斯细致地倾听着来自角落里被人遗忘的声音。他听见了孩子们在礼拜日接受救济时的“欢笑声”，妇女的“咒骂声”，痨病患者死气沉沉的“咳痰声”，餐馆小贩的“抽泣声”（*World* 29），他体会到黑人区被笼罩在萧条和沮丧的氛围里。黑人社会学者贺拉斯·凯顿（Horace Cayton）指出：“佐特装是挫败的青年人别无选择的自我表

---

① See Luis Alvarez, *The Power of the Zoot: Youth Culture and Resistance During World War Ⅱ*, Berkeley, Los Angeles, London: California University Press, 2008, p. 9.

② See Luis Alvarez, *The Power of the Zoot: Youth Culture and Resistance During World War Ⅱ*, Berkeley, Los Angeles, London: California University Press, 2008, p. 104.

③ *Amsterdam News*, June 21, 1943. 该报纸于1909年创办于纽约的“哈莱姆”黑人区，是纽约规模和影响力最大的黑人自有、自办的商业机构，也是美国最著名的族裔刊物之一。

达的方式，而且他们通常都是少数族裔的群体成员。”[①]

午后“影剧时间到了”，史密斯再次寄希望于消费行为能够填补对幸福和尊严的精神需求，但是消费的文化逻辑完全遵从现实社会的等级和差异，他知道自己不能贪婪地盯着银幕上“黄头发白皮肤”的女主人公，这会被视为一种“罪恶”，只有迪斯尼的“米奇老鼠”才是“人人都可享用的”（*World* 30）。夜晚，史密斯和他的女伴来到一家廉价的餐馆，每个星期日他的各式各样的女伴总会在身高、体型、腿长或者眼睛上有所不同。他以社会禁忌的恣意纵情的生活方式宣告对正统文化的竭力对抗，叙述者宣称：“他没受过任何教育/关于妥协的精妙艺术。他不愿/理会你建议的克制。”（*World* 31）“仪式在象征某个文化体系的同时，也表征了其相应的社会结构。”[②] 因此，史密斯在复制佐特装穿着者习俗化的身体活动时，也将其希望建构的社会价值体系传达给仪式的观看者和参与者，由此实现了个人与社会的认同，并且稳固了共同体的内在凝聚力。

最后，在对佐特装进行文本化的阅读时，“风格”（Style）实际上还蕴含着“文体”之意，包括叙事、韵律和语体等特征。如果说，史密斯通过佐特装发动了一场街头的风格之战，那么，布鲁克斯则进行了一场“佐特装美学”（Zoot-Suit Aesthetic）与“盎格鲁－欧洲美学”（Anglo-European Aesthetic）[③]的文体之战。在20世纪中叶美国种族隔离时期的创作语境中，布鲁克斯主要依靠白人主流的出版渠道公开发行作品，主要针

---

① Shane White and Graham White, *Stylin'*: *African American Expressive Culture from Its Beginnings to the Zoot Suit*, Ithaca and London: Cornell University Press, 1998, p. 261.

② 范妮：《仪式》，汪民安编：《文化研究关键词》，江苏人民出版社2007年版，第432页。

③ “佐特装美学”和“盎格鲁－欧洲美学”均出自Karen Jackson Ford, “The Sonnets of Satin-Legs Brooks”, *Contemporary Literature*, Vol. 48, No. 3, 2007, pp. 349－350。

对的读者群也是白人自由主义人士和黑人中产阶级，“黑人诗歌”（Negro Poetry）是外部出版环境机制给布鲁克斯的作品贴上的标签，同时也是对她的作品预设的标准。因此，在展现黑人生活为主要题材的创作过程中，诗歌形式的选择就成为至关重要的问题。“佐特装美学”恰如其分地表达了布鲁克斯与诗歌主人公史密斯相似的自我表达的困境和策略。诗歌充斥着正统高雅文化（conventional high culture）与黑人方言土语文化（black vernacular culture）、抒情传统的个体自我（individual self）与黑人方言土语传统的真实自我（true self）之间的张力，文体之战与风格之战交织在一起，时隐时现地贯穿于诗歌的始末。诗歌开篇时的三个连续的三行韵律体诗节“辞藻华美、句式复杂、修辞繁琐”，但是结尾时的六行无韵体诗节却是“词汇简朴、比喻平实、语调委婉、意象朴素”。[①]

> 她的身体就像新鲜的褐色面包
> 在伍尔沃思木犀草的下面。
> 她的身体就像一个蜜罐
> 深深地装满炙热的蜂蜜。
> 她的身体就像夏日的泥土
> 亲切、柔软、真实……（*World* 31）

整个诗节都是斜体形式，而且几乎是由单音节词构成，流动自如的诗行更加接近日常化的语言。因此，诗节在“主题上和形式上都明显地与诗歌其余的部分不一致”。[②] 尤其给人巨大

---

① See Karen Jackson Ford, “The Sonnets of Satin-Legs Brooks”, *Contemporary Literature*, Vol. 48, No. 3, 2007, pp. 350 – 351.

② Karen Jackson Ford, “The Sonnets of Satin-Legs Brooks”, *Contemporary Literature*, Vol. 48, No. 3, 2007, p. 350.

冲击力的是诗节中重复出现的女伴的“身体”意象：“褐色面包”意味着新鲜、简单、有益健康的食物；“蜜罐”将她的身体比作一种朴实无华的容器，容纳着自然的甘甜；“夏日的泥土”将喻体从工匠的手工制品转回到自然的本真物质。评论者卡伦·福特（Karen K. Ford）认为，诗歌中的“在下面”一词，暗示着史密斯和女伴都褪去了外在的时尚装扮，回归到一种更加质朴和本真的状态。① 事实上，在美国种族歧视的社会环境中，黑人青年的身体常常受到肢体暴力和话语暴力的迫害，而佐特装的表意实践使青年人的身体得以进入一个漂浮不定的意义生成的自由空间，史密斯感受到了身体的解放和愉悦。因此，结尾之处的诗节，与其说是叙述者对女主人公清新自然的身体的描述，不如说是从史密斯的内心缓缓流出的乐章，是他对解禁的身体由衷的赞美和忘我的陶醉。佐特装流行服饰在黑人青年反抗主流文化吸收、坚持文化自主性的历史上具有代表性意义。

综上所述，在第二次世界大战及战后时期，美国主流社会极力推崇以白人化和中产阶级化作为建构国家身份的标准与主要途径，少数族裔底层阶级因身份的从属性特征被阻断了身体与国家公民身份和公民权利之间的自然联系，被排斥在享有共同体平等的成员资格和主体权利的群体之外。佐特装在非裔美国人借助文化产品和文化实践，反抗社会权威、争夺社会地位的历史上具有举足轻重的意义。布鲁克斯极其敏锐并且深刻地意识到，在少数族裔青年群体间流行的佐特装服饰与他们的边缘身份政治之间耐人寻味的密切关联，成功地塑造了特殊历史语境中具有典型性的佐特装穿着者——黑人青年男子史密斯这一人物形象。作为边缘族裔底层阶级的一员，史密斯正是巧妙地应用佐特装承载的社会

① Karen Jackson Ford, “The Sonnets of Satin-Legs Brooks”, *Contemporary Literature*, Vol. 48, No. 3, 2007, p. 350.

符码，将身体转化成反抗主流的压迫性和贬损性力量的场所，不仅表达了自己在芝加哥城市种族隔离环境中的种族身份、阶级身份和青年文化身份，并且传达了在美国政治体制内获得合法性身份地位的政治诉求。从布鲁克斯的创作而言，诗人以佐特装穿着者的身体作为空间再现的着眼点，从而参与到 20 世纪中叶美国都市空间知识的生产中，而佐特装承载的多元身份无疑对美国公民身份排斥性的建构模式提出了有力的挑战。

第三节　战争叙事的空间僭越与文化领导权挑战

列斐伏尔认为，作为马克思主义历史辩证法的核心形态，社会生产关系的再生产辩证法的进一步发展就是空间生产的辩证法，他由此将空间性引入历史性和社会性的二元结构中，建立了一种历史性、社会性和空间性的“三重辩证法”（Three-Dimensional Dialects）。[①] 根据美国后现代地理学家爱德华·索亚（Edward W. Soja）的阐释，第三项是列斐伏尔的一种策略性的运用，旨在瓦解二元对立的封闭模式，形成一种彻底开放、无限重构的社会形态。依据这一思维模式，列斐伏尔将空间视作一个彼此相连、同时并存的“三元组合体”（Trinity），从语言学的角度可将其表述为空间实践、空间的再现和再现的空间；从现象学的角度则可表述为感知的空间、构想的空间和生活的

① 刘怀玉从马克思主义理论的传统角度强调了列斐伏尔对历史辩证法的空间化改造，索亚从哲学认知论的角度强调列斐伏尔在历史性与社会性的二元结构中引入第三项空间性。两位学者不同角度的研究对于理解“三重辩证法”思维模式具有互补性，而这一思维模式是建构“空间生产”理论的关键之一。参见刘怀玉《现代性的平庸与神奇：列斐伏尔日常生活批判哲学的文本学解读》，中央编译出版社 2006 年版，第 400 页；［美］索亚《第三空间》，陆杨译，上海教育出版社 2005 年版，第 91 页。

空间。[1] 其中，“再现的空间”（Representational Spaces）作为他者化的第三项，既包含了空间的物质维度和精神维度，同时又超越先前两种维度的简单叠加，这里汇聚了真实与想象、具体与抽象、主体性与客体性、意识与无意识等，不一而足。由此可见，他者化的第三重空间无疑是拥有无限可能性的、包罗万象的空间。那么，开启无限性的“阿尔法点”（Alpha Point）何在呢？根据列斐伏尔的阐述，再现的空间遮蔽了空间的物质性，以象征化的方式利用其事物，在某种程度上，它趋近于非语言的象征所构成的松散型连贯体系。[2] 因此，再现的空间实际上类似于法国符号学家罗兰·巴特（Roland Barthes）所述的意指（Signification）过程，即通过无限联想将空间（能指）与其物质性的象征（所指）联系起来的过程。在列斐伏尔看来，再现的空间体现着复杂的象征意义（Symbolisms），这些象征将社会生活最隐秘的层面与再现空间的符号（Code of Representational Space）相联结，这里是各种联想试图改变和占领的支配性空间。[3] 这与巴特所述的神话系统的结构特征极为相似。巴特有力地揭穿了在大众文化的符号象征化过程中，意识形态营造神话和操纵权力的现实。[4] 由此可见，在后现代思想的谱系学分析中，列斐伏尔的“空间”与巴特的“神话”在意义生成和社

---

① 施密特分别从语言学和现象学的不同角度阐释空间性三个维度的含义，See Christian Schmid，“Henri Lefebvre's theory of the production of space：toward a three-dimensional dialectic”，in Kanishka Goonewardena，Stefan Kipfer，Richard Milgtom and Christian Schmid eds.，*Space*，*Difference*，*Everyday Life*：*Reading Henri Lefebvre*，New York and London：Routledge，2008，pp. 27 –45。

② Henri Lefebvre，*The Production of Space*，Tran，Donald Nicholson-Smith，Oxford and Cambridge：Blackwell Publishers，1991，p. 39.

③ Henri Lefebvre，*The Production of Space*，Tran，Donald Nicholson-Smith，Oxford and Cambridge：Blackwell Publishers，1991，pp. 33 –39.

④ 对罗兰·巴特的“神话学”和“符号学”细致的研究可参阅汪民安《谁是罗兰·巴特》，江苏人民出版社 2005 年版。

会功能上都颇具相通之处。[①]

20 世纪中叶在布鲁克斯的创作初期，第二次世界大战对美国黑人的公民身份和日常生活产生的影响是她的诗歌作品探讨的重要主题之一。在日常生活公共领域，占据文化霸权地位的社会统治力量往往通过操控大众文化的象征意义，建立起与社会等级秩序相一致的神话体系。传统的战争叙事通常是以英雄的丰功伟绩为中心，集中描写战士们浴血沙场、英勇杀敌、壮烈牺牲的宏大战争场面，热情洋溢地歌颂他们的爱国主义精神和英雄气概。战争叙事所凸显出的庄严崇高的民族荣耀感和国家身份意识，无疑是构成共同体核心价值的重要部分。因此，战争叙事常常受到主流意识形态的支配，其本身就是一个承载多方力量角逐的竞技场。值得注意的是，布鲁克斯的战争题材的诗歌正是创造性地转换了“战争”的空间能指与其所指的象征意义之间的固定关联，从而在亲历性的再现空间中，动摇和瓦解了第二次世界大战时期历史语境中主导意识形态所塑造的爱国主义、英雄主义、男性气概和女性气质等“神话”。在第一部诗集《布朗兹维尔的一条街》（*A Street in Bronzeville*）中的诗歌《黑人英雄》（“Negro Hero”），是为 1941 年珍珠港事件中违反种族隔离军纪，但是立下卓越战功的非裔美国英雄多里·米勒（Dorie Miller）的题献之作。[②] 第二部诗集《安妮·艾伦》（*Annie Allen*）则虚构了芝加哥南岸种族隔离区布朗兹维尔的黑人女性安妮，并将其塑造为在家庭生活中英勇抗争的女战士，从而置换了西方经典史诗歌颂男性英雄功绩的传统主题内容。

---

① 列斐伏尔的空间理论和巴特的神话学都明显地受到马克思主义和结构主义的影响，他们对日常生活的大众文化和消费主义的分析批判具有相当多的互文性。

② 除此之外，在第一部诗集中还有一组由 12 首十四行诗构成的组诗《酒吧里的快乐小伙》（“Gay Chaps at the Bar”）是关于第二次世界大战中服役的黑人士兵。出于篇幅和诗歌覆盖面考虑，本书仅以《黑人英雄》作为阐释黑人男性英雄主义的研究对象。

一　《黑人英雄》的战场并置与黑人男性的英雄主义

《黑人英雄》由44行、7个诗节组成，诗歌的主人公正是珍珠港事件中的黑人士兵多里·米勒。1941年12月7日，日本海军对美国太平洋珍珠港海军基地发动了一次大规模的军事偷袭。日本共派出了6艘航空母舰，300多架战机的兵力，经过两个多小时的猛烈袭击，摧毁了美国188架战机、18艘战舰，造成美军2000多人牺牲、1000多人受伤的惨重损失。米勒是美军战舰上的一名炊事兵，亲历了这场惊心动魄、悲壮惨烈的战斗。但是，诗歌没有采用传统的全知全觉的第三人称视角，对宏大的战争场面进行全景式的记叙，而是从米勒的第一人称视角和声音，转入了他内心世界的“戏剧性独白”。目睹日军的狂轰滥炸，一时间珍珠港火光冲天、硝烟弥漫，数艘军舰被击中下沉，甲板上猝不及防的士兵被炸得肢残体破、四处逃窜，在这生死存亡的危急时刻，米勒的内心世界也进行着一场激烈的战斗。

> 我不得不把法规一脚踢进他们的嘴里，为了挽救他们。
> 　　但是我听说，有时你不得不凶狠地对待溺水者，为了把他们带到岸边。
> 　　不然他们会把你一起拖向残骸，葬身鱼腹。
> 　　想到这些，我对踢破几颗牙齿毫无畏惧。(*World* 32)

在开篇的第一个诗节中，米勒内心愤愤不平的情绪和难以抑制的暴力倾向扑面而来。第二次世界大战时期，美国军队中的种族压迫与种族歧视的现象严重。海军陆战队和空军拒绝招募黑人士兵；陆军的白人士兵不愿与黑人并肩作战，黑人仅能填补单独组编中有限的空缺；海军招募的黑人士兵则被完全排斥在作战编制之外。[①] 因此，米勒在海军战舰上只能从事繁重艰苦的勤务工作。日军敌机的突袭使战舰遭受到巨大的摧毁力，米勒在剧烈的摇晃中从船舱厨房跑到甲板上，冒着枪林弹雨将受伤的战友背到安全的地方，然后主动加入为炮手运送炮弹的行列。由于日军轰炸猛烈，不少士兵牺牲或身负重伤，米勒发现了一门装满弹药却没人使用的高射炮。诗歌正是聚焦于这一刻在他脑海里涌现的千头万绪，详尽地叙述了他的内心所经历的激烈挣扎和反复思量。由于非裔的种族身份，米勒没有得到过任何作战技能的训练，而且军队里等级森严、界线明晰，他属于非战斗性的黑人勤务兵，没有作战的主动权，只能辅助白人士兵进行战斗。因此，看着头顶呼啸而过的日本战机和甲板上无人操控的高射炮，米勒遇到的首要阻碍竟是美国军队的种族主义法令。他只有挣脱种族主义的捆绑，把“法规一脚踢进他们的嘴里”，才能挽救正在下沉的战舰和士兵。此时此刻，黑人士兵米勒不得不经历着两场同时发生的战斗：一场是反击日军敌机的轰炸，另一场是打破战舰上美国种族主义法规的禁锢。

1941 年，罗斯福总统在国情咨文中提出“四大自由”的主张，即言论自由、信仰自由、免于匮乏的自由和免于恐惧的自由。美国经常用“四大自由”来表述反法西斯同盟国的战争目的，因此，“四大自由”也就成为美国参战目的的官方宣言。极具讽刺性的是，美国政府高举自由的旗帜，反对德国纳粹专制以及种族统治的论调，但是在国内实际的国防工业生产、武装力量和社会生活中，种族歧视、暴力、隔离的现象却相当突出。历史学者杰克·范德（Jack D. Fonder）对此的评价可谓一语中的：“最令人悲愤的莫过于黑人在这场诡称是反抗种族主义意识形态，而实际上是实践种族主义意识形态的战争中所受到

① Richard M. Dalfiume, “The ‘Forgotten Years’ of the Negro Revolution”, *The Journal of American History*, Vol. 55, No. 1, 1986, p. 91.

的待遇。"[①] 对于战争，起初部分黑人主张孤立主义立场，但是随着战争的进行，黑人领导人和新闻媒体很快意识到第二次世界大战会给黑人争取民权带来难得的历史机遇。1942 年 2 月，黑人知名媒体《匹兹堡信使报》（*Pittsburgh Courier*）正式提出了"双重胜利"（Double Victory）的战斗目标，即在国外赢得反法西斯的胜利，在国内赢得民主的胜利。"双重胜利"所提倡的双重战场的并置在这首诗歌中显而易见。米勒非常清楚，一旦逾越甲板上的种族等级界线、拿起武器进行反击，他将要为此承担风险和后果。米勒在心里寻思着：当然，他可能会被授予"荣誉"，这只不过是"以他们的名义"添上一抹虚幻的"金色"，但是，随后致意的双手"可能已经握着尖利的长钉"（*World* 32）。他的照片可能会被刊登在一些不入主流的日报和周刊上，人们视他为"值得尊敬的人"，但是没有人会在意，他反抗的"真正敌人"与其说是日军的敌机，不如说是同一战壕里的白人种族主义者（*World* 32）。战争"场所"的空间能指明显地偏向了国内反种族主义抗争的一端，战争所指的"象征意义"体系得到了拓展，米勒以反抗种族主义的战斗实践不断地丰富着爱国主义和英雄主义的内涵。

战争是关乎国家安危、民族兴衰和社会进退的重大时刻，正义之战往往会激发战士崇高的爱国主义精神和无畏的英雄主义情怀。[②] 第二次世界大战时期美国高举民主的大旗，黑人媒体《芝加哥卫报》（*Chicago Defender*）在 1941 年 10 月的社论中表达了黑人群体对国家的忠诚："在国家安危的关键时刻，美国黑人民众的心脏与这片土地上白人公民的心脏一起跳动。"[③] 但

① Jack D. Fonder, *Blacks and Military in American History*, New York: Praeger, 1974, p. 133.

② 参见李公昭《战争文学》，载赵一凡等编《西方文论关键词》，外语教学与研究出版社 2006 年版，第 837—848 页。

③ "Editorial", *Chicago Defender*, October 11, 1941.

是，一战中黑人冒着生命危险为国家而战，战争结束后联邦政府却对种族暴力和种族压迫泛滥的状况无所作为。有鉴于此，黑人不再是简单地追随政府的民主口号，《芝加哥卫报》在同年11月的社论明确地提出了黑人自己的立场："在宣誓我们对国旗以及国旗象征的意义忠诚之时，我们要求美国政府给予黑人公民应征入伍所捍卫的、同样完整的民主保障。"① 因此，黑人战士为国外反法西斯而战的同时，也为国内反种族主义而战。虽然美国军队的种族等级制度严格地限制了米勒卑微的处境和价值，但是，眼前万分危急的战斗场面唤醒了他作为一名战士的崇高感和使命感。米勒清楚地意识到"这是一个伟大的时刻"，他强烈地感受到自己"满腔的热血正在沸腾"，并且不断地在他的体内"嚎叫着""高歌着"（*World* 32）。米勒在为自己拿起武器反击的战斗行为寻找合理化的理由和动力：

> 毫无疑问，我坐在男孩时期梦想的轮子上滑向了那挺机枪。
>
> 毫无疑问，童年时期娴熟的射击演练在眼前的妄想中聚成一团。
>
> 毫无疑问，我曾是个孩子
>
> 并且，我咽下第一口战斗的汁液，它渗透出黑色的死亡气息和恶魔的噪声
>
> 使我疯狂了。（*World* 32－33）

有意思的是，米勒对自己拿起机枪、击落四架敌机的英勇功绩的动机剖析，并未彰显出男性气概的英勇无畏和坚毅果敢，反倒是充满着男孩子气的幼稚、怯懦和缺乏理性。驱使他走向

① "Editorial", *Chicago Defender*, December 13, 1941.

机枪的虽然是“男孩时期的梦想”，但他却如同游戏般地坐在“轮子”上滑过去；童年时期的射击演练也只是在不切实际的“妄想”中才能混乱地“聚成一团”；“战斗的汁液”如同烈性酒，渗透出的“死亡气息”和“恶魔的噪声”，咽下它最终使男孩丧失理智、变得“疯狂”。实际上，在米勒的思想中隐约地出现了“白人在场”的侵袭，他被迫通过白人的眼睛来审视自己的行为。主流的战争叙事往往是白人男性建构英雄主义和男性气概的工具之一，黑人男性被排斥在英雄叙事之外。种族主义隐藏于主流战争叙事建构的“神话体系”中，米勒在不知不觉中内化了种族主义的意识形态。因此，将米勒的英雄壮举降级为孩子气的行为，恰恰是为了凸显他挣脱种族主义的思想禁锢，获得对自我真正认知的英雄意义所在。

第二次世界大战使美国人比以往更加强烈和清楚地意识到了美国民主信条与种族不平等的现实之间的矛盾。米勒在反思中表述了美国民主使黑人公民陷入的两难境地。一方面，民主精神在米勒的心目中占据着神圣的位置，他直言对民主的热爱和忠诚：“我热爱。男人必定捍卫自己的所爱。/他们的身穿白衣的民主是我心中的女神。”（*World* 33）另一方面，他也明白虚伪的美国民主可能对黑人造成的巨大伤害：“冰冷、锋利的匕首藏于她曼妙衣袖的轻柔里。”（*World* 33）将“民主”喻为心中的“女神”贴切地表达了米勒对美国价值的无限向往和赤诚之心，“女神”藏于手中的“匕首”则表明了虚伪的美国民主对黑人一再地欺骗、利用、抛弃，给黑人心灵留下了挥之不去的伤痛和阴影。布鲁克斯所展现的正是在看清了残酷的现实后，仍然始终不渝地恪守崇高的理想，并且为了正义的事业不畏牺牲的黑人英雄主义，从而修正和重新定义了美国白人主流的爱国精神与英雄主义。米勒正气凛然地表达了为美国民主事业献身的坚定信念：“为了嘴角迷人的微笑和吞吞吐吐的承诺，我不惜付出自己的生命。/我把头向后一扬！——我完全不记得/那把匕首了。"（*World* 33）米勒的种族身份注定了他坚强不息的个人意志行为将不断地遭遇挫折和打击，崇高理想与种族命运之间的冲突，使米勒的英雄主义产生了悲剧精神的情感净化作用。事实上，米勒的事迹和遭遇确实警醒世人种族主义强加于人性之上的不公正。米勒的举动堪称英勇，直至耗尽弹药被命令弃船逃生，他击落了四架日军敌机，但是由于违反了禁止黑人直接参加战斗的军规，他的行为并未得到重视和嘉奖。后来，黑人媒体报道了他的事迹，并呼吁海军方面承认和表彰他的英雄举动，1942 年，米勒才最终成为第一位被授予"海军十字勋章"的非裔美国人。1943 年，米勒依然以勤务兵的身份被派往另一艘战舰服役。同年底战舰被日军舰队击沉，年仅 24 岁的米勒为美国的民主事业献出了自己的生命。因此，黑人战士在战场上的存在被刻意地忽视，黑人英雄的壮举在战争神话中被刻意地抹去，布鲁克斯书写黑人士兵的意图之一就是让"黑人英雄"在战争叙事中拥有应得的一席之地。

评论者安·斯坦福（Ann F. Stanford）认为，在这首战争诗歌里，布鲁克斯通过置换战争的场所和意义，将战争转化为一场在国内争夺白人种族主义领地的战斗。诗歌重设了战争的"敌人"和"所在地"，这就意味着真正的战斗是在个人的思想观念里，以及社会和文化的领域中进行。① 显然，种族主义不仅仅是在外部的白人话语中消解了米勒的黑人英雄气概，而且还渗透到他的自我意识里，从内部阻碍他形成对黑人自我的客观认知。因此，反抗美国社会中根深蒂固的种族主义和刻板化的黑人负面形象，以及争取自我定义与自我表达的权利，无疑

① Ann F. Stanford, "Dialectics of Desire: War and the Resistive Voice in Gwendolyn Brooks's 'Negro Hero' and 'Gay Chaps at the Bar'", *African American Review*, Vol. 26, No. 2, Poetry and Theatre Issue, 1992, pp. 197 - 199.

是黑人英雄主义集中体现的重要方式和途径。米勒与种族主义的意识形态和思想偏见之间最激烈的交锋在诗歌的第五、第六诗节中呈现：

依旧如此——是否我足够体面可以为他们而死，是否我的鲜血
足够清澈可以抛洒而出，
……
是否我足够清白可以为他们杀敌，他们是否希望我去厮杀
为了他们，或者是否我待的地方，尽管死神舔着嘴巴向他们大步逼近
应该是在厨房，依旧如此？

(南部城市里的白人说
实际上，我宁愿去死；
实际上，我宁愿被打中脑袋
或者被浪头打向茫茫大海
也不愿被一滴黑人的血拯救。)(*World* 32－33)

在第五诗节中，米勒不断地追问自我的本质和意义，但是，不同于主流浪漫主义文学传统中个体自我的困境来自宗教意义上的神权压迫，或者哲学意义上的认知论局限，米勒自我定义的阻碍则主要来自种族主义对黑人的歧视和刻板化。米勒知道，在白人的价值标准下，自己不够“体面”，鲜血不够“清澈”，就连动机也不够“清白”，即使在死神“舔着嘴巴大步逼近”的性命攸关的时刻，种族主义还是以压倒性的力量把他深深地禁锢于黑人待过的“厨房”。诗歌通过“依旧如此”（still）在

诗节首尾的重复构成了一个封闭的结构，这种禁闭既是种族主义体系赖以维系的基础，也是黑人的自我意识难以挣脱的牢笼。

第六诗节是白人种族主义者对米勒的行为做出的回应。有意思的是，诗歌中唯一一次出现的白人声音和话语不仅被置于括号的包围中，而且不同于其他诗行在形式上不受韵律的束缚，第六诗节押韵严格、格律规整。抑扬格四步格的音律让诗行如孩童朗朗上口的歌谣，但是词语中却传达着种族主义扭曲的逻辑和恐怖的暴力。正如评论者斯坦福（Ann F. Stanford）所述，诗行轻快的音律表明了白人对黑人的仇视态度犹如民间传唱的调子一般世代因袭、根深蒂固，因而无须刻意就能轻而易举地回荡在曲调里。[①] 南部白人对黑人“血液”的憎恶和仇视，在美国的种族主义的神话修辞术中具有原型化的意义。因此，在两个诗节中米勒对自己“血液”纯粹性的困惑，以及白人对被黑人“血液”污染的恐惧，无疑是对种族主义摧毁性力量的强烈控诉。斯坦福认为，白人话语充满了孩子气的荒唐和恶毒的仇恨，被包围在黑人士兵米勒成熟的、理性的、反思性的，显然也是更具英雄主义特征的话语中，诗歌以此完全地打破了黑白的权力等级结构。[②]

米勒最终勇敢地冲破了种族主义的禁锢，拿起武器反击日军的飞机。在诗歌的结尾，他明确地表达对此举动的看法：不仅是“拯救了他们”，而且还有“他们的一部分民主”（*World* 34）。事实上，从美国初期的共和思想到现代的民主制度的发展演变中，黑人遭遇了从奴役制度到隔离制度等不同形式的种族压迫，民主

---

① Ann F. Stanford, “Dialectics of Desire: War and the Resistive Voice in Gwendolyn Brooks's ‘Negro Hero’ and ‘Gay Chaps at the Bar’”, *African American Review*, Vol. 26, No. 2, Poetry and Theatre Issue, 1992, p. 201.

② Ann F. Stanford, “Dialectics of Desire: War and the Resistive Voice in Gwendolyn Brooks's ‘Negro Hero’ and ‘Gay Chaps at the Bar’”, *African American Review*, Vol. 26, No. 2, Poetry and Theatre Issue, 1992, p. 201.

理想与种族实践一直是美国历史上的中心悖论。因而，正如斯蒂芬·纳德勒（Stephen Knadler）所述，独特的种族经历赋予黑人另类的政治语言，他们一直积极地参与美国的民主思想与公民身份的形塑和发展。[①] 米勒的内心获得了宁静，他说道："我感觉很好、很安心，因为我相信这是件好事"（*World* 34）。同时，他看清了白人种族主义将长期存在的现实："尽管他们宁愿/维护可恶的尊严的律法和匕首/也不愿延续他们的信仰/和生命。"（*World* 34）由此可见，在种族压迫的社会语境中，米勒结合具有美国式民主精神的个人主义与黑人的种族文化身份，形成了对自我的认知和定义，为美国的信仰在国内和国外战场的双重胜利英勇应战，以美国黑人的公民身份实践着爱国主义和英雄主义的精神实质。

二　《安妮·艾伦》的战场转换与黑人女性的家庭生活史诗

诗集《安妮·艾伦》为布鲁克斯赢得了1950年普利策诗歌奖的文学殊荣。在20世纪中叶美国种族歧视严重、种族隔离盛行的历史语境中，全国性的文学奖项无论对于布鲁克斯的个人创作，还是对于非裔美国诗人的集体创作而言，都具有重大的文学价值和社会意义。但是，恰恰因为诗歌迎合了主流文学对传统诗歌形式和现代主义诗歌技巧的标准，在全国文学界获得短暂的文学声誉后，这部诗集反而成为黑人评论界指责诗人在前期创作中缺乏种族政治意识的众矢之的。在布鲁克斯研究的学术史上，黑人艺术运动时期代表人物之一的唐·李（Don L. Lee）在诗人的自传《第一部分报告》前言中的观点颇有影响力。他认为，诗人未能依据非洲和美国黑人的历史与文化传统来定义自我，而是

① Stephen Knadler, *Remapping Citizenship and the Nation in African-Ameircan Literature*, New York and London: Routledge, 2010, p. 2.

“受制于”白人意识。这部诗集牺牲了与黑人大众的交流，是为白人而写。[1] 著名黑人学者小休斯顿·贝克（Houston A. Baker, Jr.）也指出了诗歌形式与内容之间的冲突，他认为布鲁克斯的“高雅风格”像一道“面纱”将黑人与白人世界分离，诗歌中“白人风格与黑人内容处于交战状态”。[2]黑人女评论者克劳迪娅·泰特（Claudia Tate）则从黑人女性创作的角度阐释了形式与内容之间张力性冲突的意义，她认为布鲁克斯正是有意地通过结构形式表现黑人女主人公被压抑的愤怒，以及诗人自己作为边缘族裔女性在文学创作中所面临的困境。[3] 近年来，在更广阔的欧洲与美国史诗传统中，以及第二次世界大战时期美国黑人的英雄主义传统中，考察这部诗集所蕴含的黑人女性史诗的形式风格与主题内容成为评论界新的研究重点。

诗集由三个部分构成，以芝加哥黑人隔离区布朗兹维尔为生活背景，讲述了黑人女主人公安妮在白人父权与黑人父权的法则下，追寻黑人女性自我身份的成长历程。第一部分《童年时期与少女时期随笔》（“Notes from the Childhood and Girlhood”）讲述了安妮在黑人贫民窟卑微的出身和窘迫的经济环境，但是在白人文化的影响下，安妮对白人标准的女性气质、浪漫爱情、骑士风度等“神话”充满了幻想和憧憬，塑造了安妮不切实际的理想主义性格特征。第二部分《安妮亚特》（“The Anniad”）集中于安妮在年轻女性时期的家庭生活，她将自己对男性骑士风度的幻想投射于“浅棕色”的丈夫身上，但

---

① Haki Madhubuti, “Beyond the Wordmaker: The Making of an African Poet”, in Gwendolyn Brooks, *Report from Part One*, Detroit: Broadside Press, 1973, pp. 13 – 30.

② Houston A. Baker, Jr., “The Achievement of Gwendolyn Brooks”, *College Language Association*, Vol. 16, No. 1, 1972, p. 25.

③ See Claudia Tate, “Anger So Flat: Gwendolyn's Brooks's *Annie Allen*”, in Maria K. Mootry and Gary Smith eds., *A life Distilled: Gwendolyn Brooks, Her Poetry and Fiction*, Chicago: Illinois University Press, 1987, p. 144.

是丈夫从战场退伍回家后却感到种族社会中黑人男性在经济和政治上的“虚弱无力”，他抛弃安妮，想从浅肤色女性那儿重获男性身份，安妮陷入了精神崩溃的边缘。第三部分《成熟女性时期》（“The Womanhood”）将重心移至了安妮与自己未成年孩子的关系上。丈夫死后，安妮对家庭生活中浪漫爱情的幻想也随之破灭，她从母亲身份的视角形成对自我的种族身份和性别身份的定义，形成了对现实与理想的客观认识，最终获得了史诗中黑人女性英雄的坚定声音。

评论者珍妮·古德曼（Jenny Goodman）提出，只有在欧洲和美国的史诗传统中，以及第二次世界大战时期美国黑人男性中心的英雄主义话语中，才能充分地理解布鲁克斯塑造的黑人女英雄人物形象所蕴含的艺术魅力与社会意义。[①] 欧洲的传统史诗往往以贵族英雄或民族英雄为主要人物，歌颂他们抵御侵略、重建城邦、传承文明的丰功伟绩。男性主人公所秉持的荣誉观念、英雄主义和男性气概等，符合了当时封建国家的观念意志与政治利益。美国在脱离欧洲大陆，建构本土化的民族身份和国家形象之时，同样借助了史诗的国家叙事功能，涌现出数量可观的现代史诗，塑造美国的个人主义与民主精神。第二次世界大战对于非裔美国人而言是争取种族平等的历史性关键时期，他们同时经历着国外的军事战争和国内的种族战争，“两场战争迫使他们迫切地寻求一种新的领导权，这种领导权既从黑人生活中汲取丰富的资源，同时也将黑人从历史的心理桎梏和神话中解放出来”[②]。黑人知识分子意识到了民族兴亡的巨大

---

① Jenny Goodman, “Revisionary Postwar Heroism in Gwendolyn Brooks's *Annie Allen*”, in Bernard Schweizer ed., *Approaches to the Anglo and American Female Epic, 1621 – 1982*, Aldershot: Ashgate, 2006, pp. 159 – 180.

② Jenny Goodman, “Revisionary Postwar Heroism in Gwendolyn Brooks's *Annie Allen*”, in Bernard Schweizer ed., *Approaches to the Anglo and American Female Epic, 1621 – 1982*, Aldershot: Ashgate, 2006, p. 159.

机遇和挑战。1941 年，兰斯顿·休斯（Langston Hughes）在黑人知名文化期刊《危机》（*The Crisis*）上撰文《英雄人物的必要性》（“The Need for Heroes”）。他在文中写道：“黑人作家的社会责任就是向世人揭示出种族所蕴含的能量巨大的英雄主义。”[①] 但是，黑人文学界倾向于呈现的却是男性气概的英雄形象。理查德·赖特（Richard Wright）塑造的黑人男子别格，正是在美国种族主义的城市环境中经历了“史诗般的自我身份求索”（epic quest of identity）的历程。值得注意的是，别格的身份追寻是从逃离家庭开始的。为了摆脱贫困和种族主义观念的束缚，别格抛弃了自己与母亲和妹妹之间的家庭纽带关系，从一系列的流浪和冒险中寻求自由与自我。实际上，第二次世界大战时期，由于经济地位低下，黑人男性常常抛弃家庭以躲避赡养孩子的责任和男性气概缺失的压力。当时，大概有五分之一的黑人家庭处于“男性缺席”的状况。1950 年，黑人社会学者克莱尔·德雷克（Clair Drake）在《黑人文摘》（*The Negro Digest*）上发表了一篇题为《男人为何离家出走》（“Why Men Leave Home”）的文章。德雷克提出，种族歧视是导致黑人男性出逃的社会原因和经济原因，但是，值得注意的是，他援引了欧洲史诗传统来阐释黑人男性出逃的心理原因。他认为，从心理上讲，流浪和冒险是男人的本性，与种族身份无关，尤其是从战场归来退伍黑人士兵，他们根本无法安定下来投入沉闷的家庭生活，德雷克将这一行为称作“黑人尤利西斯的逃离”。女性和家庭则成为他们追求自我道路上的阻碍和迂回。[②] 可见，二战时期黑人文学界和思想界都是以男性声音为中心。因此，无论是主流的史诗传统，还是黑人的英雄主义叙事，都是一种男性中心主义的神话修辞术，都刻意地从历史上抹去了女性经

① Langston Hughes, “The Need for Heroes”, *The Crisis*, June, 1941, p. 184.

② Clair Drake, “Why Men Leave Home”, *The Negro Digest*, December, 1950, pp. 25 – 27.

历的存在，剥夺了她们讲述的声音。

正是在经典史诗传统与黑人英雄主义话语构成的男权至上的社会语境中，布鲁克斯的《安妮·艾伦》旗帜鲜明地以黑人女性作为书写的主要对象，以家庭生活作为战斗的主要场所，讲述了黑人女性在白人父权与黑人父权的双重压迫下，在日常生活的英勇抗争中追寻身份和自主性的历程。由女性定义的种族政治和性别政治无疑是这部黑人女性史诗的核心主旨与内容。但是，如何选择适当的诗歌形式，既传达诗人对民主理想的认同和热爱，同时也表达她对民主现状的失望和批判，使作品既能被现实的白人读者接受，同时又让隐含的黑人读者接收到言外之意，这种两难困境对于被排斥在主流男性文学传统之外的布鲁克斯而言，确实是巨大的挑战。评论者琳恩·凯勒（Lynn Keller）在《哥伦比亚美国诗歌史》中提出，进入20世纪，美国诗人们想从小说那儿重新夺回诗歌曾经拥有的广度和深度，具有传统史诗特征的长诗成为他们心目中的首选。长诗使现代主义诗人能够突破后浪漫时期抒情诗的内部视角局限，涉及社会学和人类学层面的历史素材。但是有意思的是，第二次世界大战后鲜有女诗人愿意冒险尝试长叙事诗，因为它常常与传统上男性专属领地——史诗——联系在一起。但是，由于族裔身份的特殊性，布鲁克斯对人物经历和公共问题的政治意味有着更敏锐的察觉，成为第二次世界大战后最早涉足长诗的女诗人之一。[①] 凯勒从美国诗歌史中现代主义传统的宽泛背景，阐述了布鲁克斯选择长诗形式的动机和意义，实际上，黑人学者小休斯顿·贝克（Houston A. Baker, Jr.）所提出的“黑人现代主义”能更深入地剖析黑人作家的创作困境、形式策略和美学机

① Lynn Keller, "The Twentieth-Century Long Poem", in Jay Parini and Brett C. Millier eds., *The Columbia History of American Poetry*, Beijing: Foreign Language Teaching and Research Press, 2005, pp. 534 – 563.

制等问题。贝克将黑人作家“偏离式的现代主义”阐释为两个同时发生的步骤：一方面，通过“形式的掌控”（mastery of form），即滑稽模仿欧裔美国文学的模式，就像白人滑稽模仿黑人时戴上“涂黑脸的面具”（minstrel mask）一样，黑人作家以这个“形式”创造一个空间发出自己文学的声音；与此同时，通过“掌控的变形”（deformation of mastery）将“形式”改变为容纳黑人历史与文化的空间，脱下“扮丑的面具”，展现的是“面纱”（veil）背后“血脉”（vein）里真实的黑人自我，宣称的是黑人现代主义文学的声音。[①] 在《安妮·艾伦》中，布鲁克斯模仿的主流文学模式糅合了传统史诗的诗歌形式与精英现代主义的诗歌技巧。其中，诗集的第二部分《安妮亚特》既是高雅文化最集中的体现，也是整个情节发展的高潮部分，另外两个部分分别是整体叙事的前奏和尾声。诗歌《安妮亚特》从标题就开始暗指了史诗文体风格的引入。布鲁克斯通过精心设置词缀“Anniad”，引征了欧洲经典史诗文本《伊利亚特》（*The Iliad*）和《埃涅伊德》（*The Aeneid*），并在人物塑造、情节模式、主题内容等方面都模仿了西方史诗经典的体裁形式和创作手法。[②]

首先，布鲁克斯在《安妮亚特》中将安妮置换进史诗英雄阿喀琉斯的人物塑造模式中，并模仿《伊利亚特》的情节结构展开叙事。正如别林斯基所说：“《伊利亚特》里的每一个登场人物都表现出希腊民族精神的某一个方面，可是阿喀琉斯是这个民族的实质力量的总和。”[③] 荷马以希腊英雄的价值核心——

---

① Houston A. Jr. Baker, *Modernism and Harlem Renaissance*, Chicago: Chicago University Press, 1987, pp. 15 – 17.

② 参见史丽玲《论〈安妮亚特〉与西方史诗经典的互文性》，《当代外国文学》2011 年第 4 期。

③ 参见［俄］别林斯基《别林斯基选集》（第 3 卷），满涛译，上海译文出版社 1980 年版，第 47 页。

荣誉观为顶点，个人尊严、重情重义、战斗精神作为三个底面支撑点，塑造了立体的、具有典型性的阿喀琉斯。[①] “荷马史诗”以阿喀琉斯的愤怒为主线，围绕他的两次愤怒，壮美的战争画卷逐渐展开，英雄主义得到凸显。相应地，布鲁克斯也将安妮深浸于美国社会的意识形态和价值观念之中，建构了以女性气质为核心，爱情观、女性美、温顺性格为三个支撑点的个性三棱锥，“顺从妥协”就成为安妮个性的集中表现。诗的开篇就勾勒了天真、浪漫的安妮对爱人全心全意的幻想和等待：

> 想一想甜美的巧克力女孩，
> 任由愚蠢和命运摆布，
> 她被高神遗忘，
> 她被小神斥责；
> 极其渴望地
> 躺在羽绒床上幻想着
> 不曾拥有的和还未拥有的。（*World* 83）

安妮在幻想中赋予未来的爱人高大伟岸的男性气质，他是其他女人都不曾有过的“骑士”，有着“大海一样的眼睛”和“高山一样的胸怀”；他那“带有一道凹陷的下巴”会有不同的情绪，有时是“天堂般的”，有时是“悲伤的”；他拥有行动的自由权，可以是乡间“熟悉农事的人”，也可以是“四海为家的人”（*World* 83－84）。但是，安妮却对自己的肤色感到自卑，她按照主流文化的审美标准改造自己的外形甚至是个性：在“棕黑色”脸颊上涂抹“玫瑰色”，将“充满活力的头发”梳理顺（*World* 85）。

在《伊利亚特》中，阿喀琉斯的“愤怒”是战争进程的主

① 参见戚江虹《〈伊利亚特〉中的“三角图式”》，《上海交通大学学报》2004年第5期。

要推动力，《安妮亚特》也围绕安妮“顺从妥协”的被动应战展开情节叙事。家庭生活刚开始丈夫就应征入伍，安妮的眼神“在惊愕中变得麻木不仁”，她安慰自己这只是“一场小规模战争”，之后“他会回到你身边”（*World* 86）。但是，丈夫从战场回来后却感到家庭生活令人窒息，他大喊“不再是那个女人！不再要那间屋子！不再是那布满灰尘的狭窄阴暗！”（*World* 88）他想从浅肤色女性那儿找回男性气概。丈夫被战争英雄主义的塞壬之声迷惑，深陷男权神话的牢笼难以自拔，最终失去了生命。《伊利亚特》以赫克托尔的葬礼作结，在敌对双方阿喀琉斯和普里阿摩斯对逝者悲戚的哭悼中，他们经由了战争中感觉经验的有限性而达到了对人生、生死等人类共同命运的无限性的理性感悟，从而在心里唤起了崇高。《安妮亚特》也在安妮对爱人生命逝去的沉思中结束。正如康德所言：“崇高是通过对生命力的瞬间阻碍及紧跟而来的生命力的更为强烈的涌流之感而产生的。”[1] 安妮对世俗的家庭生活和神圣的国家身份的双重追求不断地被拒斥，被挫伤，这激起她向着更高的理性理念中去追寻依托，奏响了她心中崇高感的前奏。

其次，布鲁克斯挪用了维吉尔《埃涅伊德》中神意引领的母题，凸显了安妮家庭生活抗争背后对国家身份渴求的主题内容。《埃涅伊德》叙述了特洛伊城被希腊军队攻陷后埃涅阿斯率领部众、离开故土，历尽艰辛最终到达意大利，重建伟大城邦罗马的壮举。在这一过程中，埃涅伊德始终受到神意引领，始终不渝地朝着建国的伟大目标奋进。在《安妮亚特》中，安妮也同样是在神意——美国民主精神——的感召下构筑建立家园的梦想。诗歌的第二节即写道：“红蓝相间美丽的条纹，/［……］西方的云卷和簇拥的星星，/甜美古老的吉他声声/一切都装在那小小的

① 参见［德］康德《判断力批判》，邓晓芒译，人民出版社2002年版，第83页。

脑袋”（*World* 83）。红蓝星条旗飘扬，歌唱美国精神的歌声萦绕耳边，安妮的“小小的脑袋”装满了对美国民主的想象和对自己公民身份的憧憬。然而，身为黑人女性、身处社会边缘之边缘的安妮，只能将自己的梦想依托于“骑士”。安妮赋予浅棕色的丈夫骑士般的神圣光辉，渴望他能改变自己“布满灰尘狭窄阴暗”的生活现实（*World* 85），在美国民主价值框架内获得幸福的家庭生活。埃涅伊德和安妮建立家园的过程都充满了坎坷，他们都毅然地表明了建立恪守共同的文明秩序、建立家园的渴望。所不同的是，埃涅伊德经历磨难终于建立城邦、完成伟大文明的传承，而安妮历尽艰辛却以爱人的死亡宣告了家园梦想的破裂和美国身份的遥不可及。可见，黑人女性的底层社会身份注定了安妮对主流价值的追求只是虚妄，而她在主流文化中塑造的自我意识和人生理想恰恰是导致她悲剧性命运的根源。因此，安妮的遭遇和痛苦正是对传统价值观的等级思想最深刻的批判，安妮体现了现代史诗中反英雄人物的品格特征。

另外，从诗歌的语言形式特征看，《安妮亚特》主体部分的43个诗节，运用了抑扬五步格七行诗的变体形式，因苏格兰君王詹姆斯一世曾用此形式而得名“帝王韵”（rhyme royal），英语诗歌中乔叟最早将此格律运用于记录中世纪的骑士传奇。除了以诗体形式暗指骑士传奇外，诗歌大量的古用语、混合词、头韵等，都从语体形式上呼应着安妮的“女性爱情神话”（female myth of love）与丈夫的“男性战争神话”（male myth of war）的情节交织，而自19世纪以来英雄史诗与骑士传奇的界线就越来越模糊。在语言表达形式上，诗歌运用了简练、凝缩、引用典故等现代主义的诗歌技巧，高雅的词汇和复杂的技巧凸显了史诗的崇高文体风格。评论者阿·耶密斯·詹莫（A Yemisi Jimoh）认为，史诗形式与现代主义确保了布鲁克斯的创作浸润于制定诗学标准的优势文化之中。① 但是另一方面，诗歌以严肃庄重的诗歌形式记录黑人女性卑微低下的家庭生活，其形式与内容之间的冲突显而易见。布鲁克斯刻意为之的“有失妥当”正是黑人现代主义作家滑稽模仿主流文学形式的创作策略和艺术手法。诗歌保留了传统史诗的风格特征，却置换了黑人女性差异化的主题内容。安妮的社会身份被主流文化排斥，而她却渴望在其中找到归属感。显然，她对主流文化的女性意识与爱情观的追求注定失败，家庭生活的梦想也必然破灭。因此，布鲁克斯“掌控形式”的真实意图是置身其中，同时在与中心保持距离的情况下，对原文本固有的文化观念和社会规范进行讽刺和颠覆。研究者詹莫一语道出了布鲁克斯在充满压迫的创作语境中策略性选择形式的政治意图，就是“写一首现代主义戏仿史诗（modernist mock-epic poem），其主题在表面上是对战后爱情生活的失望，显然远比直接地批判种族歧视和性别歧视，或者批判主流社会的文化霸权，更容易被接受”。②

与此同时，在对前文本批判性的再现过程中，诗歌成为一个异质生成的文本空间。布鲁克斯将男权至上和国家中心的战争叙事，改写为黑人女性在家庭生活中，为种族身份和性别身份而战的黑人化、女性化的日常生活叙事，这个转变过程正是贝克所述的“变形”（deformation）过程，即从“高雅艺术”（high art）转换到“黑人方言土语表达”（black vernacular expression）的过程。③ 可见，诗歌形式本身就是一个硝烟弥漫的战斗场所，形式本身不仅承载着意识形态的力量，而且是一种

① A Yemisi. Jimon, “Double Conciousness, Modernism, and Womanism Themes in Gwendolyn Brooks's ‘The Annia’”, *MELUS*, Vol. 23, No. 3, 1998, p. 167.

② A Yemisi Jimon, “Double Conciousness, Modernism, and Womanism Themes in Gwendolyn Brooks's ‘The Annia’”, *MELUS*, Vol. 23, No. 3, 1998, p. 167.

③ Houston A. Baker Jr., *Modernism and Harlem Renaissance*, Chicago: Chicago University Press, 1987, p. 2.

具有颠覆性力量的文化实践行为。实际上，从诗集整体来看，虽然主流文化塑造了少女时期的安妮不切实际的浪漫主义幻想，但是母亲马克西却不断地提醒安妮去感受自己身体的真实存在，并对眼睛、嘴巴、舌头和四肢的感知带给自己的真实生活心存感激。在成熟女性时期，安妮从母亲身份的视角重新审视了贫穷给她带来的生存压力，以及自己的孩子在成长中不得不面临的歧视。虽然安妮的自我独白中充满了挫折感和痛苦，但她坚信自己母亲的角色能够弥补社会的不公正带给孩子的伤害，并号召对社会的不平等进行激进的反抗。因而，母系家庭生活的延续取代了父系文明的传承。安妮获得了对自我和社会的认识，按照自己的观察和判断来确定生活的方向，逐渐从禁锢于传统史诗形式和规约的反英雄人物，成长为史诗中真正拥有独立声音的黑人女英雄。

综上所述，在战争题材的诗歌中，布鲁克斯创造性地转换了“战争”的空间能指，通过战争“场所”的并置和转换，将国外反法西斯的战场与国内反种族主义的战场联系起来，并逐步将战斗的重心移向了黑人与种族主义思想偏见和社会压迫之间的对抗。无论是珍珠港战舰上的黑人士兵米勒，还是布朗兹维尔的黑人女性安妮，冲破种族观念的牢笼，获得自我定义、自我表征和自我支配的权力，无疑是黑人公民的英勇壮举的重要体现。因此，布鲁克斯的诗歌拓宽了传统战争叙事的主题和内容，消解了传统战争叙事中爱国主义、英雄主义、男性气概、女性气质等白人至上和男权中心的神话修辞，批判了隐藏在大众文化中的意识形态操控。再现的空间遮蔽了空间的物质性，释放出空间意指的无限可能性。布鲁克斯以此实现了战场空间的僭越，以美国公民和黑人族裔的双重身份修正战争的象征意义体系，从而与公共领域的统治力量协商和制衡其文化领导权。

小结　黑人公民社会思想与双重遗产写作

在20世纪40年代至60年代初期的创作阶段，布鲁克斯继承了“哈莱姆”时期的种族政治遗产，寄希望于展现种族差异的同时，能证明黑人文化传统特有的价值和意义，从而在美国宪政民主的框架内实现种族融合与种族平等的愿望。第二次世界大战期间美国的经济繁荣推动了黑人的城市化和工业化发展，黑人族群的经济实力增强、政治意识提高。芝加哥南岸黑人区从以种族血缘为纽带的居住社群，逐步转变为具有公共文化身份和政治权利诉求的公民社会。布鲁克斯经历着芝加哥南岸黑人公民社会的生成，具有典型时代特征和地方性的芝加哥黑人大都市自然而然地成为她早期创作的主要素材来源和关注焦点。但是，另一方面，美国的种族主义者却希望维持原有的种族等级关系，白人种族主义意志与国家公共权力糅合，通过私人领域的限制性契约，以及公共领域的公共住房、清除贫民窟、城市复兴等一系列公共政策，造成了芝加哥居住区种族隔离的局面。空间隔离渗透到教育、就业、福利等日常生活的方方面面，成为宪政体制内维持黑人劣等公民身份的政治工具。因此，空间政治何以造成种族不平等和种族压迫，成为布鲁克斯诗歌探讨的重要议题之一。

前期作品中有大量的诗歌揭示了在种族隔离的空间政策下黑人日常生活世界殖民化的生存困境，批判公民身份的排他性和等级性是美国城市分裂和暴力冲突的危机根源。公民社会在国家公共权力与私人自治领域之间形成了一个中介地带，为公民个体与政治国家提供了商谈机制。因此，如何恢复黑人公民社会的自律性基础，获得公共领域的准入资格，成为布鲁克斯诗歌探讨的另一个重要议题。种族隔离的空间实践作为一种规训技术，首先直接地作用于黑人的身体，它割裂了黑人身体与公民身份、主体权利之间的自然通道。布鲁克斯巧妙地应用流行服饰佐特装承载的社会符码，将黑人身体转化成反抗主流的压迫性和贬损性力量的场所，不仅表达了主人公在芝加哥城市种族隔离环境中的种族身份、阶级身份和青年文化身份，而且传达了在美国宪政体制内获得合法性身份地位的政治诉求。统治力量在公共领域建构的白人至上和男权中心的神话体系是布鲁克斯力图消解和颠覆的主要目标。她通过创造性地转换了“战争”的空间能指，将国外反法西斯的战场与国内反种族主义的战场联系起来，消解了传统战争叙事中爱国主义、英雄主义、男性气概、女性气质等神话修辞，从而与公共领域的统治力量争夺文化领导权。因此，种族隔离与去种族隔离的空间政治贯穿于布鲁克斯的黑人都市书写中，诗歌呈现了黑人公民社会的生成和发展轨迹：从私人领域的奴役、内心领域的反抗，到公共领域的文化领导权的抗衡，同时传达了黑人对国家共同体成员资格的强烈渴求。

另外，美国的民主理想与种族实践之间的矛盾在20世纪中叶越来越突出。普遍开放性是公共领域成为公共性载体的关键性原则，但是，黑人族群却遭到主流公共领域的排挤和压制。在以主流为参照的同时，黑人亚文化公共领域还蕴含着对主流公共领域潜在的颠覆性力量。因此，在公民社会思想的影响下，黑人作家与美国价值观念也构成了一种矛盾性的双重关系：既是认同、融合，又是批判、颠覆。

创作早期，布鲁克斯主要依靠白人主流的出版渠道公开发行作品，主要针对的读者群是白人自由派人士和黑人中产阶级。对于被排斥在男性文学传统之外的诗人而言，如何选择适当的诗歌形式，既传达自己对民主理想的认同，同时也表达对民主现状的批判，作品既能被白人读者接受，同时又让黑人读者接受到言外之意，确实是巨大的挑战。将政治关注转化为美学观念是美国非裔形式主义诗人独特的美学机制，布鲁克斯大胆地在诗体、韵律、句法、叙事技巧上进行实验性写作，成为重要的美国非裔形式主义诗人。她的早期作品多采用十四行诗、歌谣等传统诗歌形式，并运用凝缩、引用、意象、非人格化等现代主义的诗歌技巧，同时也吸收了布鲁斯、灵歌、布道等黑人方言土语文化元素。通过风格杂糅的形式主义诗学，布鲁克斯的诗歌巧妙地应对了自“哈莱姆”以来美国非裔文学中抗议传统的一个两难困境：既表达同一性，又表达差异性，既精通欧裔美国诗歌形式又精通黑人方言土语表达。[①] 标准文学形式与黑人方言土语表达的糅合，使诗歌对主流标准的遵从与挑衅并存。意识形态隐藏于诗歌的形式之中，既反驳了黑人评论界对布鲁克斯的高雅诗歌缺乏种族政治意识的指责，同时也反驳了主流评论界对她的社会抗议诗歌缺乏艺术性的贬损。诗歌的双重编码体现了黑人诗人独特的双重遗产写作风格，以及诗人与种族内外不同读者进行文化协商的策略。在双重遗产的创作实践中，布鲁克斯力图追寻的正是杜波伊斯所述：“将双重自我融入一个更完善、更真实的自我之中。这种融合不以牺牲如何一个原本的自我为代价。”[②] 综上所述，通过双重遗产的文学创作实践，布鲁克斯与美国国家身份单一论的思潮进行了深刻的对话及有力的批判，有利于修正美利坚民族国家身份的狭窄定义。

---

① Jeffrey Lamar Coleman, "Transforming Words / Revolutionizing Verses: Four Poets of the American Civil Rights Movement", Ph. D. Dissertation, New Mexico University, 1997, pp. 66 – 67.

② W. E. B. Du Bois, *The Souls of the Black*, Brent H. Edwards ed. , New York: Oxford University Press, 2007, p. 9.

第二章　内城区黑人贫民窟：政治领域的异质空间与黑人国度

20 世纪 60 年代美国自由主义模式公共领域的分裂、政治权威的合法化危机、城市种族对立的两极分化，以及黑人贫民窟的衰落和黑人权力运动的兴起等一系列的社会巨变，构成了布鲁克斯在这一阶段诗歌创作的主要历史背景。诗人对美国自由主义传统主导的种族融合逐渐丧失了信心，转向了对黑人民族主义倡导的"黑人国度"异质空间的探索和表达。

首先，随着黑人城市化人口的不断激增，美国主要城市的种族隔离程度日益加深。白人中产阶级聚居的城市郊区经济实力快速发展，而少数族裔聚居的内城区经济资源却日渐枯竭。黑人贫民窟成为聚集性贫困和贫困文化滋生蔓延的土壤，黑人对美国政治体制的不满以及对白人中产阶级的仇视与日俱增。从 1964 年开始，在之后连续五年的夏天，在洛杉矶、芝加哥、底特律、纽瓦克、华盛顿等重要城市都相继爆发了大规模的种族骚乱事件。连续几年的"炎热之夏"波及美国一百多个城市，城市黑人贫民窟问题引起了社会各界的广泛关注。1967 年，美国总统林登·约翰逊成立了全国民事动乱委员会，任命伊利诺伊州州长奥托·特纳（Otto Kerner）为委员会主席，负责专门调查这一时期种族冲突的原因、性质和影响等。特纳提交的调查报告彻底粉碎了美国自由主义模式国家共识的幻想。

特纳报告的基本结论是："美国正在分裂成两个社会，一个黑人社会，一个白人社会，隔离但并不平等。"① 与此同时，美国大城市爆发了民权运动、妇女运动、反战运动、学生运动等一系列政治文化运动，社会内部隐藏的分裂完全地暴露于公众视野中，极大地打击了美国国家凝聚力与国家共识的神话。其中，黑人民权运动以及之后的黑人权力运动逐渐成为全国关注的首要问题。历史学者罗伯特·博雷加德（Robert A. Beaugard）指出，1963 年伯明翰、萨凡纳、芝加哥、费城等地爆发的种族骚乱开始重新塑造城市衰落的表现形式。到 1967 年夏天，城市衰落话语生成了一个核心问题，其余所有的症候和原因都依此进行分类。"黑人问题" 成为城市危机中最首要的社会问题。②

尤尔根·哈贝马斯（Jürgen Habermas）是西方马克思主义法兰克福学派的中坚人物。他对自由主义模式公共领域的政治功能的考察，以及在此基础上对国家政治权威的合法性危机的剖析，为解析 60 年代美国社会动荡不安的深层结构性原因提供了有力的理论范式。根据哈贝马斯对资产阶级公共领域结构的划分，政治公共领域从公民社会中分离出来，处于公民社会与国家公共权力的中间地带，一方面维护公民个人的权利和自由不受国家职能过度扩张的侵犯，另一方面为公民个体与政治国家进行协商和妥协提供了制度化的商谈机制。公共领域在本质上属于公民社会，但是在功能上公共领域是国家权力与公民个体通过协商达成共识的制度化渠道。③ 哈贝马斯强调，对社会

① *Report of the National Advisory Commission on Civil Disorders*, New York, Bantam Books Inc. , 1968, p. 1.

② See Robert A. Beauregard, *Voices of Decline: The Postwar Fate of US Cities*, Cambridge: Blackwell, 2003, p. 130.

③ 对资产阶级公共领域结构和功能的论述，参见［德］哈贝马斯《公共领域的结构转型》，曹卫东、王晓珏等译，学林出版社 1999 年版；对哈贝马斯资产阶级公共领域思想的研究，参见李佃来《公共领域与生活世界：哈贝马斯市民社会理论研究》，人民出版社 2006 年版。

成员普遍开放是自由主义模式公共领域的基本原则。但是，美国资产阶级公共领域却以财产、教育、种族等作为准入的限制性条件，严重破坏了公共领域的公共性基础，造成了政治权威的合法性危机。由此可见，美国政治公共领域的种族对立模式与美国社会系统的持续失调之间存在着一定程度上的深层逻辑关系。在此期间，布鲁克斯个人也经历了种族意识的蜕变。1967 年在参加费斯克大学第二届黑人作家大会时，布鲁克斯深受阿米力·巴拉卡（Amiri Baraka）、唐·李（Don Lee）等年青一代诗人黑人民族主义的激发，坦诚自己进入了“新意识的启蒙阶段”,[①] 今后的诗歌创作目的就是“唤起”黑人大众。[②] 在这一时期，布鲁克斯创作了《诗选》（*Selected Poems*，1963）、《在麦加》（*In the Mecca*，1968）、《骚乱》（*Riot*，1969）三部主要作品。黑人族群的生存体验经历了从“都市化”（urbanization）到“贫民窟化”（ghettoization）的转变，诗人的关注点也从日常生活的空间政治实践转向了政治领域的异质空间建构。在危机的解决方案方面，布鲁克斯与哈贝马斯的观点存在一定的相通之处，即两者都是旨在重建具有批判性功能的政治公共领域，但是，在具体路径方面，哈贝马斯倾向于资产阶级改良模式，而深受黑人民族主义思想影响的布鲁克斯则更接近于福柯的具有反叛性和颠覆性的异质空间模式。

米歇尔·福柯（Michel Foucault）是当代最令人瞩目的哲学家之一，也是将空间范畴引入社会理论框架的思想先驱之一。如果说，列斐伏尔是将辩证唯物主义空间化，那么，福柯则是

---

① See Gwendolyn Brooks, *Report from Part One*, Detroit: Broadside Press, 1972, p. 86.

② See Gwendolyn Brooks, *Report from Part One*, Detroit: Broadside Press, 1972, p. 183.

将唯物主义历史观空间化。在对现代性社会批判的空间转向中，两位思想家不期而遇。[①] 福柯认为，传统西方思想史追捧时间而贬低空间，线性的历史决定论实际上是一种权力规训操控之下的历史目的论。福柯致力于引入空间范畴，以一种考古学和系谱学的方式，发掘边缘化的、被压制的历史，他对刑法、疯癫、性欲等历史断层现象的剖析中无不凸显出权力通过空间层级渗透和运作的精细化过程。福柯旨在以一种空间化的历史观，彻底颠覆传统意义上建构起来的线性的、连续性的历史话语，而代之以断裂的、非连续性的真实历史。这恰恰也是布鲁克斯将城市贫民窟黑人的生存经历，置入美国城市危机种族化历史叙事的主要方式。

在福柯的空间化历史观中，“异质空间”（heterogeneous space）无疑是他切入边缘化历史问题考察的一个核心概念。乌托邦是对现实的超越，蕴含着现实秩序变革力量的实践意向，但是，作为一种非真实存在的空间，乌托邦的价值意义在于时间性上总体解放的可能性，其革命性并不彻底。福柯摒弃了时间的优先权，提出了共时性的空间并置方案“异托邦”（heterotopias），即异质空间。[②] 异托邦是一种在现实文化中生成的真实空间，它既是现实的一部分，又是对现实的再现、对立和颠倒，是激发开放性和多元化空间关系的场所。福柯充满差异性、断裂性和偏离性的异托邦空间思维模式，对于充满政治危机意识

① 索亚指出，列斐伏尔和福柯都试图克服历史决定论理论模式的局限性和对空间非政治化理解的消极影响，他们在恢复空间概念在当代理论中的核心地位方面都起着不可或缺的作用。参见［美］爱德华·索亚《第三空间——去往洛杉矶和其他真实和想象地方的旅程》，陆扬等译，上海教育出版社2005年版，第187—192页。

② 对异质空间、异托邦等概念的论述，参见 Michel Foucault，“Of Other Space：Utopias and Heterotopias”，Trans. Jay Miskowiec，*Dialectics*，Vol. 16，1986，pp. 22－27。

的黑人知识分子有着强烈的吸引力。① 60 年代，布鲁克斯对美国自由主义传统主导的种族融合逐渐丧失了信心，黑人贫民窟处境的不断恶化正是其种族对立模式两极分化的后果。正如福柯所述，在每一种文化和文明中都存在着"对立场所"（counter site），包含着有别于现行主流社会秩序的社会关系。黑人学者艾克里奥·乌莫加（Akinyele Umoja）指出，黑人民族主义正是以对美国自由传统最激烈的批判形式存在的，包括对黑人和白人的自由主义传统。② 对于布鲁克斯而言，自由主义传统下的种族融合以及黑人民族主义倡导的民族自决是始终在她的内心交织和碰撞的两股力量。因此，60 年代布鲁克斯的作品体现出诗人在美国民主体制的政治公共领域中，对黑人民族主义倡导的"民族中的民族"（nation-within-nation）异质空间的探索和表达。

第一节　"麦加大厦"的救赎报道与黑人公共舆论

诗集《在麦加》是以芝加哥南岸黑人贫民窟住宅大楼"麦

---

① 康内尔·韦斯特与贝尔·胡克斯的对话《进餐》中有一章"黑人知识分子的困境"。韦斯特检讨了对积极的黑人知识分子来说特别具有吸引力的三种模式：人道主义的资产阶级模式、革命的马克思主义模式和后现代怀疑论的福柯模式。他写道：福柯模式与构想对于黑人知识分子很有吸引力，主要是因为它们针对的就是黑人的后现代困境。这种困境的表现是：对异己的、主宰整个学术界的资产阶级人道主义怀着一种强烈的恐惧，对正统的简化论和科学马克思主义的兴趣越来越低，希望对有关非裔美国人所受压迫的特殊性和复杂性重新进行理论梳理等。福柯深厚的反资产阶级感情，他精明的后马克思主义信念，他对那些被主流话语和传统看作激进"他者"的深深的迷恋，都对政治化的黑人知识分子构成巨大的诱惑。转引自［美］爱德华·索亚《第三空间——去往洛杉矶和其他真实和想象地方的旅程》，陆扬等译，上海教育出版社 2005 年版，第 197 页。韦斯特所述的思想状况恰恰符合当时布鲁克斯的社会政治意识的变化。

② See Akinyele Umoja, "Searching for Place: Nationalism, Separatism, and Pan-Africanism", in Alton Hornsby, Jr., ed., *A Companion to African American History*, Malden: Blackwell Publishing Ltd., 2005, p. 531.

加大厦”为创作原型。这座大厦始建于1891年，结合了现代建筑设计与工业技术，1893年哥伦比亚世博会期间成为芝加哥向世人炫耀之所。第二次世界大战期间在第二次黑人移民高潮中，“麦加大厦”为黑人精英提供居所。但是种族隔离制度下的“黑人地带”就业困难、住房短缺、居住条件恶劣、警察玩忽职守，“麦加大厦”沦落为臭名昭著的黑人贫民窟大楼。1941年邻近的伊利诺伊工程学院买下“麦加大厦”，唯一目的就是尽快拆除大楼。1952年黑人住户被迫放弃了家园，大厦被拆除。《在麦加》是布鲁克斯1967年激进转变之后的首部作品。评论者哈罗德·布鲁姆（Harold Bloom）认为，该部诗集体现了诗人的精神转变；[①] 希拉·休斯（Sheila Hughes）指出，诗集“标志着一个时期的结束和另一个时期的开始”。[②] 第二次世界大战时期黑人民权组织“伊斯兰民族”将总部移师芝加哥，提出黑人是阿拉的选民，主张信奉伊斯兰教。由此可见，在白人现代主义城市演变与黑人城市移民经历中，“麦加”蕴含着错综复杂的社会、文化、宗教、政治含义，布鲁克斯以此为诗歌创作原型，并以题词的方式引入了现实语境中支配性的舆论声音，从多个话语层面探寻黑人异质空间“麦加大厦”危机的根源与救赎的路径。

1977年，著名黑人女性主义者芭芭拉·史密斯（Barbara Smith）发表《黑人女性主义批评刍议》，把黑人女性话语从白人女权主义话语与黑人男性传统话语的遮蔽中彰显出来，指出黑人女性性别认同中的种族差异与种族认同中的性别差异，提出对她们文学作品种族与性属并重的阅读批评模式。史密斯认

① Harold Bloom, “Biography of Gwendolyn Brooks”, Harold Bloom ed., *Bloom's Major Poets*: *Gwendolyn Brooks*, Philadelphia: Chelsea House Publisher, 2003, p. 13.

② Sheila Hassell Hughes, “A Prophet Overheard: A Juxtapositional Reading of Gwendolyn Brooks's ‘*In the Mecca*’”, *African American Review*, Vol. 38, No. 2, 2004, p. 257.

为黑人女性独特的主体势必在语言上呈现相应的独特风格，但她对此未作详细阐释。[1] 1989 年，黑人女性学者梅尔·亨德森（Mae G. Henderson）在《言语混杂：对话、辩证与黑人女性作家的文学传统》一文中，结合史密斯的黑人女性主义理论与巴赫金的复调思想，对黑人女性主体性与文学语言的特点做出了创见性分析。她指出黑人女性在社会、历史、文化中的多重定位构成了她们复杂的主体，相应地呈现话语的多样性，即“言语混杂”（speaking in tongues）。同时定位于主流话语（白人男性话语）与次主流话语（黑人男性话语）的双重语境，“差异对话”（dialogic of difference）与“同一辩证”（dialectic of identity）成为她们文学语言的典型特征。[2] 对于诗集《在麦加》，布鲁克斯专著研究作者麦勒姆（D. H. Melhem）一语道出了其精髓所在：“诗歌承载了动荡骚乱的 60 年代的精神印记”，[3] 而诗人在诗集封面寄语中也明确陈述了自己的艺术视角与诗人责任：“我是洞悉的眼睛，灵敏的耳朵，超凡的报道者。”亨德森以“言语混杂”精辟地提炼出黑人女性的主体间性与文学语言特征，这恰恰是 60 年代布鲁克斯将贫民窟黑人的生存经历置入城市衰落的国家叙事中的叙事策略和技巧。布鲁克斯借助“差异对话”与“同一辩证”的叙述立场，重新聚焦美国种族社会主流话语与次主流话语交集之下的黑人贫民窟“麦加”，在与

---

① See Barbara Smith, “Toward a Black Feminist Criticism”, in Winston Napier ed., *African American Literary Theory*, New York: New York University Press, 2000, pp. 132 – 146.

② See Mae Gwendolyn Henderson, “Speaking in Tongues: Dialogics, Dialectics, and Black Women Writer’s Literary Tradition”, in Winston Napie ed., *African American Literary Theory*, New York: New York University Press, 2000, pp. 348 – 368. 引文由笔者自译。后文出自同一著作的引文，将随文在括号内标出该著名称首词“Speaking”和引文出处页码，不再另行作注。

③ D. H. Melhem, *Gwendolyn Brooks: Poetry and the Heroic Voice*, Lexington: Kentucky University Press, 1987, p. 156.

权力话语的对抗中阐明自己的种族身份和黑人民族主义的政治立场。与此同时，诗人运用“含糊不清”（glossolalia）与“杂语”（heteroglossia）的叙事技巧，使公共舆论中的支配性话语产生断裂与修正，试图在美国民主体制中探寻民族平等的异质空间的建构。

一 “麦加”之死：与官方城市衰落话语的“差异对话”

长诗《在麦加》有两部分题词，在诗歌中起到了提纲挈领的作用。第一部分题词由四段引文组成，分别代表现实语境中的主流话语与次主流话语，指引了进入麦加两条不同的路径。第二部分题词“现在麦加道路的事记在下面”（*World* 373）[①] 引用了《马太福音》（1：18）“现在基督耶稣降生的事记在下面”。通过伊斯兰圣地与基督圣子的并置，诗歌以两大文化体系的关系作为深层架构，对经文的置换使诗篇承载着精神救赎的力量。两部分题词之间留出了阅读空白，如何从第一部分题词指引的方向进入诗歌文本、找寻第二部分题词的“麦加道路”，对揭示全诗整体寓意和主题思想至关重要。

第一部分题词中的第一段引文节选自 1950 年约翰·马丁（John B. Martin）为《哈泼斯》（*Harper's*）杂志撰写的一篇题为《麦加大厦：芝加哥最奇怪的地方》的报道：“一座砖墙建造的灰色庞然大物［……］肮脏的庭院里满地都是旧报纸、罐头瓶、牛奶盒子和玻璃碎片。”（*World* 374）报道中麦加满目疮痍、丑陋怪异，紧接着描述的昔日麦加与此形成巨大反差，“一座建于 1891 年的公寓大楼，一座宏伟的宫殿，芝加哥向世人炫

① Gwendolyn Brooks, “In the Mecca”, *The World of Gwendolyn Brooks*, New York: Harper & Row, 1975, pp. 373 – 403. 引文由笔者自译。后文出自同一著作的引文，将随文在括号内标出该著名称首词“*World*”和引文出处页码，不再另行作注。

耀之所”（*World* 374）。人们不禁要问，是什么使昔日“宏伟的宫殿”变成今日破败的“灰色庞然大物”？第二段引文是马丁与一名黑人住户的对话：“有多少人住在里面？两千人？不，还要多。”（*World* 374）一幢四层楼、176 套公寓的住宅楼有 2000 多人住在里面，拥挤、贫困、肮脏、混乱的黑人贫民窟浮现脑海。布鲁克斯的精心排列显现了报道隐含的逻辑：黑人是麦加衰败的原因。将麦加衰落归咎于黑人并非马丁的一家之言，1951 年《生活》（*Life*）杂志以“芝加哥最耀眼的公寓已经死气沉沉”作为副标题，报道了麦加从“最耀眼的公寓”到“最著名的贫民窟大楼”的转变，隐含的历史逻辑是：自 1912 年第一户黑人搬入，大厦传出了嘈杂的爵士乐活动，麦加不可避免地日渐衰落。[①] 黑人不仅导致贫民窟内部的溃烂，而且伊利诺伊工程学院校董会备忘录、芝加哥政府住宅用地法令、《芝加哥太阳报》专栏评论等官方话语还指出，“黑人地带”的蔓延吞噬着周边的生机与秩序，引发城市更大范围的衰败。[②] 历史学者罗伯特·博雷加德（Robert A. Beauregard）在《衰落的声音：战后美国城市的命运》专著中的论述，证实了布鲁克斯对“城市衰落话语种族化”的正确理解。他指出，战后美国城市出现了一系列的政治、经济、文化危机，但种族逐渐统一了城市衰落话语的不同碎片，60 年代“黑人问题”成为所有城市衰落问题的核心。[③] 据统计，芝加哥是第二次世界大战后美国居住区种族隔离最严重的城市之一，导致内城黑人区的社会公共资源

---

① “The Mecca: Chicago's showiest apartment has given up all but the ghost”, *Life*, Vol. 31, No. 21, 19 Nov., 1951, pp. 133 – 139.

② See Henry T. Heald, “President's Report, for the Year Ended August 31, 1940”, in *Illinois Institute of Technology Board of Trustees Minutes*, Vol. 1, 1940 – 1941; “Chicago Plan Commission”, *Master Plan of Residential Land Use of Chicago*, Chicago: The Commission, 1943; “The Mecca's End”, *Chicago Sun-Times*, 30 Dec., 1951, pp. 23 – 24.

③ See Robert A. Beauregard, *Voices of Decline: The Postwar Fate of US Cities*, Cambridge: Blackwell, 2003, pp. 127 – 149.

枯竭。因此，正是政治公共领域的种族主义修辞与种族主义政策致使黑人贫民窟“不断传播聚集性贫困和社会性混乱”。题词中的官方报道对麦加形成裹挟之势，揭开大厦了无生机和黑人住户迷失困顿的死亡景象。

另一方面，布鲁克斯强调诗歌《在麦加》不同于官方对黑人贫民窟的“统计学报道”，她以黑人女性“差异对话”的叙述立场，从种族与性属交汇的视角展现了城市衰落话语压制下麦加内部的黑人家园。诗歌以黑人母亲萨莉·史密斯和九个孩子的生活作为贯穿的主线，而史密斯一家的现实状况正是贫民窟黑人家庭的典型代表。首先，萨莉是一位单亲母亲，从九个孩子词源各异的名字就可以看出，他们拥有不同的父亲。“底层阶级”（underclass）的生活使黑人很难形成稳定的家庭结构，他们要么未婚生子，要么男性出逃，以躲避男子气概缺失所面临的家庭压力。萨莉不得不依靠微薄的收入承担整个家庭的负担，贫困成为困扰黑人母亲的顽症：

> 埃米特、卡帕和凯西
> 瘦得只剩皮包骨
> 因为缺少鲑鱼和巧克力
> 还有蛋卷冰淇淋，
> 因为缺少英式小松饼
> 还有博伊森草莓酱。
> 谁是他们的救世主？
> 一些蔬菜和一节火腿肘。（*World* 384）

高墙外丰富可口的食物与高墙内贫瘠糊口的食物在“谁将是他们的救世主？”的疑问中一分为二，维持生命的食物成为信仰，孩子遭受精神与物质的匮乏。其次，萨莉面临的另一个困境是家庭人口的膨胀和居住条件的恶化，她无法为孩子提供有益身心健康的成长环境。“芝加哥住房管理局”通过“限制性契约”，在房屋买卖、建造和租赁环节将黑人严格控制在南岸区域，虽然战后黑人移民和人口出生率激增，但住宅区却得不到扩建和修缮。住在年久失修的公寓楼里，萨莉只能看着女儿麦莉蒂“喜欢蟑螂，/同情灰老鼠”（*World* 382），儿子田纳西幻想自己像猫一样“哭着/乞求得到点肉”（*World* 383），而白人孩子却拥有精致的玩具娃娃、棒球、拳击手套、火车和图画书。“麦加”大厦已然成为隔离制度下的“城中城”，孩子们被囚困在物质繁荣瀚海的贫困孤岛上。再者，聚集性贫困使萨莉的孩子长期处于挫败和自卑中，随着仇恨情绪越来越强烈，黑人青少年卷入了街头暴力和犯罪。对于年龄稍长的儿子布里格斯，内城低劣的教育和萎缩的工商业使他难以找到维系生存的工作，对他而言“希望只是异教邪说”（*World* 383），只有走向街头拉帮结伙，通过暴力宣泄愤怒。[①] 因此，经济隔绝与制度性歧视不仅致使黑人区陷入衰败，而且剥夺了改变现状的必要资源。作为女佣和母亲，萨莉穿梭于白人家宅与黑人家宅之间，获得了观察麦加内外的双重视域，从黑人女性的视角反驳了主流话语对麦加客体化、去人性化的报道。

亨德森所说黑人女性“言语混杂”的文学语言特点，在叙事

---

① 理查德·赖特在专著《1200 万黑人的声音》中以“城市人行道上的死亡”章节痛斥了芝加哥贫民窟是黑人未经审判就宣告死刑的监狱（参见 Richard Wright, *12 Million Black Voices*, New York: Thunder's Mouth Press, 2003, pp. 91 – 140）。赖特所揭露的贫民窟惨状与布鲁克斯诗歌所述大致相同，形成重要的互文参考，但多位评论者指出，诗人继承了“哈莱姆”城市现实主义传统，却有别于战后黑人抗议文学的自然主义传统。参见 Gary Smith, “Gwendolyn Brooks's ‘Children of Poor: Metaphysical Poetry and the Inconditions of Love”, *Obsidian II*, Vol. 1, No. 1, 1986, pp. 39 – 51; George E. Kent, “The Poetry of Gwendolyn Brooks”, *Black World*, 1971, pp. 30 – 43; Sheila Hassell Hughes, “A Prophet Overheard: a Juxtapositional Reading of Gwendolyn Brooks's ‘In the Mecca’”, *African American Review*, Vol. 38, No. 2, 2004, p. 262。

策略上包含两个层面的意义，首先是指“含糊不清”（“Speaking” 353），即语言是私人的、封闭的、无指涉的单个话语。诗歌在萨莉突然发现最小的女儿帕蒂塔失踪时，以“含糊不清”的叙事策略转入更深层地揭示支离破碎、萎靡不振的麦加大厦。萨莉惊呼“帕蒂塔在哪?”（*World* 385）与孩子们齐声回答“没看到她没看到她我没看到她”（*World* 386）交织一起响彻麦加。当萨莉和八个孩子奔走在大厦的每一层楼、每一个房间寻找帕蒂塔时，诗歌展开了寓言层面的叙述：麦加大厦黑人的自我迷失与群体价值的失落。种族隔离不仅将黑人族群与白人城市分隔，而且造成了黑人内部成员之间的疏离。当萨莉敲开一道道封闭的房门后，没有人知道帕蒂塔的下落，也没有人在乎她的命运，他们“含糊不清”地絮絮叨叨，困陷于自我的世界。评论者盖尔·琼斯（Gayl Jones）认为，“当邻居们回答帕蒂塔在哪时，他们实际上回答的是在过去、现在和未来中他们自己到底在哪的问题”。①

“老祖母一瘸一拐，颤颤巍巍地扭开门柄，/含含糊糊地说，‘我没看到什么帕蒂塔。但是/我还记得我们的小木屋’”（*World* 387）。老祖母讲述了一段“微型奴隶叙述”（Mini-Slave Narrative）：奴隶制像某种不知名的东西爬行在木屋脏乎乎的地板上咯吱作响，我和姐姐帕妮蜷缩在角落听着雨水打落进来。她对帕蒂塔失踪的忧虑远不及对惨死在奴隶制暴行下姐姐的回忆，但对历史的重新语境却在时空中延续了非裔在美国的命运：无论奴隶制时期种植园的小屋棚，还是大移民时期城市的贫民窟，黑人都被剥夺了参与公共空间和获取公共资源的权利，丧失了掌控自己家园的能力。种族主义的罪恶像四脚的恶魔盘踞

---

① Gayl Jones，“Community and Voice：Gwendolyn Brooks's ‘In the Mecca’”，in Maria K. Mootry and Gary Smith eds.，*Gwendolyn Brooks：Her Poetry and Fiction*，Chicago：Illinois University Press，1989，p. 200.

麦加大厦，帕蒂塔处于危险的境地。“洛姆没见过帕蒂塔，/却在思考着集中营，/哀叹一切罪恶与伤害”（*World* 387）。洛姆的诗节戏仿了大卫歌颂上帝为牧羊人的第23首赞美诗（Twenty-Third Psalm），但是上帝没有把非裔和犹太裔引向福祉而是“奴隶贸易和大屠杀”，种族主义压制下的麦加大厦如同集中营，无辜的帕蒂塔被一步步引向悲剧，族群灾难的阴影笼罩着个人的危难。玛左拉不知道帕蒂塔是谁，但她目睹了麦加不断发生的死亡：对于麦加“死亡很常见。/它来得很快。/它在人们猝不及防时突袭”（*World* 393）。拥挤、混乱的公寓楼滋生了各种犯罪，不仅黑人妇女和儿童成为主要受害者，而且任何碰巧误入黑暗走廊的陌生人都可能成为暴力袭击的对象。玛左拉以“未完成的十四行诗”（Unfinished Sonnet）预示了帕蒂塔在人间地狱的死亡结局，而且表明了欧洲形式在承载黑人贫民窟悲剧内容时的式微。概言之，在黑人住户“含糊不清”的讲述中，麦加大厦超脱了物质形态，成为黑人历史和精神凝聚的公共空间。

“含糊不清”不仅是官方权力对麦加物理空间与话语空间割裂下黑人住户的生存与言语状态，同时也蕴含着黑人重返族群精神体验公共空间的话语策略。一方面，麦加大厦依据欧裔美国人注重单户家宅私密性的居住理念进行设计，又黑又长的过道上单个封闭的公寓阻断了有益的公共交流，住户难以建立公共信任与责任。另一方面，城市衰落话语将麦加的溃烂归咎于黑人，他们无法参与公共话语争取平等的经济资源，只能以“私密性”作为自我保护的机制。诗歌的形式回应了麦加的物理与心理状态，56个彼此分离的诗节就像排列在走道上的房间，一道道厚实的大门后是被囚禁的黑人主体。萨莉在大楼内不停发问：“有几个人在乎，帕蒂塔？”（*World* 397、399）同时也拷问着黑人民族意识与群体责任的失落。实际上布鲁克斯的诗歌与马丁的报道在论述命题上是一致的：美好的乌托邦大厦为何以及如何演变为令人惋惜的贫民窟场所。马丁的种族修辞指责黑人的侵入扰乱了井然有序的白人社会，他们是城市衰落的根源。布鲁克斯则阐明白人至上的资产阶级公共领域无法摆脱种族主义国家固有的社会矛盾。

在城市衰落话语的压制下，黑人叙述被阻隔成私人的、封闭的、无指涉的单个话语。但是，正如亨德森所说，“含糊不清”赋予个体在灵魂里和通过灵魂言说的能力，与圣灵建立亲密与认同关系后，获得天启的狂喜。（“Speaking” 353）帕蒂塔正是黑人个体与圣灵连通的媒介。帕蒂塔的尸体最终被发现，她被黑人住户爱德华强暴并杀害，“在他的小床下/小女孩躺在灰尘里，身边满是蟑螂”（*World* 403）。评论者希拉·休斯（Sheila Hughes）指出，黑人女性的身体常常是社会的断裂之所，美国文化的矛盾性被定位与披露之地，因此帕蒂塔身体的僭越包含双重含义：一方面她被同族蹂躏、背叛、遗弃，她是社会权力重压之下断裂的场所；另一方面死亡使她逃离了麦加的种族主义与贫困，她获得救赎的狂喜，而她的狂喜在群体场所产生新的断裂。① 黑人住户正是在“帕蒂塔在哪？谁在乎帕蒂塔？”的诘问中讲述了自我的苦难，当个人的苦难和悲怆成为群体共同的精神体验时，他们在对族群命运与精神价值的思索中获得圣灵激发的狂喜，帕蒂塔的悲剧和导致悲剧的根源才被阐明，麦加黑人移情式的叙述才与官方媒体分离式的报道形成“差异对话”。

二 “麦加”之生：与黑人权力运动话语的“同一辩证”

题词中与官方报道对峙另外两段引文来自黑人民权运动中的两位男性声音。其中一位是名叫理查德、绰号“花生”的“黑石骑兵”（The Blackstone Ranger）组织成员，他大声疾呼：

① See Sheila Hughes, “A Prophet Overheard: A Juxtapositional Reading of Gwendolyn Brooks's ‘In the Mecca’”, *African American Review*, Vol. 38, No. 2, 2004, p. 274.

“我的邻里出现了危险”（*World* 374）。“黑石骑兵”是20世纪50年代成立于芝加哥黑石大道的黑人青少年帮派。当时街区居民以白人为主，南方黑人移民被视为“入侵者”经常遭致白人邻居殴打、纵火、爆炸等攻击，恐惧、愤怒的黑人少年组织起来对抗暴力、保护自我和家园。50年代末“白人逃离”，街区演变为“黑人地带”，恶化了隔离制度在经济与心理上对黑人贫民窟的疏离，黑人群体也愈加贫困和愤怒。在诗集第二部分《麦加之后》，布鲁克斯撰写了题为“黑石骑兵”的组诗，她写道“他们的国家是一个不存在于地图上的国度”（*World* 417），此语可谓意蕴深刻。地图界定的是一个欧洲为中心、白人至上的“国家”，而黑人群体力图建立一个独立于欧洲传统的“国度”，在政治、文化、经济上实现黑人民族的统一团结。

题词中的另一个声音来自芝加哥民权运动激进主义者罗斯·米克。罗斯是“全国有色人种促进协会”“哈莱姆民权代表大会”“黑豹党”等组织成员，还成立了守护黑人居住区的地方组织，他宣告“过去的一切不会再发生，这样的时刻来临了”（*World* 374）。60年代贫民窟生存条件恶化、黑人就业形势严峻、警察暴力虐待黑人之风盛行，民众对温和改良的方式失去信心，在芝加哥、底特律、纽瓦克、亚特兰大等多个城市爆发了多起种族骚乱。民权运动的主导意识形态逐渐从非暴力的融合主义转向激进的民族主义，主张在政治、文化、艺术等方面独立于欧洲中心，建立现实和想象层面的“黑人国度”。黑人权力运动话语引领了进入麦加的另一条路径，开启黑色麦加孕育的重生。

布鲁克斯在1971年的访谈中坦言，四五十年代的时候认为融合是解决种族问题的途径，但1967年之后放弃了以基督教和民主作为政治修辞的策略，[①] 在种族政治和文化立场上开始对

① Ida Lewis, “My People are Black People”, in Gloria Wade Gayles ed., *Conversations with Gwendolyn Brooks*, Jackson: Mississippi University Press, 2003, p. 60.

黑人民族主义表示认同。基督耶稣的降生给世人带来光亮，开篇的第一诗节从“光亮”开始，虽然相对独立于诗歌的情节，却是诗人明示叙述立场，破除官方麦加神话进入麦加黑人声音的重要节点：

> 坐在光亮腐朽你脸庞的位置。
> 密斯·凡德罗从恩典中退场。
> 随之美好的寓言陨落。(*World* 377)

以种族为标准对城市空间区隔后，官方话语对黑人区进行了象征编码，“次标准结构”的贫民窟被贴上道德与文化萎靡的标签，落入新一轮空间划分的权力宰制中。自 40 年代起，芝加哥就以“城市复兴”为名，清除混合居住区和白人区周边的贫民窟，建造高密度、高集中的住宅大楼，控制黑人区的扩大。伊利诺伊工程学院坐落于“黑人地带”中心，1946 年学院成立了“南岸规划理事会”，宣称“以学院作为中心引擎，势必将南岸恢复为城市中经济、居住与文化的重要区域”。[①] 诗歌中提到的密斯·凡德罗正是学院的建筑系主任，负责校园扩建的建筑设计。他所倡导的简洁、统一的校园空间，契合了“清除”黑人区空间障碍的城市规划议程。更具讽刺性的是，麦加大厦的空间封闭、禁锢，1952 年拆除后密斯设计的“皇冠堂”(Crown Hall)，却集中体现了开放、流动空间的现代主义美学，“居住区被改造成展示密斯·凡德罗建筑天赋的场所”。[②] 因此，出生德国的密斯不仅秉承了欧洲传统，而且代表了现代主义城

---

① See Henry T. Heald to Chicago Housing Authority, 4 October 1944, in Minutes of the Illinois Institute of Technology, Buildings and Grounds Committee, 1943 – 1947, box HB 12.

② C. K. Doreski, *Writing America Black*: *Race Rhetoric in the Public Sphere*, New York: Cambridge University Press, 1998, p. 130.

市的种族空间区隔，“成为布鲁克斯所认为的现代主义中具有侵入性和摧毁性的欧洲中心主义的具体体现”。[①] 叙述者要求读者坐在一个光亮成为腐朽力量的位置，在这个特定的角度才能观察到密斯和现代主义美学从恩典中退去，城市衰落与城市复兴的寓言殒落。概言之，诗人一方面点明了欧洲中心的“宗教、美学与政治在美国社会生活中的失败”，[②] 由此转换到黑人民族主义叙述立场，另一方面倒置了过去与现在、虚构与现实，眼前的建筑与密斯一起退去，消失的麦加大厦重新站立，官方话语压制下黑人的声音开始复苏。

布鲁克斯以黑人女性“同一辩证”的叙述立场，展开了黑人民族主义话语引导下麦加的重生。麦勒姆（D. H. Melhem）也注意到了脱离欧洲中心的黑人民族主义在诗歌中形成的深层框架，及其对抗性的力量。他指出唐·李不仅代表着希望之轴，与帕蒂塔命运的绝望之轴形成对抗，而且表明了诗歌的替换性或者对立性结构。[③] 唐·李是黑人艺术运动的中坚人物，深深影响了布鲁克斯，被诗人喻为自己的“精神之子”，他的诗节引入了现实语境中黑人权力运动与艺术运动的立场。“唐·李想要/一个没有差异的美国。/唐·李想要/一个新国度/不受任何庇护”（*World* 393）。美国宣称在上帝的庇佑下，民众享有自由与公正，但黑人权力运动灵魂人物之一的马尔科姆·X（Malcolm X）指出，从基督教传统到政治与经济体制，以及其固有的种族主义行径都暴露了西方文化价值的虚伪。他主张黑人在美国建立独立自主的政治、经济、宗教、文化团体。因此，诗

---

① Harold M. Mayer and Richard C. Wade, *Chicago*: *Growth of Metropolis*, Chicago: Chicago University Press, 1969, p. 386.

② D. H. Melhem, *Gwendolyn Brooks*: *Poetry and the Heroic Voice*, Lexington: Kentucky University Press, 1987, p. 160.

③ D. H. Melhem, *Gwendolyn Brooks*: *Poetry and the Heroic Voice*, Lexington: Kentucky University Press, 1987, p. 164.

歌中唐·李对“新国度”的构想体现了马尔科姆·X领导的“伊斯兰民族”的政治主张。另一方面，黑人艺术运动被视为黑人权力运动的理念在美学与精神维度的体现。艺术运动主张黑人作家打破欧洲形式在艺术与文化方面的特权，并且以文学作品唤醒黑人大众，重建以黑人性为基础的种族自豪感和凝聚力。[①] 因此，唐·李“想要/新艺术和赞美诗；将/要一种在太阳下放声嚎叫的新音乐”（*World* 394）。“光”是整个诗节的核心意象：身体的“光亮”逐渐盈满，经历革命“烈焰”洗礼，转变为能量之源的“太阳”。布鲁克斯以“光”的意象艺术地从西方文化腐朽的“光亮”退去，转到黑人性重生的“光亮”点燃。

亨德森阐述的黑人女性“言语混杂”的文学语言特点，在叙事策略上第二个层面的含义是指“杂语”，如果“含混不清”是指言说灵魂秘密的能力，意味着私人的、封闭的、无指涉的单个话语，那么“杂语”就是指以公共话语中的多种语言言说的能力，意味着公共的、社会的、指涉性的对话话语；如果“含混不清”强调在话语多样性中的差异的对话，“杂语”则强调在同一灵魂语言中认同的辩证（“Speaking”352—353）。布鲁克斯在自传中回顾长诗《在麦加》的创作构想时说，诗歌不少于2000行，触及厚重大楼里生活的每一个音调就能提炼出整

① 唐·李的诗集《不要哭泣，放声嚎叫》以爵士乐为诗歌的韵律节奏模式，称赞具有革命精神的爵士音乐家为黑人民族的文化英雄。在主题内容、形式结构和饱和度三个方面，诗歌都是黑人艺术运动的文化政治的集中体现。布鲁克斯为该部诗集作序中即指出该诗歌使黑人大众认识到剥夺黑人幸福的政治、经济、历史力量，称赞唐·李的诗歌艺术专注于唤醒黑人的目标，为美国非裔文学传统作出了贡献。参见Madhubuti，Haki R.（Don L. Lee），*Don't Cry*，*Scream*，Chicago：Third World Press，1969。斯蒂芬·亨德森编辑出版了《理解新黑人诗歌》，在长达69页的前言中，亨德森结合了黑人民族主义意识形态与形式主义理论方法，提出以主题、形式、饱和度作为界定美国非裔诗歌的要素，这是黑人艺术运动中代表性的美学观点之一。参见Stephen Henderson，“Introduction”，*Understanding the New Black Poetry*，New York：William Morrow Company，Inc.，1973，pp. 1 – 69。

体上黑人人性的主旨。[①] 这回应了马丁报道中无声的2000多黑人住户。最终诗歌由807行、56个长短不一的诗节组成，涉及50多个人物，展现了麦加大厦典型的生活片段与人物性格，恢复了黑人群体众声喧哗的杂语世界。换言之，民族主义构筑了同一的精神语言，黑人住户进入探讨民族存亡的公共话语领域，以各自独立的声音和意识形成对话关系，多种语言的独立并存使主题的探讨具有辩证色彩和进一步开放的可能。

如果说唐·李是远见卓识的革命构想者，那么下一个登场的人物阿莫斯则是激进的革命实践者，他与渐进主义者的对话表明了黑人内部革命方式的分歧。种族融合主义者主张与白人自由主义者建立联盟，依靠公众良知和宗教教义，以非暴力的方式提高黑人的社会地位，而民族主义者则认为白人不会与黑人共享权力，主张依靠黑人团结一致、以激进战斗的方式实现种族平等。阿莫斯坚决地“一掌将虚伪的好意从她的脸颊击落”（*World* 394），把被压迫者的鲜血转变成激进革命的力量，“让她体内的鲜血洗礼她。/漫长的血水浸泡将洗尽她的铅华”（*World* 394），以实现黑人权力的自决。但值得注意的是，在报复性的权力关系倒置中阿莫斯将暴力对象女性化，暴露了男性认同的黑人权力运动难以避免性别主义思想的影响。

如果唐·李以对立性的文化政治点燃了黑人性的重生，阿尔弗莱德则在黑人性的觉醒中，最终打开了麦加的异质空间。在50多个人物中唯有阿尔弗莱德先后出现六次之多（第4、15、38、42、48、54诗节），他的变化与诗歌叙述发展紧密交织。初次亮相时他沉迷于莎士比亚、乔伊斯、海明威等的作品，渴望从西方经典中找寻“统一的信仰”，虽然知道强加于麦加的西方文化无法解决黑人的窘境，但他找不到替换性价值，靠酒精麻痹逃避自

① See Gwendolyn Brooks, *Report from Part One*, Detroit: Broadside Press, 1972, pp. 189–190.

己的“软弱无力”（*World* 379）。帕蒂塔失踪时他不知情，但被称为“建筑师”的他清晰地描述出麦加是“坚固围栏环绕”的U形结构，单个公寓如同“小地狱”封闭在大楼里，呈现“一片混乱”（*World* 392）；被称为“诗人王”的他习读利奥波德·桑戈尔饱含黑人性的诗歌。桑戈尔是塞内加尔诗人、政治家，20世纪30年代在法国创办“黑人性运动”，60年代当选塞内加尔总统。阿尔弗莱德明白，在欧洲文化殖民下桑戈尔处于“无根和孤独”，只有脱离欧洲文化，以非洲为黑人性的根源，桑戈尔才倾听到“黑色非洲浑厚的脚步声”（*World* 392－393）。终于，在黑人性的觉醒中阿尔弗莱德找到了共同的文化身份、历史记忆与家园梦想，麦加黑人群体的杂语汇集成强劲的力量：“某种，某种声音在麦加/继续呼喊！没有物质形态；却像高山，/像河流和大海；像风呼呼吹过的/树林。”在民族存亡的公共话语领域族群意识与责任被唤醒：“随后稳固地/一股强健的心智，黑色的、令人激昂，/铸造篇章与救赎。”此时，麦加的物质才完全倒塌，精神得以建造：“一阵炙热的分崩离析。/一座物质轰然倒塌/倒塌之处即是建造。”（*World* 403）

亨德森区分了主流话语与次主流话语分别形成的种族外部与内部空间，指出黑人女性同时承受了外在的政治压迫和内化的心理压抑（*World* 354）。麦加外部的樊篱被打破，黑人意识重燃的“新国度”开始建造，但是在纷至沓来的黑人邻居叙述中帕蒂塔却始终处于“沉默的中心”。在一定程度上，黑人民族主义为了实现种族一体化不惜抹杀性别差异，极度的民族自豪感与同一性难免陷入黑人至上的种族主义窠臼，“新国度”处于沦为黑人内化的压制性权力空间的危险边缘。布鲁克斯犀利地将文化批判的触角伸入种族内部，以帕蒂塔遭遇的性暴力对男性认同的民族主义建构的所谓“安全空间”进行最有力的驳斥，建立起对等级思想与极权主义的文化警觉。性暴力是帕蒂塔被黑人男性权力占有和支配的方式，也是她在黑人内部的次主流话语中产生断裂的方式，在诗歌末尾帕蒂塔重述了自己的故事：

“我触摸到”——她曾说——
“玫瑰的花瓣。一种柔滑的感觉穿过我散播开去！”（*World* 403）

帕蒂塔稚嫩的语言充满了前话语阶段的童真，在男性话语秩序之外产生颠覆，年幼的心灵对美、生命、成长的吁求，唤起了人性给予生命真正至高无上的尊严和敬重。帕蒂塔的讲述构筑了亨德森所说的“子宫式的基质”，在其中无声变成言语、沉默转为各种语言、同一性化为多样性、混沌转向秩序（“Speaking” 362）。此时帕蒂塔残破的身躯轻轻蠕动，不可亵渎的精神化身“知更鸟”发出“断断续续的鸣啼”，诗歌在鸟儿“越来越高亢”（*World* 403）的鸣啼中预言了春天新生的来临。

三　“麦加”之救赎：黑人女性“言语混杂”的公共舆论性

从整体观之，布鲁克斯同时身处种族之间与种族内部的语境场所，在题词部分以简练的笔触勾勒了主流话语与次主流话语的错杂交织，以黑人女性“言语混杂”的叙事探究了“麦加”的危机根源与救赎路径。首先，在叙事策略层面，种族与性属的双重身份使布鲁克斯处于话语的边缘位置，获得局内人与局外人的变动不居的叙事立场，表现出与不同话语模式之间复杂的对抗与合作，双重身份政治的诉求增强了黑人女性叙事的批判性和颠覆性（*World* 362）[①]。

① 亨德森强调，她对于黑人女性叙述定位的观点不同于其他黑人女性主义者，认为是从边缘到中心的移动，她指出黑人女性力图保持在话语的边缘位置，从而同时获得外部与内部的双重叙述立场。

从主流话语看，欧洲中心的城市衰落话语将黑色麦加塑造为城市溃烂的象征，布鲁克斯则从内部视角展现了种族主义意识形态对麦加居民生活与思想的侵入和压迫，阐述种族主义加深了第二次世界大战后美国城市的危机，从种族的政治立场与城市衰落话语形成“差异对话”。在叙事技巧上，诗人采用了“含糊不清”的言说方式，黑人住户通过帕蒂塔将个人痛苦和悲怆转为族群共同的精神体验，在与圣灵亲密的认同中黑人住户走出封闭的单个公寓，建立起群体信任与责任，个体讲述汇集成黑人民族共同的历史记忆与文化叙述。布鲁克斯以诗歌形式对麦加内部的生存状况作了客观性的报道，与官方舆论形成了反话语。从次主流话语看，民族主义主导的黑人权力运动话语瓦解了白人霸权对麦加空间的禁锢，开启了黑人意识重燃的替换性空间。布鲁克斯在认同民族主义政治立场的基础上，以“杂语”的叙事技巧赋予个体与特定社会实践和社会意识紧密相连的独立声音，在民族存亡的公共话语领域呈现了族群内部多样化的社会层次构成。同时，诗人从性属的视角，通过帕蒂塔对自身遭遇的重述，打破了黑人权力运动单一的男性认同话语模式，在“同一辩证”中预示着群体内部建构的变革性力量。因此，诗歌对主流话语与次主流话语产生了断裂和修正，弥合了权力话语所投射的麦加衰落与帕蒂塔悲剧的影像同现实状况之间的裂隙，在对种族之间与种族内部的双重批判与唤醒中，麦加成为反思战后美国城市集体性社会危机的平台。

其次，在艺术形式层面，“言语混杂”转化为艺术思想，贯穿诗歌整体的语言形式与结构形式。布鲁克斯得到了双重文化的滋育，既有融入主流社会的愿望，也有进行文化对抗和寻根的冲动，还有在黑人内部权力自决中重申女性身份的挣扎，这种剧烈的碰撞和独特的情感经历积淀、转化为丰富的文学想象资源和得天独厚的叙事优势。具言之，诗歌既保留了欧洲传统形式与标准英语，又增加了黑人表述模式与方言，既未与传统诗学决然割裂，也未与黑人美学全然融合，并且以艺术形式的复杂性唤入了欧洲根源与非洲根源的文化体系，作为深层对抗与对话的架构，充分展现了诗人在不同文化框架和诗学传统之间的“差异对话”与“同一辩证”。形式结构本身蕴含着社会矛盾，“言语混杂”的艺术理念打破了形式与内容对立的固有模式，为社会的矛盾性危机进入审美领域提供了中介机制。在情节结构上，寻找帕蒂塔与黑人住户个体讲述的两条线索交替出现，以黑人女性多重声音和多种语言的叙事模式推进两条线索在相互参照中并行发展。黑人住户叙述的心理时间打破了寻找帕蒂塔的物理时间，个体经历的封闭空间嵌入麦加整体的压迫性空间。因此，诗歌以对话性结构、非线性时间和碎片化空间等后现代叙事风格，对传统体裁形式产生了断裂与修正，使主题的探讨更具开放性和辩证性。[①] 因此，“言语混杂”的麦加重叙打破了文化框架、诗歌形式、诗学传统等对艺术疆界的限制，对麦加在现代性中陨落的社会现实实行了艺术审美的补偿和修复。

此时回到诗歌第二部分题词，全诗的整体寓意和主题思想昭然若揭：“现在麦加道路的事记在下面。”“麦加”不仅是种族主义官方话语压制下黑人的沦落之地，亦是民族主义黑人权力话语激发下黑人的觉醒之地，故而在整体寓意上成为真正的救赎之地，而诗歌记载的正是救赎“道路”的探寻。布鲁克斯以黑人贫民窟麦加为原型，解析和批判了第二次世界大战后美国城市政治、经济、文化的衰败，但在深层意义上，却从黑人女性独特的视角和经历触及了人性价值与艺术审美在现代性中殒落的问题。

---

① 亨德森指出，通过修正传统体裁形式，黑人女性重写传统经典故事，从而进入与他者话语的对话中。对传统经典的故事和体裁的断裂与修正，表明了黑人女性文学表达，及其作品阐释的独特模式。亨德森所言即是：对形式的分析不能陷入修辞的细枝末节，而是以体裁的眼光发现独特的美学思想与文学传统。

黑人女孩帕蒂塔在自我受难与牺牲中传递了悲悯与宽恕，依靠人的本质力量回归到人性的完整，而肉体的残破与消亡经由审美超越了经验世界，在彼岸的艺术世界中获得新生。可见，布鲁克斯将救赎的希望置于人性的力量上，试图唤醒社会给予生命权和人权超越种族的、真正至高无上的敬重。因此，在麦加荒芜、冷漠、混沌的表象下，诗人始终追寻着一条通往人性、正义、秩序的救赎之路，寄托着对“异托邦”远景的呼唤。

显然，布鲁克斯的“异托邦”与黑人民族主义的“异质空间”在政治诉求上是一致的。黑人民族主义寄希望于美国独立主权国家的宪政体制内实现黑人民族的自由、平等、民主、团结与公正。布鲁克斯诗歌中的“麦加”与福柯的“异托邦”空间思维也不谋而合。福柯认为，每一种文化中都必然存在某种形式的危机性异托邦，用以拘禁社会中某些另类的人群，或者是偏离性异托邦，以某种另类的途径从真正意义上实践特定的社会价值。“麦加”是美国城市衰落历史叙事中危机性的黑人贫民窟，是美国民主体制中偏离性的黑人空间，“麦加”真正的价值正是在于对美国城市历史的客观性记录，以及美国价值多元化的推动。另外，民族主义思想促成了布鲁克斯艺术思想的演变。进入60年代以后，随着美国体制结构危机和黑人贫民窟危机的不断加深，布鲁克斯对诗歌的政治批判性功能和社会公共性功能投入了越来越多的关注，她将自己的这种正在演化的美学风格称作“诗歌体新闻报道”（verse journalism），[①] 也就

---

① See Gwendolyn Brooks, *Report from Part One*, p. 186. 其实，布鲁克斯对“诗歌体新闻报道”的艺术形式和价值的探索贯穿于她的创作生涯。在20世纪四五十年代的诗歌中，《黑人英雄》是以1941年珍珠港事件中的黑人英雄多里·米勒为人物原型，《布朗兹维尔母亲徘徊于密西西比》是以1954年黑人男孩埃米特·迪尔在密西西比被白人成年男子以私刑方式迫害身亡的事件为原型。而在70年代的诗歌中，《在蒙哥马利》是重返1955年公共车抵制运动的历史事件场所，对美国黑人民权的历史、现状和未来进行反思。

是韵文形式与新闻报道的糅合。这就意味着诗歌不仅要饱含文学的艺术感染力，而且要具有新闻报道的舆论批判力。诗人在该部诗集封面的作者寄语中郑重地重申了这一诗学理念："我是洞悉的眼睛，灵敏的耳朵，超凡的报道者。"布鲁克斯既是麦加生活的观察者和见证者，也是贫民窟事实的报道者。因此，诗歌以文学艺术的形式超越了公共舆论中权力话语有失偏颇的报道，客观、公正地记录了黑人贫民窟麦加真实的生活状况，与此同时，时事评论的引入使诗歌不再局限于纯粹的文学艺术领域，而是与公共舆论话语编织在一起，从而获得了公共舆论的批判性力量。正如亨德森所述，"言语混杂"使黑人女性成为现代"信徒"的化身，介入了文学文本与神圣文本的经典传统之中（"Speaking" 354）。布鲁克斯不遗余力地履行自己"超凡报道者"的诗人责任，以黑人女性禀具的言语天赋"铸造篇章"。"麦加道路"与神圣之道的内在联系使诗篇承载了公共舆论力量，铸造了"救赎性的报道"（redemptive reportage）。

第二节　"沃普兰德"的布道召唤与黑人阅读公众

20 世纪 60 年代，布鲁克斯先后创作了《沃普兰德训诫》（"The Sermon on the Warpland"）、《沃普兰德第二训诫》（"The Second Sermon on the Warpland"）和《沃普兰德第三训诫》（"The Third Sermon on the Warpland"）三首诗歌。其中，前两首发表于 1968 年的诗集《在麦加》中，第三首发表于 1969 年的诗集《骚乱》中。布鲁克斯自创了"沃普兰德"（Warpland）一词，在这三首诗歌中，她将"沃普兰德"虚构为一个黑人国度，并且试图在其中以富有召唤性的艺术形式凝聚黑人阅读公众，使其成为对美国自由主义传统充满反叛性和重构性的另一个异质空间。在自传《第一部分报告》中，布鲁克斯坦诚地、深入地剖析了1967年费斯克大学第二届黑人作家大会对她的思想意识产生的冲击，以及由此发生的创作轨迹的变化。首先，对于诗人最直接的冲击来自年青一代黑人高涨的民族意识。布鲁克斯这样写道："我感受到一种普遍的能量，一股电流，在我四周的年轻一代黑人的眼神里，在他们走路和讲话的姿态里。［……］我认为这很有意义。确实，新的黑人今天已经出现了。"① 实际上，布鲁克斯意识到新黑人的出现也就意味着她意识到了新黑人阅读公众的产生。随即，诗人在自传中表明了自己作品的目标读者的改变。布鲁克斯写道："我下一阶段的目标，就是要写能够有效地'唤起'所有黑人大众的诗歌。"②

根据哈贝马斯的观点，文学公共领域与政治公共领域在培育和承载公众的批判意识方面是并行相通的两条路径。③ 60年代黑人民族主义的兴起是自由主义模式下政治公共领域内部发生分化的表现之一。因此，布鲁克斯将首要目标读者从白人自由主义者转向黑人大众，其目的正是在于培植黑人阅读公众的批判性主体，从而在黑人内部生成一个民族团结一致的公共交往网络，用以抵抗支配性公共领域的排挤和压制。虽然布鲁克斯的转变得到了一些黑人激进主义者的支持，但是，她作品的艺术性也遭致不少主流评论者的质疑。实际上，布鲁克斯并不是黑人艺术运动亦步亦趋的模仿者，而是积极的参与者和建构者，她的女性视角创作无疑与阿米力·巴拉克（Amiri Baraka）

---

① See Gwendolyn Brooks, *Report from Part One*, Detroit: Broadside Press, 1972, pp. 84 – 85.

② See Gwendolyn Brooks, *Report from Part One*, Detroit: Broadside Press, 1972, p. 183.

③ 对于文学公共领域、政治公共领域、批判性公众之间关联的论述，参见［德］尤尔根·哈贝马斯《公共领域的结构转型》，曹卫东等译，学林出版社1999年版，第55、187、218页。

为代表的黑人男性创作互为必不可少的重要补充。布鲁克斯在自传中也明确表达："我略新的声音不会是对我所敬仰的当下黑人青年声音的模仿，而是我自己目前声音的延展性改变。"[①] 因此，在60年代的创作中，布鲁克斯如何带着新的种族意识和读者意识，在黑人性表达和艺术形式方面进行新的探索无疑是值得关注的重点之一。

黑人布道一般是三点结构模式，即围绕神学、哲学和社会学三个核心展开训诫的内容。[②] 虽然布鲁克斯的"布道"结构与此略有不同，但是诗歌标题唤入了基督教布道形式，并且以虚构的地点"沃普兰德"在内容上构成整体，统一的布道体文类形式和连贯的主题结构使三首诗歌构成了一部60年代的黑人布道三部曲。布道是牧师或者神职人员进行训诫的宗教仪式。布道一般涉及圣经、神学、宗教和道德等主题内容，往往是在过去或者当下的语境中诠释信仰、律法或者行为的意义。根据社会学者桑德兰·巴尔内斯（Sandra L. Barnes）的研究，在非裔美国人的宗教传统和仪式类型中，布道往往蕴含着"社会政治的潜在含义"（social-political undertones），涉及种族政治事务的宗教团体通常以布道的方式，动员黑人教众为民族解放和社会正义采取联合行动，带有明显的"激进主义倾向"（activist-oriented）。[③] 因此，"布道体诗歌"（sermonic poem）无疑能够有效地对黑人公众产生群体性的精神召唤力量。通过以布道作为文学的形式载体，布鲁克斯引入了宗教形式的精神感召力，唤起黑人民族团体成员信念中深切的心理纽带，号召黑人民众在

---

① See Gwendolyn Brooks, *Report from Part One*, Detroit: Broadside Press, 1972, p. 183.

② Margot H. Banks, *Religious Allusion in the Poetry of Gwendolyn Brooks*, Jefferson, North Carolina, and London: Mcfarland & Company, Inc., Publishers., 2012, p. 88.

③ See Sandra L. Barnes, "Black Church Culture and Community Action", *Social Force*, Vol. 84, No. 2, 2005, pp. 965 – 994.

民族命运的危急时刻采取统一的行动。

一 “沃普兰德”的疆域界定与黑人民族意识觉醒

根据历史学者阿卡尼奥·乌莫加（Akinyele Umoja）的观点，在美国历史上，黑人民族的解放抗争围绕着三种基本的意识形态类型进行：同化主义、多元主义和民族主义。同化主义者在本质上并不质疑美国主流的政治、社会与文化价值观念；多元论者认为，美国是一个文化多元、民主价值多元的国家，不同的族裔能够在保持自身文化身份的同时融入美国主流社会的政治领域与经济领域；而黑人民族主义者对此则不以为然。在他们看来，如果想要融入白人至上的政治国家，那么黑人就无法保持本民族自身的统一性与尊严。因此，黑人民族主义者主张实现黑人独立的民族认同和民族自治，甚至是建立独立的黑人民族国度。[①] 毋庸置疑，60 年代布鲁克斯的思想意识发生了鲜明的转变，这其中黑人民族主义的影响显而易见。但是，正如诗人所言，她的转变并非与过去的断然割裂，或者是对激进民族主义的全盘接受，而是在延续过去的基础上进行更新。

布鲁克斯吸收了黑人民族主义思想中民族认同、民族尊严、民族自决等观念，形成了更加坚定的黑人意识和独立的种族政治立场，以此重新审视美国黑白对立模式造成的社会困境。因此，布鲁克斯在诗歌文本中建构的黑色国度“沃普兰德”与其说是民族主义极端意义上的分裂空间，不如说是福柯模式的充满反叛性和重构性的异质空间。根据福柯的观点，任何一种文化都会生成与自身相对立的异托邦空间。在政治语境中，异托邦概念的关键点不是空间的异质性，而是空间的他者性。作为

① Akinyele Umoja, “Searching for Place: Nationalism, Separatism, and Pan-Africanism”, in Alton Hornsby, Jr., ed., *A Companion to African American History*, Malden: Blackwell Publishing Ltd., 2005, pp. 530 – 531.

他者化的空间，异托邦意味着对现有空间关系的质疑和重构的潜能，是真正意义上发挥作用的乌托邦。布鲁克斯在访谈中提及，1967 年之后她放弃了以基督教和民主作为政治修辞的策略。[①] 换句话说，布鲁克斯是从主流“国家层面”（national）的乌托邦建构转入了“次国家层面”（sub-national）的异托邦建构。诗歌《沃普兰德训诫》出自诗集《在麦加》，布鲁克斯在诗中写道：“我的同胞们，黑人同胞们，痛斥那河流。/那河流将会改变方向，去改变那河流的方向。”（*World* 421）[②] “河流”指代的是黑人民族的历史，“黑人之河”的改变势必从次国家层面的暗流影响国家整体层面“美国之河”的流向。“沃普兰德”是诗歌核心的隐喻性空间，布鲁克斯以此作为新的视野和视角，从两个方面探索变革现有社会关系的方向与可能性。

首先，在诗歌的题词部分，布鲁克斯引入了黑人民族主义组织领导人罗恩·卡尼加（Ron Karenga）对黑人民族命运的分析性描述：“我们是黑人这一事实/是我们终极的现实。”（*World* 421）60 年代，美国的自由主义共识发生了分裂。黑人自由主义者希望美国自由派建造的社会、政治、经济权利的平均主义能够在黑人群体中也得到完全的实现。但是，白人自由主义的保守派却强调自由市场机制的根本性地位，反对国家为了保障少数族裔的权利而过度干预。自由主义的妥协拖延了黑人实现平等权利的愿望，在普遍的失望情绪中，民族主义在黑人群体中再次复苏，并成为这一时期黑人意识形态的主导思想。黑人民族主义者认为，种族主义思想构建的白人至上的社会势必侵蚀自由主义模式的民主体制和资本市场，黑人的平等权益无从保障。因此，他们应该唤起

---

① Ida Lewis, “My People are Black People”, in Gloria Wade Gayles ed., *Conversations with Gwendolyn Brooks*, Jackson: Mississippi University Press, 2003, p. 60.

② 《沃普兰德训诫》和《沃普兰德第二训诫》收录于诗集《在麦加》。本书引用版本出自合集 *The World of Gwendoly Brooks*, New Yook: Harker & Row, 1975。

黑人民族的政治意识和社会行动，才能有效推进民主议程。在诗歌中，布鲁克斯以“双豆荚”（doublepod）作为意象，以一种隐喻性和预言性的语言风格表达了黑人民族与美国国家共同体命运之间的紧密联系：

我们的某种特质在双豆荚中
包含着地狱与治愈的种子。
准备去迎接
（兄弟姐妹们）骤然而至的恶劣天气；
苦痛伤悲；
皮肉之苦；恶魔与偶像的轰然倒塌。
但是在那之后！在那之后！装在豆壳里的东西！
是险恶甘甜的调味剂！
勃勃生机！预示着清晰的茫然！（*World* 421）

豆荚是一种裂果植物，果实成熟后种子会从豆壳中崩裂而出。“双豆荚”象征着双重性，对于黑人民族而言，双重性意味着美国性与黑人性；对美国国家共同体而言，双重性则是白人性与非白人性。布鲁克斯认为，对立性矛盾就像同根并生的植物一样，它们同时在自然中孕育生长，成熟时种子将爆发出不可遏制的力量。“地狱”的种子带来苦痛伤悲和皮肉之苦，但是在经历激烈的争斗之后，“治愈”的种子会带来勃勃生机。因此，正如“双豆荚”的冲突性矛盾生成了解放的潜能，黑人民族主义的对立性和反叛性恰恰是促成美国自由民主制度变革的推动力之一。

其次，“沃普兰德布道”不仅在形式上援引了基督教的布道，而且在主题内容上，诗歌与基督教的《山上宝训》（“The Sermon on the Mount”）之间的相似性也是显而易见的。《山上宝训》记录的是耶稣基督向众门徒宣讲天国子民的行为准则，是耶稣最重要的讲道之一。其中的一节《天国八福》被视为基督教伦理的核心思想。评论者玛戈特·班克斯（Margot H. Banks）认为，圣经中的“山上宝训”与布鲁克斯的“沃普兰德训诫”，都是将社会中的政治和经济问题与宗教教义结合，告知被压迫的人神圣的正义何在、如何生存下去。① 布鲁克斯的布道植根于基督教教义，同时受到黑人民族主义思想的影响，将黑人牧师与黑人民族主义者的声音结合，向黑皮肤的公民宣讲黑色国度“沃普兰德”的危机，以及黑人民族肩负的使命。在诗歌中，布鲁克斯号召黑人民族建造“教堂”，这座“教堂”不用“砖块”“钢铁”或者“石材”建造，而是用“爱”建造（*World* 421）。“爱”是基督律法的根本所在，是世人获得救赎的力量之源。但是对于黑人而言，这种基督之爱还应该如同“雄狮的双眼”一样睿智有力，如同“我们的黑皮肤”一样无所畏惧地大胆冒险（*World* 422）。可见，在布鲁克斯的布道中，“黑皮肤”不仅仅是肤色和种族，而且是一种隐喻，它象征着与白人特权阶层对立的被压迫的人，而解救被压迫的人正是基督教精神的根本所在。种族意识和宗教信仰赋予了黑人采取直接社会行动的信心和力量。“教堂”是基督精神和道德准则的重要象征，因此，布鲁克斯具有民族主义倾向的布道并未与宗教传统背道而驰，恰恰相反，她正是植根于基督教的救赎和解放的思想，呼吁黑人遵从基督教价值观，争取本民族的社会地位和权益。

另外，布鲁克斯将宗教布道形式与黑人民族主义思想结合，实际上从深层结构上揭示出 20 世纪 60 年代黑人意识形态的一个重要特征，即黑人民族主义与黑人信仰体系的相互交集。英国民族学家安东尼·史密斯（Anthony D. Smith）的观点为理解

---

① Margot H. Banks, *Religious Allusion in the Poetry of Gwendolyn Brooks*, Jefferson, North Carolina, and London: Mcfarland & Company, Inc., Publishers, 2012, p. 89.

黑人民族主义在特殊历史条件下的宗教化提供了理论依据。史密斯认为，民族主义常常栖身于其他意识形态和信仰体系，它实际上更像政治宗教而不是政治意识形态，可以被视为一种文化形式和宗教样式。[①] 布鲁克斯带有民族主义意识的布道主要是在公共文化层面通过共同信仰和承诺，呼吁在美国独立主权国家内建构“民族中的民族”。另一方面，在长期遭受白人歧视和压迫的情况下，黑人基督教受到黑人民族主义的影响，提出宗教的救赎应该包括将黑人从世俗的种族偏见中解放出来的神学主张，而关注现世解放和社会实践的思潮成为黑人基督教传统中一股不可忽视力量。至此，布鲁克斯创造的黑色国度“沃普兰德”（Warpland）含义得到了充分的显现：一方面是被种族主义暴力和压迫肆虐的“扭曲之地”（warped land）；另一方面却是黑人民族主义者反抗白人种族主义者的“有备之战”（war planned）。[②] 由此可见，布鲁克斯呈现的黑色国度“沃普兰德”正处于危机和失衡状态，黑皮肤的公民并未获得美国公正的经济与社会资源分配，黑人民族正蓄势待发，将为种族平等和社会正义而战。

二 “沃普兰德”的时机降临与黑人民族运动爆发

诗歌《沃普兰德第二训诫》同样出自诗集《在麦加》，这首诗由四个部分组成，围绕着核心隐喻“风暴”（whilwind）展开，并且将上帝掌控的“定时”（Season）转变为黑人自决的“时间”（time），即黑人民族运动的“时机”降临。首先，诗歌的第一部分描述了黑人正处于危机四伏的社会环境中，尽管

---

① ［英］安东尼·史密斯：《民族主义：理论、意识形态、历史》，叶江译，上海世纪出版集团2011年版，第27页。

② “沃普兰德”含义的解读参见Raymond Malewitz, “‘My Newish Voice’: Rethinking Black Power in Gwendolyn Brooks's Whirlwind”, *Callaloo*, Vol. 29, No. 2, 2006, p. 533。

周遭环境险恶，但是黑人民族必须得到完整的生活与人生。第一部分只有两个诗行，布鲁克斯力图以简明的形式和训诫的口吻在黑人民族群体中唤醒人们内心鲜活的历史感和紧迫的使命感：

> 当务之急是：活下去！
> 在风暴的怒号中展现你的绽放。（*World* 423）

“风暴”（whirlwind）是来自圣经《何西阿书》（8：7）中的一个重要隐喻：“他们所种的是风，所收的是风暴。”何西阿是上帝的先知，以色列人背弃了作为耶和华子民的立约关系，开始崇拜起掌管生殖的巴力偶像，从而遭致厄运。上帝吩咐何西阿劝导以色列与其重修关系，以示神对以色列人的应许和恒常至爱。在圣经中，何西阿痛心疾首地看到以色列人因缺乏真知灼见而偏离耶稣，统治阶级腐化败坏、吸尽民脂民膏，国家陷入政治动荡的局面。混乱不堪的以色列古国与当下危机四伏的美国之间有一定的相似性。圣经中以色列国的覆灭与复兴，以及神的审判和救赎成为诗歌互文参照的主题思想。诗人在访谈中这样描述“风暴”的含义：“这个社会就是风暴。我们该怎么办？是否告诉自己应该等待，直到风暴结束一切变得平静和美好？我们的等待可能终将一场徒劳。我们不知道何时情况才能算是‘好转’，我们似乎也并不强迫它好转。因此，尽管糟糕的事情正在发生，我们留心于自己的绽放，我们专注于自己的成长。”① 可见，布鲁克斯认为，白人至上的思想在美国种下了种族对立的风暴，在风暴的肆虐下，美国陷入城市衰落、

① Gloria T. Hull and Posey Gallagher, “Update on Part One: An Interview with Gwendolyn Brooks”, in Gloria Wade Gayles ed., *Conversations with Gwendolyn Brooks*, Jackson: Mississippi University Press, 2003, p. 102.

种族骚乱、信仰坍塌的危机。先知何西阿肩负着拯救同胞的使命，布鲁克斯的布道也包含着救赎的希望。

在诗歌的第二部分，布鲁克斯呼吁把被卷入“风暴”肆虐中的物品挽救回来，并把它们转换成黑人的风格：

在风暴中拯救物品。
让那光彩四溅；
让那有瑕疵的效用风格化；
撑住诋毁与寂灭之光——
要知道风暴就是我们的共和国。（*World* 424）

从风暴中挽救出的物品仍然有着“光彩”和“效用”，能够转化成黑人的风格，尽管历经了“诋毁”和“寂灭之光”，但是“风暴”是黑人的受难之地，也是他们的重建之地。此时，布鲁克斯道出了“风暴”的另一个等同的含义——“共和国”（commonwealth）。何西阿的救赎是让以色列人恢复作为上帝子民的立约关系，黑人民族主义运动的根本目的也是获得黑人的公民身份和公民权利。评论者雷蒙德·梅尔维茨（Raymond Malewitz）也注意到了“共和国”的现实政治意义。他分析道，“共和国”有两层含义：它既是当下分裂的美国，也是未来潜在的黑人民族国度。布鲁克斯的“风暴”包含了这两种可能性，并且以诗歌体布道的形式传达出来。[①] 因此，“风暴”造成毁灭性的灾难，同时也带来救赎的希望。

在诗歌的第三部分，布鲁克斯连续使用了三个“到处都是”，具体地描述了“沃普兰德”充满毁灭性力量的环境氛围：

---

① Raymond Malewitz, “‘My Newish Voice’: Rethinking Black Power in Gwendolyn Brooks's Whirlwind”, *Callaloo*, Vol. 29, No. 2, 2006, p. 537.

到处都是寒冷的地方，
到处都是闯入者和危险，偷窃——
到处都是暴怒者和抢夺者（*World* 425）

在种族主义严酷的压迫和剥削下，“沃普兰德”一片萧条衰落的景象，黑人民众丧失了信仰、陷入了混乱不堪的局面，到处都是“闯入者”“暴怒者”和“抢夺者”。圣经中，先知何西阿向以色列人传达的神谕是：纵然以色列子民不断悖逆偏斜，但上帝是一位被惹怒却信使极广的慈父。因此，按神的旨意，在他设定的时候，以色列人在经历神的审判和惩戒之后必能再次成为神的子民。那么，黑人获得拯救的时机何在呢？此时，布鲁克斯在诗歌中提出了核心的问题；“何时是我们的定时，它始于敬畏吗?”（*World* 425）诗行中的“定时”（Season）和“敬畏”（Fear）的首字母都用了大写形式，表明了这两个词与圣经中固定含义的关联。首先，“定时”掌握在上帝手里，这是贯穿于圣经通篇的主要寓意之一。所罗门所述的《传道书》（3：1）对“定时”有更直接和更充分的阐述：“凡事都有定期（time），天下万物都有定时（season）。”并且“定时”在圣经中还蕴含着另一层更深的含义：世间的一切追寻都是徒劳无益的空虚，唯有敬畏和遵从上帝才能找到生命的意义。对上帝的“敬畏”是先知何西阿对以色列人最重要的训诫，也是所罗门在问鼎权力和智慧之后最深刻的悔悟，这与布鲁克斯对“敬畏”的质疑联系起来，对于渴望救赎却被抛至旷野的黑人民众应该何去何从？布鲁克斯对此的回答是：“活下去，走出去。/界定，并给/治愈风暴。”（*World* 425）可见，“活下去”是对黑人民族能够生生不息的信仰，“走出去”是他们挣脱种族主义的奴役和捆绑的民族使命，因而可以说，布鲁克斯是以民族主义的政治姿态鼓励黑人民族争取自我定义和自我掌控的权力，只有这样才是治愈“风暴”。

在诗歌的第四部分，黑人民族的自豪感和意识得到了完全的释放，他们的“时机”降临，黑人民族运动爆发：

> 时间
> 裂开出狂怒之花。抬起它的脸庞
> 全然地问心无愧。在极致的优雅中摇曳生姿。（*World* 426）

实际上，布鲁克斯诗歌中的“狂怒之花”（furious flower）成了美国非裔诗歌历史的隐喻性象征。自18世纪美国黑人最初用抒情诗为自己的人性辩护，直到20世纪尽管种族主义仍然猖獗，他们依然以诗歌探寻自己独特的声音，在美国黑人两百多年矢志不移地追寻民族解放和社会正义的历史进程中，诗歌演化成为激进的美学之花。黑人学者斯蒂芬·亨德森（Stephen Henderson）在《理解新黑人诗歌》的前言中写道，追寻解放的思想贯穿于美国黑人从奴隶制时期到20世纪60年代动荡时期的文学创作意识中，60年代黑人诗人们从对白人中产价值观的迷恋中醒悟，转而接受源自非洲流散族裔的文化价值观。[①] 因此，诗歌中的“狂怒之花”是黑人民族抗争史中时间的结晶，它象征着60年代历史语境中美国黑人民族运动的兴起，同时也象征着布鲁克斯种族意识的高涨。黑人民族运动中涌现出众多的民族英雄人物，布鲁克斯在诗歌中刻画了两位平凡的黑人获得权力主体地位时的荣光：“清洁工”拥有尊严，不亚于任何一位外交官；“老贝西”拥有公民身份，令人敬仰的至高无上的品质（*World* 426）。“清洁工”和“老贝西”都是种族主义

---

① Stephen Henderson, “Introduction”, *Understanding the New Black Poetry*, New York: William Morrow Company, Inc., 1973, pp. 1－69.

社会底层的代表，他们被剥夺了平等的权利和尊严，但是，黑人权力运动的爆发标志着他们觉醒的时刻到来。

美国公民身份赋予个人和族群的平等权利是黑人权力运动的目标所在。哈里·肖（Harry B. Shaw）是第一本布鲁克斯研究专著的作者，他在书中阐述了诗歌中特定的历史时刻与黑人性重生之间的联系："诗歌中的'时间'暗含着黑人精神重生的信息。'时间'表明收获或者重生的时机已经成熟，意味着黑人获得重生，并且继续在暴风中活下去是完全合理与恰当的。"① 因此，以社会运动的方式争取平等权利是黑人民族一项崇高和正义的事业。诗歌的最后布鲁克斯写道："在风暴的怒号和鞭打中掌控你们的绽放。"（*World* 426）诗歌的最后一行与第一行形成了呼应，但是，显然比起第一行，黑人民族拥有了更多的主动权和自控力。首先，黑人对自己的"绽放"从"展现"变成了"掌控"，这表明了黑人在运动中获得了民族自决的力量。其次，"鞭打"（whip）是黑人历史上的有重要意义的意象之一，60 年代黑人的权力运动遭致白人广泛的、大规模的"激烈反对"（backlash），其中的"lash"也是"鞭打"的意思。因此，"鞭打"（whip）一词将黑人在奴隶制时期遭受的奴役与权力运动时期遭受的白人抵制联系起来，凸显了黑人抗争运动的社会历史意义。

三　"沃普兰德"的风暴平息与黑人民族浴火重生

诗歌《沃普兰德第三训诫》出自诗集《骚乱》（*Riot* 1969）。在这首诗歌中，布鲁克斯以"凤凰"（phoenix）重生的神话作为诗歌的题词，从主题上寓意了黑人民族运动的意义，以及黑人民族的命运。布鲁克斯没有详述凤凰重生神话的内容，而是引用了美国第

① Harry B. Shaw, *Gwendolyn Brooks*, Boston: Twayne Publishers, 1980, pp. 160 – 161.

一部自行编纂和出版的《韦氏词典》中对“凤凰”一词的定义：

> 凤凰
> “在埃及神话中，一种鸟
> 能活五百年，然后
> 在烈火中自焚，重获新生后
> 从灰烬中飞起。”
> ——韦伯斯特（*Riot* 11）[①]

“Phoenix”也译为不死鸟、长生鸟、极乐鸟，栖息于苏格底斯河、幼发拉底河和卡伦河交汇的阿拉伯河流域区，相传此鸟每隔五百年便会采集各种有香味的树枝或草叶，并将之堆积起来后引火自焚，之后会从灰烬中重生。布鲁克斯对“凤凰涅槃”的引用包含着三层寓意。第一，诗人引用源自阿拉伯文明的神话，表明了她拒绝从白人文化框架，或者白人自由主义者视角，去阐释诗歌主体部分涉及的黑人民族的暴力运动。另外，布鲁克斯的民族立场与词典编纂者韦伯斯特也有共通之处。18 世纪末美国作为新兴独立的国家正处于民族主义高涨时期，韦伯斯特编纂了第一部独立于英国王室语言的美国本土化词典，成为美国民族主义在知识界的奠基之作。布鲁克斯以诗歌的外在形式改写了词典中的释义内容，预示着诗歌将以黑人民族自身的经历书写自己的神话传说。第二，在民族主义者眼里，民族可以被描述为拥有历史和天命的群体。他们通过共享的历史记忆、神话、价值观等共同形象把民族内部所有成员团结起来。[②] 黑人族群在美洲大陆上生活

---

① Gwendolyn Brooks, *Riot*, Detroit, Michigan: Harper & Row Publishers, 1969, p. 11. 引文由笔者自译。后文出自同一著作的引文，将随文在括号内标出该著名称首词“*Riot*”和引文出处页码，不再另行作注。

② ［英］安东尼·史密斯：《民族主义：理论、意识形态、历史》，叶江译，上海世纪出版集团 2011 年版，第 33 页。

将近五百年的时间，背负和积累了种种的苦难与不幸，现在正是他们获得涅槃重生的时刻。因此，布鲁克斯以“凤凰”作为黑人民族的一种象征形式，动员黑人肩负起民族的天命。第三，神话中凤凰经历烈焰的磨砺和洗礼后，以艳丽无比的躯体得以重生。布鲁克斯以此预示了黑人民族运动艰辛的过程和美好的前景。凤凰获得的是一种“自我重生”（self-renewal），黑人民族同样依靠民族内部的律法，以民族自立和民族自决的方式获得新生。毫无疑问，共同的记忆会将这些历史事件书写成新的民族“神话”，黑人民族在经历烈火的磨砺和洗礼后，以更高远的境界获得了民族的自豪感与尊严。因此，诗歌在结尾处呼应了题词中凤凰涅槃的神话：“流言四起，但是神话已经铸造。/凤凰无所畏惧地飞起。”（*Riot* 20）

诗歌开篇，布鲁克斯用一个三行体诗节呈现了一幅优美的自然画面，虽然宁静的氛围似乎与诗歌主体部分黑人的暴力运动格格不入，但是，布鲁克斯正是以此将黑人民族运动设置在一个乌托邦与异托邦交叠的空间中：

> 大地是一片美丽的景象。
> 水如镜映照出万物。
> 小池塘边布满了金麒麟草。（*Riot* 11）

诗歌中的“水面”如同“镜面”，而“镜子”恰恰是福柯用以阐述乌托邦与异托邦的差异和关联的一个关键物。根据福柯的观点，首先，镜子是一个乌托邦。镜子是一个无地之地，镜子里的一端是一个虚拟的空间，它仅仅是反映或者颠倒事物的影像，而不是事物真实的存在。从这个角度看，“水面”映照出宁静的池塘和繁茂的植物正是黑人贫民窟种族骚乱前夕美国和平、富裕的虚幻景象。另外，镜子也是一个异托邦。镜子本身真实的存在，影像从镜子那端虚拟的空间反作用于事物自身。也就是说，通过与虚拟空间的影像进行对照，现实中的事物不断重新定义和组构。从这个角度看，镜子中和平、富足的美国正是黑人民族运动力图实现的理想图景。诗歌的第一诗节形成了一个乌托邦与异托邦交汇的空间思维模式，由此揭开诗歌主体部分贫民窟中一系列的黑人暴力运动，这些暴力运动的片段充满了真实与虚幻的相互对照和不断重构。

对于黑人贫民窟的种族骚乱，布鲁克斯没有以一种普遍化的视角将其描绘为单一的经验，或者是民众一致化的行为，而是以拼贴的方式呈现了充满个体化差异的经历。有些个体经历的片段独占一个页面，有些片段并置在同一个页面中，但都明显地彼此分开，这样黑人大众读者就能够快速浏览，轻易地了解到骚乱的整体情况。与此同时，布鲁克斯以黑人群体的内部视角取代了白人自由主义者的外部视角。叙述者和读者一起直接走进黑人区，首先看到的骚乱场面是“青年男子奔跑逃窜”（*Riot* 13）。愤怒的黑人青年是抗议示威活动的主要成员，他们以诉诸暴力的方式纵火焚烧、劫掠店铺、恶意毁坏，但是值得注意的是，他们抢夺的并非物质财物，而是带有黑人符号的文化物品。诗中写道：“他们不会劫掠宾·克罗斯比但是会抢夺/麦尔文·范·皮伯斯”（*Riot* 13），前者是战后美国家喻户晓的白人爵士乐歌手，后者则是贴近贫民窟生活的黑人摇滚乐歌手。诗中写道：他们抢来收音机，围坐在一起聆听詹姆士·布朗、查尔斯·明格斯、杨·霍尔特、奥尼特·科尔曼等60年代在美国风行一时的黑人歌手和演奏者的音乐。虽然黑人青年抢夺的是带来精神慰藉的文化物品，但并不意味着布鲁克斯想要粉饰他们的暴力行为，恰恰相反，诗人认为对于这些“长期被践踏、长期被强暴，食物匮乏”（*Riot* 14）的黑人青年来说，“非暴力”的方式争取平等权是不现实的。他们围坐在收音机旁聆听黑人音乐（*Riot* 14）。不仅如此，布鲁克斯意识到暴力骚乱的蔓延已经不可避免，“沃普兰德”成为火中之城。然而，“烈火。/这是他们在黑暗中点燃蜡烛的方式”（*Riot* 14）。因此，精神的追求者与现实的破坏者、施暴与被压迫、火光与黑暗等对立关系交织在黑人的暴力抗议中，骚乱者用烈火将埋藏深处的压迫暴露于公众前，谴责社会体制的不公才是导致暴力骚乱的根源。

新兴的民族建构总是伴随着斗争和牺牲。布鲁克斯不排斥黑人运动的暴力手段，也不回避暴力造成的严重后果。诗歌引入了主流媒体对暴力伤亡事件的报道：

> 九人丧生，《太阳时报》会宣布
> 还会告知
> 在一个黑边框的小长方形里“传闻？拨打
> 744—4111 核实。”（*Riot* 17）

60 年代的种族骚乱事件几乎都是爆发在黑人区，黑人抗议者攻击社区内白人或者黑人零售商的财物和政府机构，但是，暴力冲突最大的受害者往往是黑人区的居民。因此，媒体大多对冲突事件置身事外或者大肆渲染，暴力中丧生的非裔美国人对于主流媒体而言仅仅是一个统计意义上的数字。布鲁克斯描绘了其中的一位受害者：“一位女性丧生”，而且还提供了她的身份信息：“作母亲的女性。”（*Riot* 16）诗人哀悼这位母亲的生命逝去，但更重要的是表明民族的共同事业使她超越了死亡而不朽：“她躺在棺材堆里/［……］带着崭新的、彻底的、坚定的圣洁。”（*Riot* 16）接着，诗歌追述了她的生活经历和喜悦：圣诞节早晨的牛排、晚餐的鸡肉、餐馆里的酒，还有她的爱人、亲人、朋友等一连串的名字。可见，布鲁克斯将这位母亲的死亡转述为另一种具有丰富人生体验的生命状态，而超越生死也正是凤凰浴火重生后获得的一种超然境界。

种族骚乱中另一个值得关注的群体是黑人区的青少年帮派。布鲁克斯熟知其中一个名为“黑石骑兵”的芝加哥黑人青年帮派，不仅多次在自己的诗歌中提及他们，而且还为他们开办过诗歌培训班。这个组织因暴力和犯罪而在白人世界里臭名昭著。但是具有讽刺性的是，据芝加哥的《每日卫报》（*Daily Defender*）报道，在1968年马丁·路德·金遇刺身亡后芝加哥爆发的骚乱中，帮派中的部分成员参与了呼吁和平的行动。他们印发了3500份传单，上面写道：“兄弟姐妹们，我们的摩西已经死去。但是不要因此毁灭了我们的希望，或者是他对平等的梦想。身为同胞，我们无须多问你们的感受，我们对这起残忍的谋杀同样深感悲痛，但是就让昨夜成为毁灭的最后一夜吧。”① 因此，黑人社区里的暴力分子成为和平的倡导者，这与白人的激烈反对和军警的血腥镇压形成了讽刺性的对比。诗歌中的“黑石骑兵”对骚乱同样表现出克制和宽恕。他们没有参与骚乱，也不愿自己的同胞失去控制，因而规劝同胞们忘却“受难”（Passion）（*Riot* 18）。其中，“Passion”源自拉丁语，原意是承受折磨，大写形式就是特指耶稣在十字架上的受难。评论者安妮特·迪博（Annette Debo）考察了布鲁克斯诗歌中的“暴力”之后指出，“总体而言，没有帮派，没有犯罪，甚至没有过激行为，仅仅是平民通过骚乱的方式来抗议贫困和政治上的无权”。②

另外，诗歌中“黑人哲学家”与“白人哲学家”各自不同立场的声音，在美国国家叙事层面形成了黑白之间的政治思想

① Sally Fitzgerald, “Chicago Gangs Aid in City Violence Control Effort”, *Daily Defender*, 9 April 1968.

② Annette Debo, “Reflecting Violence in the Warpland: Gwendolyn Brooks's *Riot*”, *African American Review*, Vol. 39, Nos. 1/2, 2005, p. 150.

与种族意识形态的深层对话。两位“哲学家”都没有直接参与运动，而是以一种外部的声音向黑人和白人双方的领导阶层表达观点，这种超然的立场使他们的话语在诗歌体布道中更明显地体现出精神上的引领作用。首先，“黑人哲学家”一共有三次发言。第一次是在骚乱爆发之前。他以一种马克思主义阶级分析的方式表达了美国黑白之间的种族压迫与反抗：

> 我们的镣铐被看守人保管着
> 在一个贴着标记的柜子里
> 第二层隔板上摆放着曲奇饼干，
> 音乐唱片，装饰壁画……
> 那里发出哐啷的声音，有时。
> 你没有听到，你只在意
> 曲奇饼干和脆裂声。
> 你没听到那超乎寻常的音乐——
> 《临终死亡咏叹调》。
> 要是你能听见
> 你必定也将谱写音乐。
> 那是黑色布鲁斯。(*Riot* 17)

在这段“黑人哲学家”话语的引文中，有意思的是，似乎难以辨别他的听众到底是谁，是白人自由派人士，还是黑人运动领导者，或者是黑人大众。然而，听众的摇摆不定或者兼而有之或许正是布鲁克斯有意为之的叙事效果。“黑人哲学家”希望美国民众在奴隶制历史的语境中审视当下的种族压迫。虽然“镣铐”被束之高阁，而且被各种欧洲的衍生文化覆盖，但是这些追捧感官愉悦、回避历史的做法并不能从根本上改变“奴役”和“压迫”的存在。因此，如果能够意识到历史深处的“镣铐”发出的“哐啷声”是“死亡咏叹调”的前奏，那么美国民众必然会共同谱写一曲歌唱自由和解放的“黑色布鲁斯”。“黑人哲学家”的第二次发言是在骚乱最激烈的时候。“沃普兰德”陷入了混乱和瘫痪，“国民警卫队到了，手握上膛的枪支”（*Riot* 16）。此时，一名十二岁黑人男孩的声音出现，他借用了海明威《午后之死》中斗牛场面的寓意，大声喊道：“不是你们的那种午后之死，/杀死那公牛！杀死那公牛！”（*Riot* 16）男孩的声音喊出了当时种族骚乱中一个常常被人忽视的问题：绝大多数骚乱者真正的目的是“支持黑人”（for black），而不是“反对白人”（agianst white），这也是布鲁克斯在自传中明确提及的。[①] 在男孩的呼声之后，“黑人哲学家”紧接着用扬声器向人群宣讲：“我告诉你们，黑人彻底的团结一致/将会保障一个无肤色差异的美国……”（*Riot* 16）这恰恰与黑人学者约翰·布雷西（John H. Bracey）对黑人民族主义意识形态目的的观点一致，即移民族裔为群体的团结一致和集体的力量而奋斗，这种奋斗正是“确保他们能够以平等的立足点融入美国社会的途径之一”。[②]“黑人哲学家”的第三次发言即是诗歌的结尾。黑人民族经历烈火的磨砺后成为重生的凤凰，毫无畏惧地从灰烬中飞起。此时，“黑人哲学家”将“神话”记载：“他们获得重生，欢欣鼓舞，/伤痛湮没无闻。/一切都已结束。/［……］尘埃落定。”（*Riot* 20）

与此相对应，“白人哲学家”则有两次发言。第一次当“沃普兰德”火光四起时，“白人哲学家”说道：“与其诅咒黑暗，不如点燃一支蜡烛。”（*Riot* 15）这句话包含着两层意思：

---

① Gwendolyn Brooks, *Report from Part One*, Detroit: Broadside Press, 1972, p. 45.

② John H. Bracey, Jr., August Meier and Eliot Rudwick eds., “Introduction”, *Black Nationalism in America*, Indianapolis and New York: The Bobbs-Merrill Company, Inc., 1970, p. liv.

第一，在圣经中，“黑暗”是无知与罪恶的象征，“光亮”则是信仰与救赎的象征，因此，点燃蜡烛不失为一种救赎的途径；第二，在民权运动中，这句谚语曾在不同的场合用来赞扬美国民主的捍卫者，例如埃莉诺·罗斯福总统夫人、约翰·肯尼迪总统等。第二次当看到黑人社区在骚乱中被毁坏时，“白人哲学家”说道：“是时候了。/是时候帮助/这些人了。”（*Riot* 19）可见，“白人哲学家”在一定程度上认同黑人运动所具有的精神价值和社会政治意义。

民族主义学者本尼迪克特·安德森（Benedict Anderson）在阐述民族意识的兴起时，同样格外地强调了印刷品对孕育民族共同体所起到的关键性作用。根据安德森的论述，当方言的地位超越宗教语言拉丁语的地位时，基督教世界中想象的共同体衰落，而政治民族共同体兴起。民族是以方言的“印刷共同体”为基础，即民族以阅读印刷品——主要是小说和报纸——的公众为基础。也就是说，这些印刷品所联结的“读者同胞们”形成了民族的想象共同体的胚胎。[①] 安德森的观点与哈贝马斯对文学公共领域和阅读公众的观点显然有众多的相通之处。哈贝马斯认为，报纸杂志及其职业批评等中介机制使公众紧紧地团结在一起，他们组成了以文学讨论为主的公共领域，并逐渐发展为公共权力批判的政治公共领域。[②] 两位学者的观点为阐释布鲁克斯的民族主义诗歌创作实践提供了有力的理论视角。60 年代诗人将目标读者转向了黑人大众，通过发行低价格的、普及版本的诗集，迅速地聚集了为数众多的新的黑人阅读公众。她希望以阅读为中介，恢复黑人民族的主体性意识与公共性批

---

① ［英］本尼迪克特·安德森：《想象的共同体：民族主义的起源与散布》，吴叡人译，上海世纪出版集团 2011 年版，第 38—46 页。

② 对于文学公共领域、政治公共领域、批判性公众之间关联的论述，还可参见李佃来《公共领域与生活世界：哈贝马斯市民社会理论研究》，人民出版社 2006 年版，第 148 页。

判意识，从而在黑人内部生成一个民族团结一致的公共交往网络。但是在她的诗歌世界中，黑人民族国度的兴起并没有让美国的国家机器崩溃，而是在经历了混乱和无序后共同走向现代社会的新的成熟。

第三节　“城市街头”的暴力骚乱与黑人出版机构

1967 年费斯克大学第二届黑人作家大会之后，布鲁克斯将诗歌的目标读者转向黑人公众的同时，她还将诗歌的发行渠道也转向了黑人出版机构。她结束了与哈珀兄弟出版公司的合作，转向了一家小规模的“布罗塞德出版社”（Broadside Press）。对于长期以来一直通过主流出版社畅通的渠道传播作品的布鲁克斯而言，这一举动无疑是以最诚挚的方式表达了她对黑人民族主义文化立场的支持。60 年代黑人权力运动时期，布鲁克斯越来越深刻地意识到，诗歌不仅是一种印刷的艺术品，而且更重要的是一种文化实践行为，而培育具有批判意识的黑人阅读公众不仅需要有面向他们的作品，还需要作品与读者之间可以相互通达的渠道。因此，她多次向黑人同胞表达了发展黑人出版社的必要。布鲁克斯说，她离开哈珀兄弟，并不是与出版商的合作存在什么问题，而是为了支持黑人自己的出版机构，为了让更多的黑人作品能够借助黑人自己的出版渠道得到广泛的传播。①

诗集《骚乱》（*Riot* 1969）正是布鲁克斯转向黑人出版社后发行的第一部作品。通过布罗塞德出版社发行诗集《骚乱》

---

① See Charles Israel, “Gwendolyn Brooks”, in Donald J. Greiner ed., *American Poets Since World War II*: *Part 1*: *A-K*, Dictionary of Literary Biography 5. Detroit: Gale, 1980, pp. 100 – 106.

意味着布鲁克斯将自己的作品从白人语境移出，并将其移入了黑人语境，传播语境的转变对于作品的内涵及阐释都产生了重要的影响。首先，哈珀兄弟出版公司发行的作品以白人为主要的目标读者，对作品所谓的普适性标准其实等同白人性标准。因此，布鲁克斯前期通过白人传播语境出版的作品，往往造成了在阐释过程中黑人性被蓄意地剥离或者忽视。黑人经历作为诗歌的题材，但它的价值只有在白人读者接受的基础上才能体现。其次，布罗塞德出版社则使作品得以从创作到出版、到发行以及读者的接受，都处于以黑人为主的传播语境中，黑人经历与黑人读者身份都得到了充分重视。因此，作品阐释不再是白人的普适化人文主义解读，而是黑人特殊的种族文化探究。不仅如此，在 1968 年的黑人文化期刊《乌黑》（*Ebony*）中，布鲁克斯表明了自己已将白人评论放置一边。她说："我已经完全地摆脱了对白人评论的担忧，因为我认为，如果他们当中能够有任何人真正地明白当下斗争的真实本质，那都将是一件极好的事情。他们可能会关注更加黑人化的作品，并且否定他们自己，因为显而易见，他们逃脱不了否定那些与自我价值相悖的东西。"① 因此，黑人民族主义影响下布鲁克斯的文化政治策略正是以黑人出版机构作为文化阵地，通过传播表征种族差异的作品在公共舆论中为黑人民族夺得一席之地。

一　WSAP 旗手"约翰·卡伯特"

诗集《骚乱》是以 1968 年芝加哥爆发的种族骚乱事件作为创作原型。1968 年 4 月，黑人民权运动领袖马丁·路德·金在田纳西州孟菲斯支持清洁工人罢工斗争时遇刺身亡，他的遇害引发了席卷全国 125 个城市的严重的种族骚乱。在芝加哥，美

---

① Phyl Garland, "Gwendolyn Brooks: Poet Laureate", *Ebony*, July 1968, p. 56.

国政府出动了5000名国民警卫队队员镇压黑人的暴力抗议。当时，被布鲁克斯誉为“精神之子”的黑人艺术运动核心人物之一的哈基·马都布提（Haki R. Madhubuti），以芝加哥黑人杂志《黑色表述》（*Black Expression*）编辑的身份委托布鲁克斯为此写一首诗。于是，诗人创作了这首诗集的同名诗《骚乱》（“Riot”）。有意思的是，对于这场美国历史上声势浩大的种族骚乱，布鲁克斯选择了以一名虚构的白人形象作为诗歌的主要人物，并将白人的叙事视角与黑人的叙事声音结合，试图探寻美国种族暴力的根源和性质。1969年，《骚乱》与《沃普兰德第三训诫》《爱的一面在火与冰中洋溢》一起结集由布罗塞德出版社出版发行。

由黑人出版社出版使布鲁克斯及其作品摆脱了以前那种“黑人艺术家，白人艺术品”的尴尬处境。诗集从装帧设计上就体现出美国自由主义传统下黑人与白人之间微妙而紧张的种族关系。首先，诗集的封面是白色底板，一个不规整的圆圈中用醒目的红色字体揭开了白色世界中热血沸腾的标题“骚乱”，标题下面用黑色字体打印着诗人的名字，如同白色的公共话语领域中一个黑色的声音赫然出现。接着，翻开封面，诗集内页的装帧倒转了黑白的话语空间关系，黑色底板上用白色字体打印着美国知名白人作家亨利·米勒（Henry Miller）的一段话：“如果芝加哥的黑色生命喷泉突然喷发，那将是一件恐怖的事情。朋友向我保证，这样的危险不会发生。我对此还是不放心。也许他是对的。也许黑人会一直是我们的朋友，不管我们对他做了什么。”米勒的这段话代表了当时大多数白人自由派在黑人愤怒的包围中感到的内疚与恐惧。内页的第二页是一幅芝加哥知名黑人画家杰夫·唐纳森（Jeff Donaldson）创作的油画。画面中有两位黑人青年，他们站在一大块玻璃后面，两人都伸出一只手用力地扶着玻璃，透过玻璃手掌的姿态似乎是推开或者拒绝的姿态。前面一位个子稍高的年轻人手里握着一个非洲神像的雕塑，两位年轻人流露出倔强的神情和坚定的目光。玻璃上印着“美国制造”的字样，虽然玻璃把黑人青年隔在另一边，但是显然这道形成于美国社会的玻璃随时都可能被击得粉碎。或许这就是米勒感受到的黑人一触即发的愤怒，或许这也是诗歌的主人公约翰·卡伯特驾车进入黑人区时所遇到的黑人警觉的目光。

诗歌中的主人公约翰·卡伯特是一名居住在芝加哥郊区住宅区的白人，但是，布鲁克斯在呈现人物形象的内涵时，还以一种看似不经意间一笔带过、实则精心设计的方式，赋予了主人公另外两个不同的身份，而这两个身份在西方文明史上有举足轻重的意义。三个身份在“约翰”身上的汇集使人物在时间和空间的维度上得到延展，而人物隐晦而深刻的历史文化内涵成为解析当下种族关系的关键。诗歌开篇时，布鲁克斯就极为凝缩地描绘了约翰的身份和外貌特征：

> 约翰·卡伯特，从威尔玛出来，曾经像是威克里夫
> 金色的头发下纯正的白皮肤、蓝眼睛、高鼻子，
> 身穿的亚麻和毛料不失品位又极显华贵。（*Riot* 17）

首先，约翰·卡伯特是虚构的20世纪60年代居住在芝加哥郊区的白人。“威尔玛”位于芝加哥北郊的密歇根湖畔，是伊利诺伊州最富裕的郊区住宅。当时，芝加哥种族隔离严重，社会日益分裂，郊区白人享有富足优越的生活条件，而内城区黑人贫民窟却衰败不堪。因此，居住在“威尔玛”象征着约翰上层阶级的社会身份。其次，约翰·卡伯特的名字与15世纪航海家约翰·卡伯特（John Cabot）相同，这表明布鲁克斯有意通过名字的引用直接建立起两者之间的联系。1497年，约翰·卡伯特奉英国国王亨利七世之命，寻找通往远东地区的贸易航线。

虽然卡伯特最终并未达到传说中的东方“香料王国”，但可以肯定的是，他是自斯堪的纳维亚人之后第一位到达北美大陆的欧洲人。卡伯特所处的大航海时代正值欧洲的封建制度衰落和资本主义兴起的历史转折阶段，新航路的开辟为资本的海外扩张和掠夺提供了必要条件。再者，布鲁克斯在诗中写道，这位约翰曾经像是威克里夫。约翰·威克里夫（John Wycliffe）是14世纪英国著名的教士、神学家，基督教改革运动的先驱。13世纪和14世纪是英格兰民族意识萌生和迅速成长的时期。当时，英格兰已经开始了在王权领导下建立统一民族国家的历史进程，日益增长的世俗王权已经不能容忍罗马教廷对英格兰内部事务的干涉和对英格兰财富的掠夺。正是在这样的情况下，威克里夫大胆地抨击了教会滥用职权、生活腐化、大肆敛财的罪行，并将圣经译成英格兰民族语言，让每一个人均可自由平等地阅读圣经，动摇了教会和拉丁语的权威地位。罗马教会对威克里夫深恶痛绝，在他死去三十年后仍对其实施了焚骨扬灰之刑，这反倒成就了威克里夫为忠贞的信仰而殉身的后世荣耀，被誉为中世纪时期宗教改革的启明星。

布鲁克斯塑造的“约翰”身上同时具有这两位历史人物的特征，而这两位人物其实分别代表了贯穿美国历史和生活的两个主要动机：经济机会主义与宗教民主信仰。根据美国学者罗德·霍顿（Rod E. Horton）的观点，“在美国走向强盛的波澜壮阔的全部历程中一直贯穿着这两种动机。缔造政党、开发西部、发展工业、黑奴问题、南北战争乃至美国作为世界强权的出现——所有这些戏剧性的发展都包含着精神信仰和实利机会主义这两个水火不容的成分的不稳定融合”。[①] 评论者麦勒姆（D. H. Melhem）认为“约翰”的形象植根于深厚的白人文化传

① ［美］罗德·霍顿、赫伯特·爱德华兹：《美国文学思想背景》，房炜、孟昭庆译，人民文学出版社1991年版，第5页。

统，他是盎格鲁－撒克逊白人新教徒（White Anglo-Saxon Protestant）的旗手。[①] 霍顿指出，新英格兰移民是到达美国的早期移民中宗教信仰最强烈的教徒，同时也是寻求经济保障和机遇最精明的实利主义者。[②] 约翰的外貌特征使他“纯正”的白人血统的出身一目了然，“亚麻和毛料”的搭配不仅是他穿着品位的体现，更重要的是他资产阶级身份的表达。约翰身上承载着白人性的思想与传统，化身60年代芝加哥郊区白人中产阶级的具体形象，进入了种族冲突中的黑人贫民窟。

二　暴力骚乱中的黑人“弑父”

“约翰”因承袭了白人的集体无意识而成为一种普遍的、非个人化的存在。如果将美国的种族对立视作一种原型神话，那么约翰驾驶着汽车进入黑人区这一事件就成为生活里黑白相遇的一个典型场景。作为诗歌中白人的原型意象，约翰首先展现的是白人中产阶级优越的生活方式。约翰住在芝加哥最富裕的“威尔玛”郊区住宅区，身穿高档的“亚麻和毛料”，喝的是上等的“苏格兰威士忌”（*Riot* 9）。他所驾的是一辆产自英国的“捷豹汽车”，有意思的是，捷豹的车标恰好是一只跳跃前扑的美洲豹。众所周知，美洲豹是自然界的顶级掠食者，擅长投机取巧的蛰伏突袭，这种掠夺的本性倒是与航海家约翰·卡伯特对海外市场和资源贪婪的欲望如出一辙。评论者玛戈特·班克斯（Margot H. Banks）也将约翰冒险进入黑人社区的行为视作一种美国白人拓疆意识的体现。[③] 因此，进入黑人区

① D. H. Melhem, *Gwendolyn Brooks: Poetry and the Heroic Voice*, Lexington: Kentucky University Press, 1987, p. 193.

② ［美］罗德·霍顿、赫伯特·爱德华兹：《美国文学思想背景》，房炜、孟昭庆译，人民文学出版社1991年版，第4—5页。

③ Margot H. Banks, *Religious Allusion in the Poetry of Gwendolyn Brooks*, Jefferson, North Carolina, and London: Mcfarland & Company, Inc., Publishers, 2012, p. 94.

的约翰在黑人眼里带有侵略性和攻击性。但遗憾的是，约翰却对自己压迫者和剥削者的本质身份熟视无睹。实际上，美国社会正是依靠白人至上的原则确立了白种人在思想、法律和社会上的优先地位，白人族群与黑人族群之间不均衡的财富分配正是不公正的社会体系导向的结果。种族隔离制度致使内城黑人聚居区陷入了居住条件恶劣、就业困难、收入低等窘境，同时还面临着白人资本家的经济剥削和商业压榨，造成破败的黑人区生活成本竟高于白人区的状况。据统计，1966 年美国全国人口的贫困率是 15%，这其中白人人口的贫困率是 11%，而黑人人口的贫困率却高达 40%。[①] 黑人对美国白人父权式的种族关系模式早已深恶痛绝，对不公正的经济环境早已沮丧绝望，所以进入黑人贫民窟的白人中产阶级约翰立刻就激化了黑人的仇恨和报复情绪，成为引发种族骚乱的事端。

约翰就像一个饥饿的捕食者，驾车穿过黑人区时还在满脑子想着奢华的法式大餐“猪腰馅饼”和“红酒牛腩”，突然他惊恐万分地看到黑压压的人群正朝他走来：

> 他们成行成列地从街上汹涌而来。
> 在波涛中，在狂风里。他们一团漆黑，声势浩大。
> 无法阻挡。毫不克制。（*Riot* 9）

这场黑白冲突不可避免地完全爆发了。当约翰清楚地意识到自己身处险境时，他身上承袭的白人种族主义者对黑人极端歧视与仇恨的集体无意识也无法抑制地完全暴露出来。在约翰内心深处，黑白之间本就是不可逾越的天然对立，白人是高贵和优越的种族，黑人则是卑贱和低劣的种族，他大呼：“粗鄙，

---

① Vernon M. Briggs, Jr., “Report of the National Advisory Commission on Civil Disorders: A Review Article”, *Journal of Economic Issues*, Vol. 2, 1968, p. 205.

太粗鄙。你们竟如此粗鄙！”（*Riot* 9）约翰妄图保持自己的白人性不受玷污，他向头顶上空的天使祈求：“不要让它碰到我！这黑暗的邪恶！”（*Riot* 9）但是殊不知，白人的种族主义玷污了黑人的尊严和权利，这些受到损害的群体终将反过来危及白人自身的利益。约翰对黑人除了根深蒂固的种族歧视，还掺杂着对他们的底层阶级身份的鄙视，在他看来，“穷人是满身臭汗，丑陋无比”（*Riot* 9）。当黑人与约翰的距离越来越近，黑白之间展开激烈的肉体搏斗时，约翰更直接地从嗅觉的本能爆发出对黑人的侮辱和攻击：“在那气息中/令人作呕的猪脚、猪大肠和劣质辣椒的气味，/极其恶毒”（*Riot* 10）。约翰顽固不化的种族歧视和尖酸刻薄的种族侮辱使黑人愤怒的火焰越发的猛烈，他在种族暴力中丧生的命运也最终降临：约翰被黑人从汽车里拖出来，“跌倒在浓烟与烈火中/满地的玻璃碎片和血迹”（*Riot* 10）。但是直到临死，约翰都没明白过来，种族主义是暴力的根源，唯有消除种族的不平等才能制止暴力迫害在黑白之间的循环发生。

在种族冲突中，约翰身上另一个以宗教信仰为名，实则蒙蔽自我与他人的身份一直存在。他高举所谓西方资产阶级文明的旗帜，肆无忌惮地闯入黑人贫民窟试图征服这一蛮荒之地。当看到“粗鄙”的黑人靠近时，约翰立即感觉到“在富饶的白色皮肤下”自己躁动不安的渴望，“向世界讲述他的荣耀之举”（*Riot* 10）。显然，他认为自己的行为符合神谕，应该得到神明的庇佑，因此遭到黑人攻击时他向上帝祷告、向天使求助。最终，他将自己视作基督式的殉道者和牺牲者，临终喊出的遗言是对耶稣在十字架上受难时遗言的拙劣模仿：“主呀！宽恕这些黑鬼吧，因为他们不知道自己做的是什么。”（*Riot* 10）耶稣受难是为了解救被压迫者，使众信徒能够平等地得到神的恩典，同时也是以自己的血肉之躯救赎世人所犯下的罪行。具有讽刺性的是，约翰口中的“黑鬼”一语表明他至死都未能明白自己的种族主义行径实际上恰恰与耶稣自我牺牲的真义背道而驰。

另外，结合布鲁克斯作品的出版和发行语境，约翰·卡伯特身上还隐含着另外一种身份：诗人所结识的芝加哥白人的自由派人士，以及诗人前期作品的白人赞助者。60 年代美国的种族界线可谓是泾渭分明，因此，拥有黑人朋友往往是白人自由主义者用以标榜自己民主自由的社会符码。就像诗中提到的，约翰在密歇根湖北岸富裕的“维尼塔克”住宅区结识“两位穿着讲究的黑人”，但是骨子里却轻蔑地把他们称作“黑鬼”（*Riot* 10）。1971 年，布鲁克斯在访谈中用讥讽的口吻讲述了自己早前与芝加哥白人自由派人士圈子的交往。她说：“他们认为我很和蔼，有点像是宠物。我支持种族融合，他们也同样支持。几乎他们的每次聚会我都会参加。但是现在，我已经很少和这些人见面，尽管仍然有几个人称他们自己是我的朋友。”[①] 实际上，布鲁克斯的前期作品，从出版、发行，到读者的接受以及评论界的认可，都与白人自由派人士对黑人作家的发起和资助之间有着千丝万缕的联系。哈珀兄弟出版公司的发行渠道确保了布鲁克斯的诗歌作品的白人读者市场，四五十年代主流文化期刊对布鲁克斯诗歌中普适化价值的阐释推动了作品的传播，1950 年的普利策诗歌奖从白人美学作为评奖机制的社会层面确立了布鲁克斯在主流文学界的地位。但是，在白人至上的传播语境中，布鲁克斯作品中的普适性与精英现代主义风格得到赞许的同时，黑人性的艺术价值和政治诉求就不可避免地被刻意地忽视了。

从文学传统来看，白人作家与白人艺术形式对布鲁克斯的创作影响是毋庸置疑的。布鲁克斯的诗歌创作是从少女时期阅读华兹华斯、济慈、拜伦、朗费罗的作品开始的，十六岁她就

---

① Ida Lewis, “My People are Black People”, in Gloria Wade Gayles ed., *Conversations with Gwendolyn Brooks*, Jackson: Mississippi University Press, 2003, p. 62.

显示出对欧洲传统形式良好的驾驭能力①。40 年代初，布鲁斯开始接触到 T. S. 艾略特、埃兹拉·庞德、E. E. 卡明斯等现代主义诗人作品。1950 年，她在黑人期刊《族谱》（*Phylon*）上提出，“黑人诗人”（Negro poet）最迫切的任务就是要提高诗歌技巧和展现真与美的方法。② 这表明了诗人对主流文学艺术标准的认可和遵从。但是，60 年代在经历了黑人意识的洗礼后，与诗歌中觉醒的黑人杀死白人霸权的集中代表约翰·卡伯特的情节一样，现实中的布鲁克斯也选择了与白人自由主义者和白人文学传统断绝从属性的依附关系。

布鲁克斯终止了与哈珀兄弟出版社的合作，转向支持黑人自己的出版机构。她对作品的关注从艺术形式转移到了团结黑人群体的社会功能上，提出“黑人诗人”（black poet）应该以黑人的身份讲述，讲述黑人的内容，以及向黑人群体讲述。③ 在诗歌风格上，布鲁克斯放弃了传统韵律诗形式，更多采用无韵体和自由体进行创作。她在访谈中解释了时代语境与韵律形式之间的关系，她说：“这对我来说不是一个十四行诗的时代。这应该是一个自由体诗的时代，因为这是一个充满残酷与不公正的时代。”④ 在这首诗歌中，布鲁克斯正是以无韵体的形式描述了约翰·卡伯特在骚乱中的灭亡过程。由此可见，在转变之后由黑人出版社出版的第一本诗集《骚乱》中，布鲁克斯从出

---

① Amy Sickels, “Biography of Gwendolyn Brooks”, in Harold Bloom ed., *Gwendolyn Brooks: Comprehensive Biography and Critical Analysis*, Philadelphia: Chelsea House Publisher, 2005, p. 13.

② *Phylon*, Special Issue, “The Negro in Literature”, Vol. 11, No. 4, 1950, p. 312.

③ Gwendolyn Brooks, *Report from Part One*, Detroit: Broadside Press, 1972, p. 195. “Negro Poet” 与 “black poet” 的表述差异也是诗人前后思想转变的体现之一。

④ Hoyt Fuller, Eugenia Collier, George Kent, and Dudley Randall, “Interview with Gwendolyn Brooks”, in Gloria Wade Gayles, *Conversations with Gwendolyn Brooks*, Jackson: Mississippi University Press, 2003, p. 68.

版机构、目标读者、艺术形式、文学评论等创作和传播的各个环节都在竭力地挣脱“白人父亲”的束缚。

三　暴力骚乱中的黑白种族对话

诗歌中，布鲁克斯以一种原型化的艺术手法塑造了核心人物约翰·卡伯特。通过原型意象约翰所象征的历史上的重要人物，资本主义发展史上的时间片段在约翰身上发生了重叠，而这种时间在特定空间的重叠和累积就形成了福柯所述的异托邦的情形之一，福柯也将其称为“异托时”（heterochronies）。根据福柯的阐述，在现实社会中，空间以两种方式作用于时间：一种是在一个固定的空间里不断地累积时间，收藏各个时期的不同形式与审美，从而形成一个历史的档案馆；另一种是在一个临时的空间里聚居时间流中的某些瞬间，在驱除历史的情况下重新发现时间。两种形式的异托邦都是旨在彻底打破时间的逻辑性认知的束缚，以一种“直觉认知”（immediate knowledge）的方式回归到人类历史的源头，深入客观对象的内在之中重新认知世界的本质。①

虽然布鲁克斯在塑造约翰·卡伯特时未必有过与异托邦空间思维模式一致的哲理性思考，但是诗人从种族记忆中提取了历史绵延中的瞬间，在诗歌中浓缩成为约翰·卡伯特这一人物的直觉意象，从人类的存在经历和内心体验出发，重新审视社会历史的发展进程，这一做法倒是与异托邦空间打破时间逻辑的福柯模式不谋而合。因此，如果将约翰的身体视作承载时间聚集的空间，那么他在黑人贫民窟所引发的种族暴力冲突就超越了当下的时间限制，获得了一种反思种族暴力史的时间距离。历史学者路易斯·马苏迪（Louis H. Masotti）将美国种族暴力史

① See Michel Foucault, “Of Other Space: Utopias and Heterotopian”, Trans., Jay Miskowiec, *Dialectics*, Vol. 16, 1986, pp. 22 – 27.

划分为五个不同阶段：蓄奴制压迫与奴隶暴动；迫害黑人的私刑；白人针对黑人发起的暴力；黑人对白人暴力的反击；黑人针对白人财产发起的暴力。[①] 由此可见，20 世纪 60 年代的种族骚乱是美国两百多年种族暴力史上最激烈的顶点之一。实际上，如果将种族骚乱置于更广泛的美国对宪政精神的追求与非裔族裔对平等生存权的追求相互交织的语境中，那么诗歌在更深层面上蕴含着暴力阵痛之后黑白双方对种族关系的反思与对话。

首先，诗歌是以黑人民权运动领袖马丁·路德·金遇刺身亡引发的芝加哥种族骚乱作为创作的现实起点，而且诗歌正是以金博士在民权运动宣讲中对种族骚乱本质的诠释作为提纲挈领的题词："骚乱是未被听闻者的语言。"（*Riot* 9）因此，马丁·路德·金的政治主张无疑构成了诗歌中黑人族裔意识形态的主要框架。值得注意的是，金博士的政治思想在 1965 年发生了明显的变化。自 1955 年蒙哥马利公共汽车抵制运动，马丁·路德·金登上政治舞台，成为美国黑人民权运动的领袖人物。金博士的政治核心思想就是非暴力抗议，他一贯认为美国黑人的出路在于与白人一同创建和建设美利坚合众国，他并不怀疑美国的建国原则和宪法精神，认同美国的文化价值观。但是，美国的宪法精神并没有在黑人身上实现，因此，黑人的斗争就是要匡正与价值体系相悖的社会机制和社会行为。1964 年民权法案和 1965 年选举法案的颁布标志着金博士领导的非暴力运动到达胜利的巅峰。然而，对于城市黑人而言，民权运动并没有改变他们贫困的生活处境。自 1964 年夏天，美国一百多个大城市连续几年爆发了大规模的种族骚乱事件。1965 年，金博士发动"向贫民窟宣战"的运动，试图将南部非暴力抗议的模式运用到北部城市反种族隔离的斗争中。但是，北方没有赤裸裸的

---

① Louis H. Masotti, et al., *A Time to Roturn? An Evaluation of the Present Crisis in Race Relations*, Chicago: Rand McNally, 1970, pp. 99–127.

源自法律条文的种族歧视，而是隐蔽而微妙的制度化歧视，金博士的非暴力抗议没有激起社会的强烈反响，运动收效甚微。金博士意识到北方政治环境的复杂性，他在一次示威游行前的商议中说道："在南方，因为州权的结构特点和地方势力的反抗，集中于单个问题的方法证明是切实可行的。但是，在芝加哥，我们面临着一旦触及任何一个问题，他们就会马上以一种象征性的方式给予妥协的可能性，其结果只会是削弱民众的力量和舆论对这些问题的关注。我们必须准备好全力以赴地一次性对付所有问题。"① 因此，1965 年之后，金博士领导的民权运动斗争的目标从争取黑人公民权利扩大到创建一个更平等、更自由的社会环境。金博士重新部署了芝加哥运动的方案："我们需要宏伟的纲领改变美国社会的结构，才能实现更公平的财富分配。"② 金博士在揭露黑人贫困根源和谴责美国帝国主义的言辞上日益尖锐，要求和抗议的态度日趋强硬，尤其是后期公开支持反越战运动后，他与联邦政府的白人自由派人士的关系从联盟走向了分裂。虽然金始终反对极端激进的斗争方式，但是遇刺当年年初在俄亥俄北方大学的演讲中，金博士流露出对黑人暴力的同情和理解。他指出："仅仅只谴责暴力而不以同样强烈的方式谴责社会环境是一种不负责任的行为，是社会迫使人们唯有投身暴动才能宣泄愤怒。我们应该明白，骚乱是未被听闻者的语言。"③ 布鲁克斯与马丁·路德·金在种族意识形态上，甚至是立场的转变过程上，都存在诸多的相似之处，他们

---

① Quoted from David J. Garrow, *Bearing the Cross*: *Martin Luther King*, *Jr. and the Southern Christian Leadership Conference*, New York: William Morrow, 1986, pp. 456 – 457.

② Quoted from Henry Hampton and Steven Farer, eds., *Voices of Freedom*: *An Oral History of the Civil Rights Movement from the 1950s through the 1980s*, London: Vintage Books, 1995, p. 298.

③ Martin Luther King, Jr., "Address", Ohio Northern University, Ada, OH. 11 January, 1968, Heterick Memorial Library, Ohio University, 21 March, 2000.

都从黑人中产阶级的保守立场逐步转向支持黑人大众社会运动的激进立场，在他们看来，骚乱是黑人反抗美国社会的制度性和结构性不公正的一种迫不得已的手段。

另一方面，诗歌虽然以约翰·卡伯特的视角进行叙述，但是叙述者的声音却对他充满了嘲讽。约翰命丧种族暴力，这显然与他以白人种族主义者的傲慢态度自居，不能真正认识黑人贫民窟形成的社会根源有着直接的联系。布鲁克斯对白人种族主义者形象的讽刺与现实语境中国家咨询委员会对种族骚乱调查的反思之间表现出黑白双方对种族问题的一些共识。60 年代中后期，连续几年的种族骚乱事件极大地震动了美国社会。1967 年，美国总统林登·约翰逊成立了全国民事动乱委员会，任命伊利诺伊州州长奥托·克纳（Otto Kerner）为委员会主席，负责专门调查研究种族冲突的原因、性质和解决方案等。首先，对于种族骚乱的社会根源，特纳报告指出正是种族隔离制度下黑人贫民窟的形成和恶化导致了美国社会种族分裂的严重后果。对此，报告认为白人社会应负主要的责任。报告写道："一个美国的白人社会永远不曾完全明白而黑人社会永远不会忘记的事实是，白人社会深深地牵涉于黑人贫民窟之中。正是白人机构创造了黑人贫民窟并维持它的存在，白人社会对此放任不管。"① 这正是诗歌中布鲁克斯所讽刺的白人形象的狭隘种族主义造成的社会现实状况。同样的，报告从历史的角度反思了暴力的发生，指出种族骚乱是美国的黑白种族关系历史模式在社会、经济、政治和心理等各个领域纠结而成综合性的问题。② 其次，对于骚乱的性质，克纳报告与布鲁克斯基本上也持有相

① *Report of the National Advisory Commission on Civil Disorders*, New York: Bantam Books Inc., 1968, p. 2.

② *Report of the National Advisory Commission on Civil Disorders*, New York: Bantam Books Inc., 1968, p. 203.

近的看法。一方面，报告否定了骚乱是有组织、有计划的阴谋论，认为骚乱是黑人区不断积累的挫败感和怨恨情绪的自发性爆发。而对于骚乱的目的，报告写道："黑人抗议的主要目标是为了能够完全平等地融入美国社会，而不是为了从根本上改变美国的体制。虽然存在号召革命性推翻美国社会体系，或者黑人从美国社会中完全分离出去的成分，但是这些主张并没有得到广泛的支持。从根本上，黑人的抗议深深地植根于美国社会的基本价值观，他们不是为了摧毁而是为了实现这些价值观。"① 另一方面，从布鲁克斯在诗集中的立场看，虽然第一部分《骚乱》在约翰·卡伯特执迷不悟的遗言中戛然而止，但是，诗集的第二部分《沃普兰德第三训诫》以"凤凰涅槃"作为黑人民族在暴力骚乱后获得新生的核心隐喻，第三部分《爱的一面在火与冰中洋溢》（"An Aspect of Love, Alive in Fire and Ice"）以两性间的和睦关系展现了黑人全新的自我认同与自我表达。因此，从整体上看，布鲁克斯在诗集中肯定了"种族骚乱"在当时的历史语境中所具有的积极性意义，但是黑人的目的不是与美国社会分离和自治，而是在美国社会中得到承认与尊严。再者，对于种族冲突的解决方案，克纳报告再次重申了"纠正歧视行动"（Affirmative Action）的必要性，主张通过在教育、就业、公共住房等方面的补偿性措施使"机会之门"能向黑人敞开。诗歌中黑人的暴力冲突正是为了反对不公正的社会经济环境，要求宪法条文对黑人实现其关于公民平等权利的承诺，而骚乱是政治上无权者别无选择的抗争手段。

1987 年，在纪念美国宪法诞辰两百周年之际，利昂·利特瓦克（Leon F. Litwack）发表了美国历史学家组织主席年度演说。他不无感慨地说道："美国黑人的历史并不是上帝的选民征

---

① *Report of the National Advisory Commission on Civil Disorders*, New York, Bantam Books Inc., 1968, p. 235.

服荒野、扩展民主制、朝着更完美的联邦前进的历史。美国黑人的历史是一部期望遭到辜负的历史，是一部常与民主信条和成功哲理相矛盾的历史。这是一部黑人通过个人和集体努力，创造足以使自己立足于社会的社区和文化的历史，而这个社会拒不承认黑人属于人类。"[①] 可以说，黑人族群的公民权利与生存状况恰恰为美国民主制度的性质和深度提供了最严厉的检验。60 年代末期，布鲁克斯转向黑人出版机构是为了在公共领域中争取更有力的公共性武器。在她看来，黑人必须进行反抗，但是反抗的目的不是把黑人重构为与主流社会平行的独立社会或者自治的民族，而是通过边缘群体向政治精英集团施加舆论和道德压力的方式，要求当局实现宪法的承诺。诚然，民族主义激发下的黑人觉醒在打破以"盎格鲁一致性"（Anglo-conformity）为移民模式的社会语境中具有积极的意义。但同时也应当注意，民族主义作为一种局限于特定族群的意识形态，毕竟不能在多种族、多民族国家中全面地解决诸如社会正义、资源分配和冲突管理等主要的社会和政治问题。在《异托邦》一文的结尾，福柯将"海船"视为典型的异托邦空间象征，"海船"在风暴中乘风破浪不断前行，在广袤无垠的大海中承载着幻想、冒险和创造。因此，福柯说道："在没有海船的文明中，梦想便会枯竭，暗中刺探取代了越轨冒险，警察监管取代了海盗劫掠。"[②] 正是在此意义上，布鲁克斯在他者化的"海船"上不断地试探着美国实现种族平等与社会正义的政治、法律和道德边界。

---

① ［美］利昂·F. 利特瓦克：《心灵的烦恼：美国宪法二百年与美国黑人的经历》，载中国美国史研究会、江西美国史研究中心编《奴役与自由：美国的悖论——美国历史学家组织主席演说集》，贵州人民出版社 1993 年版，第 547 页。

② Michel Foucault, "Of Other Space: Utopias and Heterotopias", Trans, Jay Miskowiec, *Dialectics*, Vol. 16, 1986, p. 27.

小结　黑人民族主义思想与言说的诗学策略

在20世纪60年代的创作阶段，布鲁克斯吸收了黑人民族主义中的民族认同、民族尊严、民族自决等思想观念，形成了更加坚定的黑人意识与独立的种族政治立场，以此重新审视美国黑白对立模式造成的社会困境。首先，从社会历史语境看，60年代美国大城市爆发了民权运动、妇女运动、反战运动、学生运动等一系列政治文化运动，社会内部隐藏的分裂完全地暴露于公众视野，极大地打击了美国国家凝聚力与国家共识的神话。其中，自1964年夏天开始，持续几年的黑人贫民窟种族冲突逐渐上升为美国城市危机的主要方面。黑人民族主义在社会运动中不断发展，表明了美国自由主义模式下政治公共领域的种族融合模式发生了严重的分化。具体而言，黑人不再以放弃族裔性为代价从而获得美国的公民身份，而是力图带着鲜明的种族认同与种族表达在公共领域中争取平等的公民权益。其次，从布鲁克斯个人的思想观念看，1967年在参加第二届黑人作家大会后，在黑人民族主义的激发下诗人经历了种族意识的蜕变。布鲁克斯意识到年青一代黑人阅读公众的产生，为了培植黑人阅读公众的批判性主体，在黑人内部生成一个民族团结一致的公共交往网络，诗人将自己作品的首要目标读者从白人自由主义者转向了黑人大众，并明确表达自己下一阶段的目标就是要写能够唤起所有黑人大众的诗歌。读者观的改变对布鲁克斯的艺术风格和创作实践都产生了至关重要的影响，她将黑人艺术运动的美学观精练地阐述为：黑人作家应该以黑人的身份讲述，讲述黑人的内容，以及向黑人群体讲述。有鉴于此，在黑人民族主义思想的影响下，布鲁克斯的艺术观念集中体现为一种

“言说的诗学策略”（poetics of address）。[①]

“诗歌言语”（poetic utterance）的概念是基于巴赫金的对话理论提出的。巴赫金认为，言语的一个必要标志就是包含向某人言说的特性，即言语的“言说性”（addressivity），而言说性正是对话主义的基础。[②] 60 年代，布鲁克斯放弃了“普遍性读者”的观念，转而以黑人大众作为特定的目标读者，言说者与言说的受众之间形成了直接、有效的对话交流。与此同时，布鲁克斯还意识到，诗歌不仅是印刷的艺术品，而且还是一种文化实践。由此，诗人超越了文本内部言说诗学的局限性，更广泛地将文本与语境结合，探寻唤起黑人大众的文化政治策略。在这一阶段的创作中，布鲁克斯主要在三个方面体现了“言说的诗学策略”的艺术尝试。

首先，公共舆论对于培育具有批判性意识的公众群体至关重要，但是黑人话语却往往被排斥在外。因此，布鲁克斯将韵文形式与新闻报道结合，使诗歌不再局限于纯粹的文学艺术领域，而是与公共舆论话语编织在一起，从而获得了公共舆论的批判性力量。在长诗《在麦加》中，布鲁克斯以内城区黑人贫民窟“麦加”为创作原型，借助黑人女性“言语混杂”的叙事策略，对公共舆论中的支配性话语产生了断裂与修正，从而将黑人贫民窟真实的生存经历置入有关城市危机的国家叙事中，

---

① 苏菲亚·伯尔在博士论文中以“言说的诗学策略”作为切入点，在关于布鲁克斯的研究章节中，伯尔认为，诗人的早期创作是以贫困黑人群体的视角向白人读者言说，体现出将读者的同情心延展到自身之外的文学传统的伦理功能；后期创作以“唤起”黑人读者为言说的对象和目的，把诗歌作为评判美国社会与政治的文化实践。See Zofia Burr, “A Poetics of Address: Speech and dialogue in the Poetry of Emily Dickinson, Josephine Miles, Gwendolyn Brooks, and Audre Lorde”, Ph. D. Dissertation, Cornell University, 1993.

② Mikhail Bakhtin, *Speech Genres and Other Late Essays*, Tans. Vern, W. McGee, eds., Caryl Emerson and Michael Holquist. Austin: Texas University Press, 1986, pp. 67, 95.

修正了公共舆论权力话语对黑人贫民窟有失偏颇的报道。布鲁克斯将自己的这种正在演化的美学形式称作“诗歌体新闻”，也就是诗歌不仅要饱含文学的艺术感染力，而且要具有新闻报道的舆论批判力。其次，公众通过阅读对于民族共同体的想象对孕育民族共同体起到了关键性作用。为了唤起黑人民族团体成员信念中深切的心理纽带，布鲁克斯将宗教布道形式引入诗歌，创作了“沃普兰德”布道三部曲，以“诗歌体布道”的艺术形式号召黑人大众肩负起民族使命。另一方面，民族主义与宗教信仰存在天然的联姻关系。民族主义实际上更像政治宗教而不是政治意识形态，可以被视为一种文化形式和宗教样式，而宗教的政治神学观也力图将精神救赎与世俗解放结合。因此，布鲁克斯将宗教布道形式与黑人民族主义思想结合，在公共文化层面通过共同信仰和承诺，呼吁黑人民族在美国独立主权国家内建构“民族中的民族”。再者，出版机构是公共领域中争取舆论资源的重要武器，也是作品传播的重要渠道，影响着作品的艺术形式和阅读阐释。布鲁克斯结束了与主流出版公司长达二十二年的合作，转向支持黑人出版机构的发展。诗集《骚乱》是通过黑人出版社出版、发行的第一部作品。诗集的同名长诗以 1968 年马丁·路德·金遇刺身亡后芝加哥爆发的种族骚乱为现实起点，讲述了虚构的白人的原型化人物约翰·卡伯特闯入黑人区后在冲突中丧生的事件。布鲁克斯在诗歌文本内部讲述了黑人骚乱者杀死白人压迫者的“弑父”行为。同样的，在文本外部的传播语境，诗人从出版机构、目标读者、文学评论、文学传统等传播的各个环节都在竭力地挣脱与“白人父亲”的从属关系。在整体上，黑人公共舆论、黑人阅读公众和黑人出版机构共同构成了布鲁克斯想象性建构的黑人国度的主要内容。

综上所述，黑人民族主义是以对美国自由主义传统批判的形式存在，而且正是黑人族群的公民权利与生存状况为美国民主制度的性质和深度提供了最严厉的检验。60 年代末期，布鲁克斯转向黑人读者和出版机构，是为了培育具有批判性意识的黑人公众，以及争取有力的公共性武器。在她看来，黑人必须进行反抗，但是反抗的目的不是把黑人重构为与主流社会平行的独特社会或者自治的民族，而是匡正与美国价值体系相悖的社会实践。因此，布鲁克斯建构的黑色国度与其说是民族主义极端意义上的分裂空间，不如说是福柯模式的充满反叛性和重构性的异质空间。根据福柯的观点，任何一种文化都会生成与自身相对立的异托邦空间。黑人国度正是美国自由主义传统中生成的对立性空间。但是，作为他者化的空间，黑人国度实际上蕴含着质疑和重构美国现有空间关系的潜能。布鲁克斯在访谈中提及 1967 年之后自己放弃了以基督教和民主作为政治修辞的策略，也就意味着诗人是从主流国家层面的乌托邦建构转入了次国家层面的异托邦建构。美国从建构之初就不是以民族血缘，而是以个体对其价值观念的认同和对国家的忠诚作为赋予共同体成员资格的关键。60 年代之后，美国逐渐将国家与民族分离，抛弃了种族同化的国家身份认同模式，并以一种更为宽容和多元的政策承认族裔性群体的公民身份。在这个意义上，布鲁克斯以黑人大众为目标读者的“言说的诗学策略”致力于黑人的种族认同与团结统一，有利于消除美国自由主义传统下的民主价值和公民身份在实践过程中对少数族群的不合理限制。

第三章　恢复期的黑人内部：生活世界的交往空间与黑人社群

如果说，20 世纪 60 年代布鲁克斯开始以积极的姿态支持黑人民权运动针对美国社会体制改革的政治运动，那么，70 年代她则是以深厚的种族忠诚感投身黑人权力运动针对黑人内部的思想文化变革。

首先，60 年代连续几届的民主党主政期间，美国对外陷入了越南战争的泥潭无法自拔，对内面对社会分裂、经济衰退和传统价值分崩离析等问题上也是一筹莫展。持续数年的动荡状态使社会民众的普遍心理开始渴望秩序与安定。1968 年总统大选，共和党人理查德·尼克松以社会稳定、法律秩序、政府节俭、结束战争等承诺一举获胜，美国保守主义势力卷土重来。此后，美国进入了丹尼尔·贝尔所述的宗教与文化的“大修复”时期。① 其次，60 年代占据主导地位的“黑人民权运动”(Black Civil Rights Movement) 实际上是一场体制化的社会运动，它是以要求美国政府兑现黑人在体制内平等的公民身份和宪法地位为目标。60 年代一系列法案的颁布和修正歧视行动意味着黑人民权运动基本实现了当初制定的政治和法律目标。因此，

---

① ［美］丹尼尔·贝尔：《资本主义文化矛盾》，严蓓雯译，江苏人民出版社 2012 年版，第 156 页。

60 年代末黑人民权运动就几乎与其他激进社会运动一起偃旗息鼓了。但是，从 60 年代中期开始，另一股黑人社会运动势力“黑人权力运动”（Black Power Movement）却在黑人青年中的影响日益扩大。与民权运动不同，黑人权力运动把黑人问题的根源归结于美国的社会制度，不再重视种族融合原则，而是强调黑人意识、种族团结、黑人社群的力量以及黑人文化与传统的价值意义，主张重新分配政治和经济权力，由黑人控制自己社区的事务。虽然黑人权力运动曾经因为分离主义的倾向和暴力革命的成分，遭致国家权力机构和体制化黑人民权组织的批判，但是，它唤起了黑人社区底层民众的种族意识和政治意识，破除了白人霸权文化对黑人的心理奴役，从 60 年代末至 70 年代中期，“黑人权力”逐渐成为黑人社区最具吸引力和战斗性的口号，其核心思想也成为日后美国多元文化主义的主要内容。黑人权力运动不仅是一场轰轰烈烈的社会政治运动，而且是一场意义深远的思想意识革命。因此，70 年代，无论是美国社会还是黑人族群都处于精神与文化意义上的恢复期，布鲁克斯的关注点从种族外部的体制变革诉求转向了黑人内部的精神空间建构。

60 年代末期，布鲁克斯的作品明显转向了黑人阅读公众，并且开始由黑人出版渠道传播自己的作品。进入 70 年代，在 1973 年的一次访谈中，布鲁克斯说道，与 60 年代末的第一次转变相比，她此时处于第二次转变时期，并且希望这次改变能够创造一些“艺术形式”，实现自己规划的目标。① 但是，直至 1977 年的另一次访谈，布鲁克斯认为自己仍处于“摸索阶段”。② 实际

① See Hoyt Fuller, Eugenia Collier, George Kent and Dudley Randall, “Interview with Gwendolyn Brooks”, in Gloria Wade Gayles ed., *Conversations with Gwendolyn Brooks*, Jackson: Mississippi Univeristy Press, 2003, p. 69.

② Gloria T. Hull and Posey Gallagher, “Update on Part One: An interview with Gwendolyn Brooks”, in Gloria Wade Gayles ed., *Conversations with Gwendolyn Brooks*, Jackson: Mississippi Univeristy Press, 2003, p. 97.

上，新的读者意识给布鲁克斯的诗歌创作带来了巨大的挑战，甚至是两难困境，因为她的目标读者不仅是黑人，而且是以黑人的底层大众为主。布鲁克斯描述过自己的黑人读者是在酒吧、在街头巷道、在排水沟旁、在矿井工厂、在农庄。[①] 显然，他们并不是传统的诗歌爱好者或者诗歌主要的受众阶层。布鲁克斯的读者观因而受到了评论界强烈的质疑。评论者乔治·肯特（George E. Kent）认为，布鲁克斯陷入了一种自身固有"智性风格"（intellectual style）与"吸引黑人民众"（appeal to black people）创作目标之间的矛盾性挣扎。[②] 甚至黑人艺术运动的核心人物拉里·尼尔（Larry Neal）也曾在1970年致信布鲁克斯，支持她继续探索诗歌的形式和艺术。他认为，布鲁克斯能够清晰地领悟黑人生活的本质和节奏，以及他们与艺术之间的关联。[③] 布鲁克斯在访谈中回应了这些质疑。她说："黑人应该彼此关爱、彼此鼓励、彼此交流。"因此，她希望自己的诗歌能够更加的"通俗易懂"，能让"形形色色的人"接受。[④] 可见，70年代布鲁克斯正是致力于呼吁黑人群体保持自己的文化传统和自豪感，巩固黑人社群内部的团结一致和凝聚力。

如前一章节所述，哈贝马斯前期的研究主要是发掘了自由主义模式公共领域的结构和演变，并"诊断"出晚期资本主义的危机状况。后期，哈贝马斯着重从"交往理性"（Com-

① Gwendolyn Brooks, *Report from Part One*, Detroit: Broadside Press, 1972, p. 183.

② George E. Kent, *A Life of Gwendolyn Brooks*, Kentucky: Kentucky University Press, 1990, p. 270.

③ See George E. Kent, *A Life of Gwendolyn Brooks*, Kentucky: Kentucky University Press, 1990, p. 227.

④ Gloria T. Hull and Posey Gallagher, "Update on Part One: An interview with Gwendolyn Brooks", in Gloria Wade Gayles ed., *Conversations with Gwendolyn Brooks*, Jackson: Mississippi University Press, 2003, pp. 86 –90.

municative Rationality）和“生活世界”（Life World）的规范视角试图“治疗”当代资本主义的社会弊病。哈贝马斯认为，在晚期资本主义时期，政治制度和经济制度日益结为一体，构成了强大的“系统”（System），而社会文化体系则作为与此对立和批判力量构成了“生活世界”。根据哈贝马斯的分析，政治和经济体系的工具理性不断泛滥，侵蚀了生活世界的交往理性，从而导致了“生活世界的殖民化”。因此，他提出了恢复交往理性在生活世界的基础地位和作用的解决方案。哈贝马斯认为，参与者通过语言交往行为达成对客观事物的共识，建立起主体间性承认的道德伦理规范，以保持和谐的人际关系，维持社会生活的正常运转。可见，哈贝马斯从公共领域的公共性转向了交往空间的主体间性，希望以此构筑一个普遍开放、平等参与、自由谈论的交往空间，重建民主宪政合法性的基础。另一方面，黑人一直被视为美国的二等公民，不仅在政治和法律上没有获得平等的权益，在日常生活中也遭遇了种族优越论的内部殖民和心理奴役。70 年代，布鲁克斯同样地致力于通过黑人共享的价值文化和群体成员的自我认同，在黑人内部构筑一个和睦融洽的交往空间，以促成黑人社群的整合。虽然哈贝马斯重建“生活世界”的路径与布鲁克斯重建“黑人内部”的路径十分相近，但是，前者的目的是完成启蒙现代性的未竟之业，后者则是完成黑人自由和解放的未竟之业。另外，哈贝马斯认为，要达成主体间真正的共识就必须在多元价值领域内，而布鲁克斯所关注的“黑人内部”恰恰是70 年代以后构成美国多元文化的重要组成部分。在这一阶段，布鲁克斯创作了《家庭照片》（*Family Pictures*，1970）和《召唤》（*Beckonings*，1975）两部主要的诗集，以及 1971 年在黑人文化期刊《乌黑》上发表的长诗《在蒙哥马利》（“In Montgomery”）。

第一节 宗族纽带：黑人大家庭的价值传统

尽管黑人艺术运动建构者之一的拉里·尼尔（Larry Neal）认为，布鲁克斯有着与黑人艺术运动主旋律不同的声音和美学价值，有着自身“完整的体系性”“文学灵魂”和“整体性视野”，并劝说布鲁克斯保持对“诗歌形式和技艺”的追求，[①] 但是，70 年代以后诗人还是放弃了前期“普适化”的文学风格与姿态，继续以一种对黑人族群深厚的忠诚转向了以黑人社群为主要关注点，致力于发掘“黑人内部”共享的历史记忆、文化传统与价值观念的诗歌创作实践。在诗集《家庭照片》（*Family Pictures*，1970）中，布鲁克斯从种族血缘纽带的角度，将黑人族群共同体的成员描绘为一个黑人大家庭的成员。家庭是社会结构中最紧密、最小单位的伦理共同体，布鲁克斯借助家庭的伦理关系来建构黑人族群，一则是以家庭成员间密切的血缘纽带来巩固宗族同胞的心理纽带，二则以家庭成员间共同的信念和义务来凝聚和规范族群共同体。

诗集由八首独立的诗歌组成，其中包括两首组诗，所描绘的宗族谱系中的“家庭成员”涵盖了美国黑人男孩、黑人女性、黑人牧师，黑人权力运动中的黑人英雄以及非洲激进艺术家、非洲青年等。可见，“黑人大家庭的成员”并未局限于美国的国界之内，而是延展为共享非洲血脉的黑人群体，从而拓展了黑人内部的文化承载力与自我能动性。在语言风格上，诗集更加地倾向于运用黑人的方言土语和日常用语。为了使自己的诗歌“通俗易懂”，能够有效地凝聚黑人大众读者，布鲁克斯在这一阶段提出了新的美学标准，她认为自己要尝试的文学

---

① Quoted from George E. Kent, *A Life of Gwendolyn Brooks*, Kentucky: Kentucky University Press, 1990, p. 227.

风格应该是具有“故事性”“音乐性”和“简洁性”[①]。

一 以黑为美：黑人的自我认知

种族尊严是黑人族群获得自我表达和自我认知的关键。但是长期以来，白人社会一直向黑人灌输白人优越论的种族观点，白人社会对黑人历史源头黑暗性的描述使黑人对自己非洲的文化根源和种族特征产生了极度的自卑与憎恶的心理。因此，与来自种族外部白人的歧视和迫害相比，黑人群体内化的种族偏见使黑人处于更深的奴役与压迫之中。布鲁克斯自小因为皮肤漆黑、头发卷曲，不仅受到白人孩子的歧视，而且被种族内部的其他黑人孩子排挤。因此，她对族群内部的肤色等级偏见有着直接和深刻的体会。这种内化的种族主义对黑人孩子造成的心灵伤害成为该部诗集中的第一首诗歌《林肯·韦斯特的人生》（“The Life of Lincoln West”）所表现的主要内容。这首诗歌是改编自布鲁克斯自己的一篇散文，因此在形式上的一个突出特点就是融合了诗歌的情感表现力与散文的细节性描述。诗歌的诗节接近于散文的段落，同样是依照故事的情节发展划分开来，并且形式上也更加地自由和松散。这首诗展现了布鲁克斯所期望的“故事性”情节，但同时又不乏她对诗歌语言的“音乐美”和“节奏感”的追求。

诗歌从黑人男孩林肯·韦斯特的视角，讲述了因其明显的非洲外貌特征，从出生的一刻起就遭致所有人的厌恶和反感的人生经历。可怜的小林肯一直活在别人憎恨的目光凝视下和鄙视的思想意识里。诗歌开篇写道：

最丑陋的小男孩

① Gloria T. Hull and Posey Gallagher, “Update on Part One: An interview with Gwendolyn Brooks”, in Gloria Wade Gayles ed., *Conversations with Gwendolyn Brooks*, Jackson: Mississippi University Press, 2003, p. 90.

人们所见到过的。
所有人都说的同一句话。(*Family* 9)[①]

诗歌的第一个诗节表明了所有人对小林肯一致的看法和厌恶——“最丑陋的小男孩”，周围所有人的观点无疑在林肯幼小的心灵里埋下自卑的种子。诗歌的主体部分按照小林肯的“人生经历”展开，孩子在其单纯的生活世界中所遇到的歧视唤起了读者内心强烈的质问：难道一个孩子仅仅是因为皮肤漆黑，所以天生下来就是丑陋和罪恶的吗？诗歌呈现的第一幕是在产房里。当母亲从护士手中接过小林肯时，她看到的是：“下垂的嘴唇，/向外张开的耳朵，双目睁圆而且狰狞，/皮肤下令人莫名沮丧的褐色，/还有，最令人心烦的，硕大的脑袋。/那副模样的所有组成部分都明示了/必然的本质。深厚的属性。”(*Family* 9)“深厚的属性”总结了小林肯突出的黑人外貌特征，这是小林肯遭致嫌弃的根本原因。

小林肯出生后，父亲不愿意见到他，母亲把他放在一堆小玩意儿里，对母亲而言他的意义也不过如此。小林肯慢慢长大，尽管他用自己的一些小办法努力地想取悦父亲，比如给父亲递来火柴，乖巧地站到路边避让车辆，时时地对着父亲友善地微笑、微笑、微笑，但是所有一切都是徒劳。当圣诞节或者复活节家庭聚餐时，小林肯看着丰盛的菜肴铺满了一大桌子，他沉浸于节日气氛的快乐中，但是，每当他抬头看四周的人时就会感受到大家对他的在场而愤怒不满的情绪。虽然小林肯对周围的一切充满了爱心，甚至是对待小蚂蚁和毛毛虫都很友善，但是，居然没有一个人愿意关爱这样一个细腻而温情的小男孩。

① Gwendolyn Brooks, *Family Picture*, Detroit: Broadside Press, 1970. 引文由笔者自译。后文出自同一著作的引文，将随文在括号内标出该著名称首词“*Family*”和引文出处页码，不再另行作注。

孩子的天真善良和脆弱无助对种族主义形成了有力的批判。

除了在家里遭到父母的冷漠和疏离，在幼儿园里小林肯也受到了老师差别化的对待。老师对他的感情是“一分的怜悯”再加上“两分的反感”，老师觉得很难像对待其他孩子一样对待小林肯。一天下午，老师看到小林肯一个人落寞地站在空空荡荡的大厅的墙角边。这一幕触发了老师的同情心，她牵起小林肯的手，主动提出送他回家，但是没走出几步她就开始后悔了。她心想：“这只小猴子。/大家都在张望吧？而且还那样抓住/她的手。”（*Family* 11）除了在成年人的世界里遭受歧视，在孩子的世界里小林肯也同样遭到同伴的排斥。小林肯很喜欢刚搬到隔壁的邻居家里的哥哥和姐姐，他们愿意与小林肯一起玩，因为他总能编出各种各样的游戏，又会讲很多故事。但是，当“更体面的”朋友到来时，他们就不愿再理睬小林肯了。小林肯和同伴们在空地上一起玩捉人的游戏，但是那个小仙女般的女孩妮莉莎却对他大喊：“不准碰我！”（*Family* 11）这一刻让小林肯的内心觉得，自己伸出手去触碰就像是“夕阳西沉时的那道彩虹”，“晶莹的水光”在眼前“消散得无影无踪”（*Family* 11）。小林肯的诚挚之情总是遭致别人冷酷的拒斥和遗弃，他深深地体会到自己与别人之间无法逾越的鸿沟。他开始对自己产生了怀疑和嫌恶：“他长时间地凝视着自己/在镜子里。能做些什么呢？/但总不能/把脑袋缩小一点。总不能把耳朵/往里绑住一点。”（*Family* 11）

“黑人权力运动”的首要任务之一就是反抗白人霸权文化对黑人自我意识的贬损和奴役，恢复黑人的种族尊严与自信心。70年代，布鲁克斯坚定地认为，“黑人之间的关爱是积极的，而黑人之间的憎恶是消极的”。[1] 但是，由于白人种族主义的长

① Gloria T. Hull and Posey Gallagher, “Update on Part One: An interview with Gwendolyn Brooks”, in Gloria Wade Gayles ed., *Conversations with Gwendolyn Brooks*, Jackson: Mississippi University Press, 2003, p. 86.

期压迫以及白人优越论的反复灌输，白人至上的思想不仅成为确定现实世界中种族等级关系的准则，而且还渗透到黑人的自我意识之中，成为束缚黑人思想的精神枷锁。如何才能重新找回黑人的种族尊严与自信心？正如诗歌中小林肯所面临的困境，在他的成长环境中，黑人对白人优越论的观点已经习以为常，并且内化了白人的肤色等级思想，使小林肯对自己与非洲的关联却感到羞耻和憎恶。小男孩如何在种族主义内化的群体中找到自我的认知与价值？这是诗歌的重要主题，也是布鲁克斯把这首作品称作“身份认同诗歌”的原因。[①] 对此，当代非裔美国女学者、诗人伊丽莎白·亚历山大（Elizabeth Alexander）的思考倒是提供了一种可能的路径。

亚历山大在自己的文论集中提出了“黑人内部”（Black Interior）的空间概念。她写道：“黑人内部”是指在刻板化的公众形象以及有限的想象背后，蕴含着黑人真实人生与无限创造力的一个空间。这是一个隐喻性的空间，超越黑人公共性的日常生活，直至黑人自己知道拥有却需要再次唤醒的能量与狂野的想象。[②] 亚历山大希望深入黑人自我的社会形象下面，直至通常不可探知的内在性，唯有此处才能释放出打破黑人形象思维定势的力量。她提出疑问：如果固定的黑人形象已经成为西方人思维里的潜意识，那么在黑人个人和集体层面上的“黑人潜意识”又在哪里呢？如果黑人在主流社会的想象中是一种具有固定属性的“现实”（real），那么在所谓的“超现实”（sur-

---

① Kevin Bezner, “A Life Distilled: An interview with Gwendolyn Brooks”, in Gloria Wade Gayles ed., *Conversations with Gwendolyn Brooks*, Jackson: Mississippi University Press, 2003, p. 117.

② Elizabeth Alexander, *The Black Interior*, Saint Paul, Minnesota: Graywolf Press, 2004, p. X.

real）空间里又会蕴含着怎样的可能性呢?[①] 亚历山大在文集中特别地以布鲁克斯的这首《林肯·韦斯特的人生》为例，作为阐述黑人自我形象成为白人思想禁锢的典型表现。那小林肯如何找到种族尊严、获得内心的自我解放呢?

情节的转折点在小林肯七岁时的一次经历中出现。一天，妈妈带着小林肯到市中心的一家影院去看电影，坐在旁边的一个白人男子指着小林肯对身边的同伴“高声地窃窃私语”：

> 看那儿！那正是我想
> 让你看的类型！那个种类中
> 最典型的例子。不像
> 这些被稀释的黑人，你在大街上
> 见到过很多的。那才是真实的
> 东西。
>
> 黑色、丑陋、怪异。你
> 能一眼看到野蛮。直截了当的
> 黑人性。那才是真实的
> 东西。(*Family* 12)

染着一头红发的妈妈一听到这些话，生气地跳起来正准备开口大骂，但是话刚到嘴边，她忍住了，马上拽起小林肯离开了电影院。此时，小林肯怔怔地寻思着这个“评审人”的话，这个给了他新想法的“创造者”。回家的路上，小林肯感到一种快乐。当然，他不喜欢“丑陋”这个词，那个白人男子讲的一些话和那些话的意思，他都不能理解。触动他的是那句“真

① Elizabeth Alexander, *The Black Interior*, Saint Paul, Minnesota: Graywolf Press, 2004, pp. 4 – 5.

实的东西”。他不知道为什么，但是他喜欢这句话，非常喜欢。从这首诗歌中，亚历山大认为，太多时候黑人就是被这种真实奴役，被禁锢于所谓的“黑人真实性”（Negro Authenticity）的幻想中，而这种规定了黑人实际存在方式的幻想，却是完全地出自主流社会对黑人真实性的虚妄。[①] 小林肯从白人口中听到的“真实的东西”是深深禁锢黑人的种族主义想象，但是，正如亚历山大所提出的关键问题：如何超越这种“现实”，从“黑人潜意识”的“超现实”空间里发掘出黑人解放的力量呢？小林肯正是从这种铁铮铮的、冷冰冰的“真实”中看到了可能性，无论白人对黑人性如何残忍地践踏和诋毁，但是始终无法改变的一个事实就是黑人真实的存在，而构成他们这种与众不同的存在的正是黑人性本身。小林肯意识到了这点也就意味着他体会到了自己黑人性的意义，他从中找到了力量。诗中写道：

> 每当他受到伤害时，太多地
> 被盯着看——
> 太多地
> 不被理睬——他
> 就会想到那句话。他告诉自己
> “不管怎样，我都是
> 真实的存在”。
>
> 这让他感到欣慰。（*Family* 12）

小林肯从“现实”刻板化的黑人公共形象表面，深入“超现实”的“黑人潜意识”，在这里发掘出黑人性无限的生命力

---

① Elizabeth Alexander, *The Black Interior*, Saint Paul, Minnesota: Graywolf Press, 2004, p. 7.

和创造力，当他再次回到“现实”层面时，他口中的那句“我是真实的存在”已经蕴含着截然不同的种族自尊和自信，表明他对自己非洲特征的坦然接受和认可。黑人孩子的纯真不再只是一种脆弱无助，同时也蕴含着转变黑人自我认知的可能性。黑人权力运动中对种族尊严最有力的召唤被集中地表达为“黑色是美丽的”（Black is beautiful）。也就是，黑人不再为自己的种族特征感到自卑和耻辱，而是将自己的厚嘴唇、宽额头、卷头发视为美丽的、积极的种族身份象征。在破除外部的扭曲和掩盖之后，布鲁克斯没有停留在对表面生理特征的自我迷恋上，而是从内部发现自我的真正价值，小林肯漆黑皮肤下善良的本性和真挚的情感才是最触动人心之处。正如评论者史密斯（Gary Smith）所言，布鲁克斯诗歌中孩子的天真无邪和浪漫幻想使其与成年人区别开来，并且带来希望的可能性。[①] 黑人族群以黑人性为力量源泉，走向了自我肯定和自我掌控。

布鲁克斯在自传中这样描述种族意识的觉醒给自己带来焕然一新的精神状态：“新的黑色阳光下令人惊讶的女王身份。”[②] 评论者麦勒姆认为，布鲁克斯借用了美国总统林肯“Lincoln”的名字与小男孩的黑人性并置，使其产生了讽刺性的意味，而名字中的“West”则蕴含着西部无限的希望和机会的含义。[③] 此时，名字中的“解放”和“希望”的含义都恰如其分地表明黑人小男孩的心理状态。这首诗在小林肯的欣慰之中含蓄而止，布鲁克斯在诗集的其他诗歌中继续发掘“黑人内部”蕴含的文化价值。另外值得一提的是，在诗集的封底内页，布鲁克斯还

---

① Gary Smith, “Paradise Regained: The Children of Gwendolyn Brooks's Bronzeville”, in Maria K. Mootry and Gary Smith eds., *A Life Distilled*: *Gwendlyn Brookes*, *Her poetry and Fiction*, Chicago: Illinios University Press, 1987, p. 130.

② Gwendolyn Brooks, *Report from Part One*, Detroit: Broadside Press, 1972, p. 86.

③ D. H. Melhem, *Gwendolyn Brooks*: *Poetry and the Heroic Voice*, Lexington: Kentucky University Press, 1987, p. 203.

附上了一张自己留着黑人卷曲短发的照片，脸上露出自信、沉着的笑容。1967 年之前布鲁克斯一直把头发拉成黑人中产阶级的典型的直发，卷曲的自然发型表明黑人对自己非洲根源的接受与肯定，因此，诗人不仅以这张照片宣称了布鲁克斯自己的种族文化立场，而且以此形象强化了诗集中黑人族群自我认同的主题含义。

二　重塑英雄形象：黑人的自我界定

黑人大家庭除了重新接纳自我的黑人男孩小林肯，还有积极促进黑人群体团结一致，倡导种族尊严和种族文化的黑人英雄形象。在这部诗集中，布鲁克斯创作了一首题为《青年英雄们》（“Young Heroes”）的组诗，包括《致凯奥拉佩策·考斯尔（威利）》［“To Keorapetse Kgositsile（Willie）”］、《致行额手礼的唐》（“To Don at Salaam”）以及《沃尔特·布拉德福德》（“Walter Bradford”）三首诗歌。不同于前期作品中的《黑人英雄》一诗，运用戏剧性独白的人格面具致敬第二次世界大战黑人英雄多里·米勒，后期创作的这三首诗歌以一种朋友间交谈的口吻描绘三位人物的日常生活和工作，赞扬他们作为黑人运动的领导者所具有的人格魅力和领导才能。

布鲁克斯致敬的三位人物均是六七十年代黑人政治运动与文化运动中的杰出青年，并且都与布鲁克斯有着密切的往来。首先，唐·李和沃尔特·布拉德福德是黑人权力运动时期芝加哥的两位青年激进分子。1967 年从费斯克大学黑人作家大会回到芝加哥后，布鲁克斯开始着手为黑人街头帮派“黑石骑兵”的组织成员创办写作讲习班。唐·李（1974 年更名哈基·马都布提）和沃尔特·布拉德福德并非帮派成员，两位青年人作为诗歌爱好者并以青少年活动组织者的身份一起参加了讲习班。在交往中，年逾五十的布鲁克斯与年轻一代黑人在思想观点上反映出巨大的差异。乔治·肯特（George Kent）认为，相比较而言，布鲁克斯保持着对资产阶级民主、基督教教义、社会融合等价值观的信念，而年轻一代的黑人则倾向于激进的社会运动理念以及运动中产生的社会权力关系。[①] 讲习班上思想的碰撞改变着每一个人原有的观念。布鲁克斯在访谈中提到，唐·李和布拉德福德教给了她一些关于“广阔世界”的知识，她阅读了唐·李推荐的一些书籍，例如弗朗茨·法农的《全世界受苦的人》、杜波伊斯的《黑人的灵魂》、佐拉·尼尔·赫斯顿的小说以及《马尔科姆·X 自传》等。[②] 而在此之前，布鲁克斯认为对她影响最深的书籍是拉尔夫·爱默生的《论自立》和《论补偿》。[③] 与此同时，布鲁克斯也将自己对“艺术世界”深刻的、透彻的领会传授给年轻的诗人们，细致地为他们讲授了有关诗歌创作的技巧、声音、形式传统等文学知识，用她成熟的艺术理念引领青涩的文学青年逐渐成长。唐·李成为黑人艺术运动中重要的诗人、活动家、编辑和出版人。亲密的交往和思想的交流使布鲁克斯与两位年轻人之间建立了母子般的精神和情感纽带。布鲁克斯在访谈中提到，她和两位年轻人一直将彼此视为母亲与儿子的关系。[④] 可见，种族血缘以及文化认同让他们在交往中形成了一种类似家庭成员般的亲缘关系。

另外一首诗歌中的凯奥拉佩策·考斯尔是南非诗人、政治

---

① George E. Kent, *A Life of Gwendolyn Brooks*, Kentucky: Kentucky University Press, 1990, p. 208.

② Gwendolyn Brooks, "Interview: Gwendolyn Brooks", in Gloria Wade Gayles, *Conversations with Gwendolyn Brooks*, Jackson: Mississippi University Press, 2003, p. 113.

③ Lewis, Ida, "My People are Black People", in Gloria Wade Gayles, *Conversations with Gwendolyn Brooks*, Jackson: Mississippi University Press, 2003, p. 60.

④ Gloria T. Hull and Posey Gallagher, "Update on Part One: An interview with Gwendolyn Brooks", in Gloria Wade Gayles, *Conversations with Gwendolyn Brooks*, Jackson: Mississippi University Press, 2003, p. 99.

活动家，南非非洲人国民大会中重要成员之一。1962 年至 1975 年，考斯尔因政治原因流亡美国。在此期间，考斯尔大量地了解和吸取了非裔美国人的文学与文化，70 年代，他成为发起黑人文学中的“非洲寻根”思潮，以及推动黑人表演性诗歌发展的重要人物之一。特殊的身份和经历使考斯尔促进了非洲与非洲流散族裔之间的互动交往，成为连接非洲诗歌与黑人诗歌的重要桥梁。1971 年，考斯尔出版了诗集《我的名字是非洲》（*My Name is Afrika*），而该部诗集的序言作者正是布鲁克斯。“非洲”是黑人的家园象征，布鲁克斯本人也曾经于 1971 年和 1974 年两次造访非洲。

三首诗歌是围绕着同一个主题内容展开，即塑造年青一代的黑人英雄形象，彰显黑人优秀的性格特征与价值追求，为黑人群体树立自我认同的精神和道德榜样。另外，值得关注的是三首诗歌“简洁”的形式特征。布鲁克斯认为“简洁”或者“通俗易懂”是诗歌吸引平时不读诗的黑人底层大众读者所必须的条件。这段时期，布鲁克斯实践了要为不同的职业、生活、娱乐场所的黑人大众创作诗歌的设想，并且与唐·李和布拉德福德等年轻诗人一起经常到酒吧、教堂、监狱等各种场所为黑人大众朗诵诗歌。从纸质的阅读到现场的表演，传播介质和传播方式的变化对诗歌的艺术形式产生了重要的影响。因而，这三首诗歌在内容篇幅上简洁、短小，节奏强烈、短促，用词朴素、通俗。

在这三首诗歌中，布鲁克斯试图刻画不同的黑人英雄形象，从多个侧面和角度展现更加丰富、更加饱满的黑人的品质特征与价值传统。首先，评论者麦勒姆将第一首诗歌《致凯奥拉佩策·考斯尔》的艺术手法称作“印象主义的报道模式”，[①] 此语恰到好处地传达出这首诗的整体风格特征。布鲁克斯以粗犷的

① D. H. Melhem, *Gwendolyn Brooks: Poetry and the Heroic Voice*, Lexington: Kentucky University Press, 1987, p. 203.

笔触，选取了南非流亡诗人凯奥拉佩策·考斯尔投身民族事业的三个场景片段，以速写的手法将对人物转瞬即逝的感觉印象，转化为通向“黑人性”的情感状态。这三个场景涉及考斯尔的三种身份：艺术家、社会活动家及教育家，而艺术家与激进社会运动家身份的重叠正是黑人艺术运动时期黑人作家身份的重要转变。第一个场景通过刻画考斯尔的日常工作片段反映了他的艺术观：

他忙于眼前的一切。
去看，他知道，意味着去投入
社会议题与请愿者
他眼望着人生——
将人生移至手中——
默念
艺术就是人生，共进共退。（*Family* 14）

与黑人艺术运动提出艺术的标准一致，即艺术应该是集体的，功能的，投入社会的，在考斯尔看来，艺术不是资产阶级的唯美主义，而是与人生紧密相连，并发挥社会功能。第二个场景反映的是考斯尔对黑人解放运动的颂扬和动员。诗歌首先用第三人称的客观视角描绘了黑人底层大众发动革命运动的一幕：“看呀！看看历史的这一幕！/惊骇的一幕，他们穿着工作服正向你走来。”（*Family* 14）接着叙述者进入考斯尔的视角，用四个重复的排比句描述考斯尔看到的景象：他看见弱势人群的无能为力，他看见埋葬于地下的英魂的孤寂，他看见仁慈的尊严，他看见鲜血染红的艳丽的花（*Family* 14）。第三个场景反映的是考斯尔通过教学的方式引导黑人理解黑人权力运动的必要性。考斯尔所教授的不仅是黑人解放运动中牺牲的三位黑人英雄迈德加·埃夫斯、马尔科姆·X、马丁·路德·金，还有黑人青年组织黑豹党。此外，考斯尔还教授大众黑人解放运动的目标和策略，教授黑人的书籍，黑人的道德功绩和黑人的英雄气概，教授有关黑人的一切。最后，诗歌总结了考斯尔所倡导的种族精神："黑人性/是迈向本质与统一的旅程。"（*Family* 15）

第二首诗歌《至行额手礼的唐》以第一人称的叙述声音表达了布鲁克斯或者是叙述者在额手礼的相互问候中，对唐·李亲切的行为举止和友善的态度的赞赏之情。额手礼是伊斯兰教徒向对方致敬、问候时的一种社会礼节。"salaam"一词在阿拉伯语中是"和平、宁静"之意，因此，诗歌着重描绘了唐·李作为黑人艺术运动的领导者具有泰然自若和淡定从容的人格魅力。诗歌开篇就勾画了唐·李坐在椅子上惬意的神态："我喜欢看到你靠在椅子上/这样你可以舒适地靠下去，但是没有——/你的手从身后撑起，优雅地放到/胸前。"（*Family* 16）唐·李从容的心态与他对黑人事业的淡定是交织在一起的，无论面临的是"怡人悦目的"人生，或者是"粗鲁放肆的"人生，唐·李都"为生命准备着。/一场被绑住的风暴"（*Family* 16）。可见，诗歌以生活中一个平凡的片段，展现了唐·李朴实的性格与人生。

第三首诗歌《沃尔特·布拉德福德》着重表现的是黑人权力活动家沃尔特·布拉德福德坚毅、硬朗、务实的性格特征。不同于唐·李是以知识分子的身份引领黑人事业，布拉德福德更多是以实践者的身份参与黑人社会活动。诗歌由三个诗节组成。第一诗节中，布拉德福德立即就陷入黑人面临的社会困境："某种情况已经来到门前。/这是一片荒芜，沃尔特。/这是一个旋涡或者鞭打者。"（*Family* 16）其中，"荒芜""旋涡"和"鞭打"都是布鲁克斯诗歌中常用来指代黑人遭受种族压迫，或者为自由和解放而抗争时社会动荡的局面。第二个诗节中，布拉德福德的任务是要让那些失聪的耳朵听见这场交响乐中的怒号。第三个诗节中，布拉德福德成为“砖瓦匠”和“制砖匠”，凭借自己的智慧一砖一瓦地建筑起防御，阻止了白人种族主义者“鞭打”的攻击，社会从荒芜转向了秩序，布鲁克斯将他称作“植树者”。因此，布拉德福德表现出对生活坚韧的适应力和改造力。

由此可见，70 年代布鲁克斯塑造的年青一代的黑人英雄形象已经不同于她在50 年代的诗歌《黑人英雄》中塑造的黑人士兵多里·米勒，其英雄气概不仅体现在英勇杀敌，更重要的是体现在打破种族隔离的军规对自我意识的束缚，或者是《鲁道夫·里德的歌谣》中的黑人父亲，其英雄气概体现在反抗种族隔离，捍卫自己的家园和家人。相比而言，年青一代的黑人英雄的诉求更加激进、富有战斗性，他们不再以种族融合为目的，而是争取黑人团结一致与黑人自决，他们也更积极地投身黑人大众的社会运动，甚至借鉴马克思主义的阶级理论和第三世界反殖民理论寻求黑人的解放。英雄形象的树立为黑人族群的自我认同提供了可参照的榜样，同时英雄们身上体现出的道德品质成为凝聚族群成员的文化价值传统。

三　非洲血脉：黑人种族意识复兴

族群是建立在感受到亲缘关系的基础之上的，它的本质是一种在其成员潜意识信念中的心理纽带，这种心理纽带联结一个团体的人民，并且使这个团体的人民有别于其他团体的人民。[①]“非洲”无疑是黑人大家庭血脉的源头。布鲁克斯在访谈中也多次提到“非洲根源”对于唤起种族自豪感和对于族群身

① 参见［英］安东尼·史密斯《民族主义：理论、意识形态、历史》，叶江译，上海世纪出版集团 2011 年版，第 75 页。

份认同的重要性。[①] 在该部诗集中，布鲁克斯创作了一首题为《非洲青年们》（“Young Africans”）的诗歌，叙述者运用陈述语气和祈使语气向“非洲青年们”进行言说，但是，此处的“非洲青年”并不是指居住在非洲，或者以非洲国家为国籍的青年，而是指流淌着“非洲血液”的青年人，尤其是非裔美国青年人。诗歌采用了自由体的形式，诗行长短不一，叙述声音灵活多变，营造出一种充满生机、自由豪迈的氛围。口语化的用词与标准语言和自创性的复合词使用有机地结合起来，支撑起诗歌恢宏的气势。评论者麦勒姆（D. H. Malham）认为，诗歌在语言修辞上混合着陈述、阐释和评论，形式上采用大量的头韵、元韵，以及重复和平行结构，因而与诗人之前作品“沃普兰德训诫”的布道语势的表达方式和艺术效果颇为相似。[②] 从整体上看，诗歌的语言形式风格与贯穿诗歌的核心意象——生机勃勃的“非洲血脉”相互呼应，向非洲青年们发出共同使命感的召唤。

诗歌由六个诗节组成，简短的题词“狂怒的”一方面将标题中“非洲青年们”与诗歌开篇风起云涌、波澜壮阔的黑人社会运动联结起来，另一方面“狂怒的”也预示着血液沸腾和激昂的状态，同时也与诗人对黑人运动的隐喻性描述“狂怒之花”联系：

> 谁握住今日，将它从连接处抽打出
> 重筑全新的架构与开端。

---

① Gloria T. Hull and Posey Gallagher, “Update on Part One: An interview with Gwendolyn Brooks”, in Gloria Wade Gayles, *Conversations with Gwendolyn Brooks*, Jackson: Mississippi University Press, 2003, pp. 89 – 90.

② D. H. Melhem, *Gwendolyn Brooks: Poetry and the Heroic Voice*, Lexington: Kentucky University Press, 1987, p. 206.

> 黑色时代是钟鼓齐鸣的
> 诗歌时代
> 但是他们宣告这是一场
> 激烈交锋的轰鸣。(*Family* 18)

“族群是由共同的信仰和承诺来建构的，也有共同的记忆和持续性，从事联合行动。”① 诗歌开篇就以磅礴的气势和强烈的召唤，呼吁非洲青年们为族群的共同事业——“黑色时代”的开创行动起来。“诗歌时代”是一个歌颂英雄们丰功伟绩的时代，是一个族群谱写集体的荣誉与信义、追求神圣目标的黄金时代。同时，“黑色时代”充满了“激烈交锋”，这必将是一个激起社会变革的时代。布道除了具有预言性的声音力量外，还具有隐喻性的语言表达特色。紧接着，诗歌从预言性的召唤转向了隐喻性的陈述，而诗句中丰富的意象成为理解诗歌寓意的关键。第一个出现的意象是“花儿”：

> 如果花儿开放，花儿
> 必定踏上路途。喧嚣吵闹！——
> 明白车轮与人民何在，
> 明白鞭笞与呻吟何在，
> 明白死亡何在，温和的杀戮何在。(*Family* 18)

“花儿”是非洲年轻人的青春与生命的象征。叙述者向非洲青年指出了一条让“花儿”绽放的道路：他们必须投身人民的事业，经历社会的磨砺，穿越苦难、折磨、恐惧和死亡，内心却能够始终明白一切磨砺的意义与道路最终的方向何在。第

---

① ［英］安东尼·史密斯：《民族主义：理论、意识形态、历史》，叶江译，上海世纪出版集团2011年版，第13页。

二个出现的意象是“牛奶”：

> 至于那种类型的温和，
> 如果有牛奶，那必定是别有用心。
> 人性之善的牛奶必定是诡计多端
> 正如那狡诈的酒精。
> 必须是纯粹的狂怒。
> 必须正派，必须顶天立地。（*Family* 18）

白色的“牛奶”象征着人性的弱点，而“狡诈的酒精”则暗示着他人心怀不轨的怂恿。评论者麦勒姆认为，此处布鲁克斯引用了莎士比亚的著名悲剧《麦克白》中的桥段。[①] 曾经屡建功勋的英雄麦克白，因受到权力欲望的侵蚀和他人的蛊惑，最终蜕变成倒行逆施的暴君。麦克白的悲剧向世人揭示了个人欲望的无限膨胀和畸形发展必然导致毁灭。“牛奶”是不乏善良本性的麦克白心怀异志、疯狂杀戮之后，从内心渗出的汁液。因此，诗歌以此告诫青年人坚持自己纯粹的信仰和善良的本性。最终，在经历磨难和考验后，黑人性得到了重生与升华，第三个意象“非洲血液”出现：

> 他们等待着，
> 穿越时代的巨变与不断盘旋的死亡，
> 我们的黑色重生，我们的黑色醋汁，
> 我们的双手，还有我们沸腾的血液。（*Family* 18）

“醋”是指耶稣基督被钉在十字架上经受了长时间的折磨，

---

① D. H. Melhem, *Gwendolyn Brooks*: *Poetry and the Heroic Voice*, Lexington: Kentucky University Press, 1987, pp. 206 - 207.

罗马士兵拿海绒蘸满了醋汁递给他喝。耶稣尝了一口，先知的预言全部应验，他就将自己的生命交托给了上帝。基督教中耶稣受难是救赎人类的重要部分。诗歌再现了这个场景，传达的寓意是黑人在经历社会变革的阵痛后获得的黑人性重生。族群性通常在血液中被直接地感受到，因此，“非洲血液”的沸腾意味着种族意识的复兴，“双手”则表明了黑人从忍受转变为反抗。诗歌以“非洲血脉”为核心意象，呼吁非洲青年人投身种族事业，为实现种族的自决而抗争。

族群认同是当其成员视彼此为同胞，认为他们共享相关的特征，承认对同胞有着对其他人所没有的特别义务时，族群共同体才被紧密地联结在一起。在诗集《家庭照片》中，布鲁克斯将家庭成员的纽带关系扩展到族群的成员之间，试图以黑人主体间承认的价值规范与文化传统，使黑人获得自我身份识别的标准和群体的归属感。美国的公民身份本质上是以团体差异为基础来划分的，因此，对于遭致主流社会排挤的黑人来说，族群认同有利于形成紧密的团体，共同维护群体的利益，从而保障个人的权益。除了政治利益外，黑人权力运动对种族尊严和种族自豪感的呼吁，有利于破除白人霸权文化对黑人的心理奴役，在黑人的心理和文化上产生了重大的积极意义。但是，另一方面也应该看到，为了促进黑人族群的一致化和凝聚力，布鲁克斯作为个体的女性声音却受到了压制。在这部诗集中，虽然布鲁克斯依然以母亲或者预言者的声音言说，但是她的受众却主要是黑人男性而并非黑人女性。诗集中仅有一首短小的组诗《恋爱中的女人》（“Women in Love”）是以黑人女性为主角，但是她们的角色是作为恋人，而不是社会运动中积极的活动家或者女英雄。因此，正如评论者贝琪·厄基拉（Betsy Erkkila）所述，70 年代，布鲁克斯诗歌中的女性意识被以男性为中心的黑人权力运动吸收和淹没了。[①] 族群身份的高度一致化必然会引起其团体的本质化和封闭化的危险，而黑人权力运动与艺术运动把集体一致性优先于个人选择，在一定程度上导致了权威主义和文化压制，这也是其深受诟病的主要原因之一。因此，如何在“黑人内部”形成一个多层次的“交往空间”，使其成为一个具有再生能力的真正枢纽，这是布鲁克斯在 70 年代面临的巨大的创作挑战。

第二节　重返南方：黑人族群的历史使命传承

如果说，《家庭照片》是从伦理共同体的角度巩固了黑人内部的同胞感，那么，《在蒙哥马利》（“In Montgomery”）则是以历史延续性的认同唤起黑人内部的使命感。美国南方对非裔美国人而言，其意义远远超乎了地理方位的一个指涉，而是具有重要的文化含义，以及复杂的心理情感沉淀。奴隶制时期，超过 95% 的黑人是通过南方进入新大陆美国的。20 世纪初，在南方黑人大规模的迁移之前，90% 以上的黑人居住在南方。因此，南方对于黑人意味着屈辱的历史记忆，但另一方面南方也积淀了黑人早期在美洲大陆生活的文化传统和价值观念。20 世纪 50 年代，种族压迫深重的南方成为黑人民权运动的主要策源地和爆发地，孕育了现代黑人性的诞生。族群认同除了以共享的血缘情感为纽带，还体现为历史性的继承和延绵。70 年代，布鲁克斯曾经两次造访非洲，希望重回梦想中的家园寻找自我认同的文化根源。但是，非洲的经历让她意识到，非裔美国人

---

① Betsy Erkkila, “Race, Black Women Writing, and Gwendolyn Brooks”, *The Wicked Sisters: Women Poets, Literary History, and Discord*, New York, Oxford: Oxford University Press, 1992, p. 226.

的身份已经使她与世世代代在非洲居住的黑人之间形成了根本性的差异，而这种差异正是来自非洲人中的一部分迁移到美洲大陆之后独特的生存经历和历史文化积淀。1971 年，布鲁克斯进行了另一趟具有重回“家园”意义的旅行，重返南方亚拉巴马州的首府蒙哥马利，但是，与非洲的文化朝圣之旅不同，布鲁克斯此行在某种意义上是对黑人民权运动诞生地的政治思想朝圣。

一　民权运动的历史荣光

在 20 世纪上半叶两次大规模的黑人迁移之后，60 年代末南方黑人占全国黑人人口的比重下降至 53%。在黑人城市化的历史进程中，大量的南方黑人怀着对北方城市“应许之地”的期望举家迁移。但是，北方城市隐蔽性的种族歧视与种族隔离实践同样将黑人禁锢于城市中心的聚居区，黑人无法享有与其他美国公民一样的平等权利和公平机会，黑人区沦落为萧条破败的城市贫民窟，面临着失业率高、贫困问题严重、单亲家庭居多、居住条件恶劣等困境，而且暴力、吸毒、枪杀等犯罪事件频繁发生。而与此同时，在种族歧视严重、白人种族主义势力顽固的南方，黑人民权运动却通过一系列的司法诉讼斗争和非暴力抵抗运动，极大地改善了南部的种族政治气候和黑人的生存状况。1954 年，最高法院就布朗诉托皮卡教育委员会案的判决破坏了美国种族隔离制度的宪政基础。1964 年民权法案和 1965 年选举法案的颁布，意味着南部黑人重新获得了政治领域的参与权和生活领域的平等权。70 年代，以南部为核心的“阳光地带”新兴工业区的崛起推动了南部的经济繁荣。因此，历史潮流发生了戏剧性的倒转，这次是在北部城市衰落的“推力”和南部崛起的“拉力”的作用下，再加上黑人对南部乡土依恋的情感因素，70 年代出现了黑人向南方迁移的态势。正是在这样的社会历史语境中，1971 年，黑人文化期刊《乌黑》（*Ebony*）策划发行了一期“今日南方”的主题专刊。该期刊的执行编辑赫伯特·尼普森（Herbert Nipson）在“发行人陈述”中写道：

> 南方是超过95%的黑人被强制带到美国时的登陆地点，因而南方成为了今天美国黑人的大部分先辈们在国土上的奴役之地。黑人胸膛中怀着对自由如此热切的渴望，因而内战前黑人们纷纷逃离奴隶制度，内战后继续逃离半奴隶制度，逐渐在全国各地定居下来。几乎所有居住在北部、中西部和西部的黑人离开南方仅仅是一代人的时间。
>
> 今天，随着体制化改革的大致完成，以及长期追寻的民权法案的正式颁布，许许多多的黑人开始回想起他们的出生之地。他们想知道今日的南方实际上是怎样一种状况。有鉴于此，我们尝试着告诉大家。①

在这期专刊中，编辑邀请了两位在黑人文化界颇具声望的人物——“普利策诗歌奖获得者”格温朵琳·布鲁克斯，以及“普利策新闻图片奖获得者”黑人摄影师小莫内塔·斯利特（Moneta Sleet, Jr.）一起重返蒙哥马利，以诗人的眼睛和摄影师的镜头共同考察、记录、报道这座在民权斗争中名噪一时的南方城市目前的社会状况。

蒙哥马利正是期刊编辑尼普森所说的“体制化改革”和“追寻民权法案”的黑人民权运动拉开历史序幕的地方。作为南部主要的棉花种植地亚拉巴马州的首府，蒙哥马利是美国 20 世纪中期种族歧视最顽固、种族隔离最严重的城市之一。在许

---

① Herbert Nipson, “Publisher's Statement”, *Ebony*, January, 1970, p. 33.

多公共场所，例如学校、医院、餐厅、剧院、公交车等，都有形形色色的让黑人深感耻辱的种族隔离规定。1955 年，黑人妇女罗萨·帕克斯（Rosa Parks）在乘坐公共汽车时，因拒绝给白人让座而被捕。而后引发了黑人全面罢乘、反对公车上黑白隔离措施的抗争运动。这场抵制运动持续了 381 天，以最高法院裁定蒙哥马利市的公交种族隔离违宪的全面胜利而告终，展现了民权运动者的斗争意志和有效组织。但是，这场运动的意义不仅在于成功地促使当局撤销公交种族隔离法，更在于为黑人民权运动注入了全新的活力与希望，年轻的黑人牧师马丁·路德·金正是在这次运动中登上了政治舞台。他所倡导的大规模动员的非暴力直接行动使“全国有色人种协进会”（NAACP）强调的司法斗争战术相形见绌，金一跃成为全国性的黑人运动领袖。1957 年，金创立了“南方基督教领袖联盟”（SCLC），开始广泛传播非暴力斗争的思想，并积极地联合全国范围内反种族主义与反种族歧视的社会力量。

在金的领导和号召下，全国展开了此起彼伏的民权抗议运动。1960 年，北卡罗来纳州大学生针对餐厅种族隔离的静坐抗议；1961 年，旨在消除州际公路长途汽车站种族隔离发起的“自由乘行”运动；1963 年，为了抗议警察干扰选民登记发起的“由塞尔玛向蒙哥马利进军”运动；1963 年，为了敦促国会通过民权法案发起“向华盛顿进军”运动。其间，金在林肯纪念堂作了举世瞩目的题为《我有一个梦想》的演讲，而且示威游行的人群中大概有 20% 的白人。黑人的非暴力抗议站在了道义与合法性的一边，当警察血腥镇压的场面经媒体传播至全国时，黑人运动更是赢得了舆论的支持和社会的同情。不仅有许多白人自由派直接参与了运动，与黑人一起并肩抗争，甚至联邦政府也多次以法律手段和军事力量保障民权运动的顺利进行。因此，自蒙哥马利公共汽车抵制运动开始，黑人民权运动开始在全国范围内蓬勃发展，黑人民众被广泛地动员，他们积极参与、斗志昂扬。

民权运动不仅增强了黑人群体的认同感和凝聚力，而且使全社会的道义力量和舆论支持向黑人族群倾斜，在一定程度上动摇了扎根于社会观念中的种族歧视。一系列民权法案的颁布改善了黑人生存状况和种族政治气候。而这场对美国现代社会政治格局产生深远影响的历史运动正是由 1955 年蒙哥马利的公共汽车抵制运动拉开帷幕的。布鲁克斯清楚地知道蒙哥马利在民权运动中起到的关键性作用，而她本人的思想观念与马丁·路德·金在民权运动中所倡导的社会道德和基督教博爱精神的政治思想也颇为一致。因此，正是怀着对蒙哥马利的昔日荣光和金博士的革命斗志的敬仰，布鲁克斯走进了这座历史之城。

二　黑人族群的当下迷惘

到达蒙哥马利之后，布鲁克斯进行了数周的考察和采访，为诗歌创作广泛地收集素材。之后，她将这些素材进行了细致的整理，创作出《在蒙哥马利》（“In Montgomery”）一诗。评论者麦勒姆认为，如何处理素材是布鲁克斯在这首诗歌中面临的最主要的艺术性难题。[①] 确实如此。作品融合了新闻报道与文学体裁两种不同性质的表现形式和创作手法。虽然，布鲁克斯不乏直接取材于历史事件和现实人物的文学创作，但是，这首诗歌在期刊《乌黑》的“今日南方”主题特刊中发表，其传播载体和传播目的决定了作品更加鲜明的新闻性元素。20 世纪六七十年代，美国文学界进行了“新新闻主义”（New Journalism）和非虚构小说的探索，试图突破新闻报道在反映社会现实

---

① D. H. Melhem, *Gwendolyn Brooks: Poetry and the Heroic Voice*, Lexington: Kentucky University Press, 1987, p. 214.

的深刻性方面的不足，以及弥补文学作品的现实性缺失。同样的，面临黑人社会的动荡和观念的巨变，布鲁克斯也深感新闻报道和文学作品在探讨社会现实时的无力。她在自传中为这首诗自创了一个称谓“诗歌体新闻主义”（verse journalism），[①] 更加大胆地拓展不同文类之间互动的边界。诗歌覆盖了期刊的七个版面，并穿插着摄影师斯利特拍摄的图片，配合布鲁克斯走访过的街头、公交车站、教堂、市政厅、杂货店、银行、商场等地点，还有一部分在典型的生活或工作场景中的受访者。图片的视觉效果增强了诗歌的现场感和人物的真实感。布鲁克斯在创作中成功地跨越了两个文类，具体而言就是，将新闻视角与文学思路结合，将新闻素材转化为文学题材，既体现出新闻价值，又提炼出文学主旨，而联结的关键点正是在于诗人运用了一种兼具报道性和预言性的“诗歌声音”（poetic voices）。

诗歌由 677 诗行、47 个诗节组成，是布鲁克斯的第二长诗，也是她的代表作之一。诗歌记录了布鲁克斯在蒙哥马利所看到的城市景象，所采访的黑人居民的生活状况，以及他们的思想观念，还有诗人自己的思考与评论。按照整体的布局和情节的发展，诗歌大致可划分为三个部分。首先，从第一诗节到第十二诗节是主题介绍及背景渲染部分，描述了诗人对蒙哥马利的大致印象、此行的主要目的，以及她对蒙哥马利现状的总体评价。第一个诗节以富有象征意味的手法描述了诗人在蒙哥马利看到的第一个景象：“在法院广场的角落我第一眼看见的/是一位黑人男子，扛起一捆大包……”（*Montgomery* 1）[②] 第一

---

① Gwendolyn Brooks, *Report from Part One*, Detroit: Broadside Press, 1972, p. 186.

② Gwendolyn Brooks, *In Montgomery and Other Poems*, Chicago: Third World Press, 2003. 诗歌《在蒙哥马利》1971 年在期刊《乌黑》上首次发表，并收录于 2003 年的该部诗歌合集中再次出版。引文由笔者自译。后文出自同一著作的引文，将随文在括号内标出该著名称首词“*Montgomery*”和引文出处页码，不再另行作注。

个诗节在视觉形式上是英雄双行体，而听觉形式上则是切分音的韵律节奏，扛起的“大包”象征着黑人受到的奴役和压迫依然存在。第二个诗节提及了诗歌的历史主题，诗人首先回顾了轰轰烈烈的黑人民权运动，尤其是 1955 年与 1965 年在马丁·路德·金领导下，在蒙哥马利发生的两次民权运动的高潮阶段；第三、第四诗节，诗人继续回顾了蒙哥马利所承载的另外一个层面的历史意义，诗中写道：“白色的、白色的、白色的是议会大厦”，同时配以耀眼的议会大厦图片。美国内战时期，蒙哥马利曾经是南方邦联国的首都所在地，当年南方邦联国总统杰弗逊·戴维斯就是在这里宣誓就职的。因此，具有讽刺性的是，不仅罗萨·帕克斯当年乘坐的公共车成为民权运动的历史遗迹，议会大厦同样成为代表蓄奴主政权的历史名址。诗人认为，这里是“邦联国的摇篮”，而白色的议会大厦记载着“白人至上的霸权复辟”（*Montgomery* 1）。第五、第六、第七诗节运用了平行重复的句式结构“我来这里期望着”，表达了诗人对“历史之城”蒙哥马利激昂的革命精神的期盼：

我来这里期盼着
昔日紫色与金色的旗帜，
过去的热血沸腾，
金的形象印刻在每一双充满回忆的眼眸里，
还有金的口号——“伟大的时刻！”“迈向
自由！”
仍然停留在每一个人的舌尖。

我来这里期盼着
雄健的年轻人——
昂首挺胸，意气风发，

……

我来这里期盼着
一位高贵的长者
他的名字将会是道路！
方向！与前进！（*Montgomery* 2）

第八个诗节描述了诗人在蒙哥马利看到的真实情况："我来这里未曾期盼过，在这座历史之城/漫无目的与迷失困顿/目光呆滞与麻痹无力，/迟暮之人临终的喘息声/在这蔚蓝的天空下扑面而来。"（*Montgomery* 2－3）可见，愿望与现实形成了巨大的反差，诗人接着在第八、第九诗节评论了蒙哥马利的现状。她认为：进军过后，蒙哥马利的腿瘸了；呐喊过后，蒙哥马利的舌头被压扁了；激昂过后，蒙哥马利的心被剥落了。诗人向黑人同胞发出训诫，蒙哥马利对于黑人的种族精神极其重要，"想到蒙哥马利就意味着想到黑人性"，但是，这座小城沉浸在一种"白色的和平"之中，"在昔日的荣光过后，漠不关心在这片土地上驾驭了黑人性"（*Montgomery* 3）。另外，从艺术形式上看，评论者麦勒姆认为，第五、第六、第七诗节的"我来这里期盼着"、第八诗节的"我来这里未曾期盼过"、第九诗节的"进军、呐喊、激昂"之间形成了黑人音乐的呼唤与应答模式，同时也与基督教赞美诗的轮唱模式一致。①

除了形式上引用了"吟诵的布道"（chanted sermon），其实，诗歌主题思想的宗教含义也十分明显。评论者玛戈特·班克斯（Margot H. Banks）指出，诗歌主题的核心就是向牧师马丁·路德·金的观念和牺牲以及与民权运动密不可分的宗教思

① D. H. Melhem, *Gwendolyn Brooks: Poetry and the Heroic Voice*, Lexington: Kentucky University Press, 1987, p. 216.

想基础致敬。[①] 第十一诗节将民权运动与宗教思想之间的联系更明确地凸显出来。在这个诗节中，诗人先以拟人化的手法，将黑人性的状态描述为被囚禁在一个压迫性的空间里，而“他”正努力地用双手刨开屋顶和墙壁，为了争取身体与心灵的自由，为了寻找社会正义的光明。接着，诗节将黑人为了世俗自由的抗争与基督教义中自由理想的弘扬联系起来，诗中写道：“黑人性铭记着圣经，/正是黑人性重申了：/圣言是威力无边的！”（*Montgomery* 4）最后，诗歌引用了圣经不同章节中的四句经文，以国家的盛衰兴亡和基督的博爱精神，告诫黑人同胞蒙哥马利当下的民族意识低落及其对民族命运的危害。这四句圣经引文饱含着诗人预言性的声音，是将新闻素材提炼为文学主题思想的关键联结点。

第十二诗节是诗歌的过渡性诗节，评论者麦勒姆认为，这个诗节显示了布鲁克斯将各种不同的布道、对话、报道的声音杂糅成一个交响乐乐章的精湛技艺。[②] 诗节提及了部分受访者的真实姓名，他们当中有普通的黑人民众，还有民权运动的组织者和领导者，年龄跨度从十二岁到八十九岁。诗人依据他们的思想状况赋予了他们原型化的名字，例如逃避者、迷惘者、目光呆滞者、气势低迷者、费劲扛旗者、哀诉者、受打击者、心灵干枯者等（*Montgomery* 4－5）。

其次，从第十三诗节到第四十二诗节是诗歌的采访主体部分，主要是关于受访者对黑人民权运动的看法以及对蒙哥马利现状的评价。正如60年代末期布鲁克斯将自己的诗人责任描述为“超凡的报道者”，这部分诗节展示了她对事实进行观察、

① Margot H. Banks, *Religious Allusion in the Poetry of Gwendolyn Brooks*, Jefferson, North Carolina, and London: Mcfarland & Company, Inc., Publishers, 2012, p. 105.

② D. H. Melhem, *Gwendolyn Brooks: Poetry and the Heroic Voice*, Lexington: Kentucky University Press, 1987, p. 216.

选取与阐释的卓越技能。布鲁克斯从大量的素材中挑选了二十几位具有典型性和代表性的受访者，他们涵盖了不同的社会地位、职业状况与年龄阶段。其中，八十九岁的萨利是坚韧的黑人母亲的典型代表，她生过十个孩子却仅有一个存活，虽然遭受了很多磨难但她依然虔诚地“侍奉上帝”，依然坚信父亲告诉她的“一切都会改变”（*Montgomery* 5－6）。另外，诗人选取了三位二十几岁的受访者作为年青一代的代表。当问及他们对“复兴蒙哥马利”“注入新的活力”的看法时，德洛莉丝认为“这太不易！/蒙哥马利已经死去！”；洛雷塔沉思后回答道：民权运动导致了一些家庭悲剧，有时夫妻间对运动产生了严重的分歧与冲突；米尔德里德还沉浸在“塞尔玛进军”的运动中遭遇白人暴力迫害的记忆中（*Montgomery* 12－13）。再者，中年受访者大多都参与过民权运动，他们从各自的立场表达了对民权运动迥然不同的观点。本尼对此显得世故而圆滑，他的观点代表了一大部分满足于现状的黑人群体。他认为，除了年轻人惹麻烦外，蒙哥马利十分太平，但是在追问下他闪烁其词地承认，这种太平取决于人们“忽略”而不是“细查”问题（*Montgomery* 14）。托马斯是民权运动后积极从政的黑人代表，他赞同黑人需要更多的胜利、需要团结一致，但是他将一切寄托于呼吁“一位新领袖”（*Montgomery* 10）。埃德萨是选民登记员，曾经参与过“蒙哥马利促进协会”（MIA）的组建。她认为那是一个“伟大的时代”，“黑人民众斗志昂扬”，但是现在“奇迹与蒙哥马利都已死去”（*Montgomery* 9）。康妮属于以温和的方式继续推进民权改善的黑人中的一员。她管理着一家职前和职业培训机构，她的主张与布克·T. 华盛顿的实用主义颇为接近。康妮在培训中心提出的口号是“我们自己帮自己”，她相信黑人可以通过“学习”去“赚钱”，而中心的职责就是要向黑人传播“智慧与财富”（*Montgomery* 15）。受访者中还有一位重要的民权运动领导者 E. D. 尼克松，他是“全国有色人种协进会”（NAACP）在亚拉巴马州分部的负责人，正是他在1955 年邀请了年轻的牧师马丁·路德·金参与蒙哥马利公共汽车抵制运动的策划和组织，而引发运动的关键人物罗萨·帕克斯也是该组织的成员之一。诗歌引用了马丁·路德·金在《迈向自由》的演讲中对尼克松的描述：他总是“不厌其烦地将问题摆在公众良知的面前。/当其他人没有勇气去说，没有胆量和决心站立时……”（*Montgomery* 16）尼克松指出，当年蒙哥马利全城五万黑人居民万众一心，致使隔离制度开始坍塌，“蒙哥马利成为国家的导航灯”（*Montgomery* 19）。他认为，平等的经济环境正是依靠运动得以逐步改善的。但是，现在的年轻人却只满足于找到一份工作，对改善黑人民权状况的事业并无太多的兴趣。因此，从受访者们的陈述和观点中可以看出，虽然绝大部分蒙哥马利的黑人民众依然怀念着民权运动时期高昂的种族精神，却极少有人能够对反抗白人霸权保持激昂的革命斗志。

最后，第四十三诗节到第四十七诗节是诗歌的尾声部分。首先，在第四十三诗节中，诗人乘上了一辆市内的公共汽车。在车站她发现具有讽刺性的一幕：星期天等车的人很少，但是排队的黑人仍然沿着“黑人线”站着。司机说，公共车百分之九十九的乘客都是黑人，但他们当中的一部分仍然坐到后排的黑人区。虽然法律为他们解除了隔离的规定，却不能从他们心中消除低人一等的自卑（*Montgomery* 25 – 26）。十六年前罗萨·帕克斯为了在公交车上和白人享有平等的权利不惜违抗当地的法令，但是今日黑人在法律上享有了平等的权利却依然在生活上维持原有的种族等级划分。接着，在第四十四诗节中，诗人到达了德克斯特大街浸信会教堂，这里是当年马丁·路德·金开始他的牧师生涯的地方，也是他当选为“蒙哥马利促进协会”主席、策划公共汽车抵制运动的地方。诗人认为，金牧师在这里把“圣饼”给予了他的人民，因此，这里也成为她考察的最后一站。诗歌描述了教堂的现任黑人牧师默里·布兰奇的布道和黑人教众做礼拜的情景。虽然布兰奇牧师呼吁教众们不要因为满足于一份工作而失去了活力，但是教众们依然以宁静、安详的神态做完了礼拜。最后，诗歌转到了当地电台播放的两首福音音乐，将德克斯特大街浸信会教堂的黑人教众与蒙哥马利更多的白人教众联系起来。虽然福音音乐传播着救赎的喜乐和天堂的美好，但是被剥夺平等公民权的黑人显然与白人有着不同的救赎方式，这种刻意抹除差异的融合不能实现真正的种族平等。在最后一个诗节，诗人哀叹道：“马丁·路德·金没有得到自由。/蒙哥马利也没有得到自由。”（*Montgomery* 28）

三　黑人自由的未竟之业

“终于自由了！”这是1963年“向华盛顿进军”的运动中，马丁·路德·金在林肯纪念堂演讲时最后的高呼声，这也是铭刻在金的故乡亚特兰大的埃比尼泽浸信会教堂墓碑上的碑文。蒙哥马利因为其特殊的历史地位而承载着弘扬金的自由精神以及推进民权运动发展的责任，但是，正如诗人得出的结论：“马丁·路德·金没有得到自由。/蒙哥马利也没有得到自由。”虽然，民权运动使黑人群体的社会权益得到了有效的改善，但是，美国的公民身份是以群体而不是个人为基础，而黑人群体因为历史和社会原因依然处于弱势地位。因此，黑人只有强调差异化的群体身份和群体权利才能维护多元社会秩序。但是，进入70年代之后，黑人大众的政治热情和抗争意识逐渐陷入了低迷状态。布鲁克斯认为，70年代出现了一些黑人同胞“背离”自己黑人性的现象。她以黑人的发型为例指出，黑人因为缺乏足够的种族自豪感而认为白人的发型比黑人的好看，又重新开始模仿白人的发型。黑人从团结一致变得疏离涣散，把个人置于群体之上。因此，她认为60年代的一些组织和反抗性运动的精神方向应该继续保持并弘扬。[①] 布鲁克斯将自己对民族存亡的忧患意识含蓄而深刻地表现在诗歌第十一诗节凝缩的四段圣经引文里，将新闻素材提炼为文学主旨内容，糅合了报道性与预言性的诗歌声音。

第一段引文出自圣经旧约的《列王记》，其记载的是以色列王国的历史。所罗门王去世不久，以色列分裂为南北两个国家，即北部的以色列国和南部的犹大国，都城分别是撒玛利亚和耶路撒冷。希西家王是犹大国末年的君主，也是犹大国历史中极尊重上帝的君王。他在国家危难之时即位，积极倡导百姓重新敬拜上帝，并遵守上帝的命令，举国百姓的信仰因而复兴，结果得蒙上帝喜悦，国事亨通。希西家四十岁时得了一场致命的疾病，他谦卑地向耶和华祷告。先知以赛亚向希西家传达了上帝的旨意："你当把家治理得井然有序，因为你必死，不能活了。"之后，上帝医治了他的疾病，并增加了他十五年的寿数。因此，希西家肩负着重新统一以色列王国以及恢复耶路撒冷作为宗教圣地的使命。诗歌中布鲁克斯引用的正是"你当把家治理得井然有序"（*Montgomery* 4）。显然，犹大国的历史与蒙哥马利的历史之间有着诸多的相似之处。蒙哥马利是黑人民权运动的策源地和爆发地，特殊的历史意义使它成为黑人的种族精神圣地。美国因种族主义同样是分裂为两个社会：一个白人社会，一个黑人社会。蒙哥马利也出现了一位虔诚信奉上帝的领袖马丁·路德·金，他同样期望着能以基督教的博爱精神和自

---

① Gloria T. Hull, and Posey Gallagher, "Update on Part One: An interview with Gwendolyn Brooks", in Gloria Wade Gayles ed., *Conversations with Gwendolyn Brooks*, Jackson: Mississippi University Press, 2003, pp. 89 – 90.

由理想作为思想号召与行动动力，重新联合分裂的社会。但是，金博士没能像希西家一样得到上帝恩赐的充足的时间来完成黑人自由的伟大事业。“社会顽疾”种族主义侵蚀了他的生命，金的肉体消亡了，但是，他已经将“圣饼”给予了黑人民众。因此，布鲁克斯希望能够以金的精神激励黑人民众，继续为黑人自由的事业而抗争。

第二段引文出自圣经《何西阿书》（8：7）：“他们所种的是风，所收的是风暴。”（*Montgomery* 1）何西阿是北部的以色列国的先知，也是以色列被亚述灭亡之前北国的最后一位先知。他目睹了以色列国由繁荣逐渐走向衰落，最后被掳灭亡的历史。起初，北国在耶罗波安二世的统治下正经历着前所未有的繁荣。但是，统治阶级贪图享乐，罔顾人民利益，对贫苦大众进行严酷的剥削和欺压，而且还背弃了与耶和华定下的圣约，崇拜起巴力偶像。何西阿预见到这种表面物质繁荣、根基日益腐化将招致灭亡的灾难，他恳求以色列人悔改并回到耶和华的身边，可是统治者和百姓对他所宣告的信息都无动于衷。最终，北国以色列人的背信弃义招致了上帝的愤怒，其首府被邻国亚述的大军攻破后政权覆灭。圣经中先知何西阿向以色列人国传达的信息主要包含着三层含义，而这三层含义也正是诗歌中布鲁克斯试图向蒙哥马利的黑人民众传达的告诫。第一层含义是背叛。圣经是从宗教和神学的角度评判以色列民族史，因此，在圣经的记载中以色列国的衰落和灭亡全是因为背弃了对神的信仰。马丁·路德·金是黑人民权运动的杰出领袖，他集中体现着黑人对种族平等的信仰与追求，并且为黑人自由的事业而不懈奋斗直至牺牲了自己的生命。因此，在某种意义上，金与蒙哥马利的黑人民众形成了种族同胞间共同的承诺和使命。但是，70 年代布鲁克斯重返蒙哥马利时，她看到黑人民众对追随和弘扬金的精神失去了往日的坚定与热情，因而背离了种族共同的圣约。第二层含义是审判。耶和华曾与以色列人的先祖立约，以色列人敬畏上帝、遵守上帝的律法，而神则会降下充足的雨水让他们的谷物丰收。因此，收割的日子意味着神审判以色列人是否忠诚的时刻。作为上帝的使徒，何西阿向以色列传达了上帝的审判和惩戒的信息，他对以色列人的执迷不悟感到痛心疾首，他告诫以色列人，他们种下的是风而不是种子，收获也将是风暴而不是谷物。同样的，布鲁克斯向蒙哥马利的黑人民众告诫，如果70年代他们没有及时种下种族平等和社会正义的种子，将来也会一无所获。第三层含义是救赎。《何西阿书》在内容安排一个明显的特点就是审判的信息与救赎的信息交替出现。何西阿这个名字在希伯来文中有"拯救"的意思，因此，他肩负着要把同胞从罪恶中拯救出来重新与上帝建立盟约的使命。布鲁克斯在诗歌中也不断地传达着种族精神复兴的希望。

第三段引文出自圣经《约翰福音》(13：34)："我赐给你们一条新命令，乃是要你们彼此相爱。"(*Montgomery*，1) 这是在最后的晚餐时，耶稣基督跟门徒们讲的话。在逾越节的晚餐上，耶稣已经知道门徒中有人要出卖他，为了在离开之前给门徒们树立榜样，耶稣给他们洗脚，教给他们降卑自己去服侍弟兄，同时洗净污垢才能与主合一。之后，耶稣对门徒们说："我赐给你们一条新命令，乃是要你们彼此相爱；我怎样爱你们，你们也要怎样相爱。你们若有彼此相爱的心，众人就因此认出你们是我的门徒了。"耶稣的这番话是同时对忠诚于自己的门徒和背叛自己的门徒所说的，而基督教的博爱与平等正是马丁·路德·金所倡导的非暴力民权运动的思想精髓。金博士在《迈向自由》一书中阐明，无论是抵制还是静坐，或是集会游行，非暴力抵抗只是一种斗争手段，真正的目的是运用这些手段来

“唤醒对方的道德耻辱感”，非暴力抵抗“并不试图挫败或者羞辱对手”，而是设法“赢得其对手的友谊和理解”，从而最终实现种族和解与灵魂救赎。[①] 布鲁克斯在自传中也表达过相似的观点，她写道：“黑人的力量必定不是为了反对白人，而是为了支持黑人。”[②] 诗人引用这句经文弘扬金的革命思想，即用非暴力手段唤醒白人的良知，用基督教之爱感化被邪恶势力迷惑的白人种族主义分子。

第四段引文出自圣经《诗篇》（30：5）：“一宿虽有哭泣，早晨便必欢呼。”（*Montgomery* 1）第三十首诗篇出自大卫之手。大卫是正式统一以色列国的君王，也是一位虔诚的上帝的敬拜者。在一次致命的疾病痊愈之后，大卫写下这首诗篇来赞颂和敬拜上帝。病魔缠身时，大卫感受到黑夜的恐惧和悲痛，但是疾病治愈后，他再次看到清晨的光明和希望。诗篇透露出大卫对自然律法的熟知，以及对耶和华全然的信赖。布鲁克斯引用了大卫的诗篇，一则吁求上帝解救黑人遭遇的种族磨难，二则鼓励同胞们黑夜的哭泣过后会有清晨的欢乐。

由此可见，布鲁克斯在对蒙哥马利现状作出报道性描述的基础上，以圣经引文升华了诗歌的主题思想。蒙哥马利的历史记忆和民权政治遗产表现出黑人群体作为历史性义务共同体的特征。民权运动的先烈为族群利益牺牲，当下的黑人承担着继承其事业的义务，黑人族群共同体才能由历史向未来延伸。报道性与预言性声音的糅合不仅丰富了诗歌的艺术表现手法，而且从西方思想的渊源看，基督教天赋人权的信念正是民主政治体系的思想源头之一。传记作者乔治·肯特认为，基督教教义

---

① Martin Luther King, Jr., *Stride toward Freedom*, New York: Harper and Row, 1958, p. 44.

② Gwendolyn Brooks, *Report from Part One*, Detroit: Broadside Press, 1972, p. 45.

和民主理念是布鲁克斯前期思想的主要支柱。[①] 虽然60年代末期，诗人的政治立场发生了激进转变，但是从作品中可以看出，她并未放弃对基督教人文思想和民主价值的信念，只是她的目标不再是以此唤起白人社会的道义与良知，而是以此建构黑人内部的律法与凝聚力。

诗歌《在蒙哥马利》与期刊《乌黑》都以一种声音多元的方式建立起促进黑人社群整合的交往空间。首先，从诗歌文本来看，布鲁克斯广泛地采访了黑人民众对民权运动、蒙哥马利现状等关系族群利益问题的看法，并以一种新闻报道式的表现手法，忠实地呈现出受访者不同的声音，因而《在蒙哥马利》充分体现出诗人对于构筑一个平等参与、自由谈论的交往空间的积极探索。另外，从期刊的舆论话语来看，《今日南方》的主题专刊除了邀请普利策奖诗人布鲁克斯以艺术化的手法描述蒙哥马利外，专刊还邀请了不同领域、不同职业、不同阶层的黑人民众撰文发表对南方现状、黑人种族命运等重大问题的感受与思考。依据哈贝马斯的观点，话语的参与者通过语言交往行为达成对客观事物的共识，建立起主体间性承认的道德伦理规范，从而维持生活世界的交往理性与再生。因此，诗歌和期刊都在共享知识、相互商讨的对话机制的基础上，呈现事实、表达言说者自身的主体性、建立理想的交往共同体，从而使处于弱势的黑人社群的声音和意见得到有效的表达和代表。

第三节　黑人社区：黑人青少年的成长空间

虽然黑人内部的建构是以精神和文化层面为主，但实际上，

① George E. Kent, *A Life of Gwendolyn Brooks*, Kentucky: Kentucky University Press, 1990, p. 208.

共同居住地的地理因素使黑人族群结成更加紧密的联系。地理位置无疑是一个族群认同的物理边界和心理边界的重要参照物，因此，黑人群体渴望能够声称对一个地理区域拥有合法性权威。在诗集《召唤》（*Beckonings*）中，布鲁克斯正是试图以黑人社区的地理联结来巩固黑人内部。70 年代由于黑人社区的经济和治安环境的严重恶化，黑人青少年常常因自身或外部的原因成为暴力枪杀的受害者，布鲁克斯从黑人青少年的成长空间入手，希望唤起黑人族群对下一代成长的忧患意识和危机意识，从而重建和睦有序的黑人社区。诗集收录了十二首诗歌，作品内容包括有布鲁克斯为自己的弟弟雷蒙德写的挽歌，有追忆童年时光的诗歌，有庆祝黑人同胞的结婚庆典的诗歌，有父母传授实用的生活经验的诗歌，有歌颂友谊的诗歌，等等。其中，诗集中第一首《男孩死在我家旁的巷道里》（“The Boy Died in My Alley”）与最后一首《男孩们，黑皮肤》（“Boys, Black”）形成了首尾呼应，鲜明地诠释了诗集“召唤”的主题思想。在这两首诗歌中，布鲁克斯以母亲的视角思索着青春、生命、生活与黑皮肤的种族身份之间复杂的关系，揭示了 70 年代黑人社区的经济与治安环境恶化给黑人青少年成长带来巨大伤害的严重社会问题，并且以预言性的布道声音召唤黑人孩子重拾黑人性的力量。

一 城市巷道里的暴力枪杀事件

布鲁克斯在访谈和自传中表明，诗歌《男孩死在我家旁的巷道里》的创作初衷是为了反映黑人男孩因为肤色而被警察无辜杀害的社会现象，揭露黑人青少年恶劣的成长空间。70 年代，由于美国主流社会根深蒂固的种族偏见，以及黑人聚居区经济环境与治安条件的恶化，暴力、贩毒、吸毒等犯罪事件的频繁发生，愈加地成为困扰黑人社群的社会痼疾。在种族关系紧张的局势下，黑人青年男子常常成为白人警察怀疑和暴力执法的对象，不少无辜的黑人青年因此被警察射杀身亡。布鲁克斯在自传中记录了她认识的黑人男孩肯尼斯·亚历山大（Kenneth Alexander）死于警察枪口下的事件。肯尼斯与诗人的女儿诺拉是赫西高中的同学，他是一位“聪明的”“英俊的”黑人男孩，即将以“最高奖学金获得者”的荣誉毕业。布鲁克斯充满惋惜之情地回忆了出席肯尼斯奖学金授予仪式的情景：“我不会忘记肯尼斯，他害羞地坐在高台上，与其他的获奖者一起，他是唯一一位获最高奖学金的男生。”但是，“肯尼斯被杀害了，在他即将上大学之时；他被杀害了，在他即将为社会做出了不起的贡献之时；没有其它的任何原因，仅仅是因为被一名穿着制服的种族主义嗜血者兴致勃勃地追赶，被兴致勃勃地枪杀”。[①] 这件事情让布鲁克斯极为震撼和悲愤。

1974 年，诗人与丈夫亨利·布莱克里（Henry Blakely）一起游历非洲时，他们在加纳看到一个当地的男孩在街道上欢快地奔跑。眼前的一幕让布鲁克斯联想到芝加哥街头同样天真地奔跑着的黑人男孩，但是，他们却有着完全不同的社会命运。诗人与丈夫对于如何以诗歌表现“奔跑的男孩”这个母题进行了激烈的争论。布鲁克斯在访谈中描述了这个过程：

> 有一次，我们走在街上看见一个加纳男孩。他在灿烂的阳光下愉快地奔跑着。我的丈夫对此作了评论，而他的评论引发了我们之间的争论，一直持续到凌晨四点。他说：“你看那个男孩。这是一幅非常完美的少年无忧无虑的画面。所以，如果你要写一首关于他的诗歌，何不就如实地反映这种状态？写一首诗描绘奔跑着的男孩充满了欢乐，

---

① Gwendolyn Brooks, *Report from Part Oney*, Detroit: Broadside Press, 1972, p. 205.

或者是，欢乐地奔跑着的男孩?”他说，如果他要写一首关于这个男孩的诗，他就会这样去写。他不会把他看作黑人男孩，而是看作无忧无虑的少年。但是我说，如果你要忠实地描绘一个奔跑的男孩，而且你已经注意到他是黑人，那么你就不得不往下深入，而不是仅仅歌颂无忧无虑的青春。如果你联想到，这个黑人男孩奔跑着，不是在加纳，而是在芝加哥南岸，那么你就会想起女儿高中时的那位朋友——一位俊朗的少年。他就是和另一个伙伴在巷道里奔跑时被警察呵斥“站住!”，在他还没来得及慢下脚步就被警察开枪打死了。现在这样的事情不断地在芝加哥发生。[①]

由此可见，布鲁克斯正是在对芝加哥黑人社区年轻人的命运充满忧虑的心境下，创作了这首诗歌，而且以“致奔跑的男孩”作为题词突出了诗人对黑人青年问题的关切。在形式上，诗歌采用了日常化的语言表达，韵律结构松散，内容通俗易懂，有连贯的情节和对话，因而体现出歌谣的形式特征。实际上，60年代末期以后，布鲁克斯逐渐放弃了充满抒情性与思辨性的十四行诗形式，更多地倾向于运用具有民间色彩的歌谣形式。诗人认为，形象的语言表达、内涵深刻的意象、想象力丰富的比喻等诗歌的艺术表现手法，都同样可以运用在歌谣形式中，因而自己要做的就是创造一些独特的表达，同样能够提升通俗化诗歌的文学性。[②] 歌谣是一种贴近大众底层生活的诗歌形式，布鲁克斯改写了传统的歌谣形式，以此讲述了城市巷道里黑人

---

① Gloria T. Hull and Posey Gallagher, “Update on Part One: An interview with Gwendolyn Brooks”, in Gloria Wade Gayles ed., *Conversations with Gwendolyn Brooks*, Jackson: Mississippi University Press, 2003, pp. 90 – 91.

② Gloria T. Hull and Posey Gallagher, “Update on Part One: An interview with Gwendolyn Brooks”, in Gloria Wade Gayles ed., *Conversations with Gwendolyn Brooks*, Jackson: Mississippi University Press, 2003, p. 88.

男孩遭遇的种族迫害，另一方面，诗歌对种族主义的讽刺和批判拓展了传统歌谣的社会含义。

这首诗歌由九个诗节组成，传承了民间口头文学从故事的高潮部分开始的叙事模式，开篇的第一诗节即呈现了黑人男孩死于非命的残酷事实：

> 男孩死在我家旁的巷道里
> 在我毫不知情的情况下。
> 警察说道，第二天早晨
> “显然死的时候只有他一人。”（*Beckonings* 5）[①]

面对眼前无法改变的事实，黑人男孩的邻居、年长的叙述者对此表现出的更多是无奈与木然。既然叙述者对此“毫不知情”，自然就不会牵涉其中。警察提供的线索是“他死的时候是一个人”，这就意味着，其一，现场没有找到见证者，没有人确切地知道发生了什么、男孩为何被杀、被谁所杀等具体情况，这就给话语权的掌控者留下了阐释的空间。其二，男孩当时是一个人在孤独和无助的恐惧中死去，这也给叙述者的情感移入留出了空间。

歌谣的故事情节一般是在对话中展开，因而这首诗歌也主要是在警察的询问与叙述者的回答中推进，同时穿插着叙述者内心的思考。第二个诗节中，警察接着向叙述者问道：“你听见枪声了吗?”叙述者回答：“枪声，我听见了，枪声，我听见了。/我从没看见死者。”（*Beckonings* 5）此时，叙述者想到了黑人社区里的枪声，杀死这个男孩的枪声和他曾经听见过千百次的枪声一样，黑夜里子弹歪歪斜斜地呼啸而过。60 年代末至

---

① Gwendolyn Brooks，*Beckonings*，Detroit，Michigan：Broadside Press，1975. 引文由笔者自译。后文出自同一著作的引文，将随文在括号内标出“*Beckonings*”和引文出处页码，不再另行作注。

70 年代，美国内城区的黑人社区里无论是物质基础还是社会文化都开始崩溃，贫民窟成为滋生毒品和帮派械斗等犯罪事件的土壤，黑人青少年常常成为各种帮派暴力和犯罪的受害者，或者成为社区警察的怀疑对象而惨遭枪杀。据统计，70 年代，芝加哥每十个谋杀受害者中就有七个是黑人。①

警察再次敲开了叙述者的家门问道："有个男孩死在你家旁的巷道里。/有个男孩死了，就在你家旁的巷道里。/你之前知道这个男孩吗?"叙述者回答："我之前知道这个男孩。/我之前知道这个男孩，他/给我家旁的巷道画过墙绘。/我从没看到过他的面容。/我从没看到过他的未来来临。/但是我知道这个男孩。"（*Beckonings* 5）诗歌中，警察的问话以直接引语形式明确地区分开来，而叙述者的回答则运用了自由引语形式，这样叙述者的话语与心理活动就自由地交织在一起。叙述者时而从回答中陷入沉思，时而又从沉思中回到现实的问题。

在话语与内心思索的来回切换中，叙述者对此事的态度也逐渐从置身事外转变为情感移入。叙述者意识到，作为黑人社区的一员，他/她其实目睹了青少年窘迫的成长境况，目睹了他们一步步地走向灭亡，他/她却对此置若罔闻，因而他/她对黑人男孩的死亡负有不可推卸的群体责任。诗中写道：

> 我一直都听见他与死亡抗争。
> 我一直都听见呼喊声，枪战声。
> 我从早到晚都将自己的心灵与耳朵关闭。
> 我杀害了他。
>
> 我与旷野一起杀害了他

① ［美］威廉·朱利叶斯·威尔逊：《真正的穷人——内城区、底层阶级和公共政策》，成伯清、鲍磊、张戌凡译，上海人民出版社 2007 年版，第 33 页。

出于世故与精明的不知情。
我看见了他将前往何处。
我看见了他受磨难。看见了，
我没有帮他解围。（*Beckonings* 5）

叙述者对自己的冷漠感到愧疚，在自责与忏悔中，叙述者建立起了黑人社区的凝聚力与归属感。此时，男孩被害时的呼喊声凸显了黑人族群同胞之间紧密的亲缘纽带。“他大声呼喊，不仅是‘父亲！’/还有‘母亲！/姐姐！/哥哥。’”（*Beckonings* 6）最终，诗歌在引人深思的意象中结束：“巷道里的红色地面/对我是一份特殊的言说。”（*Beckonings* 6）这份鲜血染红的“特殊言说”蕴含着黑人血脉联结的共同命运与使命，它在讲述黑人年青一代成长中的城市厄运，它在召唤黑人同胞为同时代人和后代履行义务，它在呼吁同胞们为改变下一代的成长环境而联合行动。

二　黑人青少年的种族自信心召唤

布鲁克斯居住在芝加哥南岸黑人区，她熟知黑人青年因种族偏见、贫困、绝望等社会因素而被杀害的城市厄运。在非洲游历时，她目睹了同样黑皮肤的加纳青年却能够在街头无忧无虑地享受青春和生命。“奔跑的黑人男孩”有着截然不同的社会境遇，这引发了诗人对美国非裔青年人的种族命运与种族使命的思考。在诗集的第一首诗中，芝加哥城市巷道里黑人男孩的鲜血染红的地面成为一份宣告种族命运的“特殊的言说”，在诗集的最后一首诗中，“非洲根源”（African Root）成为激发黑人青年重建种族“内部律法”（Inward Law）的力量源泉。

诗歌《男孩们，黑皮肤》由63诗行、7个诗节组成，是诗集中最长的一首诗歌，也是布鲁克斯70年代重要的作品之一，1972年曾在黑人文化期刊《乌黑》（*Ebony*）中发表。诗歌最鲜明的艺术特征就是非洲音乐的节奏模式与英语诗歌的文本形式的融合。对于黑人而言，非洲音乐无疑是一种群体归属感与使命感的强烈召唤。黑人学者小休斯顿·贝克（Hurston A. Baker, Jr.）认为，非洲声音常常隐秘地深植于黑人作家的文本之中。作为一种方言土语形式，音乐远比词汇悠久古老。因此，非洲音乐的存在不仅是对黑人迎合白人的艺术形式的篡改，而且是对西方语言表达规范的颠覆。[①] 布鲁克斯正是借助非洲音乐构成的声音文本承载了黑人的非洲文化传统，诗歌中声音文本的种族“文化表演”促成了族群内部“土生土长者”的形成，[②] 也就是一种文化亲缘纽带联结的同胞群体。

声音文本的种族文化与书面文本的叙事话语一起，共同呼吁黑人青年重建种族自豪感与自信心。诗歌开篇就展现出非洲音乐强烈的节奏模式与英语表达形式的交织和对抗：

> 男孩们。黑皮肤。黑皮肤的男孩们。
> 勇敢地为自己的呼吸和面包而战。
> 你们高扬的头颅就像时钟，它敲响了新的时刻。
> 你们的心灵正在
> 颁布夏季的节令。
> 取缔冬季。
>
> 奋起吧，男孩们。男孩们，黑皮肤。黑皮肤的男孩们。
> 现在就入侵，不管你们能否获胜。
> 记住：

---

① Houston A. Baker, Jr., *Modernism and Harlem Renaissance*, Chicago: Chicago University Press, 1987, p. 60.

② 非洲声音所展现的“文化表演”，及其建构的种族内部的“土生土长者”均出自贝克的论述。参见 Houston A. Baker, Jr., *Modernism and Harlem Renaissance*, Chicago: Chicago University Press, 1987, pp. 51 – 58。

虚假的冰面下必有肥沃的土地。
记住：
磨尖你们的短斧。冲进那片绿色。
男孩们，在你们所有的转动和翻滚中，
记着非洲。(*Beckonings* 15)

首先，从文本形式上看。70 年代初，黑人美学思想在政治上和文学上都放弃了融入美国主流的主张，转而寻求以非洲为根源，创作一种黑人本土文化的美学形式。非洲传统的艺术形式意味着对艺术的群体性与表演性的社会功能的强调，将文本的表演性形式与听觉特征优先于传统文本的书面形式与书写特征，倡导艺术家创作能够进行公众性和集体性表演的文学文本。[1] 诗歌中非洲打击乐的鼓点节奏鲜明有力，语言表达清晰简洁，语气激昂迫切。音乐性的融入将诗歌朗诵转变为一种社会仪式性的表演，通过反复吟唱在表演者与听众间建立起召唤与应答，音乐与仪式化的诗歌表演成为大众可获资源。因此，诗歌有效地实现了联结非洲文化根源与黑人大众读者的美学理念，颠覆了诗歌读者主要为受教育的精英阶层的西方观点。其次，从叙事话语上看。黑人美学主张摆脱西方美学的霸权，力图开拓非洲根源的新领域，诗人提醒黑人青年们记住：时钟"敲响了新的时刻"，而且"虚假的冰面下必有肥沃的土壤"；黑人美学采取了激进的政治立场，主张艺术发挥推进社会变革的作用，诗人鼓励黑人青年们"磨尖短斧"，"勇敢地为自己的呼吸和面包而战"；黑人美学致力于通过声音、语言、文化等独立的象征系统的建构，为黑人个体提供共同体成员的身份认同

① Maureen Catherine Heacock, "Sounding a Challenge: African-American Women's Poetry and the Black Arts Movement", Ph. D. Dissertation. University of Minnesota, 1995, pp. 39 - 45.

与群体归属感，诗人希望黑人青年们时刻记着“非洲”，奋勇“冲进那片绿色”。诗人将“非洲”一词拼写为斯瓦西里语“Afrika”，斯瓦西里语是非洲语言中使用人口最多的一种，诗人以此建立与非洲根源的联系；而“绿色”也正是黑人民族主义三色旗中青春和成长的象征。

非洲音乐强调表演者与受众之间形成一种相互平等、共同参与的关系，因此，将非洲音乐融入诗歌的美学模式能极好地实现以文学促发社会变革与社会行动的黑人美学主张。在诗歌中，布鲁克斯强烈地呼吁黑人青年立即采取行动，让他们“去看，去说，去拯救。/制定律法”，而且还要青年们“让我们的内部律法生效”（*Beckonings* 15）。“内部律法”象征着黑人的种族精神与种族自决，为了让它产生效力，布鲁克斯殷切地告诫黑人青年们：

> 还有，男孩们，
> 年轻的兄弟们，年轻的兄弟们——
> 提防伪造的加冕仪式。
> 提防
> 高贵的赞美中掺杂着谦卑的宣传。
>
> 提防
> 轻易忘却的悲痛。
> 支持“阿卡提”的抗议一蹴而就
> 还有震惊你的街区，
> 还有噘起你的嘴巴，
> 然后回家看你们的《硝烟弥漫》。男孩们，
> 黑皮肤的男孩们，
> 提防轻易忘却的悲痛

它荒唐愚昧，于事无补。(*Beckonings* 15)

“阿卡提”是指位于纽约州的阿卡提监狱，1971 年爆发了一次严重的监狱暴动。当时，监狱里的两千多名囚犯挟持了四十二名狱警作为人质，向当局提出保障囚犯的基本政治权利与改善监狱生活条件的要求。经过长达四天的对抗与谈判，当局批准了囚犯提出的一部分要求，最终有十名狱警和三十三名囚犯死于这次暴动事件。70 年代初正值黑人激进主义的高潮时期，大量在社会抗议运动和骚乱事件中被捕的黑人被押送至阿卡提监狱，导致监狱囚犯人数从一千多人激增到两千多人。非裔美国人占阿卡提监狱囚犯总人数的 54%，但是监狱的三百多名狱警全是白人，因而许多狱警明目张胆地对黑人囚犯实施种族歧视和种族暴力，把他们手中的警棍称作“黑鬼棍棒”。[①] 美国监狱系统的种族压迫同样是黑人权力运动力图根除的社会现象之一，虽然阿卡提监狱囚犯因诉诸暴力手段遭致社会舆论的指责，但是这次暴动引起了社会对于残酷虐待囚犯和无视囚犯生命的社会问题的关注。阿卡提监狱暴动得到了社会上黑人民众的支持，但是诗人担心黑人同胞仅仅是出于一时的发泄愤怒，只是到街上喊喊口号、噘噘嘴，然后回到家中继续看西部电视剧《硝烟弥漫》，在虚幻的影像中耗散掉青年人斗争的意志与能量，所以诗人一再地告诫黑人同胞“提防/轻易忘却的悲痛”。传记作者乔治·肯特指出，诗歌《男孩们，黑皮肤》运用了预言性和紧迫感的语调，表现出诗人对黑人同胞没能维持过去的种族意识水平而担忧。[②]

---

① *Attica*: *The Official Report of the New York State Special Commission on Attica*, New York: Bantam Books, 1972, p. 28.

② George E. Kent, *A Life of Gwendolyn Brooks*, Kentucky: Kentucky University Press, 1990, p. 248.

另外，诗歌的题词是“一次布道”，这表明了诗人引用宗教布道的形式向“土生土长”的黑人读者传达种族文化的修辞策略。诗人以预言者的叙事声音真诚地启发和告诫黑人青年面临的困境与使命，最终以黑人牧师充满关爱和鼓励的声音给黑人青年一个真正的、高贵的“加冕仪式”：

我要向你们吐露
我爱你们
并且相信你们。
接受我的信任。
把我的信任转变为发动机。
把我的信任转变为
黑色之星。我向你们召唤。（*Beckonings* 15）

布道的声音文本将诗人与读者的关系转变为黑人牧师与教众的关系，诗歌朗诵成为一个黑人大众参与、互动的社会仪式活动，诗人不再仅仅是掌握文学技艺的艺术家，而且是文化传统的传承者。诗人向黑人青年召唤，期望他们成为“黑色之星”。1919 年，加勒比海黑人移民马库斯·加维（Marcus Garvey）在美国创立了“黑色之星轮船公司”，希望以此促进世界各地黑人之间的商业贸易，依靠黑人的团结合作精神，使全球黑人树立民族自信心，实现黑人群体的经济自强。因此，“黑色之星”表明诗人对黑人青年复兴民族精神，实现民族自决的呼吁和激励。

由此可见，在诗集《召唤》中，布鲁克斯运用贴近黑人大众民间生活的歌谣形式，讲述了城市巷道里黑人男孩遭遇的种族迫害，以及将非洲音乐的声音文本与英语诗歌的书写文本融合，承载了黑人的文化传统，试图以此唤起黑人青年的种族自豪感。黑人学者小休斯顿·贝克阐述了黑人表演性文本对于群体文化传承的意义。他认为，文本转换为一种表演后更多成为一个公共性的场域，而不仅仅是文学素养的创作实践。诗歌在文化的传播与传承中发挥积极的作用，例如在婚礼、节日、葬礼等社会仪式活动中。黑人文化表演形成了一个公众互动的场域，其要旨是社区/社群精神，也就是以一种仪式化的方式向全体社群成员言说。[①] 因此，在70年代的诗歌创作中，布鲁克斯将具有口头性特征的民间歌谣和非洲音乐融入诗歌，致力于在公众性场合向黑人朗诵诗歌，将诗歌从一种西方传统的精英阶层读物转变为底层大众可获得的社会文化资源，发挥了诗歌激励黑人民族自豪感和使命感的社会功能。

小结　黑人美学思想与表演性诗歌的创作实践

在20世纪70年代的创作阶段，布鲁克斯吸收了黑人权力运动对于种族意识与种族自决的激进思想，继续以深厚的族群忠诚感投入黑人内部的思想意识革命。60年代的黑人民权运动实际上是一场体制内的社会政治运动，随着一系列修正种族歧视法案的颁布，黑人民权运动逐渐与其他激进的社会运动一起偃旗息鼓了。在经历了60年代的社会动荡、传统价值分崩离析之后，美国出现了保守主义回潮，70年代进入了丹尼尔·贝尔所述的宗教与文化的“大修复”时期。但是，从黑人社会运动来看，自60年代中期开始崛起的“黑人权力运动”注重唤起黑人底层民众的种族意识和政治意识，动员黑人破除白人的文化霸权与心理奴役。因而，从60年代末期至70年代中期，运动

① Hurston A. Baker, Jr. , *The Journey Back: Issues in Black Literature and Criticism*, Chicago: Chicago University Press, 1980, p. 128.

的核心思想“黑人权力”成为黑人群体最具吸引力和战斗性的口号。与黑人民权运动不同，黑人权力运动把黑人问题的根源归结于美国的社会制度，不再重视种族融合原则，而是强调黑人意识、种族团结、黑人社群的力量以及黑人文化与传统的价值意义，主张重新分配政治和经济权力，由黑人控制自己社区的事务。与黑人权力运动相呼应，在黑人的艺术美学领域兴起了“黑人艺术运动”（Black Arts Movement），主张黑人作家打破欧洲形式在艺术与文化方面的特权，建构以黑人性和非洲根源为基础的独立的“黑人美学”（Black Aesthetics）。可见，70年代黑人社会与文化运动的主导意识形态强调黑人独立的政治权力、思想意识、身份认同、文化传统等，其主要目的是重建黑人社群内部。另外，从诗人个人的思想观念来看，从60年代末期，布鲁克斯就致力于创作能够唤起黑人大众的诗歌，并在艺术形式、目标读者、传播渠道等方面进行了革新和改变。与此同时，布鲁克斯还明确地提出，她的诗歌受众是酒吧、街头巷道、排水沟旁、矿井工厂、农庄等生活化的场所，并与年青一代的黑人诗人一起到不同的场所为黑人大众朗诵诗歌。这就表明70年代布鲁克斯的诗歌创作脱离了书写文本的束缚，突出了诗歌艺术的表演性特征，注重诗歌表演的场所化和情景化，并将诗歌由精英阶层的读物转变为社会大众的文化资源。

在这一阶段，布鲁克斯创作了《家庭照片》和《召唤》两部主要诗集，以及在黑人文化期刊《乌黑》上发表的长诗《在蒙哥马利》，诗歌表现了一个突出的主题，即相互理解、共享知识、彼此信任的黑人内部的建构。首先，在诗集《家庭照片》中，布鲁克斯呈现了一组黑人群体成员照片式的人物形象勾勒，以一种成员共享的血缘和文化将黑人宗族联结成为一个“黑人大家庭”。布鲁克斯借助家庭的伦理关系来建构黑人族群，一则是以家庭成员间密切的血缘纽带来巩固族群同胞的心理纽带，二则以家庭成员间共同的信念和义务来凝聚和规范族群共同体。其次，在长诗《在蒙哥马利》中，布鲁克斯重返南方城市蒙哥马利，期望以南方的历史记忆和民权政治遗产激励黑人保持激昂的革命斗志。布鲁克斯融合了诗歌体裁和新闻报道两种不同文类，以“诗歌体新闻报道”的创作手法将新闻视角与文学思路结合，将新闻素材转化为文学题材，既体现出新闻价值又提炼出文学主旨，以一种兼具报道性和预言性的“诗歌声音”激发黑人读者同胞承担起历史性的共同体义务。再者，在诗集《召唤》中，布鲁克斯从黑人青少年的成长空间入手，希望唤起黑人族群对下一代成长的忧患意识和危机意识，从而重建和睦有序的黑人社区。布鲁克斯继续以一位母亲的视角和预言者的声音，揭示了70年代黑人社区的经济与治安环境恶化给黑人青少年成长带来巨大伤害的严重社会问题。诗人一方面试图以非洲根源唤起黑人青年的种族自豪感，另一方面她呼吁黑人同胞履行义务，为改变族群下一代成长环境而联合行动。由此可见，布鲁克斯分别从共享的宗族亲缘纽带与文化价值，共享的历史记忆与民权政治遗产，以及共同的居住地联结和使命等不同层面建构黑人内部，黑人族群成为一种历史性的伦理共同体。换言之，布鲁克斯试图在黑人内部构建一个相互理解、共享知识、彼此信任的交往空间，从而确立族群群体共同遵守的行为与价值规范。

综上所述，黑人权力运动与黑人艺术运动的主导意识形态从融入美国主流转向了以黑人性和非洲为根源，力图建构独立的黑人社群内部。因而，黑人美学思想强调脱离欧洲传统和文化，突出非洲口头传统诗歌的表演性特征，倡导黑人作家创作具有公众性和群体性的诗歌作品。70年代，布鲁克斯提出诗歌的受众是在生活化场所中的黑人大众，她不仅创作了“通俗易懂”的作品，并且亲自到不同的场所为黑人大众朗诵诗歌，实践了表演性诗歌的诗学理念。当诗歌从书写文本转化为表演形式后，诗歌就成为一个公共性和群体性的社会场域，诗歌朗诵与诗歌表演观看的过程形成了一种具有仪式性意义的社会活动，其承载的黑人社群的文化象征和社会规约被传达给仪式的参与者。这样，表演者和观看者在仪式进行中内化了黑人群体共同的价值观，建立起稳固的社会共同体。根据哈贝马斯的观点，交往空间的参与者通过语言交往行为可以达成对客观事物的共识，建立起主体间承认的道德伦理规范，以此重建普遍开放、平等参与、自由商讨的宪政基础。布鲁克斯采取了相似的路径，但是她把关注点转向了黑人内部，致力于通过黑人共享的价值文化和群体成员的自我认同，在黑人内部构筑一个和睦融洽的交往空间。

第二次世界大战后美国的自由主义者提出在国家认同上效仿政教分离的模式，将种族认同视为个人在私人生活领域的文化自由表达，排除在权利、资源和责任中应用种族标准。从表面上看，国家认同与种族认同的分离推进了公民身份对多样化族群的包容性和吸纳力，但实际上，弱势群体因社会和历史原因根本无法真正享有平等的公民权利。因而有学者提出，“在多元文化国家，全面的正义理论必须既包括超越团体资格的普遍权利，也必须包括以不同团体为基础的权利，或者维护弱势文化的特殊地位”。[①] 由此可见，弱势群体的自我组织化有利于实现集体“充权”（empowerment），使群体独特的声音和意见得以表达。在这个意义上，布鲁克斯 70 年代的创作正是力图以表演性和群体性的诗歌作品推动黑人社群的整合，促成美国多元文化公民身份的发展。

① Will Kymlicka, *Multicutural Citizenship*: *A Liberal Theory of Minority Rights*, Oxford: Oxford University Press, 1995, p. 6.

第四章　殖民体系下黑人流散：跨民族的生成空间与黑人家园

自 20 世纪 60 年代末期黑人意识觉醒之后，“非洲”一直是布鲁克斯作品中想象性或者象征性的文化家园。她曾说，新的黑人意识强调黑人身份、凝聚力、自我控制与自我支配。不仅如此，最根本的黑人意识必然完全地承认“非洲根源”(African Root)。[①] 可见，在布鲁克斯看来新的黑人意识包括两个主要部分，即黑人身份和非洲根源。如果说 70 年代诗人致力于建构黑人内部的族群身份，呼吁黑人群体的自治与自决，那么，80 年代和 90 年代诗人则更鲜明地突出了非洲根源对于遭致主流文化排挤和在出生家园流放的黑人，宣称自己的差异化身份政治以及保障族群的特殊利益的重要性。如果说六七十年代，布鲁克斯主要以文化民族主义为主导意识形态，探索黑人性的内涵，那么八九十年代，布鲁克斯更多以泛非主义为主导意识形态，探讨非洲黑人的解放问题。在这个阶段，布鲁克斯的诗歌创作体现出跨民族、跨文化的流散族裔视角特点，以及以流散主体建构的身份政治策略。

首先，20 世纪 60 年代末期至 70 年代中期的黑人艺术运动

① Gwendolyn Brooks, “Interview”, in Gloria Wade Gayles eds. , *Conversations with Gwendolyn Brooks*, Jackson: Mississippi University Press, 2003, p. 112.

旗帜鲜明地宣称黑人族群独特的文化与身份，不仅有力地巩固了黑人内部的身份认同和凝聚力，而且为其他少数族裔群体和弱势文化团体以自己的差异化身份参与美国多元化社会结构的重构起到了示范性的作用。可以说，黑人艺术运动对美国多元文化的兴起产生了重大的推动作用。在经历了 60 年代的社会大分裂，以及 70 年代宗教和文化的“恢复期”之后，80 年代至 90 年代，多元文化作为美国自由主义的思想遗产，在意识形态、社会实践、文化思想等领域发挥着重要的影响力。虽然美国的保守主义势力和右翼阵营不断地猛烈攻击多元文化主义及其相关政策，但是美国的多源移民结构和多族裔社会构成的本质特征就决定了多元化与差异化的共存势必是美国不可逆转的历史潮流。另一方面，多元文化主义的繁荣也反过来有力地推动了黑人研究的发展。为了突出差异和多元，黑人学术界继续发掘种族自身的非洲传统与文化，并逐步扩展到世界范围内的非洲流散族裔在文化和历史上的共性的研究。因此，作为多元文化主义社会语境的产物，“非洲流散”研究在八九十年代逐渐成为美国黑人历史与文化研究领域重要的理论视角和研究范畴。

其次，“流散”一词源于希腊语，指种子或花粉散播开来。作为史学和文化学范畴的意义，流散特指公元 70 年和公元 135 年两次犹太战争后，犹太民族被迫离开巴勒斯坦地区在世界各地散居的经历。故此，传统的流散经历总是伴随着背井离乡、流离失所的苦难，犹太流散者面临着被迫将自己的族裔性和宗教身份分离、被移入国文化同化的命运，因此他们内心总是充满着回归故国家园的强烈渴望。但是在后殖民主义语境中，霍米·巴巴（Homi Bhabha）在对帝国流散的研究中避开中心与边缘的二元对立思维陷阱，提出了“间性空间”（liminal space）的概念。他认为，殖民者与被殖民者各自携带的不同文化在

“间性空间”中发生冲突、交融和相互趋同，从而生成了“文化混杂”（cultural hybrid）。[①] 巴巴的观点为多元文化语境中的流散研究开拓了理论视野。随着全球化发展，出于宗教、政治、文化、学术、商贸、劳动力等各种原因，在全球范围内出现了大规模和频繁的人口流动，在现代语境中，任何在自己传统的家园之外生活，并与故国家园保持种种关联的人或人群都可称为流散者，他们经历的可能是在现实生活状态或者精神领域的流散。因此，流散的涵盖面和文化影响力不断扩大。[②] 对于非洲裔移民而言，根据弗朗西斯·福斯特（Frances S. Foster）的研究，“非裔流散”（African Diaspora）这一表述曾在1965年的“国际非洲历史学家学会”上受到学者的青睐，到八九十年代这一表述在非洲历史研究领域被普遍使用。历史上，非洲人经历过三次大规模被迫或自愿的向外迁徙，如今，非洲后裔中有三分之一的人口生活在非洲大陆之外。“非洲流散文学”指任何经历身体或心灵流散的非洲人所创作的口头文学或书面文学。[③] 另外，童明在梳理“流散”概念时也特别提出了“流散视角”对于研究美国黑人文学的适用性。他指出，“对于在美国土生土长的黑人而言，他们不愿被称为非裔美国人，而宁愿被称为非洲流散者，一者以此认同非洲是自己的文化家园，二者为牢记黑人反抗贩奴蓄奴的历史，三者为抗议美国国家主义中时隐时显的种族主义。美国黑人许多作家如休斯、赖特和莫

① 包亚明：《现代性与都市文化理论》，上海社会科学院出版社2008年版，第157—158页。

② 1991年，美国流散研究主要期刊《流散：跨民族研究》（*Diaspora: A Journal of Transnational Studies*）创刊，主编Khachig Tölölyan在创刊号中将“流散”界定为涵盖“迁移者、流放者、流亡者、海外务工者，以及流放社群、海外社群、族裔社群”。

③ Frances S. Foster, "Diasporic Literature", in William L. Andrews, Frances S. Foster and Trudier Harris eds., *The Oxford Companion to African American Literature*, New York, Oxford: Oxford University Press, 1997, pp. 218-222.

里森等，常以这样的非洲流散意识表述美国黑人的政治文化差异。因此，用流散的视角研究美国黑人文化和历史，可以接触深一层的精神活动”。[①]

另外，从流散旅程图式化的空间性特征来看，童明认为，在当代的文学创作和文化实践中，流散作为一种新概念、新视角，含有文化跨民族性、文化翻译、文化旅行、文化含混等含义，也颇有德勒兹所说的游牧式思想的现代哲学意味。[②] 吉尔·德勒兹（Gilles Deleuze）是当代西方后结构主义哲学家的重要代表，也是一位擅长以空间化图式概念颠覆西方传统哲学的“游牧思想家”。德勒兹的空间思想发端于“块茎”（rhizome）概念。“块茎”的生态学特征是非中心、无规则、多元化的形态，它与传统形而上学的“树状”模式形态迥异。块茎模式与“游牧”（nomad）概念有内在的精神联系，它们都强调多元生成的后结构主义状态。虽然德勒兹从未给“游牧”以明确的界说，但是这一概念却几乎贯穿于他重要的著述之中。概括而言，游牧意味着由差异和运动构成的、未科层化的自由状态，是一种强调差异性、多样性和流变性的思想取向。游牧就是生成，也就是说，游牧在本质上可以描述为一种多元流变的“生成”（becoming），游牧的目的就是挣脱严谨、固定、独裁、等级制的符号体系樊篱。[③] 因而，德勒兹的差异化多元生成的概念恰如其分地体现了布鲁克斯诗歌作品中的流散主体在跨民族性的空间中不断协商源文化与现文化，从而生成混杂民族性的

① 童明：《飞散》，载赵一凡等编《西方文论关键词》，外语教学与研究出版社 2006 年版，第 116—117 页。学者童明将“diaspora”译作“飞散”，为了与目前通用的译法以及本书采用的译法统一，故将引用中的“飞散”改为“流散”。

② 童明：《飞散》，载赵一凡等编《西方文论关键词》，外语教学与研究出版社 2006 年版，第 113 页。

③ 麦永雄：《德勒兹与当代性：西方后结构主义思潮研究》，广西师范大学出版社 2007 年版，第 75—82 页。

状态。

在这一时期，布鲁克斯创作了《致上岸》（*To Disembark*，1981）、《戈特沙尔克与塔兰泰拉舞曲》（*Gottschalk and the Grand Tarantelle*，1988）、《黑人初级读本》（*Primer for Blacks*，1991）、《约翰内斯堡附近的男孩与其它诗歌》（*The Near-Johannesburg Boy and Other Poems*，1991）、《温妮》（*Winnie*，1991）、《回家的孩子》（*Children Coming Home*，1991）等小册子式的短篇诗集，以及收录了六十年代至九十年代作品的诗歌选集《黑人》（*Blacks*，1991）。在诗歌形式方面，布鲁克斯依然放弃了前期创作中智性、含混的诗歌风格，为了吸引诗歌阅读经验极为有限的黑人大众读者，布鲁克斯总结出诗歌应该有恰当的主题，讲述故事，产生出音乐性，并且简洁。① 当在访谈中被质疑以酒吧里的读者为标准是否恰当时，布鲁克斯回答说："我相信黑人应该相互关心，相互培养，相互交流。"诗人提出，罗伯特·彭斯就很好地做到了既让诗歌通俗易懂，同时又兼具文学性。② 布鲁克斯的诗歌形式探索虽然导致后期作品过度直白，但也有少数故事性、音乐性俱佳的作品。在诗歌主题方面，诗人延续了对非洲文化的强烈认同，同时突出了本土非洲人与非洲流散族裔之间的同盟关系，注重黑人流散主体在跨民族的实践中混杂性族裔身份生成的状态，挑战了以美国经历为界线、以同化为单一民族为目的的国家身份建构模式。

---

① George E. Kent, *A Life of Gwendolyn Brooks*, Kentucky: Kentucky University Press, 1990, p. 235; Gwendolyn Brooks, *Report from Part Oney*, Detroit: Broadside Press, 1972, p. 205.

② Gloria T. Hull and Posey Gallagher, "Update on Part One: An Interview with Gwendolyn Brooks", in Gloria Wade Gayles eds., *Conversations with Gwendolyn Brooks*, Jackson: Mississippi University Press, 2003, pp. 87 – 88.

第一节　流散主体的非洲根源认同与族裔身份政治

通过20世纪五六十年代的民权运动，美国最终消除了法律上对黑人的种族歧视和种族隔离，80年代以来政府推行的多元文化主义公共政策也极大地动摇了白人种族优越论的思想意识，在大量的“肯定性行动”中黑人的生存状况和社会地位得到了确实的提高与改善。因此，不少自由派和保守派的乐观主义者纷纷提出美国进入了“无肤色差别”（color-blind）社会的论调，不少非裔美国人也不再强调自己的“黑人性”或者特殊的种族经历，而是更愿意把自己认同为“纯粹的美国人”。对此，布鲁克斯却不以为然。她在自传中明确地宣称：“我知道从本质上而言我是彻头彻尾的非洲人。”① 布鲁克斯还在访谈中驳斥了所谓的“纯粹美国人”的观点论调。她说：“这就意味着我们要放弃或者遗忘自己的文化，自己的历史，我们的传承中所有最有价值的东西。”②

实际上，在一个白人人口占多数、白人文化占主流地位的社会，在一个黑人经历了长期的奴役制度和种族隔离制度的社会，白人优越与黑人低劣的二元对立模式早已通过潜移默化的思想灌输和习以为常的社会实践而顽固不化，因此，即使在提倡多元化和差异化相对宽松的现代语境中，一部分非裔美国人还是有意识或者无意识地选择回避自己的非洲特性，热衷于模仿白人的穿着打扮和举止行为。对于黑人同胞淡化自己黑人性

① Gwendolyn Brooks, *Report from Part One*, Detroit: Broadside Press, 1972, p. 45.

② D. H. Mehlem, “Gwendolyn Brooks: Humanism and Heroism”, in Gloria Wade Gayles eds., *Conversations with Gwendolyn Brooks*, Jackson: Mississippi University Press, 2003, p. 151.

特征的做法，布鲁克斯感到痛心疾首。1981年，布鲁克斯出版了诗集《黑人初级读本》（*Primer for Blacks*）。诗集由三首诗歌构成，布鲁克斯给诗集加注了一个副标题：“三篇布道”。可见，诗人有意将诗人与读者的关系转变为更加亲密的牧师与教众的关系，以质朴的语言和真挚的情感，在一种社会仪式化的场域中向黑人同胞发出召唤和颂扬。诗集的三首诗歌也成了诗人在众多朗诵活动中深受听众喜爱的作品。布鲁克斯在诗歌中不断地激励黑人同胞，呼吁他们完全地接纳自己的非洲根源和非洲特征，从而保持自己的民族自信心与自豪感。

一　非洲血脉的散播与跨民族主义身份建构

在承认和吸收非洲根源的同时，布鲁克斯在新的历史语境中对族裔问题的看法体现出一种跨民族的思维和视角。在美国，人们对黑人的称谓经历过几次变化，80年代开始普遍使用“非裔美国人”（African American）这一界定，但是布鲁克斯却坚持使用复数形式的“黑人”（Blacks）一词。她在访谈中强调世界黑人身份的一致性：

> 当下人们提议将“非裔美国人”确定为官方称谓，这一表述显然是冷漠的、排他性的。如何看待那些生活在加纳、坦桑尼亚、肯尼亚、尼日利亚、南非、巴西的黑人大家庭成员呢？为什么要将他们排除在我们考虑的范围之外呢？所有的黑人都是一家，无论他们身在何处。首字母大写的黑人或者黑人们是一种开放性、延展性、统一性、赋权型的总称。[①]

① D. H. Mehlem, “Gwendolyn Brooks: Humanism and Heroism”, in Gloria Wade Gayles eds., *Conversations with Gwendolyn Brooks*, Jackson: Mississippi University Press, 2003, p. 150.

可见，布鲁克斯运用了以流散的跨民族视角来建构黑人族裔性的身份政治策略。诗集同名诗《黑人初级读本》体现了黑人身份从辖域化的美国本土黑人身份，到解域化的世界黑人流散身份建构路径。

诗歌由七个诗节组成，在第一诗节中，叙述者首先以布道的口吻召唤美国本土黑人以“黑人性”作为身份的本质属性：

> 黑人性
> 是一个头衔，
> 是一项当务之急，
> 是敢于担当的黑人民族
> 必然去理解的——
> 在其中你们将
> 领悟到你们的荣光。（*Primer* 9）①

“黑人性”对于非洲流散族裔的重要意义不言而喻，是标示黑人身份的“头衔”，但同时叙述者也明白，“黑人性”是受到移居地主流文化排斥的他者身份，因而告诫黑人“黑人性”也是身份建构中面临的“当务之急”。第二诗节进一步展现出黑人遭致移居地主流文化贬抑时，对“白人性”产生的羡慕和向往。诗中写道：“神志清醒的人大声叫唤/一切当中就是白人/‘做白人真是太好了。’”（*Primer* 9）在黑白对立的等级关系下，流散者为了生存不得不认同白人主流文化，并且对白人主流文化产生了臣服的心理。

为了破除黑人在白人主流文化中产生的奴役心理，叙述者

---

① Gwendolyn Brooks, *Primer for Blacks*, Chicago: Third Wold Press, 1991. 引文由笔者自译。后文出自同一著作的引文，将随文在括号内标出“*Primer*”和引文出处页码，不再另行作注。

在第三诗节将“黑人性”与地理意义关联，通过非洲流散扩大黑人团结一致的群体基础。诗中写道：“黑人这个词/有一种地理的力量，/把所有人拉进来：/这里的黑人——/那里的黑人/无论任何地方的黑人。”（*Primer* 9）黑人群体的纽带首先是建立在共同的血脉上，叙述借用白人“一滴血”歧视性的原则，并把它反转为黑人团结一致的纽带。叙述者告诫黑人牢记，正是白人反复灌输的“一滴血，造就了一个全新的黑人世界”（*Primer* 9），因为“一滴血”让黑人拥有了数量众多的同胞。地域分布广阔，同胞数量庞大，进而使“黑人性”得到了延展，这种延展不仅是血脉上的，而且也是地理意义上的。叙述者列举了流散中的黑人将自己的“一滴血”与不同肤色的人种混血，血液的杂糅使得“黑人性”不仅有“黑色”，而且还有“铁锈红”“奶油白”“棕褐色”“黄棕色”“深棕色”“棕色”“浅棕色”“浅褐色”“褐红色”等。叙述者预言道，“黑人性”也在这五彩斑斓的色谱中不断扩展。可见，布鲁克斯以“一滴血”的混血原则，一方面呈现了流散中黑人“种子”散播开来的过程，跨越肤色与国界的散播使黑人获得了跨国主义的流动性；另一方面，“一滴血”原则打破了西方对肤色条块分割的辖域化等级控制，五彩斑斓的混血肤色形成了一条逃逸线，从肤色等级的强制性思想结构内逃逸而出，创造出新的跨民族主义身份流变和生成的可能性。跨民族主义的身份流变不仅表明流散者保持着与母国的文化纽带，并且表明了散播过程中与不同文化杂糅形成的混杂身份，挑战了美国同化所有移民的“大熔炉”论断。

伴随着肤色的“解辖域化”，黑人性获得了不断的延展和丰富，流散的精神不仅是对“家园故土”的依恋，更在其强壮的再生能力，移居地也是文化再创造之地。此时诗歌从两个层面再次辖域化。第一个层面的再次辖域化是回到黑人性，并重新理解黑人性。叙述者召唤道："我们向前迈进的重大并艰辛的目标/就是去理解，/去致敬和热爱我们是黑人的现实，/这是我们的'终极现实'，/这是一个人迹罕至之地。"（*Primer* 10）但正是从此地，黑人性将经历"意义重大的蜕变"以及"蓬勃有力的断奏"，之后无论是黑人个体还是群体都获得了提升和进步。第二个层面的再次辖域化是回到美国本土，并重新理解非裔美国人的混杂身份。此时叙述者再次向美国本土黑人发出召唤，无论他们是纯黑人，还是与印第安人或者白人混血的黑人，都以"黑人性"作为自己骨子里最内在的底色，也作为展示于人前最显耀的外表特色。

二　非洲特征的接纳与黑人女性他者身体

不同于70年代创作中，布鲁克斯大多是以黑人男性作为诗歌的主要人物，而且以黑人男性作为诗歌主要的言说对象，在八九十年代的创作中，布鲁克斯重新给以黑人女性充分的关注和重视。70年代为了实现黑人权力运动中民族团结一致的目标，女性身份问题被视为种族解放事业中分裂性和边缘化的支流。因此，为了建立起种族内部两性之间的联盟，黑人女性在布鲁克斯的作品中往往承担着协助黑人男性的角色。但是，在八九十年代的诗歌作品中，布鲁克斯塑造了丰富的黑人女性形象，有些作品则直接向黑人女性言说，关注她们的生活体验以及精神成长。诗集的第二首诗歌《致留着自然卷发的姐妹们》（"To Those of My Sisters Who Kept Their Natural"）就是以黑人女性作为言说的对象，关注黑人女性的身体政治。

诗歌中，叙述者以布道的口吻，热情洋溢地颂扬了那些留着非洲人特有的、自然卷发的黑人女性同胞。在诗歌标题与正文内容之间有一句题词："永远不再看那把齿状的电热梳。"（*Primer* 12）黑人女性的身体常常成为种族主义和性别主义的社会话语控制的客体化对象。种族主义和性别主义话语转化成一系列微妙的、具有渗透性的微观权力机制，电热梳就是权力话语的具体符号之一。电热梳是黑人女性极为熟悉的生活用品，她们常常用电热梳把自己卷曲的头发拉直，模仿白人女性的发型。因此，电热梳表明了美国社会是以白人女性的外貌特征作为美的标准，它象征着主流文化对黑人女性的歧视和压迫，同时它也暴露出黑人女性内化了白人价值标准，在内心产生了自卑心理和自我憎恶的情绪。题词的这句话似乎是布鲁克斯对黑人女性的告诫，又似乎是黑人女性自我的内心独白。

黑人女性的身体不仅是权力规训的客体对象，同时也蕴含着反抗性的场域。种族主义和性别主义通过文化性的符号和象征，将黑人女性的身体建构为低等的、丑陋的身体形象，而白人女性身体则是优等的、美丽的身体形象。与文化建构论将黑人女性的身体视作被刻写的客体的方式不同，布鲁克斯将黑人女性的非洲生理属性视作生产新的主体性模式的场域，颂扬黑人女性以非洲生理特征作为抵抗的机制，打破二元对立的框架对黑人女性身体的束缚。第一诗节是以黑人女性的“自然卷发”为核心意象展开，围绕着她们的“头发”自然而然的生长状态，由此引申到黑人女性的心智和品性也同样顺应本真的自我，一种自由自在的生成状态。叙述者向黑人女性发出了由衷的赞美和鼓励：

姐妹们！
我爱你们。
因为你们爱你们自己。
因为你们有时直立。
因为你们有时弯曲。
适宜相称，不卑不亢，和蔼可亲。

干净利落，心肠柔软——适宜相称。
还有你们有时克制。
还有你们有时延伸。
还有你们有时向前迈出一步。
还有你们有时往后退出一步。
你们的双眼，狂野而温情，在哭泣和
微笑时，
它们亘古不变。
还有你们充满青春活力。
你们争取，适宜相称。
你们平息，适宜相称。
而所有这一切
都在你们那桀骜不驯而又恰逢其时的头发下面。
(*Primer* 12)

诗歌开篇叙述者就如同牧师开始布道一样，以祈使句的方式向黑人女同胞发出强烈的呼唤：“姐妹们！/我爱你们。/因为你们爱你们自己。”接着，诗歌以“头发”作为黑人女性自我意识的象征，“头发”自然而然生长的状态正是她们内心世界中坚定有力、张弛有度的自我意识生成的状态。诗歌应用了大量的递增式重复和对比结构，使布道简洁有力地颂扬和传递信息。诗歌将有形的“头发”和抽象的“黑人女性自我意识”融合在一起，“适宜相称”在诗节中重复出现，表明了一种生长的规律，这也正是流散主体“生成”状态的一种本质表现。

在第二诗节中，叙述者把关注点转向了规劝黑人女性不要模仿白人女性的话题上。八九十年代，随着黑人权力运动的退潮以及白人消费文化的影响，黑人再次以白人的审美标准改造自己的非洲外貌特征，模仿白人的审美形象。为了反抗种族主义的压迫，黑人女性必须打破自己对白人女性的审美标准的依附，树立以自己的种族特征为标准的自我意识。因此，叙述者赞扬黑人女性同胞破除了白人文化的心理奴役，她们不再购买“金发碧眼的洋娃娃”，不再使用“电热梳”，不再崇拜“玛丽莲·梦露”，不再模仿“白人女性向外翻的卷发潮流”，因为她们的内心不再渴望变成白人女性的样子，不再羡慕白人女性的样子，也不再模仿商业广告（*Primer* 12）。一系列的白人文化符号揭露了种族主义与性别主义通过消费文化和大众文化的微观权力方式，对黑人女性身体的话语刻写与操控。在黑人女性的自我“生成”中，布鲁克斯拒斥了以白人女性作为外在模仿的原点基础，倡导黑人女性内在性的“生成”。这一主张与德勒兹在“生成论”中颠覆柏拉图预设的原本/摹本、真实/虚假的二元模仿论的思路一致。①

在将白人女性作为模仿原点进行“解辖域化”后，在第三个诗节中，叙述者向黑人女性呈现了一个充满差异性和他者化的自由生成空间，并热情洋溢地颂扬黑人女性对非洲特征的本真自我的遵从。诗中写道：“但是这粗粝的、黑色的他者音乐！/是真实的，/是恰当的。/对自我与印记自然而然的崇敬！/姐妹们！/你们的头发是世界的一场庆典！”（*Primer* 12）

三　非洲根源的保持与移居地的同化主义

流散除了指特定群体在地理意义上散播的移居状态外，也蕴含着流散群体被“流放”和被“囚禁”的心理感受。美国黑人因奴隶贸易而被迫流散，在废除蓄奴制之后也依然受到移居地在政治和文化上的压迫。美国黑人被剥夺选举权，被迫接受种族隔离下劣等的生活、教育和就业环境，经常受到白人至上

① 对德勒兹“生成论”的研究可参阅麦永雄《德勒兹与当代性：西方后结构主义思潮研究》，广西师范大学出版社2007年版，第75—79页。

主义极端组织的恐吓和袭击，甚至受到警察和司法等国家机构不公正的暴力执法。种族主义制度和实践的思想基础正是非洲人比其他人种，尤其是欧洲白色人种低劣的谬论。诗集的第三首诗《复活前的安魂曲》（“Requiem before Revival”）以布道口吻警示黑人面临种族意识灭亡的精神危机，召唤黑人破除白人文化强加的心灵枷锁。为了让诗歌通俗易懂，为了吸引黑人大众读者，为了便于诗歌在酒吧、街头等场所朗诵，布鲁克斯运用了散文形式，在内容的传达上更加地直白和口语化，受到年青一代黑人诗人的影响，更多地使用街头语言，但另一方面，诗歌的文学性和声音韵律受到了一定程度的损失。

“安魂曲”是基督教在悼念逝者的宗教仪式中演唱的合唱套曲，基督教徒相信为在炼狱中的逝者进行弥撒，可以缩短他们在炼狱的日子，令他们更早进入天国。“安魂曲”寄托了对亡灵的深切追思，诉说着渴望获得上帝救赎的祈愿，传达了对生命和死亡的认知。布鲁克斯将“安魂曲”丰富的宗教含义以及死亡主题内涵引入诗歌中，传达了对黑人精神危机的忧思以及对黑人意识重生的期盼。布鲁克斯的“安魂曲”开宗明义地宣称：“我们仍然需要一份必不可少的黑人声明，用以辩护和界定。”（*Primer* 14）这份“黑人声明”辩护和界定正是黑人性在移居地美国的合法性。“黑人声明”受到同化主义者暗地里或者公开地遏制，但不管怎样，在“黑人的灵魂”里始终存有对黑人获得承认的渴望。

诗歌的第二部分将白人与黑人对自身族裔身份合法性的态度做了对比。叙述者肯定了白人的做法，因为“他们除了做自己之外，从未想过要成为任何其他人。他们一直以来都是，并且永远都是十足地自豪于自己是白人。在他们看来，没有任何其他东西比作白人更好，或者能企及做白人的万分之一的好处，过去没有，将来也不会有。他们对自身的正当性有一种势不可当的坚定信念”（*Primer* 14）。另一方面，叙述者批判了黑人对白人亦步亦趋的模仿，指责黑人“跟在白人花衣魔笛手的身后，沿路追随，用一种奇怪的目光盯住白人背影的每一次转变，充满了崇敬之情。他们被迷惑的心智狂热地且坚定地确信，没有什么比在这种尾随中感受到尾流的震动更好的了”（*Primer* 14）。黑人在白人文化的同化下丧失了对自己族裔身份的信念，不断地以白人文化的标准改造自己，这是一种精神死亡的体现。

诗歌的第三部分笔锋一转，表达了叙述者仍然怀有对种族意识复兴的期望，这是超越死亡获得救赎期望。叙述者坦言：“我依然怀有之前的乐观。尽管外部环境充斥着失望、沮丧和困惑，我依然相信，我们当中的弱者终将会意识到我们的人数如此惊人的众多，意识到我们的本质是高尚的和正当的。之后，他们会向着清晰和澄明迈出自信与坚定的步伐。”（*Primer* 15）带着对黑人的种族意识复兴的期望，布鲁克斯继续探寻新的黑人流散主体生成的路径。

总体而言，诗集《黑人初级读本》践行了布鲁克斯以黑人大众为目标读者的诗学理念。诗集不是晦涩难懂的大部头，而是仅有三首短诗组成的小册子，读者可以在任何时间、任何地点轻松地完成阅读。诗歌主题都是召唤黑人接纳非洲根源，形成团结一致的群体，主题对黑人大众有吸引力。诗歌语言生活化，简洁易懂，富有节奏感和音乐性。

第二节　泛非主义视域下的黑人命运共同体

从非洲大陆到美洲大陆的跨大西洋贩奴贸易造成了非洲黑人在全世界范围，尤其是在美洲大陆的流散，另一方面，帝国主义对非洲黑人的剥削与压迫同时也促使非洲黑人寻求反抗与解放的道路。泛非主义是在非洲黑人流散的社会历史语境中产生的，旨在促进和加强非洲大陆本土黑人与全世界流散黑人之间联结关系。泛非主义的核心的理念是，非洲大陆的黑人与全世界流散的黑人不仅有着共同的历史，而且他们的命运休戚与共。泛非主义者主要致力于非洲黑人以及非洲流散黑人在社会、经济、文化和政治上获得解放。泛非主义主要经历了两个历史时期的发展。早期的泛非主义产生于跨大西洋贩奴贸易形成的非洲黑人流散，强调所有非洲黑人的团结一致，寻求共同的解放。后期的泛非主义产生于第二次世界大战后非洲大陆反殖民主义民族解放的历史语境中，强调非洲大陆黑人与流散黑人的团结一致，共同解放和共同进步。①

20 世纪 80 年代，美国处于共和党党派成员里根总统执政的保守主义时期，轰轰烈烈的民权运动和黑人权力运动退潮，黑人的种族意识和革命意识淡化。另一方面，南非的种族隔离与美国的种族隔离有着相同的资本主义和种族主义根源，以及相似的体制化的种族隔离制度与实践。南非的反种族隔离斗争引起国际社会的广泛关注和支持。布鲁克斯从电视、广播、报纸等多种渠道了解到南非的种族隔离状况以及反种族隔离斗争，并创作了以南非种族隔离为素材的诗歌，体现了黑人命运共同体的泛非主义思想。

一　南非种族隔离下黑人男孩的生存困境

种族隔离制（apartheid）是白人殖民者对南非各族人民，特别是对占人口绝大多数的黑人实行的一种特殊形式的殖民政策。1986 年，布鲁克斯出版了诗集《约翰内斯堡附近的男孩与其它诗歌》（*The Near-Johannesburg Boy and Other Poems*），诗集

① Hakim Adi, *Pan-Africanism: A History*, New York: Bloomsbury Acdemic, 2018, pp. 1–4.

同名诗《约翰内斯堡附近的男孩》的创作素材来自南非的种族隔离下黑人男孩的生存困境。布鲁克斯在访谈中谈及了这首诗歌创作的灵感来源：

> 我在电视上看到在正在南非发生的恐怖画面。具体激发我创作这首诗歌的是我听到一个孩子向另一个孩子说的话："你被拘留过吗？"我从报道中对此有所了解。他们对蹲监狱已经如此的习以为常，好像蹲监狱就是举行一次户外烧烤。①

南非的土著居民是班图部族黑人，17 世纪欧洲资本主义向帝国主义扩张的过程中，荷兰人、英国人纷纷开始了对南非的殖民统治与掠夺。为了维护白人的优等地位，1910 年南非联邦建立之后，以国家机器作为后盾的白人政权在 1910 年至 1948 年的 38 年间通过了《矿山和工厂法》《土著劳工管理法》《主仆法》《土著土地法》《学徒法》《文明劳工通令》等近 50 部种族主义法律。1948 年南非国民党上台执政后更加肆无忌惮地推行种族隔离政策，先后通过了《人口登记法》《种族居住法》《通行证法》《班图自治法》等 300 余部种族主义法律，从而使种族隔离制度浸透到南非的各个领域和各个角落。其中，1951 年实施的《种族居住法》把城市划为白人、有色人、亚洲人、黑人分隔居住的区域，禁止跨人种杂居。1952 年实施的《通行证法》规定黑人必须随身携带通行证及其他身份证件，警察有权随意检查并监禁证件不齐的黑人。1959 年制定的《班图自治法》将班图人按族别划分在 10 个"黑人家园"中，由南非白

① Kevin Bezner, "Alife Distilled: An interview with Gwendolyn Brooks", in Gloria Wade Gayles eds., *Conversations with Gwendolyn Brooks*, Jackson: Mississippi University Press, 2003, p. 123.

人政权派出“顾问团”加以控制。白人政权把南非 70% 的国民收入划归白人所有，87% 的土地由白人霸占，仅把 13% 的土地划给“黑人家园”。这 10 个“黑人家园”由 92 块最贫瘠的乡村种族隔离区组成，这些地区没有工业、矿藏，农业落后，人口稠密，交通极为不便，黑人生活十分困难。[①]

诗歌中提及的约翰内斯堡是南非的第一大城市，以盛产黄金闻名遐迩，显然不属于黑人生活和工作的区域。诗歌的题词部分详述了布鲁克斯创作这首诗歌的素材来源：

> 在南非黑人孩子彼此询问：“你被拘留过吗？你被拘留过几次？”
>
> 文中的男孩不住在约翰内斯堡。他不能住在那儿。他或许住在索韦托。(*Near-Johannesburg* 11)[②]

依据南非的种族隔离制度，黑人男孩不能居住在资源富饶的白人区约翰内斯堡，而是住在其南边的南非最大的一个黑人城镇索韦托。诗歌主体部分运用第一人称叙述，也就是南非黑人孩子的视角和声音，讲述了南非严酷的种族歧视与种族迫害。男孩首先讲述了白人殖民者对黑人土地的剥夺：

> 这些人
> 不喜欢有色人种里的黑人。
> 他们不喜欢我们
> 把我们的国家称为我们的。

---

① 参见杨兴华《试论南非种族隔离制度》，《世界历史》1987 年第 2 期。

② Gwendolyn Brooks, *The Near-Johannesburg Boy and Other Poems*, Chicago: Third Wold Press, 1991. 引文由笔者自译。后文出自同一著作的引文，将随文在括号内标出“*Near-Johannesburg*”和引文出处页码，不再另行作注。

他们说我们的国家不是我们自己的。（*Near-Johannesburg* 11）

对南非黑人土地的掠夺是在其他领域里对黑人进行殖民掠夺的基础。17 世纪中叶之前，南非还是非洲土著居民生活的乐土。但是随着殖民主义的扩张，荷兰殖民者大肆入侵非洲，强占非洲矿产资源丰富、物产富饶的土地。19 世纪初荷兰衰落，英国乘机取代，侵占南非。到 19 世纪末期，南非大部分土地被荷兰及英国殖民者瓜分完毕。1901 年殖民者在非洲黑人的土地上建立了白人政权南非联邦，这是对黑人土地赤裸裸的暴力掠夺。南非白人政权建立后，转向以立法和行政的手段继续掠夺黑人土地，先后通过《种族居住法》《土著土地法》《班图自治法》等一系列法案，把当地黑人赶入资源贫瘠、面积狭小的“土著保留区”，南非资源丰富的土地被白人殖民者独占。讽刺的是，白人殖民者成为南非的“主人”，土著黑人却成为南非的“外来者”。诗中的南非黑人孩子因此说：“我们的国家不是我们自己的。”

除了贪婪的土地资源攫掠外，白人殖民者还制定了严苛的《人口登记法》《通行证法》《劳工法令》《犯罪行为法》等法律，剥削和压榨非洲黑人的劳动力，并对黑人的反抗进行残酷的镇压。诗歌从黑人男孩的视角分别讲述黑人父母在种族隔离制度下的生活遭遇，但同时也暗含着黑人反抗的勇气。男孩的叙述声音把白人当局称为“他们”，把父母亲切地称为“我的父亲”“我的母亲”（*Near-Johannesburg* 11）。男孩讲述道：“父亲的身体直到被他们拦住前都是完整。/突然。/被一枪打中。”父亲的死亡也激起了男孩的反抗意识，他大声地反抗道：“不。最先是拳头与愤怒。/最后才是倒下。”（*Near-Johannesburg* 12）男孩的讲述中母亲是个乐观的人：“我的母亲/总是发出爽朗的笑声/在阳光下，在节日庆典的星光下。”（*Near-Johannesburg* 12）面对父亲的被害，母亲没有被击垮，而是坚定地让生活继续进行。

男孩也成为反抗殖民暴政的新生力量，他大声说道：“受够了萧条，受够了古老的故事。/就像烈火中清白的矛/我向前进。”（*Near-Johannesburg* 12）此时，千千万万觉醒的黑人青年会集起来，踏进黑人禁止通行的白人区域，紧握愤怒的拳头。南非的殖民暴政引发了黑人持续不断的反抗运动，从非暴力示威、抗议、罢工，到有组织的政治行动，以及武装抵抗。1912年南非受过教育的黑人精英阶层成立了“非洲国民大会”（简称非国大），成为反对种族隔离的中坚领导力量。起初非国大采取非暴力的运动方式，组织了“蔑视不公正法令”的示威游行、“反通行法”等的和平抗议，但是在遭致白人政权的血腥镇压后，1961 年非国大放弃非暴力立场，组织军事组织“民族之矛”，开展武装抗争。1976 年南非发生索韦托抗议运动，原因是南非当局规定黑人学校要使用南非荷兰语授课，激起黑人家长和学生抗议。警察用催泪瓦斯和子弹武力镇压示威人群，造成400—700 人死亡。诗歌的最后黑人孩子坚定地说道：“我们必将以拳头和愤怒铸就：/我们必将在热血的时代奋力击打：/我们必将/我们必将。”（*Near-Johannesburg* 12）黑人男孩的自述部分显示了布鲁克斯对诗歌声音和韵律的高超技艺，诗行铿锵有力，情绪激昂。

二　南非反种族隔离的黑人女英雄温妮

纳尔逊·曼德拉是南非反种族隔离的伟大领袖，为推翻南非种族隔离制度进行了艰苦卓绝的斗争，以其坚定的信念、坚强的意志、卓越的领导才能赢得国际盛誉。布鲁克斯对南非反种族隔离的关注一定绕不开曼德拉。但是，诗人没有直接以曼德拉的传奇人生为创作素材，而是把目光转向曼德拉的妻子温妮·曼德拉，她不仅是曼德拉在狱中时主要的政治代言人，而且也以自己坚毅的战斗精神赢得了南非人民的拥护。

1944 年，曼德拉加入非洲国民大会，之后多次组织和领导反对种族隔离制度的斗争，并因此多次被捕。1961 年，曼德拉成立了地下武装组织“民族之矛”，制造多起爆炸事件。1964 年，曼德拉再次被捕，南非当局以叛国罪判处他终身监禁，自此曼德拉开始长达 27 年的铁窗生涯。1990 年，在国际社会的严厉谴责和制裁的压力下，南非政府宣布解除种族隔离；同年，南非政府宣布无条件释放曼德拉。1990 年 2 月 11 日，七十二岁的曼德拉走出监狱大门，不仅代表着个人重获自由，而且象征着反种族隔离制度的正义事业的胜利。

曼德拉的妻子温妮·曼德拉于 1958 年与曼德拉结婚后，一直积极支持丈夫的反种族隔离事业。在曼德拉被关押的 27 年间，温妮在监狱外奔走呐喊，继续为反对种族隔离制度而奋斗不懈。同时，温妮还含辛茹苦地抚养与曼德拉生育的孩子。温妮集战斗精神和母爱精神为一体的形象赢得了广大黑人的爱戴。在 20 世纪 80 年代，温妮不仅被视为反种族隔离制度的斗士，同时还被尊为“黑人母亲”。温妮与日俱增的政治影响力对南非白人政权构成威胁，政府不断对温妮实行拘留、监禁、流放，禁止她在公共场合讲话，还派人枪击她的住所。温妮没有被白人暴政吓倒，反而在反对种族隔离的斗争中一步步成长起来，成为一位坚毅的、果敢的、为自由而战的斗士。但同时，温妮暴力激进的斗争方式，专横独断的领导作风，以及冷酷无情的性格也不断受到非洲国民大会的指责。

1991 年，布鲁克斯出版了诗集《温妮》，诗集仅由两首诗组成，同名诗《温妮》（“Winnie”）与《温妮之歌》（“Song of Winnie”），两首诗正是以温妮·曼德拉为原型。布鲁克斯在访谈中讲述了塑造温妮人物形象的过程。她说：

> 我试着想象这位女性应该是什么样子。这幅画面通过微妙的细节、推断和换位思考一点点建构出来。我想她应该极富女性魅力，兼具男性与女性的力量，反复无常，任性，时而傲慢时而谦卑，残酷无情，有魄力，容易犯错。这种既甜美又略带粗犷的性格是长期的压迫、愤怒和痛苦的结果。她是一种荣耀。[①]

布鲁克斯将温妮的性格和命运，与她的人生际遇结合起来，虚构了一位黑人女英雄的人物形象。

诗集的第一首《温妮》是以纳尔逊·曼德拉的视角和声音来描述温妮。诗歌中，曼德拉对温妮做出了评价，向黑人民众证实了温妮崇高的品质，以自己富有影响力的声音赋予温妮这一女性形象权威性与合法性。众所周知，1964 年至 1990 年曼德拉都处于监禁的状态，在南非人民眼里，温妮成为曼德拉的实际代表，她继承了曼德拉与白人种族主义政权的斗争。因此，曼德拉称温妮是“壮丽的太阳”“我们伤口裂缝里的膏药”（*Winnie* 7）。[②] 在曼德拉的描述中，温妮没有展现自己个性化的一面，而更多是一种反抗种族隔离运动中原型化的人物，是反抗运动的精神象征，她因而享有“国母”的声誉。曼德拉向南非黑人民众宣称：“你们的观点，你们的准则，你们的温妮是成熟的女性。/我，曼德拉这样告诉你们。”（*Winnie* 7）出于曼德

① D. H. Mehlem, “Gwendolyn Brooks: Humanism and Heroism”, in Gloria Wade Gayles ed., *Conversations with Gwendolyn Brooks*, Jackson: Mississippi University Press, 2003, p. 152.

② Gwendolyn Brooks, *Winnie*, Chicago: Third World Press, 1991. 引文由笔者自译。后文出自同一著作的引文，将随文在括号内标出该著名称首词“*Winnie*”和引文出处页码，不再另行作注。

拉在黑人世界的广泛影响力，他的郑重宣告使温妮同样激发了跨越国界的美国黑人的民权运动斗志。值得注意的是，诗歌以男性的声音赋予黑人女英雄合法性，布鲁克斯在访谈中解释道：曼德拉是想让人们对温妮的人品确信无疑。他认为自己有必要做出这样的声明，这表明他知道温妮的能力、勇气和独立的影响力。[①] 现实中，温妮的激进暴力主张逐渐与曼德拉的非暴力思想渐行渐远，温妮被指控暴力绑架、指使杀人、腐败受贿等，其社会声誉严重受损，而曼德拉一直对温妮采取包容和保护的态度，直到1992年才在温妮的执迷不悟，以及非洲国民大会的施压下，宣布与温妮划清界限。布鲁克斯可能是考虑到现实中温妮的名誉受损，但十分能理解南非白人暴政多年的迫害和只身应对危难的温妮性格一步步变化的原因。

诗集的第二首《温妮之歌》的叙述视角和叙述声音转向了温妮本人，与第一首形成对照和呼应，但是不同于第一首诗歌篇幅比较短小，在这首诗里温妮进行了长篇的戏剧性独白。这首诗由358诗行组成，是布鲁克斯后期创作中最长的一首诗。虽然布鲁克斯的诗歌不乏黑人女英雄的形象，但是对于温妮，诗歌着重刻画的是她作为人民领袖的一面，这在布鲁克斯的诗歌中是不多见的。温妮的性格坚韧，行事果断，富有战斗性。诗歌开篇，她就以领导者的身份和口吻向流散到美国的非洲后裔发言：

> 嘿，沙巴卡。
> 唐纳德，多萝西，威廉姆和玛丽。
> 安吉拉，胡安，兹穆恩亚，基莫沙。
> 瑟雷曼，奥尼杨戈和阿库和奥马尔。

---

① D. H. Melhem, *Heroism in the New Black Poetry: Introductions and Interviews*, Lexington: Kentucky University Press, 1990, p. 28.

丽贝卡。
美国黑人们，你们
拥有世界上所有的名字！

你们当中没有任何一个离开非洲的前非洲黑人
拥有他或她自己真正的名字。(*Winnie* 9)

温妮提醒背井离乡的美国黑人，非洲才是他们真正的根源，非洲名字才是唯一把他们唤入世界的词语。80 年代，美国进入里根的保守主义主政时期，黑人的民权斗争意识低迷。在多元文化主义的社会语境中，美国黑人可以拥有来自不同国度、不同文化的名字，他们沉浸于个人自由选择的乐趣中，但实际上，群体权利与群体利益才是多元文化主义的基础，而且多元文化主义的真正目的是通过文化的多元局面推动不同族群、不同团体之间的政治权力与公民权益的平等。面对黑人自由的事业岌岌可危的局面，布鲁克斯期望南非的反抗种族隔离运动能够激发美国黑人的低迷群体权力意识和斗争意识。温妮自身的经历能向人们深刻地揭示西方帝国主义体系的本质，让美国黑人重新审视他们在国内的反种族主义运动所具有整体化意义。在布鲁克斯的眼中，温妮不仅是一位完美的女性和富有激情的诗人，更重要的是她象征着正义感、决断力和斗争力，这是布鲁克斯认为黑人性的重要特质。因此，在诗歌的虚构性创作中，布鲁克斯将温妮个性化的一面削平，突出她在运动中象征意义。温妮本人也承认过自己承载着象征性意义。她说："我已经很久没有以个人化的方式存在了。我所象征的理想、政治目标，这些都是这个国家全体人民的理想和目标。"①

① Winnie Mandela, *Part of Soul Went with Him*, New York: Norton, 1984, p. 26.

另外，作为黑人解放事业中的象征化人物，温妮的言说对象是跨国界和跨民族的混杂性群体。诗歌开篇之处，温妮告知美国黑人他们没有自己真正的名字，她继续说道："我知道。/你们是活着的。我知道/你们是醒着的，而且你们热爱阳光。/你们身上的汗水有令人愉悦的治愈力。/［……］你们/不会搅乱这场布局/仅仅是使劲地看着它。"（*Winnie* 9—10）可见，温妮认为美国黑人虽然有创造和享受丰富生活的能力，但是他们根本没有真正投入民族解放运动，"活着""醒着"是对他们的一种具有讽刺意味的描述。接着，温妮将言说对象转向了南非的黑人民众："但是，/你们不了解我们的人民，/你们不了解凯奥拉佩策，/他所承载和担负的一切。"（*Winnie* 9—10）凯奥拉佩策是南非国民议会党成员，也是一位诗人。1961 年因受种族主义政府迫害，凯奥拉佩策流亡美国，其间，他融合了非洲传统和非裔美国人民间文化创作了跨国界、跨文化的非裔流散诗歌。

温妮这样描述南非的白人种族主义者："长着可怖嘴脸的野兽/毫无任何人道主义关怀。/人道主义是其它国家的事。"（*Winnie* 12）因此，在南非不断有人权主义者被政府逮捕、拘禁、屠杀，政府禁止为他们办葬礼，温妮不屈地说："我，温妮，要/将这些葬礼办理妥当。"（*Winnie* 10）不仅如此，温妮宣称，在有几百万黑人的黑人国度，种族歧视与迫害这些荒谬的行径必须终止（*Winnie* 16）。温妮的英勇无畏和奉献精神使她成为黑人民众的领袖。温妮表达了自我牺牲的意愿："我是人民的主食和甜点！"她还表明了领导民众的决心："我接受自己的命运。/我来这里召集你们，我来这里领导你们/打破秩序。"（*Winnie* 10）温妮不凡的气度和领导使她成为黑人解放事业的精神化身。最后，她向全世界的黑人言说："我们被攻击了；/但我们没有必要模仿那些幻想。/［……］我们被攻击了；/但我们是做出选择的人民。”（*Winnie* 22—23）泛非主义强调非洲大陆的解放与进步，不仅因为非洲大陆是非洲黑人的家园，同时也因为非洲大陆是非洲流散者的精神家园。可见，布鲁克斯以黑人女英雄温妮言说的声音，架构起一个跨国界、跨文化的泛非主义黑人解放事业的阵线联盟。

综上所述，泛非主义与非洲流散族裔其实是密切相联的历史综合体，泛非主义正是在非洲族裔流散的历史语境中形成和发展，而非洲流散族裔在不同时期的逃离、分裂、联合等运动都受到泛非主义的思想影响。六七十年代黑人权力运动促使美国黑人致力于挖掘非洲文化根源和吸收非洲文化形式，八九十年代布鲁克斯在黑人解放问题上体现出泛非主义思想取向，关注南非的反种族隔离斗争，强调非洲大陆黑人与非洲流散黑人反抗种族主义压迫和资本主义剥削的命运共同体。

第三节　非洲流散者的混杂性主体与家园政治

非裔美国人在历史上经历了两种流散状态，一种是贩奴贸易的黑人经历的是殖民体系下的流散，另一种是废除蓄奴制之后黑人经历的本土流散。20 世纪 60 年代黑人权力运动将美国黑人贫民窟视作美国帝国主义的“内部殖民”，因此美国黑人的本土流散也可放置在后殖民主义的语境中理解。帝国主义、殖民主义和种族主义是造成美国黑人流散历史和状态的主要原因。“乡愁”（nostalgia）一词源自希腊语，指归家的痛苦，现在“乡愁”一般指与被称作家园的地方分离而渴望某一天能再次回归家园的心理渴求。流散主体大多有“归家的渴望”，未必是身体上或者地理上的“归家”，但至少是文化上或者精神上的“归家”。“归家意识”是流散主体建构其差异化、混杂性身份的方式之一。70 年代以后，非洲大陆成为布鲁克斯诗歌中重要的文化家园象征，诗人既探寻了身体上的归家之旅，也探寻了文化上的归家之旅。

一　非洲大陆的归家之旅与流散者的非家感受

布鲁克斯在 1972 年出版的自传《第一部分报告》中宣称："我现在知道了我在本质上是彻底的非洲人。"[①] 60 年代末期，布鲁克斯经历了黑人意识的觉醒，在文化民族主义的影响下对非洲传统的认同不断加强。70 年代，布鲁克斯分别于 1971 年和 1974 年两次踏上了非洲大陆的归家之旅。她在自传中记录了第一次踏上非洲时内心的喜悦与激动。她写道："这是黑色大陆——还有我回来了。我的内心开始尖叫。我告诉自己'非洲大陆就在我的脚下！'我的头顶上是白云！还有湛蓝湛蓝的天空！"[②] 走在街上，布鲁克斯欣喜地看到土生土长的非洲黑人留着自然卷曲的短发，黑人妇女头上色彩鲜艳的头巾，看到了只有在图片、电影和电视里才看过的黑人性。布鲁克斯第一次感到自己的黑人特征与当地的大多数黑人一样，她觉得自己至少在外貌特征上属于非洲的局内人。[③] 对于深受白人同化主义影响、刚刚经历种族意识觉醒的布鲁克斯而言，非洲是全世界黑人的"家园"，为黑人性认同提供了地理上和文化上的归属感。在《召唤》《黑人初级读本》《致上岸》等诗集创作中，布鲁克斯不断地鼓励黑人接纳自己的非洲根源，并以非洲家园作为黑人性的源泉。除此之外，布鲁克斯还极为关注南非的反种族隔离斗争，并创作了《约翰内斯堡附近的男孩》《温妮》等南非

① Gwendolyn Brooks, *Report from Part One*, Detroit: Broadside Press, 1972, p. 45.

② Gwendolyn Brooks, *Report from Part One*, Detroit: Broadside Press, 1972, pp. 87 – 88.

③ Gwendolyn Brooks, *Report from Part One*, Detroit: Broadside Press, 1972, p. 123.

题材的诗歌。

虽然非洲之行让布鲁克斯从黑人样貌特征和黑人历史传统上找到了归家的感觉（at-homeness），但是对于流散者而言，自从他们踏上迁徙路程开始，他们就远离了原初的居住地和文化氛围，不可避免地与民族文化的源头产生了距离。布鲁克斯在自传中也记录了自己被土生土长的非洲黑人视为“局外人”的经历和感受。她写道：“这些非洲人！不管我们是多么地希望他们能够意识到我们之间的亲缘关系，他们还是坚持把自己称作非洲人，而把他们的这些旅途中的兄弟姐妹称作‘非裔美国人’。”① 在1996年出版的第二部自传《第二部分报告》中，布鲁克斯记录了1974年第二次与丈夫回归非洲时的经历。丈夫亨利·布莱克里在与一名非洲黑人对话时哀叹道：“我们这些在美国的黑人羡慕你们，你们是非洲人，你们知道这个国家是你们的，你们对这里有归属感。”非洲黑人则不耐烦的回答：“你们是美国人！”②

非洲是布鲁克斯想象中的理想“家园”，但流散者即离家者，在散播过程中不断地与移居地文化相互碰撞和吸收。布鲁克斯在诗学上受到欧洲玄学派、浪漫主义、现代主义等不同诗歌风格的影响，在人生观上也深受美国基督教思想、西方人文主义、美国本土思想家爱默生、自由主义民主价值观等的影响，以英语为母语，并且拥有法律意义上的美国国籍和公民身份。布鲁克斯带着鲜明的流散地特征，当她进入非洲大陆的黑人群体中时，很自然地就被当地人视为“外国人”或者“异域者”。因此，在想象的非洲家园布鲁克斯并没有找到真正的“归家感”（at-homeness），而是在想象的家园中同样产生了“非家的感受”（unhomely）。

---

① Gwendolyn Brooks, *Report from Part One*, Detroit: Broadside Press, 1972, p. 130.

② Gwendolyn Brooks, *Report from Part Two*, Chicago: Third Wold Press, 1996, p. 51.

正如流散蕴含着民族主义与跨民族主义的二律背反，德勒兹所述的游牧生成也存在某种意义上的悖论。一方面，游牧是一种多元性、多声部的漫游生成，具有反本质主义的特征，但是另一方面，生存与发展的欲望是游牧的主导内驱力，多声部的背后隐藏着游牧的本质主义。[①] 这种悖论性也适合于描述布鲁克斯对于美国非裔的身份认同问题所经历的思想演变。德勒兹以“辖域化—解辖域化—再辖域化”来阐述游牧生成的过程特点，即首先形成强制性的社会思想结构，然后从中逃逸而出，最后进行重构或再辖域化。早期布鲁克斯以融入美国主流为主要目标，之后以非洲根源对美国身份进行了解辖域化，最终回到了混杂性美国身份的重构。

1994 年，在布鲁克斯晚年的一次访谈中，采访者谢尔顿·哈克尼（Sheldon Hackney）用双重文化的受益者来描述她作为美国黑人作家的创作特点，并问布鲁克斯对杜波伊斯所述的双重性的看法，布鲁克斯却以“美国人”的身份立场对此做出了回应。她引用了自己的一篇题为《论作为一名美国人》（“On Being an American”）文章中的观点：

> 在美国，你会因作为美国人而或多或少地迷失方向。在过去的几十年里，许多美国人已经习惯了蔑视美国；因为这个国家推行了长期的奴隶制，认可了私刑，批准了官方的种族隔离，发动了越南“行动”……但是在其他国家旅行会让你突出自己的美国人身份。我自己也是被迫意识到，我不会被任何其它国家宣称为公民，而只会被这个国家宣称为公民……我的根在非洲芬芳的土壤里。当在柏林、德文郡、伦敦、以色列、伊朗、加纳、莫斯科或者马德里

---

① 麦永雄：《德勒兹与当代性：西方后结构主义思潮研究》，广西师范大学出版社 2007 年版，第 81 页。

> 被问到“你是谁”时，最恰如其分、自然而然的回答就是“美国人”，对此回答毫无疑虑或不安。①

布鲁克斯所述的在旅行中才真正找到自己归属的经历恰恰是流散族裔建构家园的方式。显然，对于一个多源移民结构和多族裔构成的国家，要稳固国家的统一和凝聚力，在民族认同与国家认同上建立共识就尤为突出和重要。在八九十年代的创作中，布鲁克斯在审视黑人问题时以现代流散族裔的视角，既倡导美国黑人与非洲根源建立紧密的联系，获得民族文化的认同，同时也鼓励他们在多元文化的协商和互动中生成混杂性的族裔身份。布鲁克斯所建构的黑人流散族裔的混杂身份，为其他少数族裔在文化平等和相互影响中实现民族认同与国家认同提供了重要的示范。1965 年，美国颁布了新移民法，更正了实行近半个世纪之久的对有色人种的歧视性移民政策，使大量亚裔和拉丁裔的移民得以进入美国。新移民法案的颁布对美国的人口结构产生了重要的影响，白人占人口分布中“多数”的局面将被彻底改变。因此，布鲁克斯的诗歌表明了打破美国国家意识中“盎格鲁－撒克逊一致性”的传统，保障移民族裔享有选择和表达自身民族文化的权利，在多元互动中促进混杂性美国身份的生成，无疑是美国有效而迫切的社会整合方案。

二　跨民族的混杂主体生成与家园建构

一方面，记忆深处对故土文化深深的依恋，使流散者作为异域文化的携带者而难以被移居地的主流文化接纳，另一方面，散播过程中不断汲取移居的文化和历史，也使流散者难以在文化和

① Sheldon Hackney, “A Conversation with Gwendolyn Brooks”, in Gloria Wade Gayles ed., *Conversations with Gwendolyn Brooks*, Jackson: Mississippi University Press, 2003, pp. 156－156.

精神上重新与祖地家园融为一体。正是在流散旅途中的这种两难困境和游离状态促成了流散者在不断的冲突与协商中生成了混杂性的族裔身份，跨民族的流散中建构家园。诗集《致上岸》（*To Disembark*，1981）是一本包括了布鲁克斯部分旧诗选与新作诗歌的合集，由《骚乱》《家庭照片》《致流散者》《召唤》四个部分组成。其中，《致流散者》（*To the Diaspora*）是新作诗歌。这个部分在主题上延续了70年代诗集《家庭照片》中黑人大家庭的宗族血脉与文化的亲缘关系，但是区别之处在于，在80年代的创作中，诗人将这种宗族联系清晰地界定为“流散”，以流散的视角重新审视黑人的族裔性建构。布鲁克斯的流散思维和视角突出了在多元文化主义语境中跨文化、跨国界协商黑人的族裔认同与国家认同的策略。如果从诗集整体叙事的线索和思路来看，《致流散者》这部分是解决冲突和矛盾主要策略，诗人由此发出了不同于70年代的新的“召唤”，最终传达了诗集整体“上岸”的主题含义。《致流散者》由五首诗歌组成，流散同胞包括了普遍意义上的非洲流散者、南非反种族隔离制度运动家史蒂夫·比科、美国黑人艺术运动领导者哈基·马都布提新出生的女儿莱尼·恩津加、黑人女性以及黑人囚徒。

流散可以描述为一种旅行状态，流散者远走他乡、居无定所、漫游生成。但是，流散者的旅行状态未必都是悠然自在、无拘无束。恰恰相反，作为游离性和边缘化的群体，流散者必然受到移居地主流文化的压制、排挤或同化的威胁。第一首诗歌《致流散者》（“To the Diaspora”）的题词用过去式描述了流散者曾经对自己非洲身份的无知：“致流散者/你不知道你是非洲。”（*Disembark* 41）[①] 此处的非洲一词，布鲁克斯选择了 Afri-

① Gwendolyn Brooks, *To Disembark*, Chicago: Third World Press, 1981. 引文由笔者自译。后文出自同一著作的引文，将随文在括号内标出该著名称首词“*Disembark*”和引文出处页码，不再另行作注。

ka 的拼写形式，这是非洲黑人使用的斯瓦希里语。流散者在美洲大陆失去与非洲地理上和文化上的联结，非洲语言拼写方式表明诗人试图从语言和文化上重建与非洲大陆的联结。诗歌主体部分有四个诗节，主要是过去时态，诗行长度不一，运用日常语言形式，内容直白，叙述口吻是布鲁克斯后期诗歌中常见的布道口吻。叙述者以“旅行”作为全诗的核心隐喻，告知想象中的黑人大众读者非洲之旅是一场自我发现和自我认同之旅。诗中写道：

当你踏上非洲之旅时
你不知道你正在前行。
因为
你不知道你是非洲
你不知道这片黑色大陆
要触及的
是你。（*Disembark* 41）

第二个诗节叙述者运用黑人大众易于接受的生活意象“阳光”“道路”和“钻石”，描述了流散者在非洲大陆的经历与改变：“阳光/将会照耀/道路的某些地方，/将会唤醒你的/钻石。”（*Disembark* 41）第三诗节叙述者告知，这条道路是“炙热和青春”之路，象征着流散者的“忠诚”与“信仰”。第四个诗节转换为现在时，告知流散者“阳光就在眼前。阳光/照进一些难以抵达的地方”（*Disembark* 41）。虽然“非洲”照亮的黑人性之路前途光明，但道路还是充满了艰辛和曲折。布鲁克斯试图向黑人大众阐释抽象的“黑人性”及其与非洲大陆的关联，诗歌的意象通俗易懂，语言也简洁明了，适合于目标读者。

第二首诗《献给烈士的赞歌》（“Music for Martyrs”）是为

南非反种族隔离制度运动家史蒂夫·比科作的挽歌，第三首诗《献给莱尼·恩津加的欢迎曲》（“A Welcome Song for Lani Nziga”）是为美国黑人艺术运动领导者哈基·马都布提新出生的女儿莱尼·恩津加而作的欢迎词，两首诗歌的标题都标明了与音乐形式的关联，从内容上形成了南非黑人与美国黑人跨地域的联系，以及死亡与新生的主题对比。第二首诗中的史蒂夫·比科是南非著名的反种族隔离社会运动家。六七十年代比科受到弗朗兹·法农，以及美国黑人权力运动的影响，发起了南非反种族隔离的草根运动“黑人意识运动”。南非当局把比科视为具有颠覆性的破坏分子，对他的社会活动施加严格的禁令。在多次恐吓和拘留后，1977 年比科在一次拘禁中被南非国家安全局人员打死。比科成为南非反种族隔离斗争的烈士，两千多人参加了他的葬礼。布鲁克斯为此创作的挽歌内容简洁，运用第一人称带入了诗人的情感。标题和题词标明了比科为南非反种族隔离运动牺牲的烈士身份，叙述者运用了对比反衬的手法，先嘲讽了在美国形状美观的纪念碑前人们模式化的虚假情感表达，然后突出了比科为南非人民做出的杰出功绩（*Disembark* 42）。第三首诗表达了对哈基·马都布提新出生的女儿加入温暖的黑人大家庭的欢迎，女孩的名字表明了与非洲大陆的联系。叙述者将新生的女孩唤作“小姐妹”，祝贺她通过了“世界的边缘”，黑人大家庭中长辈的对小女孩充满了关爱和期待：“我们在这儿！迎接你，塑造和抚养你。”（*Disembark* 43）

第四首诗歌《致黑人女性》（“To Black Women”）以黑人女性作为言说对象，鼓励黑人女性同胞不畏艰难，坚定地迈向自我的成长与独立。第一诗节叙述者以“姐妹们”的呼语将具有共同经历的女性同胞聚合起来，鼓励她们坚持自己的目标和高尚的品格，尽管路途是“一片冰封沉寂——/没有哈里路亚，根本没有欢呼，没有致意，/没有多彩的霓虹灯，没有微笑的面孔——”（*Disembark* 44）最后一个诗节向历经种族主义和男权主义艰难险阻的黑人女性同胞展现了前途的光明，有“辽阔的国度”“炙烤的太阳”，女性同胞将“创造并培育你们自己的花朵”（*Disembark* 44）。第五首诗《致囚犯》（“To Prisoners”）中“囚犯”可做字面意义的解读。黑人艺术运动时期，布鲁克斯与唐·李等年青一代黑人诗人经常到监狱中朗诵诗歌。种族主义使美国的司法系统存在大量的执法不公，以及警察监狱系统的暴力执法。叙述者号召“囚犯”培育自己的力量和精神，鼓励他们坚韧和自我提升（*Disembark* 45）。

流散包含着民族主义与跨民族主义的二律背反。流散是界限的穿越，尤其是国家民族界限的穿越。因此，流散者并非纯正地保持着家园的文化传统，而是将家园的历史文化在跨民族的语境中加以翻译，形成本雅明所说的那种“更丰富的语言”。流散经历的真正价值是流散者在世界中发现家园，或在家园中发现世界。[①] 现代流散族群不再渴望回归故国，也不再屈从于移居地主流文化的同化压力，而是带着对源头文化的自信心与自豪感，与移居地文化的冲突与协商中不断生成流散者的混杂主体。

布鲁克斯在八九十年代的创作中突出了流散思维和视角，以跨国界和跨民族的方式巩固了美国黑人与非洲根源的紧密联系。美国的公民身份本质上是以团体差异为基础的概念，只有在族群文化的背景下，公民权利才会对个人产生意义。因此，布鲁克斯倡导以非洲根源为代表的民族文化认同，有利于美国非裔在多元文化现代社会中坚定自己的民族自信心与自豪感，以具有凝聚力的族裔身份维护族群共同的权利与诉求。同时，流散思维使布鲁克斯获得了一种游离于国界和民族之间的视角

① 童明：《飞散》，载赵一凡等编《西方文论关键词》，外语教学与研究出版社 2006 年版，第 116 页。

来重新审视黑人的解放事业。她从美国黑人的视角描述了南非的反种族隔离运动，又从南非民族运动领袖的视角指出了美国黑人的民权意识低迷，流散视角的跨国界思维有利于在西方帝国主义思想与世界殖民体系的国际化背景中深化美国黑人的反压迫、反歧视斗争所具有的人权意义。

小结　泛非主义思想与流散诗学

在 20 世纪 80 年代至 90 年代的创作阶段，布鲁克斯以跨民族、跨文化的流散族裔视角重新思考美国黑人的民族文化认同与国家身份认同的问题。首先，黑人民权运动引发了民众对于美国宪政民主体制的结构性不公平的反思，少数族裔群体和弱势文化群体的平等权利诉求为美国多元文化主义的兴起奠定了政治基础；另外，黑人权力运动推动了美国黑人对非洲文化和传统的发掘，美国黑人对自己的民族文化与差异性族裔身份的坚持，为美国多元文化主义的繁荣做出了贡献。八九十年代，“非洲流散族裔”成为美国黑人历史与文化研究领域重要的理论视角和研究范畴。另外，自 60 年代末期经历了黑人意识的觉醒之后，布鲁克斯表现出与“非洲根源”的强烈认同感，“非洲”在她的诗歌作品中成为黑人性、黑人兄弟姐妹同胞情谊、黑人凝聚力的强有力的象征符号，是美国黑人民族文化认同的根源。不仅如此，布鲁克斯还清晰地以“流散”界定了美国黑人的族裔性特征，并将创作的主题内容扩展到南非的反种族隔离运动，期望美国黑人在世界反殖民主义、反帝国主义的体系中认识自己在美国的反种族歧视和种族压迫运动的意义。因而，布鲁克斯在流散文化创作中体现出泛非主义的思想取向。实际上，泛非主义与非洲流散族裔是密切相关的历史综合体，泛非主义正是在非洲族裔流散的历史语境中形成和发展，而非洲流散族裔在不同时期的逃离、分裂、联合等运动都受到泛非主义思想的影响。

在这一时期，布鲁克斯因年事已高，而且将大量的时间投入黑人群体的社会性事务，以及培植年青一代黑人的发展，她的作品数量不多，诗集多是小册子式的短篇作品，还有一部分是儿童文学作品。其中，能突出代表布鲁克斯在这一时期的创作思想和艺术风格的诗集主要是《黑人初级读本》《温妮》和《致上岸》。一方面，布鲁克斯在创作上突出了流散思维和视角，以跨民族和跨文化的方式巩固了美国黑人与非洲根源的紧密联系。非洲根源的民族文化认同有利于美国黑人在多元文化现代社会中坚定自己的民族自信心与自豪感，具有凝聚力的族裔身份有利于维护族群共同的权利与诉求。同时，流散思维使布鲁克斯获得了一种游离于国界和民族之间的视角来重新审视黑人的解放事业。她从美国黑人的视角展现了南非的反种族隔离运动，从南非民族运动领袖的视角指出了美国黑人的民权意识低迷，流散视角的跨国界思维有利于在西方帝国主义思想与世界殖民体系的国际化背景中深化美国黑人的反压迫、反歧视斗争所具有的人权意义。

另一方面，对于流散者而言，自从他们踏上迁徙路程开始，他们就远离了原初的居住地和文化氛围，与民族文化的源头产生了距离。但是民族记忆深处对故国文化深深的依恋又使他们作为异域文化的携带者而难以被移居地的主流文化接纳。布鲁克斯揭示了流散旅途中的这种两难困境和游离状态促成了流散者在不断的冲突与协商中生存了混杂性族裔身份。德勒兹以“辖域化—解辖域化—再辖域化”来阐述游牧生成的过程特点，即首先形成强制性的社会思想结构，然后从中逃逸而出，最后进行重构或再辖域化。这也恰恰描述了布鲁克斯对于美国非裔的身份认同问题所经历的思想演变。早期布鲁克斯以融入美国主流为主要目标，之后以非洲根源对美国身份进行了解辖域化，最终回到了混杂性黑人流散主体的重构。

美国作为一个多源移民结构和多族裔构成的国家，要稳固国家的统一和凝聚力，那么在民族认同与国家认同上建立共识就尤为突出和重要。显然，多元文化主义背景下的流散族裔的混杂身份有利于不同族裔在文化平等和相互影响中实现民族认同与国家认同之间的张力得到一定程度的和解，有利于实现不同群体分享美国社会的政治、经济和文化资源方面的平等权利。在八九十年代的创作中，布鲁克斯在审视黑人问题时以现代流散族裔的视角，既倡导美国黑人与非洲根源建立紧密的联系，获得民族文化的认同，同时也鼓励美国黑人在多元文化的协商和互动中生成混杂性的族裔身份。在新的历史语境中，美国黑人流散族裔的身份建构方式挑战了以美国经历为界线、以同化为单一民族为目的的国家身份意识。

结　语

纵观布鲁克斯长达五十多年的文学生涯，诗人对黑人生存现实的思索，及其在诗歌中对黑人经历的文本重构，都与特定的空间形态有着密切的关联。布鲁克斯的诗歌作品中蕴含着诗人对“黑人空间”的感知、思考和认知，诗人以一种空间化的思维和视角探寻美国社会中的种族问题与国家身份问题。因而，布鲁克斯的诗歌作品在不同历史时期所描绘的“黑人空间”具有鲜明的阶段性特点。与此同时，作为边缘族裔，黑人族群长期遭致美国主流文化的排挤和压制。美国黑人内心黑人性与美国性的双重意识困境在现代社会语境中可表述为族裔身份认同与国家身份认同之间的冲突，布鲁克斯寻求的美国非裔身份正是在两者互动、协商的基础上对国族身份认同达成共识。她在不同阶段的空间叙事都相应地指向了国家认同中不同层面的心理诉求与理性建构。

本书的四章分别阐述了在不同历史时期布鲁克斯诗歌中的空间叙事与国家认同的互动关系。第一阶段是 20 世纪 40 年代至 60 年代初期，布鲁克斯的诗歌主要描绘了芝加哥南岸的“黑人大都市”。一方面，黑人区的城市化和工业化发展使黑人群体逐步转变为具有公共文化身份和政治权力诉求的黑人公民社会。但是，另一方面，白人种族主义意志与政治国家的公共权力糅合，通过一系列种族隔离的公共政策维持了黑人低人一等的种族关系模式。布鲁克斯的诗歌揭示了种族隔离的空间政治致使黑人区陷入了日常生活困境，批判了公民身份的排他性和等级性是美国城市分裂的根源。与此同时，布鲁克斯也积极地探寻“黑人公民社会”自律基础的重建，以期在黑人个体与政治国家之间建立一个保障黑人公民权益的商谈机制。黑人公民社会实质上是主流公共领域的从属性团体，它以主流公共领域为参照并渴望融入其中，但是作为边缘团体，它同时又蕴含着对主流公共领域的挑战和颠覆。这也正是布鲁克斯在这一时期的诗学特征。布鲁克斯采取了既吸收欧洲传统形式和白人现代主义技巧，同时又继承黑人民间传统的双重遗产写作策略，对主流文化的遵从与挑衅并存。

第二阶段是 60 年代黑人民权运动至黑人权力运动高潮时期，布鲁克斯的诗歌主要描绘了内城区的“黑人贫民窟”。美国自由主义模式公共领域的分裂导致了民众对资本主义制度信仰和认同的危机，黑人区也经历了从都市化到贫民窟化的转变。黑人民族主义逐渐成为主导意识形态，黑人不再以放弃族裔性为代价获得美国的公民身份，而是力图带着鲜明的种族身份在公共领域中争取平等的公民权益。布鲁克斯的关注点从日常生活的空间政治实践转向了政治领域的异质空间建构，即民族主义倡导的“黑人国度”。为了培植黑人阅读公众的批判性主体，在黑人内部生成一个民族团结一致的公共交往网络，用以抵抗支配性公共领域的排挤和压制，布鲁克斯将首要目标读者从白人自由主义者转向黑人大众，并且结束了与主流出版机构的合作，转向黑人出版机构。因此，在黑人民族主义思想的影响下，布鲁克斯的诗歌艺术集中体现为一种言说的诗学策略。但是值得注意的是，黑人民族主义是以对美国自由传统最激烈的批判形式存在，黑人国度也不是独立的社会或者自治的国度，而是边缘群体向政治精英集团施加舆论和道德压力，要求美国政府兑现黑人在体制内平等的公民身份和宪法地位为目标。当然，民族主义激发下的黑人意识有利于打破“盎格鲁一致性”的美国身份建构模式。

第三阶段是70年代黑人权力运动衰退时期，布鲁克斯的诗歌主要描绘了黑人文化与传统建构的“黑人内部”。黑人权力运动把黑人问题的根源归结于美国的社会制度，不再重视种族融合原则，而是强调黑人意识、种族团结、黑人社群的力量以及黑人文化与传统的价值意义，主张重新分配政治和经济权力，由黑人控制自己社区的事务。布鲁克斯投身于黑人权力运动针对黑人内部的思想文化变革，她的诗歌致力于呼吁黑人群体保持自己的文化传统和自豪感，巩固黑人社群的团结一致和凝聚力，试图在黑人内部构建一个相互理解、彼此信任的“黑人社群”，从而确立族群群体共同遵守的行为与价值规范。在诗学观念上，布鲁克斯不仅以黑人大众为目标读者，而且强调这些黑人读者是在酒吧、在街头巷道、在排水沟旁、在矿井工厂、在农庄，可见，布鲁克斯的诗歌创作脱离了书写文本的束缚，突出了诗歌艺术的表演性特征，将诗歌由精英阶层的读物转变为社会大众的文化资源。虽然从表面上看，第二次世界大战后美国自由主义者提出的国家认同与种族认同分离的模式推进了公民身份对多样化族群的包容性和吸纳力，但实际上，弱势群体因社会和历史原因根本无法真正享有平等的公民权利。因此，布鲁克斯70年代的创作正是力图以表演性和群体性的诗歌作品推动黑人社群的整合，使弱势群体独特的声音和意见得以表达。

第四阶段是八九十年代多元文化主义时期，布鲁克斯的诗歌主要从流散族裔的视角建构了“黑人家园”。布鲁克斯倡导以非洲根源为代表的民族文化认同，有利于美国黑人在多元文化现代社会中坚定自己的民族自信心与自豪感，以具有凝聚力的族裔身份维护族群共同的权利与诉求。同时，流散思维使布鲁克斯获得了一种游离于国界和民族之间的视角来重新审视黑人的解放事业。她从美国黑人的视角展现了南非的反种族隔离运动，从南非民族运动领袖的视角指出了美国黑人的民权意识低迷，流散视角的跨国界思维有利于在西方帝国主义思想与世界殖民体系的国际化背景中深化美国黑人的反压迫、反歧视斗争所具有的人权意义。美国作为一个多源移民结构和多族裔构成的国家，要稳固国家的统一和凝聚力，那么在民族认同与国家认同上建立共识就尤为突出和重要。非裔美国人流散主体的身份建构方式挑战了以美国经历为界线、以同化为单一民族为目的的国家身份意识。因而，流散族裔的混杂身份有利于不同的族裔在文化平等和相互影响中实现民族认同与国家认同之间的张力得到一定程度的和解，有利于实现不同群体分享美国社会的政治、经济和文化资源方面的平等权利。

基于全书四章对布鲁克斯的文学创作和诗歌作品按历史时期分阶段的剖析与阐述，从整体上可以大致勾勒出诗人对于第二次世界大战以来美国非裔的种族身份认同与美国国家身份认同演变过程的思考和再现，以及对两者之间相互关联的深入探讨，从而探寻了一条多元并存的美利坚民族国家身份建构的道路。

一方面，美国非裔的种族身份认同与其他移民族裔之间存在着深刻的历史差异。他们并不属于自愿的移民模式，而是作为奴隶被强行带到美国，在废除奴隶制之后，他们也因种族隔离、禁止种族通婚、限制选举权等法律手段被阻止融入主流社会。但是，作为美洲大陆最早的移民和创建者之一，美国非裔坚定地认为他们有资格获得美利坚合众国与生俱来的成员身份和公民权利。在 20 世纪初的新黑人运动中，杜波伊斯就指出，美国黑人史就是将黑人性和美国性融入“一个更完善、更真实的自我之中”的黑人灵魂的抗争史。[①] 他直言黑人迫切渴望的正是“成为美国人，完整的美国人，拥有与其他美国公民一样所有的权利”。[②] 杜波伊斯所言极好地诠释了布鲁克斯在文学创作中所经历的矛盾和挣扎。

从历史视角来看，融合主义与黑人民族主义既是黑人意识形态中两股相互冲突和制衡的力量，也是布鲁克斯内心两股相互交织和碰撞的力量。布鲁克斯的诗歌创作开始于第二次世界大战之后美国民主多元的乐观主义时期，民主理念与基督教义是诗人前期思想的重要支柱，因此，四五十年代诗人期望建构黑人公民社会的自律性基础，使其作为一个从属性和边缘性团体能够被主流公共领域接纳和认可，黑人个体能够通过公民社会的协商机制获得国家共同体平等的成员身份与公民权利。60年代，随着自由主义模式的种族融合的共识破裂，以及黑人贫民窟化的加重和城市种族两极分化的加深，布鲁克斯从“国家层面”（national）乌托邦建构转入了“次国家层面”（sub-national）的异托邦建构，即从基本人权、平等、自由、民主、正义等现代性的理想转向了以黑人民族精神为核心价值的政治建构。黑人民族主义是以对美国自由主义传统批判的形式存在，黑人反抗的目的不是把族群重构为与主流社会平行的独立社会或者自治的民族，而是通过边缘群体向政治精英集团施加舆论和道德压力的方式要求当局实现宪法的承诺。因此，布鲁克斯建构的黑色国度与其说是民族主义极端意义上的分裂空间，不如说是福柯模式的对美国现有社会关系具有反叛性和重构性的异质空间。70年代，黑人权力运动不仅是一场针对种族主义国

① W. E. B. Du. Bois, *The Soul of Black*, Oxford and New York: Oxford University Press, 2007, p. 9.

② W. E. B. Du. Bois, “The Critieria of Negro Art”, in Winston Napier ed., *African American Literary Theory*, New York: New York University Press, 2000, p. 17.

家体制的社会革命，而且是一场针对黑人奴役心理的思想文化变革。布鲁克斯将关注点转向了黑人社群内部，致力于呼吁黑人维系群体共同的文化价值、历史传统和义务使命，从而在黑人内部构筑一个真正具有枢纽作用的交往空间。因此，布鲁克斯力图在种族血缘和心理纽带的基础上，巩固具有地方性和独特文化性的黑人社群，在团体权利基础上使黑人个体的公民身份得以保障。八九十年代，在多元文化主义语境中，布鲁克斯从流散族裔跨民族、跨国界的视角强化了与非洲根源的认同，突出了美国非裔差异化的民族身份。在游牧的状态中，黑人家园得以建构，非裔美国人的混杂性主体生成。

另一方面，美国国家身份的形成与共同体成员资格的界定与世界上绝大多数的国家存在着巨大的差异。美国不是基于共同的祖先，而是基于共同的价值信仰而诞生的现代国家，人人生而平等的自由观念是美国共和主义思想的基石。因而，在理论上，美国疆域内凡是认同美国价值、遵守美国宪法、忠诚于国家利益的人，无论其种族血统或宗教信仰都可以获得共同体的成员资格，这构成了布鲁克斯作品中国族身份认同的主要出发点。但是，美国国家身份意识中对非白人族裔性的排斥与吸纳同样经历了历史性的演变，这一演变过程构成了布鲁克斯作品中另一条时隐时显的主线，与美国非裔身份建构形成了动态的张力与对话。

对于一个主要由移民建成的国家，没有历史先河可以证明有什么东西能够把来自不同种族、宗教、语言、文化的群体联结在一起形成稳定的共同体，因而20世纪60年代之前，美国希望移民能够抛弃他们独特的传统并完全接受现有的文化规范，英格兰白人新教徒（WASP）成为移民同化模式的标准。这就使得美国的国家身份与单一民族身份（盎格鲁族裔身份）勾连，民族身份是一种具有排他性的文化身份，美国公民身份因而具有排斥性和等级性。黑人是被美国内在地加以排斥最严重的族群，在四五十年代的创作中，布鲁克斯着重描绘了芝加哥南岸的布朗兹维尔，一座因肤色禁锢于白人城市的“城中城”。黑人居民认同于美国的国家精神与价值观，却与白人社会是一种父权制的种族关系模式，为了融入美国主流社会，黑人不得不放弃自己的族裔性，或者将自己的族裔身份差异最小化。

第二次世界大战后许多自由主义者提出，效仿政教分离的模式，将国家身份与种族认同分离开来，公民身份限定为政治身份和法律地位，而种族身份限定为个人的文化认同。此举有一定的进步意义，但是由于历史原因，美国各族裔的社会地位悬殊，这种无视种族差异的做法并不能真正地实现平等。60 年代自由主义模式的种族融合的共识破裂，黑人和其他社会团体爆发了大规模的要求扩大公民权的运动，布鲁克斯在诗歌中深刻地再现了美国社会的种族分裂与暴力冲突，黑人贫民窟生存状况的不断恶化，以及黑人以诉诸直接社会行动的方式要求平等的公民权利。70 年代开始，为了将各种具有潜在颠覆性的群体涵化于政体内部，美国接受了一种更为宽容和多元的政策，允许并实际上鼓励移民保持他们各方面的种族传统，布鲁克斯的关注点转向了黑人内部的精神与文化建构，致力于以共同的文化、传统和使命巩固黑人社群。八九十年代美国推行的多元文化主义，既包含赋予个体群体成员身份即美国公民身份的普遍性权利，又包含特定的群体上有差别的权利，即族裔文化身份的特殊性。布鲁克斯以流散族裔视角探寻了非裔美国人的家园空间建构，即在移居地的国家身份认同与非洲根源的种族身份认同之间达成共识。由此可见，美国的公民身份至少在理论方向上逐步包容了种族、阶级、性属等差异化的文化身份属性。公民身份是个体与国家共同体相互沟通的重要媒介，包容性的公民身份无疑对多民族、多族裔的政治国家的巩固和统一具有重大意义。

但值得注意的是，21 世纪尤其是新冠肺炎疫情出现之后，美国再次爆发了严重种族冲突和社会分裂的危机，可见美国的多元并存并没能真正建构一个牢固的国家共同体。以族裔为中心的政治和社会模式使美国身份形成了巴尔干化，而美国的核心价值又带有极大的欺骗性和不公正性，难以真正形成强大的国家认同的凝聚力。

综上所述，空间叙事与国族认同的动态关系贯穿于布鲁克斯的诗歌创作之中。布鲁克斯对空间的感知、思考和认识始终与她对种族身份、民族身份和国家身份的认同紧密相联。诗人以丰富空间叙事和深刻的空间思想在文本中重构了第二次世界大战后美国非裔身份建构的艰辛之旅。而作为美国极具代表性的少数族裔，美国非裔身份建构背后映射出的是对一条更广阔的美利坚民族国家身份建构道路的探寻。布鲁克斯竭尽全力地将非裔美国人的身份建构纳入了更为壮观、复杂的美利坚国族身份建构的体系，不懈地探索着这一具有重大意义的人类经验表达的最佳艺术形式和艺术手法，并致力于推动文学作品在国家共同体中产生最大共鸣的效果，因而布鲁克斯无愧于 20 世纪美国“崇高的艺术家和人民诗人”的称号。但是少数族裔作家以族裔为中心的身份建构如何在凝聚族裔群体团结性的同时，与其他族裔进行更好的协商与合作，如何在唤醒族裔意识的同时，避免族裔身份的固化与封闭性，如何在争取族裔合法权利的同时，兼顾其他族裔以及国家的整体利益，这些都是美国少数族裔作家面临的迫切课题。

参考文献

一 英文文献

布鲁克斯主要作品（按出版年代排序）

Gwendolyn Brooks, *A Street in Bronzevill*, 2nd ed. , New York and London: Harper & Brothers Publishers, 1945.

——. *Annie Allen*, New York: Harper & Brothers Publishers, 1949.

——. *The Bean Eaters*, New York: Harper & Brothers Publishers, 1960.

——. *Selected Poems*, New York: Harper & Brothers Publishers, 1963.

——. *In the Mecca*, New York: Harper & Brothers Publishers, 1968.

——. *Riot*, Detroit: Broadside Press, 1969.

——. *Family Picture*, Detroit: Broadside Press, 1970.

——. *The World of Gwendolyn Brooks*, New York: Harper & Row Publishers, 1971.

——. *Beckoning*, Detroit: Broadside Press, 1975.

——. *Primer for Blacks*, Chicago: Third World Press, 1980.

——. *To Disembark*, Chicago: Third World Press, 1981.

——. *The Near Johannesburg and Other Poems*, Chicago: Third World Press, 1986.

——. *Gottschalk and the Grand Tarantelle*, Chicago: Third World Press, 1986.

——. *Winnie*, Chicago: Third World Press, 1991.

——. *Children Coming Home*, Chicago: David, 1991.

——. *Blacks*, Chicago: Third World Press, 1991.

——. *In Montgomery and Other Poems*, Chicago: Third World Press, 2003.

布鲁克斯自传

Gwendolyn Brooks, *Report from Part One*, Detroit: Broadside Press, 1972.

——. *Report from Part Two*, Chicago: Third World Press, 1996.

布鲁克斯传记和访谈

George E. Kent, *A Life of Gwendolyn Brooks*, Lexington: Kentucky University Press, 1990.

Gloria Wade Gaylered, *Conversations with Gwendolyn Brooks*, Jackson: Mississippi University Press, 2003.

布鲁克斯研究主要工具书

Alton Hornsby, Jr., ed., *A Companion to African American History*, Malden: Blackwell Publishing Ltd., 2005.

Henry Louis Gates, Jr., ed., *The Norton Anthology of African American Literature*, New York: W. W. Norton & Company, 1997.

Lewis R. Gordon and Jane A. Gordon eds., *A Companion to African-American Studies*, Malden: Blackwell Publishing Ltd., 2006.

Maryemma Graham and Jerry W. Ward, Jr., eds., *Cambridge History of African American Literature*, London and New York: Cambridge University Press, 2011.

Williams Andrews, Frances Foster and Trudier Harris, eds., *The Oxford Companion to African American Literature*, New York, Oxford: Oxford University Press, 1997.

Winston Napiered, *African American Literary Theory*, New York: New York University Press, 2000.

布鲁克斯研究专著和论文集

B. J. Bolden, *Urban Rage in Bronzeville: Social Commentary in the Poetry of Gwendolyn Brooks, 1945 – 1960*, Chicago: Third World Press, 1999.

Caldwell S. Wright, *On Gwendolyn Brooks: Reliant Contemplation*, Ann Arbor, Lexington: Michigan University Press, 1996.

D. H. Melhem, *Gwendolyn Brooks: Poetry and Heroic Voice*, Lexington: Kentucky University Press, 1987.

Haki R. Madhubuti ed. , *Say That River Turns: The Impact of Gwendolyn Brooks*, Chicago: Third World Press, 1987.

Harold Bloom ed. , *Gwendolyn Brooks: Modern Critical Views*, Philadelphia: Chelsea House Publisher, 2000.

——. *Gwendolyn Brooks: Comprehensive Research and Study Guide*, Philadelphia: Chelsea House Publisher, 2003.

——. *Gwendolyn Brooks: Comprehensive Biography and Critical Analysis*, Philadelphia: Chelsea House Publisher, 2005.

Harry B. Shaw, *Gwendolyn Brooks*, Boston: Twayne Publishers, 1978.

Margot H. Banks, *Religious Allusion in the Poetry of Gwendolyn Brooks*, Jefferson, North Carolina and London: Mcfarland & Company, Inc. , Publishers, 2012.

Maria K. Mootry and Gary Smith eds. , *A Life Dsitilled: Gwendolyn Brooks, Her Poetry and Fiction*, Urbana: Illinois University Press, 1987.

Mildred R. Mickle ed. , *Critical Insights: Gwendolyn Brooks*, California, New Jersey: Salem Press, 2009.

布鲁克斯研究学位论文

Beulah Smith Hemmingway, "'The Universal Wears Contemporary Clothing': The Works of Gwendolyn Brooks", Ph. D. Dissertation, Florida State University, 1981.

Carolyn Alifair Skebe, "Spaces of Risk: The Modern Long Poem Revisited", Ph. D. Dissertation, New York State University, 2010.

Charles Henry Lynch, "Robert Hayden and Gwendolyn Brooks: A Critical Study", Ph. D. Dissertation, New York University, 1977.

Cheryl L. Clarke, "'After Mecca': The Impact of Black Women on Black Poetry after 1968", Ph. D. Dissertation, New Jersey State University, 2000.

Daniela Kukrechtová, "'And fair fables fall': De-Symbolized Lyrical Cityscapes of Jean Toomer, Hart Crane, William Carlos Williams, and Gwendolyn Brooks", Ph. D. Dissertation, Brandeis University, 2008.

George William Layng, "The Rude Style: Ballads and Contemporary American Poetry", Ph. D. Dissertation, Tufts University, 1998.

Glenda E. Clyde, "An Oral Approach to the Poetry of Gwendolyn Brooks", Ph. D. Dissertation, Southern Illinois University, 1966.

Gretna Agatha Wilkinson, "Gwendolyn Brooks: The Need for a New Aesthetic in Post-1967 America", Ph. D. Dissertation, Drew University, 2002.

Harry Bernard Shaw, "Social Themes in Poetry of Gwendolyn Brooks", Ph. D. Dissertation, Illinois University, 1972.

Jeffrey Lamar Coleman, "Transforming Words / Revolutionizing Verses: Four poets of the American Civil Rights Movement", Ph. D. Dissertation, New Mexico University, 1997.

Junyon Kim, "Re-Imagine Diaspora, Reclaiming Home in Contemporary African-American Fiction", Ph. D. Dissertation, Oregon University, 2004.

Keith David Leonard, "Representing the Race: Identity and Race-Consciousness in African American Poetry, 1919 – 1967", Ph. D. Dissertation, Stanford University, 1999.

Kirsten Bartholomew Oritega, "The Poet Flaneuse in the American City: Gwendolyn Brooks, Adrienne Rich, Diane Di Prima and Audre Lorde", Ph. D. Dissertation, Florida University, 2006.

Marcellus Blount, "Broken Tongues: Figures of Voice in Afro-American Poetry", Ph. D. Dissertation, Yale University, 1987.

Maureen Catherine Heacock, "Sounding a Challenge: African-American Women's Poetry and the Black Arts Movement", Ph. D. Dissertation, Minnesota University, 1995.

Maxine Funderburk Moore, "Characters in the Works of Gwendolyn Brooks", Ph. D. Dissertation, Emory University, 1983.

Norris Berkeley Clark, "The Black Aesthetic Reviewed: A Critical Examination of the Writings of Imanu Amini Baraka, Gwendolyn Brooks, and Toni Morrison", Ph. D. Dissertation, Cornell University, 1980.

Rachel A. Roseman, "Between Country House and Kitchenette: Literary Excavations of Space and Self in the Work of Henry James and Gwendolyn Brooks", Ph. D. Dissertation, Yale University, 2006.

Stacy Carson Hubbard, "'Slender accents': Voice, Figure and Form in the poetry of Gertrude Stein, Sylvia Plath and Gwendolyn Brooks", Ph. D. Dissertation, Cornell University, 1989.

Valerie D. Frazier, "Battlemaids of Domesticity: Domestic Epic in the Works of Gwendolyn Brooks and Sylvia Plath", Ph. D. Dissertation, Georgia University, 1999.

Zofia Burr, "A Poetics of Address: Speech and Dialogue in the Poetry of Emily Dickinson, Josephine Miles, Gwendolyn Brooks and Audre Loede", Ph. D. Dissertation, Cornell University, 1993.

布鲁克斯研究期刊、文集与专著内文章

Angela Jackson, "In Memoriam: Gwendolyn Brooks", *Callaloo*. Vol. 23, No. 4, 2000.

Ann F. Stanford, "Dialectics of Desire: War and the Resistive Voice in Gwendolyn Brooks's 'Negro Hero' and 'Gay Chaps at the Bar'", *African American Review*, Vol. 26, No. 2, Poetry and Theatre Issue, 1992.

Annette Debo, "Reflecting Violence in the Warpland: Gwendolyn Brooks's *Riot*", *African American Review*, Vol. 39, Nos. 1/2, 2005.

Amy Sickels, "Biography of Gwendolyn Brooks", in Harold Bloom ed., *Gwendolyn Brooks: Comprehensive Biography and Critical Analysis*, Philadelphia: Chelsea House Publisher, 2005.

Arthur P. Davis, "The Black-and-Tan Motif in Poetry of Gwendolyn Brooks", *College Language Association*, Vol. 6, No. 2, 1962.

Barbara Smith, "Toward a Black Feminist Criticism", in Winston Napier ed., *African American Literary Theory*, New York: New York University Press, 2000.

Betsy Erkkia, "Race, Black Women Writing, and Gwendolyn Brooks", *The Wicked Sisters: Women Poets, Literary History, and Discord*, New York, Oxford: Oxford University Press, 1992.

Brooks K. Horvath, "the Satisfaction of What's Difficult in Gwendolyn Brooks's Poetry", *American Literature*, Vol. 62, No. 4, 1990.

Carolyn Denard, "Family", in William L. Andrews, Frances Smith Foster and Trudier Harris eds., *The Oxford Companion to African*

American Literature, New York, Oxford: Oxford University Press, 1997.

C. K. Doreski, "Reportage as Redemptive: Gwendolyn Brooks's *In the Mecca*", *Writing America Black: Race Rhetoric in the Public Sphere*, New York: Cambridge University Press, 1998.

Claudia Tate, "Anger So Flat: Gwendolyn's Brooks's *Annie Allen*", in Maria K. Mootry and Gary Smith eds., *A life Distilled: Gwendolyn brooks, Her Poetry and Fiction*, Chicago: Illinois University Press, 1987.

Charles H. Rowell, "Signifying Afrika: Gwendolyn Brooks's Later Poetry", *Callaloo*, Vol. 29, No. 1 (Winter 2006): 168 –181.

Charles Israel, "Gwendolyn Brooks", in Donald J. Greiner ed., *American Poets since World War II: Part 1: A-K*, Dictionary of Literary Biography 5. Detroit: Gale, 1980.

D. H. Mehlem, "Gwendolyn Brooks: Humanism and Heroism", in Gloria Wade Gayles ed., *Conversations with Gwendolyn Brooks*, Jackson: Mississippi University Press, 2003.

Dan Jaffe, "Gwendolyn Brooks: An Appreciation from the White Suburbs", in C. W. E. Bigsby ed., *The Black American Writers: Vol. 2 Poetry/ Drama*, Deland, Fla.: Everett/ Edward, 1969.

Daniela Kukrechtová, "The Death and Life of a Chicago Edifice: Gwendolyn Brooks's 'In the Mecca'", *African American Review*, Vol. 43, Nos. 2/3, 2009.

Don L. Lee (Haki Madhabuti), "Gwendolyn Brooks: Beyond the Wordmaker — The Making of an African Poet", in Gwendolyn Brooks, *Report from Part One*, Detroit: Broadside Press, 1972.

Gary Smith, "Gwendolyn Brooks's *A Street in Bronzeville*, the Harlem Renaissance and the Mythologies of Black Women", *MELUS*, Vol. 10, No. 3, 1983.

——. eds. , *A Life Distilled: Gwendolyn Brooks, Her Poetry and Fiction, Urbana and Chicago: Illinois University Press*, 1987.

——. "Gwendolyn Brooks's 'Children of Poor': Metaphysical Poetry and Inconditions of Love", *Obsidian II*, Vol. 1, No. 1, 1986.

Gayl Johns, "Community and Voice: Gwendolyn Brooks's 'In the Mecca'", in Maria K. Mootry and Gary Smith eds. , *A Life Distilled: Gwendolyn Brooks, Her Poetry and Fiction*, Urbana and Chicago: Illinois University Press, 1987.

George E. Kent, "Afro-American Writers, 1940 – 1955", in Trudier Harris-Lopez ed. , *Dictionary of Literature Biography*, Vol. 76, Detroit: Gale Research, 1988.

——. "Aesthetic Values in the Poetry of Gwendolyn Brooks", in Mafia K. Mootry and Gary Smith eds. , *A Life Distilled: Gwendolyn Brooks, Her Poetry and Fiction*, Urbana and Chicago: Illinois University Press, 1987.

——. "The Poetry of Gwendolyn Brooks", *Black World*, Part 1, 1971.

Gertrude R. Hughes, "Making It Really New: Hilda Doolittle, Gwendolyn Brooks, and the Feminist Potential of Modern Poetry", *American Quarterly*, Vol. 42, No. 3, 1990.

Ger Shun Avilez, "Housing the Black Body: Value, Domestic Space, and Segregation Narratives", *African American Review*, Vol. 42, No. 1, 2008.

Gladys Margaret Williams, "Gwendolyn Brooks's Way with the Sonnet", *College Language Association*, Vol. 26, No. 2, 1982.

Gloria T. Hull and Posey Gallagher, "Update on Part One: An Interview with Gwendolyn Brooks", in Gloria Wade Gayles ed. , *Conversations with Gwendolyn Brooks*, Jackson: Mississippi University Press, 2003.

Houston A. Baker, Jr. , "The Achievement of Gwendolyn Brooks", *College Language Association*, Vol. 16, No. 1, 1972.

Ida Lewis, "My People are Black People", in Gloria Wade Gayles ed. , *Conversations with Gwendolyn Brooks*, Jackson: Mississippi University Press, 2003.

James Edward Smethurst, "Hysterical Ties: Gwendolyn Brooks and the Rise of a 'High' Neomodernism", *The New Red Negro: The Literary Left and African American Poetry, 1930 – 1946*, New York and Oxford: Oxford University Press, 1999.

James D. Sullivan, "Killing John Cabot and Publishing Black", *African American Review*, Vol. 36, No. 4, 2002.

James N. Johnson, "Blacklisting Poets", *Ramparts*, Vol. 7, No. 9, 1968.

Jenny Goodman, "Revisionary Postwar Heroism in Gwendolyn Brooks's *Annie Allen*", in Bernard Schweizer ed. , *Approaches to the Anglo and American Female Epic, 1621 – 1982*, Aldershot: Ashgate, 2006.

John Gery, "Subversive Parody in the Early Poems of Gwendolyn Brooks", *South Central Review: The Journal of the South Central Modern Language Association*, Vol. 16, No. 1, 1999.

Karen Jackson Ford, "The Sonnets of Satin-Legs Brooks", *Contemporary Literature*, Vol. 48, No. 3, 2007.

——. "The Last Quatrain: Gwendolyn Brooks and the End of Ballad", *Twenty-Century Literature*, Vol. 56, No. 3, 2010.

Kenny J. Williams, "The World of Satin-Legs, Mrs. Sallie, and the Blackstone Rangers: The Restricted Chicago of Gwendolyn Brooks", in Maria K. Mootry and Gary Smith, eds. , *A Life Distilled: Gwendolyn Brooks, Her Poetry and Fiction*, Urbana and Chicao: Illinois

University Press, 1987.

Kirsten Bartholomew Ortega, "The black flaneuse: Gwendolyn Brooks's 'In the Mecca'", *Journal of Modern Literature*, Vol. 30, No. 4, 2007.

Lynn Keller, "The Twentieth-Century Long Poem", in Parini, Jay, and Brett C. Millier eds., *The Columbia History of American Poetry*, Beijing: Foreign Language Teaching and Research Press, 2005.

Maria K. Mootry, "'Chocolate Mabbie' and 'Pearl May Lee': Gwendolyn Brooks and the Ballad Tradition", *College Language Association*, Vol. 30, No. 3, 1987.

Marsha Bryant, "Gwendolyn Brooks, *Ebony*, and Postwar Race Relations", *American Literature*, Vol. 79, No. 1, 2007.

Norris B. Clarke, "Gwendolyn Brooks and a Black Aesthetic", in Mafia K. Mootry and Gary Smith, eds., *A Life Distilled: Gwendolyn Brooks, Her Poetry and Fiction*, Urbana and Chicago: Illinois University Press, 1987.

Raymond Malewitz, "'My Newish Voice': Rethinking Black Power in Gwendolyn Brooks's Whirlwind", *Callaloo*, Vol. 29, No. 2, 2006.

Sandra L. Barnes, "Black Church Culture and Community Action", *Social Force*, Vol. 84, No. 2, 2005.

Sheila Hassell Hughes, "A Prophet Overheard: A Juxtapositional Reading of Gwendolyn Brooks's 'In the Mecca'", *African American Review*, Vol. 38, No. 2, 2004.

William H. Hansell, "Essence, Unifyings, and Black Militancy: Major Themes in Gwendolyn Brooks's *Family Pictures* and *Beckonings*", *Black American Literature Forum*, Vol. 11, 1977.

Yemisi A. Jimoh, "Double Consciousness, Modernism and Womanism Themes in Gwendolyn Brooks's 'The Anniad'", *MELUS*, Vol. 23, No. 3, 1998.

其他相关英文专著

Andrzej Zieleniec, *Space and Social Theory*, Los Angeles: Sage Pulications, 2007.

Anthony Downs, *Opening up the Suburbs: An Urban Strategy for America*, New Haven: Yale University Press, 1973.

Arnold R. Hirsch, *Making the Second Ghetto: Race and Housing in Chicago, 1940 – 1960*, Chicago: Chicago University Press, 1983.

Barbara Christian, *Black Feminist Criticism: Perspectives on Black Women Writers*, New York: Pergamon Press, 1985.

Bell Hooks, *Yearning: Race, Gender and Cultural Politics*, Boston: South End Press, 1990.

Bill V. Mullen, *Popular Fronts: Chicago and African-American Cultural Politics, 1935 – 1946*, Urbana: Illinois University Press, 1999.

David J. Garrow, *Bearing the Cross: Martin Luther King, Jr. and the Southern Christian Leadership Conference*, New York: William Morrow, 1986.

Dick Hebdige, *Subculture: The Meaning of Style*, London: Methuen, 1979.

Elizabeth Alexander, *The Black Interior*, Saint Paul, Minnesota: Graywolf Press, 2004.

Gwendolyn Wright, *Building the Dream: A Social History in America*, New York: Pantheon Books, 1981.

Haki R. Madhubuti [Don L. Lee], *Don't Cry, Scream*, Chicago: Third World Press, 1969.

Hakim Adi, *Pan-Africanism: A History*, New York: Bloomsbury Acdemic, 2018.

Harold M. Mayerand Richard C. Wade, *Chicago: Growth of Metropo-*

lis, Chicago: Chicago University Press, 1969.

Henry Hamptonand Steven Farereds, *Voices of Freedom: An Oral History of the Civil Rights Movement from the 1950s through the 1980s*, London: Vintage Books, 1995.

Henri Lefevre, *Everyday Life in the Modern World*, Trans. Sacha Rabinovitch. New York: Harper & Row, Publisher. 1971.

——. *The Production of Space*, Trans. Donald Nicholson Smith, Massachusetts: Blackwell Publishers, 1991.

——. *Critique of Everyday Life*, Vol. 1, Trans. John Moore, New York: Verso, 1991.

——. *Critique of Everyday Life*, Vol. 2, Trans. John Moore, New York: Verso, 2002.

——. *State, Space, World: Selected Essays*, eds., Neil Brenner and Stuart Elden, Minneapolis: Minnesota University Press, 2009.

Houston A. Baker, Jr., *Modernism and Harlem Renaissance*, Chicago: University of Chicago Press, 1987.

——. *The Journey Back: Issues in Black Literature and Criticism*, Chicago: Chicago University Press, 1980.

James Ralph, *Northern Protest: Martin Luther King, Jr., Chicago, and the Civil rights Movement*, Cambridge: Harvard University Press, 1993.

Jack D. Fonder, *Blacks and Military in American History*, New York: Praeger, 1974.

Joanne Entwistle, *The Fashioned Body: Fashion, Dress and Modern Social Theory*, Malden: Blackwell Publishers, Inc., 2000.

Kanishka Goonewardena, et al., eds., *Space, Difference, Everyday Life: Reading Henri Lefebvre*, New York: Routledge, 2008.

Kenneth W. Goingsand Raymond A. Mohl eds., *The New African A-*

merican Urban History, California: Sage Publications, 1996.

Luis Alvarez, *The Power of the Zoot: Youth Culture and Resistance During World War Ⅱ*, Berkeley, Los Angeles, London: California University Press, 2008.

Martin Luther King, Jr., *Stride toward Freedom*, New York: Harper and Row, 1958.

——. *Address*, Ohio Northern University, Ada, OH. 11, January, 1968, Heterick Memorial Library, Ohio University, 21 March, 2000.

Mikhail Bakhtin, *Speech Genres and Other Late Essays*, Tans. Vern W. McGee. eds. Caryl Emerson and Michael Holquist. Austin: Texas University Press, 1986.

Paul Kleppner, *Chicago Divided: The Making of Black Mayor*, Chicago: Northern Illinois University Press, 1985.

Richard Wright, *12 Million Black Voice*, New York: Thundrs Mouth Press, 2000.

Robert A. Beauregard, *Voices of Decline: The Postwar Fate of US Cities*, Cambridge: Blackwell Publishers, 2003.

Shane White and Graham White, *Stylin': African American Expressive Culture from Its Beginnings to the Zoot Suit*, Ithaca and London: Cornell University Press, 1998.

St. Clair Drake and Horace Cayton, *Black Metropolis: A Study of Negro Life in a Northern City*, Chicago: Chicago University Press, 1945.

Stephen Henderson, *Understanding the New Black Poetry*, New York: William Morrow Company, Inc., 1973.

Stephen Knadler, *Remapping Citizenship and the Nation in African-Ameircan Literature*, New York and London: Routledge, 2010.

Stephen Grant Meyer, *As Long As They Don't Move Next Door: Segregation and Racial Conflict in American Neighborhoods*, Landham, MD: Rowman & Littlefield, 2000.

Stuart Elden, *Understanding Henri Lefebvre: Theory and the Possible*, London and New York: Continuum, 2004.

W. E. B. Du. Bois, *The Soul of Black*. Ed. Brent H. Edwards, Oxford and New York: Oxford University Press, 2007.

Thomas L. Philpott, *The Slum and the Ghetto: Immigrants, Blacks, and Reformers in Chicago, 1880 – 1930*, New York: Oxford University Press, 1978.

Vann C. Woodward, *The Strange Career of Jim Crow*, New York: Oxford University Press, 1957.

Will Kymlicka, *Multicutural Citizenship: A Liberal Theory of Minority Rights*, Oxford: Oxford University Press, 1995.

Winnie Mandela, *Part of Soul Went with Hi*, New York: Norton. 1984.

其他相关期刊、文集与专著内文章

Akinyele Umoja, "Searching for Place: Nationalism, Separatism, and Pan-Africanism", in Alton Hornsby, Jr., ed., *A Companion to African American History*, Malden: Blackwell Publishing Ltd., 2005.

Chicago Plan Commission, *Master Plan of Residential Land Use of Chicago*, Chicago: The Commission, 1943.

Christian Schmid, "Henri Lefebvre's theory of the production of space: toward a three-dimensional dialectic", in Kanishka Goonewardena, et al., eds., *Space, Difference, Everyday Life: Reading Henri Lefebvre*, New York and London: Routledge, 2008.

Frances S. Foster, "Diasporic Literature", in William L. Andrews, et al., eds., *The Oxford Companion to African American Literature*, New York, Oxford: Oxford University Press, 1997.

Henry T. Heald, "President's Report, for the Year Ended August

31, 1940", Illinois Institute of Technology Board of Trustees Minutes, Vol. 1, 1940 – 1941.

Mae Gwendolyn Henderson, "Speaking in Tongues: Dialogics, Dialectics, and Black Women Writer's Literary Tradition", in Winston Napier ed., *African American Literary Theory*, New York: New York University Press, 2000.

Michel Foucault, "Of Other Space: Utopias and Heterotopias", Trans. Jay Miskowiec, *Dialectics*, Vol. 16, 1986.

Richard M. Dalfiume, "The 'Forgotten Years' of the Negro Revolution", *The Journal of American History*, Vol. 55, No. 1, 1986.

Robert Nisbet, "'The Quest for Community': A Study in the Ethics and Freedom", in Don E. Eberly ed., *The Essential of Civil Society Reader: Classic Essays in American Civil Society Debate*, New York: Rowman & Littlefield Publishers, Inc., 2000.

Sally Fitzgerald, "Chicago Gangs Aid in City Violence Control Effort", *Daily Defender*, 9 April, 1968.

Stuart Cosgrove, "The Zoot Suit and Style Warfare", *History Workshop Journal*, No. 18, 1984.

Vernon M. Briggs, Jr., "Report of the National Advisory Commission on Civil Disorders: A Review Article", *Journal of Economic Issues*, Vol. 2, 1968.

二　中文文献

著作

包亚明编：《文化研究关键词》，江苏人民出版社 2007 年版。

包亚明编：《现代性与都市文化理论》，上海社会科学院出版社 2008 年版。

程巍：《中产阶级的孩子们：60 年代与文化领导权》，生活·读书·新知三联书店 2006 年版。

李佃来：《公共领域与生活世界：哈贝马斯市民社会理论研究》，人民出版社 2006 年版。

刘怀玉：《现代性的平庸与神奇：列斐伏尔日常生活批判哲学的文本学解读》，中央编译局 2006 年版。

刘军：《美国公民权利观念的发展》，中国社会科学出版社 2012 年版。

罗良功：《艺术与政治的互动：论兰斯顿·休斯的诗歌》，上海外语教育出版社 2010 年版。

罗良功：《英诗概论》，武汉大学出版社 2002 年版。

麦永雄：《德勒兹与当代性：西方后结构主义思潮研究》，广西师范大学出版社 2007 年版。

麦永雄：《德勒兹的哲性诗学：跨语境理论意义》，广西师范大学出版社 2013 年版。

任军锋：《地域本位与国族认同：美国政治发展中的区域结构分析》，天津人民出版社 2004 年版。

汪民安编：《后身体：文化、权力和生命政治学》，吉林人民出版社 2011 年版。

汪民安：《谁是罗兰·巴特》，江苏人民出版社 2005 年版。

谢国荣：《民权运动的前奏：杜鲁门当政时期美国黑人民权问题研究》，人民出版社 2010 年版。

赵一凡等编：《西方文论关键词》，外语教学与研究出版社 2006 年版。

［德］康德：《判断力批判》，邓晓芒译，人民出版社 2002 年版。

［德］尤尔根·哈贝马斯：《公共领域的结构转型》，曹卫东等译，学林出版社 1999 年版。

［德］尤尔根·哈贝马斯：《合法化危机》，刘北成、曹卫东译，上海世纪出版集团 2009 年版。

［俄］别林斯基：《别林斯基选集》（第 3 卷），满涛译，上海译文出版社 1980 年版。

［加］威尔·金里卡：《多元文化公民权：一种有关少数族群权利的自由主义理论》，杨立峰译，上海世纪出版集团 2009 年版。

［加］威尔·金里卡：《少数的权利：民族主义、多元文化主义和公民》，邓红风译，上海世纪出版集团 2005 年版。

［美］爱德华·索亚：《第三空间——去往洛杉矶和其他真实和想象地方的旅程》，陆扬等译，上海教育出版社 2005 年版。

［美］丹尼尔·贝尔：《资本主义文化矛盾》，严蓓雯译，江苏人民出版社 2012 年版。

［美］基思·福克斯：《公民身份》，郭忠华译，吉林出版责任有限公司 2009 年版。

［美］罗德·霍顿、赫伯特·爱德华兹：《美国文学思想背景》，房炜、孟昭庆译，人民文学出版社 1991 年版。

［美］唐·E. 艾伯特编：《市民社会基础读本：美国市民社会讨论经典文献》，林猛等译，商务印书馆 2012 年版。

［美］威廉·朱利叶斯·威尔逊：《真正的穷人——内城区、底层阶级和公共政策》，成伯清、鲍磊、张戌凡译，上海人民出版社 2007 年版。

［英］安东尼·史密斯：《民族主义：理论、意识形态、历史》，叶江译，上海世纪出版集团 2011 年版。

［英］巴特·范·斯廷博根：《公民身份的条件》，郭台辉译，吉林出版集团有限公司 2007 年版。

［英］本尼迪克特·安德森：《想象的共同体：民族主义的起源与散布》，吴叡人译，上海世纪出版集团 2011 年版。

［英］戴维·米勒：《论民族性》，刘曙辉译，译林出版社 2010 年版。

［英］露丝·里斯特：《公民身份：女性主义的视角》，夏宏译，吉林出版集团有限公司 2010 年版。

中文期刊文章

邱美英：《后殖民视野下格温多琳·布鲁克斯的诗歌》，《名作欣赏》2009 年第 10 期。

尚青青：《论布鲁克斯诗歌的主题》，《世界文学评论》2008 年第 2 期。

史丽玲：《论〈安妮亚特〉与西方史诗经典的互文性》，《当代外国文学》2011 年第 4 期。

史丽玲：《〈在麦加〉中黑人女性“言语混杂”的救赎叙事》，《外国文学评论》2014 年第 1 期。

王卓：《一双“观察的眼睛”在诉说：论布鲁克斯的长诗〈在麦加〉中的多元凝视》，《国外文学》2012 第 3 期。

谢艳明、董亮：《骚乱是无声者的抗争：布鲁克斯后期诗歌的黑人主题》，《济南大学学报》2010 年第 1 期。

硕博论文

邱美英：《格温多琳·布鲁克斯：为边缘化的他者代言》，硕士学位论文，四川大学，2005 年。

尚青青：《解读格温朵琳·布鲁克斯的诗歌》，硕士学位论文，华中师范大学，2009 年。